천일야화

**LES MILLE ET UNE NUITS**
**by ANTOINE GALLAND (1704~1717)**

### 일러두기

1. 이 책은 앙투안 갈랑의 『천일야화 *Les mille et une nuits*』를 대본으로 하여 번역하였습니다. 이는 갈랑이 14세기의 아랍어로 쓰인 사본을 토대로 작업한 여덟 권(1704~1709)과 알레포 출신의 마론파 교도인 한나가 들려준 이야기에 기초해 추가된 네 권(1712, 1717)이 합쳐진, 총 열두 권으로 구성되어 있습니다.

2. 『천일야화』는 아랍의 설화로 구성되어 있으나 앙투안 갈랑의 번안을 존중하여 인명, 지명 등의 고유명사는 프랑스어 발음을 따랐고, 관행적으로 굳어진 일부 용어(예: 알라딘←알라뎅Aladdin)의 경우에만 한글 맞춤법에 준하여 표기하였습니다.

3. 프랑스어판에서 갈랑과 편집자의 각주가 구분되지 않았으므로, 이 책에서도 구분 없이 모두 〈원주〉로 표기하였습니다. 그 외의 각주는 모두 옮긴이가 단 것입니다.

4. 본문 일러스트는 조판공 달지엘Dalziel 형제가 1864년 발행한 *Dalziel's Illustrated Arabian nights' entertainments*에 수록되어 있던 것으로, 이는 J. Millais(1829~1896), A. Houghton(1836~1875), T. Dalziel(1823~1906), J. Watson(1832~1892), J. Tenniel(1820~1914), G. Pinwell(1842~1875) 등 여섯 삽화가의 공동 작업입니다.

이 책은 실로 꿰매어 제본하는 정통적인 사철 방식으로 만들어졌습니다.
사철 방식으로 제본된 책은 오랫동안 보관해도 손상되지 않습니다.

# 천일야화 6

Les mille et une nuits

**앙투안 갈랑 엮음**　**임호경 옮김**

## 마법의 말 이야기
1733

## 아메드 왕자와 요정 파리-바누 이야기
1785

## 막내 동생을 질투한 두 자매 이야기
1869

## 부록 천일일화(千一日話)
1939

### 제인 알라스남 왕자 이야기
1943

### 코다다드와 그의 형들 이야기
1970

**역자 해설**
〈프랑스〉 문학으로 완성된 아랍의 이야기, 『천일야화』
2015

앙투안 갈랑 연보
2023

# 마법의 말 이야기
Histoire du cheval enchanté

인도의 술탄에게 재미있고 유쾌한 이야기들을 계속 들려주고 있는 셰에라자드는 이번에는 마법의 말 이야기를 시작했다.

 폐하! 페르시아의 〈느브루〉, 즉 〈새 날〉이 무엇인지는 폐하께서도 잘 알고 계시겠지요? 봄의 시작, 즉 한 해의 시작이라는 의미로 이런 이름이 붙은 느브루는 그 연원이 우상 숭배 시대 초기로까지 거슬러 올라가는 아주 오래된 명절입니다. 따라서 본질적으로 이교의 풍속이며, 미신적인 의식들로 가득한 축제이기도 하죠. 그래서 선지자 무함마드의 종교, 즉 우리가 진정하고도 순수한 종교라 믿고 있는 이슬람교가 페르시아 땅에 들어온 이후에는 폐지될 뻔한 위기도 있었지만, 워낙 뿌리 깊은 큰 명절이라 여전히 페르시아 전역에서 성대하게 치러지고 있답니다. 이날만 되면 대도시뿐 아니라, 소도시, 마을 그리고 조그만 촌락에서까지 떠들썩한 잔치와 축하 행사늘이 벌어지지요.
 특히 이날 페르시아 왕궁에서 벌어지는 축제는, 거기서 볼 수 있는 온갖 놀랍고도 신기한 구경거리들에 있어서 다른 곳의 축제들을 무한히 능가한다고 말할 수 있습니다. 인근 국가들이나 심지어는 아주 멀리 떨어진 곳에 사는 이방인들이, 그들이 가져오는 뛰어난 발명품과 산물에 대한 보답으로 페르시아 왕이 아낌없이 하사하는 선물에 이끌려 구름같이 몰려드는 까닭입니다. 따라서 이 느브루 날 페르시아 궁전의 호화로움과 성대함에 비견될 수 있는 것은 전 세계 그 어느 곳에서도 찾아볼 수 없답니다.

어느 해의 느브루 날이었습니다. 나라에서 가장 능란하고 교묘한 재주꾼들이며 외국인들이 당시 페르시아의 왕궁이 있던 시라즈로 몰려와 왕과 궁신들 앞에서 벌인 갖가지 놀랍고 기이한 공연들도 거의 끝나 가고 있을 즈음이었죠. 왕은 각자가 보여 준 가치와 재주에 따라 후하고도 공평하게 선물을 하사한 후, 이제는 모임을 파하고 편전으로 물러가려 하고 있었습니다. 그런데 한 인도인이 안장과 재갈, 그리고 각종 마구들로 화려하게 치장한 말 한 마리를 끌고 옥좌 아래로 걸어 나왔습니다. 말은 사람의 손으로 만든 인조 말이었는데, 매우 정교하게 만들어져 있어서 언뜻 보면 진짜 말로 착각할 정도였습니다.

인도인은 옥좌 앞에 엎드려 절을 하더니 다시 일어서서 왕에게 말을 보여 주며 말했습니다.

「폐하! 소인이 비록 오늘 이 재주꾼들의 경연장에 가장 늦게 입장하긴 했지만, 폐하께서 여기 있는 이 말보다 더 기이하고 놀라운 것은 아직 못 보셨으리라고 감히 장담합니다.」

이에 왕이 대답했습니다.

「그래. 실물과 닮게 만들기 위해 상당히 애를 쓴 흔적이 보이는 말이긴 하다. 제법 잘 만든 것도 사실이고. 하지만 보통 장인이라면 그 정도는 어렵지 않게 만들 수 있을 것 같은데?

아니, 이것보다도 훨씬 더 완벽한 모습으로 말이야.」

「폐하! 제가 이 말이 놀라운 것이라고 말씀드리는 까닭은, 결코 이것의 겉모습 때문이 아니옵니다. 그것보다는 이 말의 어떤 특별한 쓰임새 때문이죠. 그렇습니다! 이 말에는 저처럼 그 비밀만 알고 있으면 어떤 사람이라도 사용할 수 있는 특별한 쓰임새가 있습니다. 그것은 바로, 이 말을 타면 가고자 하는 그 어느 곳이든 갈 수 있다는 것입니다. 아무리 멀리 떨어진 곳이라 할지라도 공중의 영역을 통해 순식간에 이동할 수 있는 것이지요. 자, 폐하! 이것이 바로 이 말의 놀라운 점입니다. 지금껏 이 세상의 그 누구도 들어 보지 못했을 경이로운 일이죠. 만일 폐하께서 분부만 하신다면 제가 직접 보여 드릴 수도 있습니다.」

페르시아 왕은 평소 신기한 것이라면 사족을 못 쓰는 사람이었습니다. 그런 까닭에 자연 가운데 존재하는 무수한 것들을 찾아 왔고 보기를 갈망해 왔고 개중에는 이미 본 것들도 있었죠. 하지만 지금 이 인도인이 말하는 것에 비교할 만한 것은 여태껏 들어 본 적도 없었습니다. 그는 인도인에게 말의 뛰어남을 증명하고 싶으면 직접 시범을 보여 줄 것이며, 자신은 진실을 확인할 준비가 되어 있다고 말했습니다.

인도인은 즉시 등자에 발을 올려 가벼운 동작으로 말 등에 올라탔습니다. 다른 발도 반대편 등자 위에 올려놓고 안장 위에 자리를 잡은 다음에는 페르시아 왕에게 자신을 어디로 보내고 싶은지 물었죠.

시라즈에서 약 삼 리외 떨어진 곳에는 높은 산이 하나 우뚝 솟아 있었습니다. 지금 군중들로 가득 차 있는 왕궁 앞 광장에서도 훤히 보이는 산이었죠. 왕은 그 산을 가리키면서 인도인에게 말했습니다.

「자, 저기 저 산이 보이는가? 저곳에 다녀오게나. 그렇게 먼 거리는 아니지만 그대가 얼마나 빨리 다녀올 수 있는지 판단하기에는 충분하지. 하지만 그대가 정말로 다녀오는지 우리가 따라가 확인할 수도 없는 일, 분명히 갔다 왔다는 증거로 산기슭에서 자라는 종려나무 잎을 하나 따 오도록!」

이렇게 페르시아 왕이 그의 뜻을 밝히자마자, 인도인은 말 목 안장 근처의 오목한 곳에 박혀 있는 쐐기 같은 것을 딸각하고 돌렸습니다. 그러자 말이 공중으로 두둥실 떠오르더니, 기수를 태운 채 번개 같은 속도로 하늘로 솟구치는 게 아닙니까! 얼마나 높이 올라갔던지 독수리 같은 시력을 가진 사람들의 눈에도 보이지 않게 되었습니다. 왕과 궁신들은 일제히 탄성을 터뜨렸고, 운집한 구경꾼들 역시 모두 경악하여 소리를 질러 댔습니다.

그렇게 인도인이 떠난 지 십오 분이나 되었을까요? 공중 까마득한 곳에 한 손에 종려나무 잎사귀를 든 그의 모습이 다시 나타났습니다. 마침내 광장 위 상공에 이른 그는 군중들의 환호와 갈채 속에서 여러 차례 멋지게 말 머리를 돌리더니 다시 왕의 옥좌 앞, 아까 출발했던 바로 그 지점에 내려앉았습니다. 얼마나 사뿐히 착륙했던지 기수는 미동도 하지 않았죠. 말에서 내린 그는 옥좌 앞에 다가와서 땅에 엎드리며 가져온 종려나무 잎을 왕의 발치에 내려놓았습니다.

놀랍고도 경탄스러운 광경을 직접 목격한 페르시아 왕은 즉시 그 말을 소유하고픈 강렬한 욕망에 사로잡혔습니다. 그는 이 인도인과 협상하는 일이 그다지 어렵지 않으리라 확신하고 있었습니다. 더욱이 그가 얼마의 금액을 요구하든 들어줄 각오가 되어 있었기 때문에, 벌써 그 말이 자신의 보고를 장식하는 가장 귀한 보물이라도 된 양 마음이 들떠 있었죠. 그는 인도인에게 말했습니다.

「솔직히 이 말의 겉모습만 보고는 그 정당한 가치를 제대로 이해하지 못했었네. 하지만 이제는 내가 잘못 생각했음을 분명히 깨달았어. 내가 이 말을 지극히 높이 평가한다는 증거로 당장 이 말을 사려 하네. 물론 자네에게 팔 의향이 있다면 말일세.」

「폐하!」 인도인이 대답했습니다. 「폐하께서는 오늘날 전 세계의 모든 왕들 가운데 각 물건의 가치를 가장 정확히 판단한다고 알려진 분이십니다. 그래서 저는 제가 이 말의 뛰어난 점을 보여 드리기 전부터, 폐하께서 정당하게 평가해 주실 것이라 생각하고 있었습니다. 심지어 감탄하고 칭찬하는 것에 만족하지 않으시고, 당장에 이 말의 소유자가 되고 싶어 하시리라는 것 역시 잘 알고 있었습니다. 저 역시 이 말의 진정한 가치를 알고 있으며, 이 말을 소유함으로써 제 이름이 이 세상 가운데 불멸의 영광을 얻고 있다는 사실 또한 잘 알고 있지만, 폐하의 열망을 만족시키기 위해서라면 이에 대한 집착을 헌신짝처럼 내던져 버릴 수 있습니다. 하지만 폐하! 이 말을 다른 사람에게 넘겨주기 위해서는 제가 지키지 않으면 안 되는, 그리고 폐하께서 탐탁찮게 여기실 수도 있는 한 가지 조건이 있사옵니다. 그것을 어쩔 수 없이 말씀드리겠사오니, 폐하께서는 부디 너그러운 마음으로 혜량해 주시기 바랍니다.」

이렇게 길고 긴 허두를 늘어놓은 인도인은 비로소 본론에 들어갔습니다.

「사실 이 말은 돈 주고 산 것이 아니옵니다. 이것을 발명하고 제작한 사람에게 제 외동딸을 아내로 주고서 그 대가로 얻은 것이지요. 그는 제게 요구하기를, 이 말을 절대로 팔지 말 것이며 만일 다른 사람에게 주고 싶으면 제가 합당하다고 생각하는 다른 어떤 것과 교환해야 한다고 했사옵니다.」

인도인은 계속 말하려고 했습니다. 하지만 〈교환〉이라는 말이 나오자 페르시아 왕이 대뜸 그의 말을 끊었습니다.

「좋아! 그대가 내게 요구하는 것과 이 말을 교환할 준비가 되어 있네. 자네도 알다시피 내 왕국은 광대하네. 여기엔 수많은 사람들이 살고 있는 강력하고도 부유한 대도시들이 가득하지. 자, 그중 아무 곳이나 고르게나! 죽을 때까지 그곳에서 최고의 권력을 누릴 수 있도록 해주겠네.」

왕궁에 모여 있는 모든 사람들의 눈에 이 제의는 인도인에게 지극히 큰 영광으로 보였습니다. 하지만 인도인이 생각하는 것에는 한참 못 미치는 것이었죠. 그는 훨씬 더 큰 것을 노리고 있었던 것입니다.

「폐하! 폐하의 그 너그러우신 제의, 소신으로서는 무한히 감사할 따름입니다. 하지만 폐하! 아뢰옵기 대단히 황송하오나, 저는 폐하의 따님이신 공주님을 아내로 맞아들이기 전에는 제 말을 넘겨 드릴 수 없사옵니다. 저는 오직 이 대가만을 바란다는 사실, 분명히 말씀드리겠습니다.」

페르시아 왕을 둘러싸고 있던 신하들은 인도인의 황당무계한 요구에 크게 웃음을 터뜨렸고, 왕의 장남이며 왕국의 후계자인 피루즈 샤 왕자는 격노했습니다. 그러나 왕은 달랐습니다. 자신의 호기심을 만족시키기 위해서라면 공주를 희생시킬 생각까지 있었던 것입니다. 하지만 아직은 약간 망설이고 있었습니다.

이런 부왕의 모습을 본 피루즈 샤 왕자는 정말로 그가 인도인의 요구를 들어줄까 봐 걱정이 되었습니다. 그것은 왕국의 위엄과 공주와 자기 자신에게 더없는 치욕이었던 까닭입니다. 그는 왕에게 말했습니다.

「폐하! 대단히 황송하오나 한 가지 질문을 드려도 되겠사옵니까? 혹시 지금 폐하께서는 저 보잘것없는 요술쟁이의 뻔뻔스러운 요구에 대한 거절을 잠시나마 망설이고 계시는 것은 아닌지요? 그리하여 저자로 하여금 이 세상에서 가장 강력한 군주 중 하나와 연을 맺는다는 달콤한 환상을 한순간이나마 맛보게 해주고 계신 것은 아닌지요? 폐하! 간절히 청하옵건대 폐하 자신뿐만 아니라 왕가의 혈통과 선왕들의 드높은 고귀함을 생각해서라도 무엇이 옳은 일인가를 통촉해 주시옵소서!」

그러자 페르시아 왕이 대답했습니다.

「아들아! 통렬한 질책, 좋게 받아들이도록 하겠다. 그리고 고귀한 혈통을 물려받은 상태 그대로 보존하겠다는 너의 충정 또한 갸륵하게 생각한다. 하지만 너는 이 말이 얼마나 엄청난 것인지 깊이 생각해 보지 않은 것 같구나. 만약 내 거절을 듣고 이 인도인이 다른 왕에게 찾아가 같은 제안을 했는데, 그 왕이 이를 받아들인다고 가정해 보자. 그렇다면 나는 얼마나 절망스럽겠느냐! 관대함에 있어서 그 왕이 나보다 훨씬 뛰어나다는 사실을 인정해야만 할 것 아니냐? 또 내가 이 세상에서 가장 기이하고도 가장 경탄스러운 것이라 여기는 이 말을 소유하는 영예마저 남에게 빼앗기게 될 것 아니냐? 하지만 너무 걱정하지 말거라. 아직은 그의 요구에 응할 생각이 없으니 말이다. 어쩌면 저자도 자신의 야심이 약간은 지나친 것이라고 생각하고 있을지도 몰라. 그러니 그와 다른 협상을 시도해 볼 수도 있는 일이다. 그 마지막 협상에 임하기 전에, 우선 네가 저 말을 한번 검토해 봤으면 좋겠다. 너 자신이 직접 시험해 보고, 느낌이 어떤지 말해 줄 수 있겠느냐? 저자는 분명 허락해 줄 것이다.」

원래 사람이란 모든 일을 자기가 원하는 방향으로 해석하기 마련입니다. 왕과 왕자 사이에 오간 말을 엿들은 인도인은 왕이 자신과의 혼사를 전적으로 배제하지는 않고 있다고 판단했습니다. 또한 지금은 못마땅한 표정을 짓고 있는 왕자도 일단 한번 말을 타보면 생각이 달라져, 왕의 뜻에 맞서기는커녕 오히려 좋아하며 자신을 밀어주리라 생각했지요. 그리하여 그는 왕의 제의에 흔쾌히 동의한다는 뜻을 알리기 위해 왕자보다 먼저 말에 다가가서는, 말을 조종하는 방법을 일러 주며 말에 오르는 왕자를 도와주려 했습니다.

하지만 피루즈 샤 왕자는 인도인의 도움을 뿌리치고 날렵한 동작으로 혼자 말에 올라탔습니다. 그러고는 두 발을 등자에 단단히 끼운 다음, 인도인의 말은 귓전에 흘리며 아까 보았던 대로 다짜고짜 안장 옆의 쐐기를 돌려 버렸습니다. 바로 그 순간 말은 힘세고 능숙한 궁수가 쏘아 올린 화살처럼 엄청난 속도로 하늘로 치솟았고, 눈 깜짝할 사이에 왕과 궁신들과 군중들의 시야에서 완전히 사라져 버렸습니다. 그렇게 허공에 모습을 감춰 버린 말과 왕자의 모습을 찾느라 이리저리 하늘을 쳐다보며 허둥대는 왕의 모습에 인도인은 자신에게 위기가 닥쳤음을 직감했습니다. 그는 얼른 옥좌 앞에 엎드리며 말했습니다.

「폐하! 지금 폐하께서도 보셨겠지만, 왕자님께서는 말의 조종법도 들으려 하지 않으시고 저리 서둘러 떠나 버리셨습니다. 아마도 제가 하는 것을 한번 보았으니 제 말을 들을 필요가 없다고 판단하신 모양이지요. 하지만 왕자님은 말의 기수를 돌려서 원래 장소로 돌아오게 하는 방법을 모르십니다. 그러니 폐하, 만일 왕자님께 무슨 일이 생긴다 하더라도 제발 저에게는 책임을 돌리지 말아 주시옵소서! 공정하기로 소문난 폐하이시오니 그런 일은 절대로 없으리라 믿습니다만……」

인도인의 말을 들은 페르시아 왕의 마음은 갈가리 찢어지는 것 같았습니다. 인도인의 말처럼 기수를 돌리는 방법이 공중에 떠올라 출발하는 방법과 다르다면 아들이 위험에 처하게 될 것이 확실했기 때문입니다. 왕은 분통을 터뜨리면서 왜 왕자가 출발할 때 얘기해 주지 않았느냐고 물었습니다.

「폐하! 말과 왕자님께서 얼마나 빠른 속도로 하늘로 솟아 버렸는지, 폐하께서도 보시지 않았습니까? 저는 하도 놀라 아무 말도 못하고 그냥 지켜보기만 했지요. 겨우 입을 떼어 뭐라고 소리쳐 보려 했을 때, 이미 왕자님은 제 말이 들리지 않는 까마득한 곳에 계셨습니다. 설사 제 목소리를 들으셨다 해도 돌아오실 수 없었을 겁니다. 왜냐하면 제가 가르쳐 드리려 했던 조종법을 듣지도 않고 성급하게 떠나 버리셨기 때문이지요……. 하지만 폐하, 너무 걱정하지 마십시오! 왕자님께서 당황하여 말을 살펴보시다가 다른 쐐기를 발견하실 수도 있으니까요. 그걸 돌리면 말은 즉시 상승을 멈추고 땅쪽으로 내려오게 되어 있습니다. 그때는 놈을 고삐로 조종하여 원하는 곳에 안전하게 착륙하는 것이 가능해 집니다.」

인도인의 말이 그럴싸하긴 했지만, 왕자가 위험에 처해 있다는 생각에 정신이 나간 왕에게는 별 도움이 안 됐습니다.

「그가 다른 쐐기를 발견할 것이라고 어떻게 장담할 수 있지? 또 만일 발견하여 네놈이 말한 대로 말을 돌린다 하더라도, 육지에 무사히 착륙하는 대신 바위나 깊은 바다로 떨어질 수도 있지 않느냐?」

「폐하! 제발 그런 걱정일랑 붙들어 매십시오! 장담하거니와 저 말은 절대 바다에 떨어지는 법이 없이, 기수를 그가 원하는 곳으로 데려다 줍니다. 왕자님은 쐐기를 찾아내기만 하면 원하는 곳으로 돌아오실 수 있습니다. 설사 다른 곳에 떨어진다 해도 신분을 밝히면 사람들의 도움을 받을 수 있을 것입니다. 그러면 다시 돌아오실 수 있는 거죠.」

「어쨌든 이젠 네놈 말을 못 믿겠다! 만일 석 달 안에 왕자가 무사히 돌아오지 않거나 그가 살아 있다는 소식이 들리지 않으면, 네 목이 떨어져 나갈 줄 알고 있어!」

그는 인도인을 체포하여 좁은 감옥에 가둬 놓으라고 명한 후, 찢어지는 듯한 심정으로 편전에 들어갔습니다. 그토록 즐겁게 시작되었던 느브루 축제가 이처럼 슬프게 끝난 것입니다.

한편 피루즈 샤 왕자는 어떻게 되었을까요? 그는 아까 말씀드렸듯이 엄청난 속도로 공중으로 솟구쳐 올랐습니다. 그렇게 오르기를 약 한 시간, 아래를 내려다보니 이제 아무것도 보이지 않았습니다. 더 이상 산과 계곡과 들판을 구별할 수 없었죠. 왕자는 그제야 출발한 곳으로 돌아가야겠다는 생각이 들었습니다.

〈그런데 어떻게 해야 하지?〉

그는 처음 돌렸던 쐐기를 반대 방향으로 돌리고 고삐를 돌리면 되리라 생각했습니다. 하지만 이게 웬일입니까? 그렇게 해보았지만 말은 속도를 늦추지 않고 계속 올라가기만 했습니다. 다시 한 번 쐐기를 돌리고 고삐를 돌려 보았지만 허사였죠. 그제야 그는 자신이 큰 잘못을 범했음을 깨달았습니다. 말을 제대로 조종하기 위해서는 인도인의 설명에 귀 기울였어야 했던 것입니다. 그는 지금 자신이 얼마나 큰 위험에 처해 있는지 깨달았습니다. 하지만 분별력을 잃지는 않았습니다. 정신을 차리고 이성적으로 생각하려고 노력했죠. 그렇게 주의 깊게 말의 머리와 목 부분을 살펴보니 오른쪽 귀 옆 부분에 보다 작고 눈에 덜 띄는 쐐기 하나가 붙어 있는 것이 보였습니다. 왕자는 그것을 돌려 보았습니다. 그 순간 말은 땅 쪽으로 하강하기 시작했지요. 올라올 때와 마찬가지로 거의 수직으로 내려갔지만, 속도는 좀 더 느렸습니다.

사실 피루즈 샤 왕자가 떠 있던 곳 아래에는 벌써 삼십 분 전에 밤이 되어 있었습니다. 그래서 말이 하강함에 따라 해가 순식간에 져버리는 것처럼 보였고, 어느 정도의 높이에까지 내려가니 세상은 칠흑 같은 밤이 되어 있었죠. 왕자는 착륙할 장소를 고르려는 생각은 아예 포기해 버리고, 고삐를 말의 목에 걸어 놓은 채 그저 아무 곳으로나 내려가기를 기다렸습니다. 물론 그렇게 내려갈 곳이 사람이 사는 곳일지, 사막일지, 강일지, 혹은 바다일지 알 수 없어 마음은 심히 불안하기만 했습니다.

자정이 조금 지났을 무렵, 마침내 말은 땅에 내려섰습니다. 피루즈 샤 왕자도 말에서 내렸지만 몸이 힘이 없어 휘청거렸습니다. 축제에 참석하기 위해 부왕과 함께 궁을 나서기 전 아침 식사를 한 이후로 지금까지 먹은 것이 전혀 없으니 당연한 일이었죠. 말에서 내린 그는 자신이 있는 곳이 어디인지 알아내고자 어둠에 잠긴 주위를 둘러보았습니다. 그곳은 팔꿈치 높이의 대리석 난간으로 둘러싸인 어느 궁전의 옥상이었습니다. 이리저리 돌아다니며 살펴보았더니 한쪽에 층계가 나 있었습니다. 입구가 반쯤 열려 있는 그 층계는 아래의 궁전으로 통하고 있었죠.

다른 사람 같았더라면 감히 어두컴컴한 층계 밑으로 내려갈 엄두도 못 냈을 것입니다. 게다가 밑에 있는 사람들이 적인지 친구인지도 알 수 없는 상황 아닙니까? 하지만 대담한 피루즈 샤 왕자는 이렇게 생각했습니다.

〈나는 이곳에 아무도 해치려 온 게 아니잖아? 내려가면 누군가를 만나겠지. 하지만 내가 무기를 지니고 있지 않다는 것을 알면, 그들은 나를 해치려 들기는커녕 친절하게 내 사정을 들어 줄 거야.〉

그는 반쯤 열려 있는 문을 살그머니 열었습니다. 그러고는 어둠 속에 발을 헛디디거나 소리를 내어 사람을 깨우는 일이 없게끔, 극히 조심해 가면서 한 발 한 발 층계를 짚었습니다.

마침내 아무런 사고 없이 층계 아래까지 내려가니 창고 같은 공간이 나타났는데, 그곳의 한쪽 벽에 나 있는 문 역시 조금 열려 있었습니다. 문틈으로 빛이 새어 들어오고 있었는데, 문 뒤에는 커다란 홀이 있는 것 같았습니다.

피루즈 샤 왕자는 문 앞에 서서 귀를 기울여 보았습니다. 사람 여럿이서 잠을 자는 듯, 다양한 방식으로 코 고는 소리들이 들려왔습니다. 그는 방 안으로 조금 들어가 보았습니다. 천창을 통해 달빛이 비치는 커다란 홀이었죠. 자고 있는 사람들은 모두 흑인 내시들로, 그들 곁에는 칼집에서 빼낸 칼들이 나뒹굴고 있었습니다. 그곳은 어떤 공주의 거처였던 것입니다.

공주가 자고 있는 방은 홀과 이어져 있었습니다. 열려 있는 문에는 아주 얇은 명주로 된 커튼이 드리워 있었는데, 그 커튼을 통해 환한 불빛이 새어 나오고 있었죠. 피루즈 샤 왕자는 누워 있는 내시들을 깨우지 않으려고 까치발로 살금살금 걸어서 휘장 앞으로 갔습니다. 휘장을 열고 안으로 들어가 보니 화려하기 그지없는 방이 나타났습니다. 하지만 왕자로서는 방의 화려함 따위에 신경 쓸 여유가 없었죠. 방안을 둘러보니 여러 개의 침상이 놓여 있는데 하나는 좌단 위에, 다른 것들은 바닥에 깔려 있었습니다. 바닥에 놓인 것들에서는 공주의 시중을 드는 시녀들이 잠들어 있었고, 공주는 좌단 위의 침상에 누워 있었습니다.

다른 누구보다 공주와 직접 얘기하고 싶었던 왕자는 공주의 침대를 찾아내, 아무도 깨우지 않도록 애쓰며 살금살금 그쪽으로 다가갔습니다. 침대 가까이에 이른 그는 놀라울 정도로 아름다운 공주의 모습을 보고 순식간에 그녀에게 매혹되어 사랑의 불길에 휩싸여 버렸습니다.

〈오, 맙소사! 운명이 나를 이곳으로 이끌어 온 것은 내가 지금껏 소중히 간직해 온 자유를 빼앗기 위함이었던가? 이 여인이 눈을 뜨는 순간, 그리하여 매력적인 각 부분으로 짜인 이 놀라운 건축물이 휘황한 샹들리에로 완성되는 바로 그 순간, 나는 노예의 신분으로 떨어져야만 하는 것인가? 그래! 각오해야겠지! 설사 이것이 나 자신을 죽이는 일이라 할지라도 여기서 물러설 수는 없으니까! 운명이 내게 그걸 명하고 있으니까!〉

피루즈 샤 왕자는 침대 곁에 무릎을 꿇고 앉았습니다. 그러고는 늘어진 소매 끝에 나와 있는 눈처럼 흰 그녀의 손을 살짝 잡아당겼습니다.

공주는 눈을 떴습니다. 그녀는 체격이 늘씬하고 용모가 준수할 뿐 아니라, 의복도 훌륭하게 차려입은 웬 청년이 눈앞에 있는 것을 보았습니다. 그녀는 너무 놀라 한동안 아무 말도 하지 못했습니다. 하지만 조금도 무서워하는 기색은 아니었죠. 왕자는 그 기회를 이용하여 머리가 양탄자에 닿도록 깊이 허리를 숙여 인사했습니다. 그러고서 다시 머리를 들어 올리며 말했습니다.

「존경하는 공주님! 저는 페르시아 왕의 아들인 페르시아 왕자입니다. 바로 어제 아침까지만 해도 명절을 축하하는 성대한 잔치 한가운데 있었죠. 그런데 인간이 상상할 수 있는 가장 기이하고도 놀라운 일을 겪은 끝에, 지금은 미지의 나라 한복판에 떨어진 신세가 되었군요. 저는 지금 공주님께서 선하고도 너그러운 마음으로 도와주고 보호해 주시지 않는다면 목숨을 잃을지도 모르는 절박한 상황에 처해 있습니다. 오 아름다우신 공주님, 부디 저를 보호해 주십시오! 사실 전 공주님께서 제 간청을 거절하지 않으시리라 확신하고 있답니다. 이처럼 아름답고 매력적이고 위엄 있으신 분께서 냉혹한 마음을 가졌을 리 없으니까요.」

　그녀는 벵골 왕국 국왕의 장녀인 벵골 공주였습니다. 그리고 지금 이들이 있는 곳은 공주가 가끔 들러 전원의 바람을 쐴 수 있게끔 벵골 국왕이 지어 준, 왕궁에서 조금 떨어진 조그만 별궁이었죠. 부드러운 표정으로 왕자의 말을 끝까지 들은 공주는 역시 부드러운 음성으로 대답했습니다.

「왕자님, 걱정 마세요! 이곳은 결코 야만국이 아니랍니다. 이곳 벵골 왕국은 왕자님의 페르시아 왕국 못지않게 환대와 따뜻한 정과 예절이 넘치는 곳이죠. 따라서 제가 특별히 왕자님을 보호해 드리지 않아도, 왕자님은 이 나라의 어디에서든 보호받으실 수 있습니다. 왕자님, 제 말은 사실이니 믿으셔도 됩니다.」

　페르시아 왕자는 너무도 친절하게 대해 주는 벵골 공주에게 감사하고자 다시 한 번 고개를 깊이 숙였습니다. 하지만 그녀는 그에게 말할 틈도 주지 않았습니다.

「그런데 어떻게 그 짧은 시간에 페르시아의 수도에서 이곳까지 오실 수 있었는지, 또 그 어떤 마법을 사용하여 호위병들의 철통같은 경비를 뚫고 이렇게 제 앞에까지 오실 수 있었는지 참으로 궁금하군요! 하지만 지금 왕자님께서는 몹시 시장하시겠죠. 그러니 제 궁금증을 푸는 일은 내일 아침으로 미루기로 하겠어요. 대신 방 하나를 준비해서 왕자님께서 쉴 곳을 마련해 드려야겠네요. 자, 우선 충분히 휴식을 취하세요. 제 호기심을 채워 줄 만한 상태로 회복하실 수 있도록 말이에요.」

이제 시녀들도 모두 일어나 있었습니다. 아까 왕자가 처음 입을 열었을 때 깨어난 그녀들은 웬 낯선 사내가 공주님의 머리맡에 있는 것을 보고는 기겁을 했었습니다. 더욱이 어떻게 그가 자신들과 내시들을 깨우지 않고 여기까지 들어올 수 있었는지 이해할 수 없어 멍하니 입만 벌리고 있었죠. 하지만 이야기를 들으며 공주의 뜻을 알게 된 그녀들은 즉시 옷을 입었고, 그녀가 명을 내리자마자 곧바로 시행했습니다. 우선 각기 촛불을 하나씩 켜 방을 환하게 밝혔습니다. 그런 다음 왕자가 공주에게 정중히 인사하고 물러 나오자 아주 훌륭한 방으로 그를 인도했습니다. 시녀 가운데 몇 명은 잠자리를 준비했고, 다른 시녀들은 주방과 찬방으로 달려갔습니다.

밤늦은 시간이었음에도 불구하고 벵골 공주의 시녀들은 피루즈 샤 왕자를 오래 기다리게 하지 않았습니다. 언제 요리를 했는지 금세 진수성찬이 차려진 상을 들고 온 것입니다. 그는 입맛에 맞는 것을 골라 먹었습니다. 그가 필요한 만큼 충분히 먹자, 시녀들은 상을 치웠습니다. 그다음엔 그가 지내는 데 필요한 모든 것이 준비되어 있는 옷장 여러 개를 보여 준 다음, 편히 쉴 수 있도록 물러가 주었죠.

한편 벵골 공주는 다시 잠들지 못하고 있었습니다. 방금 전 대화를 나눈 페르시아 왕자의 매력과 재치와 예의에 깊은 인상을 받았던 것입니다. 시녀들이 돌아오자 그녀는 그를 잘 보살펴 주었는지, 그가 만족했는지, 소홀히 한 점은 없었는지 물었습니다. 왕자에 대해 그녀들은 어떻게 생각하는지도 물어보았죠.

시녀들은 앞의 질문들에 대답하고 나서, 마지막 질문에 대해서는 이렇게 답변했습니다.

「공주님께서는 어떻게 생각하시는지 잘 모르겠지만요, 만약 폐하께서 그렇게 멋진 왕자님과 짝지어 주신다면 공주님은 너무 행복하실 것 같아요! 벵골 왕국을 아무리 뒤져 봐도 그분과 비교할 만한 분은 찾을 수 없을 거예요. 또 인근 나라들에도 공주님과 어울릴 만한 남자가 있다는 말은 들은 적이 없어요.」

약간의 아첨이 섞여 있긴 했어도 벵골 공주로서는 그다지 기분 나쁜 말이 아니었습니다. 하지만 자신의 감정을 드러내기 싫었던 그녀는 이렇게 말했죠.

「별 우스운 소리를 다 하는구나! 자, 모두들 다시 눈을 붙이도록 해라. 나도 다시 자야겠다.」

이튿날, 공주는 일어나자마자 거울 앞으로 달려가 화장을 했습니다. 태어나서 이처럼 애를 써서 얼굴과 머리를 꾸민 적이 없을 정도였습니다. 덕분에 고생을 해야 했던 건 옆에서 도와주는 시녀들이었습니다. 매무새가 마음에 들 때까지 똑같은 모양을 만들었다 풀었다, 옷을 입었다 벗었다 하기를 수십 번씩 했으니까요.

「그 사람은 내가 자다 일어난 모습을 보고도 그다지 싫어

하는 기색이 아니었어. 하지만 이번엔 이렇게 한껏 꾸미고 가서 나의 다른 모습을 보여 줘야겠어.」

그녀는 눈부시게 빛나는 커다란 다이아몬드들로 머리를 장식했습니다. 또 각종 보석으로 만든 목걸이며 팔찌를 차는 것도 잊지 않았습니다. 모두가 값을 따질 수 없는 엄청난 보물들이었죠. 그녀가 걸친 옷은 인도에서 나는 가장 귀한 천으로 지은 것으로 왕족이나 입을 수 있는 것이었습니다. 화장을 마치고 장신구를 걸치고 마지막으로 그 고운 옷까지 입으니, 그녀는 실로 이 세상 사람이 아닌 듯 완벽하게 아름다웠습니다. 그런 모습으로 거울을 여러 차례 들여다본 그녀는, 시녀들 각각에게 자신의 차림에 혹시라도 빠진 것은 없는지 물어보았습니다. 그러고서 시녀들을 보내 왕자가 일어났는지, 만일 일어났다면 옷은 입었는지 알아 오도록 시켰습니다. 그가 아침 인사를 하러 자기에게 오겠다고 할 것이 뻔했으므로, 자신이 직접 찾아가겠으며 이렇게 하는 데는 다 이유가 있다고도 전하게 했지요.

과연 왕자는 공주의 시녀가 입을 열기도 전에, 자신의 의무와 예절을 다하기 위해 지금 공주님의 방에 찾아가도 좋은지 물었습니다. 시녀가 공주에게서 들은 말을 그대로 전하자, 왕자는 이렇게 말했습니다.

「공주님은 내 여주인이시오. 나는 지금 공주님 댁에 있으니 무조건 그분의 뜻에 따를 뿐이오.」

벵골 공주는 페르시아 왕자가 자신을 기다린다는 말을 듣자마자 그의 방에 찾아갔습니다. 우선 두 사람은 다시 한 번 정중하게 인사를 나눴습니다. 왕자는 한밤중에 곤하게 자고 있는 그녀를 깨운 것을 사과했고, 공주는 왕자에게 간밤에 잠은 잘 잤는지, 지금은 피곤이 많이 풀렸는지 물은 뒤 좌단에 앉았습니다. 왕자도 따라 앉았지만 예절을 지키기 위해 조금 떨어진 곳에 자리를 잡았죠. 그러자 공주가 입을 열었습니다.

「왕자님! 사실은 어젯밤에 제가 자고 있던 방에서 주무시게 할 수도 있었어요. 하지만 그 방은 언제든지 내시 대장이 들어올 수 있어서, 제 허락 없이는 그도 절대 들어올 수 없는 이 방으로 보내 드린 거랍니다. 당신이 제게 오게 된 그 기이한 사연을 한시라도 빨리 듣고 싶어 좀이 쑤시긴 했지만요. 그래서 오늘 아침에도 왕자님으로 하여금 제 방에 오게 하는 대신 제가 직접 찾아온 거지요. 여기서는 누구의 방해도 받지 않고 이야기를 들을 수 있으니까요. 그러니 부디 왕자님의 사연을 들려주셔서 제 궁금증을 풀어 주시기 바라요.」

피루즈 샤 왕자는 벵골 공주의 궁금증을 풀어 주기 위해, 우선 매년 페르시아 왕국 전역에서 성대하게 열리는 느브루 축제에 대해 얘기해 주었습니다. 물론 페르시아 왕의 궁정 사람들뿐 아니라, 시라즈의 모든 시민이 함께 즐기는 흥미로운 공연이며 각종 구경거리에 대한 이야기도 빼놓지 않았죠. 이어 마법의 말 이야기로 넘어가서, 인도인이 왕과 모든 신하들 앞에서 말에 올라 행한 그 놀라운 일들을 들려주었습니다. 듣고 있는 공주도 몹시 놀라워했습니다. 이 세상에 그 이상 신기한 일이 있으리라 상상할 수 없을 정도였죠.

「공주님!」 페르시아 왕자는 이야기를 계속했습니다. 「제 아버님께서는 이 세상 어느 곳에 희귀하고도 신기한 것이 있다는 말만 들으시면, 그것으로 당신의 보물 창고를 채우기 위해 비용을 아끼지 않는 분입니다. 이런 분이 그런 신기한 말을 보았으니 오죽하셨겠어요? 당장에 그걸 손에 넣고 싶어 안달이 나셨죠. 그분은 즉시 인도인에게 값을 물으셨습니다.

그런데 인도인의 대답은 정말 터무니없는 것이었어요. 우선 그는 그 말을 자신의 외동딸과 바꾼 것이라고 했지요. 따라서 자기도 말을 내주려면 같은 조건을 걸어야 한다나요? 즉 자기가 내 누이 공주와 결혼해야 한다는 거였죠. 너무도 황당무계한 그 제안에 아버님의 옥좌를 둘러싸고 있던 궁신들은 큰 소리로 그를 비웃었답니다. 특히 저는 화가 나서 견딜 수가 없었지요. 무엇보다도 아버님께서 일언지하에 거절하지 못하고 망설이시는 걸 보니 더욱 분통이 터졌어요. 만일 그때 제가 나서서 이건 아버님의 영예에 먹칠하는 일이라고 강력하게 항의하지 않았더라면 그분은 인도인의 요구대로 하셨을지도 모릅니다. 하지만 저의 힐책에도 불구하고 아버님께서는 그 형편없는 작자에게 제 누이를 희생시키려는 생각을 완전히 포기하지 않으셨어요. 그분은 만일 제가 그 말이 얼마나 기이하고도 값진 물건인지 알게 된다면 당신과 생각을 같이하게 되리라고 믿으셨어요. 그래서 저에게 말을 한번 검사해 보라고 하셨고, 전 말에 올라 직접 시험을 해본 거지요.

저는 아버님의 마음을 기쁘게 해드리려고 말에 올랐습니다. 아까 인도인이 어떤 쐐기를 움직여 공중에 떠올랐는지 봐두었던지라, 올라타자마자 상세한 설명도 듣지 않은 채 그와 똑같이 해버렸어요. 그랬더니 말과 저는 아주 힘세고 능숙한 궁수가 쏘아 올린 화살보다도 빠른 속도로 하늘로 치솟더군요. 저는 순식간에 까마득한 하늘 위로 올라갔습니다. 하도 높이 있어서 땅 위의 것들이 전혀 구별되지 않더군요. 또 하늘의 궁륭에 너무 가까이 다가가다가 머리가 부딪혀 박살 나버리지나 않을까 걱정이 될 정도였지요. 그렇게 엄청나게 빠른 속도로 올라가다 보니 한동안은 정신이 하나도 없었습니다. 사실 그때 저는 여러 가지 면에서 큰 위험에 처해 있었지만 그런 것은 생각할 겨를도 없었어요.

잠시 후 궁으로 돌아가기 위해 저는 처음 돌렸던 쐐기를 반대 방향으로 돌려 보았습니다. 하지만 기대했던 효과는 나타나지 않았죠. 말은 저를 싣고 계속 하늘 위로 올라갔고, 그렇게 저는 점점 더 땅에서 멀어져 갔어요. 한참을 그러다가 마침내 전 또 다른 쐐기를 발견했답니다. 그걸 돌렸더니 말이 상승을 멈추고 땅 쪽으로 내려가더군요. 하지만 곧 밤의 어둠 속으로 잠겨 들었기 때문에 말을 안전한 장소에 착륙시키는 것은 불가능했지요. 그래서 그냥 고삐를 잡은 채 모든 것을 하느님께 맡기고 기다렸습니다.

드디어 말은 땅에 내려앉았습니다. 바로 이 궁전의 옥상이더군요. 주위를 살펴보니, 반쯤 열린 문틈으로 층계가 보이기에 그리로 내려왔지요. 그랬더니 다시 문이 나오는데 그 틈으로 빛이 흘러나오고 있었어요. 고개를 살짝 내밀고 들여다보았지요. 잠들어 있는 내시들과 밝은 빛이 새어 나오는 커튼이 보였어요. 내시들이 깨어나면 위험하다고는 생각했지만 워낙 절박한 처지였기에 용기를 내어 살금살금 걸어 들어가 커튼을 젖혔던 것입니다.」 그러고서 왕자는 이렇게 덧붙였습니다. 「그 이후의 일에 대해선 잘 알고 계시니 말할 필요가 없겠지요. 이제 남은 것은 공주님의 선하심과 너그러우심에 대해 감사를 드리는 일뿐입니다. 그러니 공주님! 제가 어떻게 해야 그 큰 은혜에 보답할 수 있을지 말씀해 주세요! 사람들의 법대로 하자면 전 이미 공주님의 노예가 되어 버린 셈이지만 공주님께 드릴 것이라곤 제 마음밖에 없군요. 아니, 지금 제가 무슨 말을 하는 거죠? 제 마음까지 이미 당신의 매력에 사로잡혀 버렸는데요! 게다가 제 마음을 돌려 달라고 말하기보다는 그냥 그대로 공주님 손안에 남겨 두고 싶은 심정인데요! 공주님! 당신은 제 마음까지 사로잡은 저의 주인이 되셨답니다!」

피루즈 샤 왕자의 진지한 표정과 열정적인 어조에, 벵골 공주는 자신의 매력이 효력을 발휘했음을 확신할 수 있었습니다. 왕자의 고백이 지나치게 빠른 감이 있긴 했지만 그렇다고 하여 성을 내지는 않았죠. 오히려 그녀의 얼굴은 빨갛게 물들었고, 그런 그녀의 모습은 왕자의 눈에 더욱 아름답고 사랑스럽게만 보였습니다.

피루즈 샤 왕자가 말을 마치자 이번에는 벵골 공주가 입을 열었습니다.

「지금 왕자님이 해주신 이야기, 참으로 놀랍고 신기하기만 하군요! 정말 재미있는 이야기였어요! 하지만 그렇게 높은 공중에서 날아다니셨을 것을 생각하니 몹시 겁나기도 했답니다. 지금은 이렇게 무사하시니 마음이 놓이지만, 그 인도인의 말이 다행히도 이 궁전의 옥상에 착륙했다는 대목을 듣기 직전까지 제 마음은 시종 떨리기만 했어요……. 그렇습니다, 왕자님! 운명이 왕자님을 이끌어 이 세상의 많고 많은 장소 가운데 하필 이곳에 내려 준 것이 전 너무도 기쁘답니다! 왕자님 같은 귀한 분을 알게 된 것, 저로서는 다시없는 특권이요 행운이라고 생각하고 있답니다. 어떻게 하면 왕자님을 편안하고 유쾌하게 대접할 수 있을까 하는 마음뿐이지요.

그러니 왕자님! 우연히 제 궁에 떨어졌다고 하여 자신이 노예가 되었다는 말씀일랑 절대 하지 마세요. 만일 그 말이 예의가 아니라 진심에서 나온 말이라면 저는 몹시 속상할 겁니다. 페르시아 왕궁에서처럼 이곳에서도 왕자님은 전적으로 자유롭다는 사실, 그건 어젯밤의 제 태도를 보고 충분히 짐작하셨을 거예요. 그리고 왕자님의 〈마음〉에 대해서는…….」

벵골 공주의 마지막 말에는 왕자의 구애를 거부하지 않는다는 뜻이 분명히 드러나 있었습니다. 「왕자님께서 지금까지 그 마음을 사용하시지 않았을 리가 없잖아요? 누군가 훌륭한 공주님을 벌써 선택하셨겠죠. 왕자님께서 그분을 배신한다면 전 몹시 실망할 거예요.」

피루즈 샤 왕자는 벵골 공주야말로 자기 마음의 주인이라고 항변하려 했습니다. 하지만 그가 입을 열려 할 때 한 시녀가 와서 오찬이 준비되었다고 알렸습니다.

이렇게 시녀가 대화를 끊어 준 덕에 두 사람은 무의미한 해명을 나눌 필요가 없게 되었습니다. 사실 벵골 공주는 페르시아 왕자의 말이 진심임을 확신하고 있었습니다. 왕자 역시 직접 들은 것은 아니지만, 그녀의 어조와 말투를 통하여 자신이 행복을 거머쥐었음을 알고 있었던 것입니다.

시녀가 문에 달린 휘장을 여는 것을 본 벵골 공주는 자리에서 일어나며, 따라 일어서는 왕자에게 자신은 평소 이렇게 일찍 오찬을 들지 않지만 어젯밤에 왕자가 형편없는 저녁상을 받았을 것이 분명하므로, 일부러 오찬을 일찍 차리게 했다고 설명했습니다. 그녀는 커다란 식탁에 산해진미가 차려져 있는 호화로운 홀로 왕자를 인도했습니다. 두 사람이 식탁에 앉자마자 음악이 울리기 시작했습니다. 화려한 옷을 입은 어여쁜 시녀들이 악기 반주에 맞추어 부르는 노랫소리는 식사 시간 내내 계속되었죠.

음악 소리는 아주 은근하여 두 사람이 다정한 대화를 나누는 데 조금도 지장을 주지 않았습니다. 식사가 계속되는 내내 공주는 왕자에게 음식을 덜어 주었고, 이것저것 맛있는 것들을 권했습니다. 또 왕자는 왕자대로 지극히 정중한 태도와 상냥한 음성으로 가장 훌륭해 보이는 음식들을 권했고, 이에 감동한 공주는 다시금 깍듯하고도 다정하게 답례했습니다. 형식적인 대화를 나눌 때보다 이처럼 서로에 대한 예절과 정성이 자연스럽게 오갈 때, 사랑은 훨씬 크게 발전하는 법입니다.

왕자와 공주는 마침내 자리에서 일어났습니다. 공주는 이번에는 왕자를 넓은 응접실로 인도했습니다. 장려한 구조, 방 전체를 조화롭게 장식하고 있는 하늘색과 황금색 칠, 호화로운 가구들로 가득한 더없이 훌륭한 방이었죠. 그들은 좌단에 앉았습니다. 피루즈 샤 왕자는 거기서 보이는 정원의 전경에 감탄을 금할 수 없었습니다. 온갖 기화요초와 관목과 나무들이 심겨 있는데, 모두가 페르시아 왕궁에서는 볼 수 없는 것들이었을뿐더러 아름다움에 있어서도 결코 뒤지지 않았던 것입니다.

「공주님! 전 여태껏 왕의 위엄에 걸맞은 훌륭한 궁전들과 경탄스러운 정원들은 오직 페르시아에만 있다고 생각해 왔어요. 하지만 이제 제 생각이 틀렸음을 알겠어요. 그곳이 어디든 위대한 왕들은 그들의 위대함과 권능에 걸맞은 거처를 지어 놓는군요! 물론 건축 양식과 각종 부속 시설에 있어 차이는 있습니다만, 그 위대함과 화려함에 있어서는 다를 바가 없는 것 같아요.」

「왕자님!」 벵골 공주가 대답했습니다. 「왕자님께서는 제 궁전을 페르시아의 왕궁과 비교하셨지만, 그곳을 한 번도 본 적이 없는 저로서는 뭐라 말할 수 없네요. 물론 왕자님께서는 진지하게 말씀하셨겠지만, 왕자님 말씀이 사실이라고 생각하긴 어려워요. 그저 저에 대한 예의로 그렇게 말씀해 주신 거라고 믿을 뿐이지요. 왕자님 앞에서 구태여 제 궁전을 폄하하려 함은 아니에요. 높은 안목과 양식을 지닌 분이시니 제가 말씀 안 드려도 어련히 정확하게 판단하시겠어요? 하지만 왕자님! 제 아버님의 왕궁에 비하면 이곳은 보름달 앞의 반딧불에 불과하답니다. 그 규모와 아름다움과 화려함에 있어 이곳보다 수천 배 아름다운 궁전이지요. 왕자님께서도 한번 보시면 수긍하시겠지만요. 이 왕국의 수도까지 오게 되셨으니 한번쯤 가서 구경하시는 것도 나쁘지 않을 거예요. 그리고 가는 김에 제 아버님께 인사를 드리시면 아버님은 왕자님께 합당한 영예를 베풀어 주실 것입니다.」

벵골 공주가 페르시아 왕자의 호기심을 자극하여 벵골 왕궁을 방문하게 하고 그녀의 부친인 벵골 왕을 만나게 하려는 데에는 다 이유가 있었습니다. 벵골 왕이 이토록 준수하고 현명하며 모든 자질을 갖춘 왕자를 보게 되면, 그더러 공주 자신과 혼인하라고 제의할 수 있는 일 아니겠습니까? 그리된다면 자신에게 무관심하지 않은 왕자는 이 결혼을 받아들일 것이고, 이런 방법으로 자신은 아버님의 뜻에 순종하는 조신한 처녀로 보이면서도 원하는 바를 이룰 수 있게 될 터였습니다. 하지만 왕자의 대답은 그녀의 예상과 달랐습니다.

「공주님! 벵골 왕의 궁전이 이 궁전보다 훨씬 뛰어나다고 하신 말씀, 다 사실이리라 생각합니다. 또 공주님의 말씀대로 그분께 인사드리고 경의를 표할 수만 있다면 저에겐 무한한 기쁨이요 다시없는 영광일 것입니다. 하지만 공주님, 한번 생각해 보세요! 보시다시피 지금 저는 빈털터리 신세인지라 수행원들을 거느릴 수도 없고, 제 신분에 합당한 품위 있는 생활을 할 수도 없는 처지 아닙니까? 어찌 이런 꼴을 하고서 그토록 위대한 군주를 뵈러 갈 수 있단 말이죠?」

「그 문제는 조금도 걱정하실 필요가 없어요. 원하신다면 돈은 제가 얼마든지 드리겠어요. 이곳에도 페르시아 출신의 상인들이 많이 있답니다. 그들에게서 필요한 것들을 구입하여 왕자님의 신분에 부끄럽지 않은 집을 짓고 살면 되지 않겠어요?」

피루즈 샤 왕자는 벵골 공주의 의도가 무엇인지 알 수 있었습니다. 그것은 자신에 대한 사랑의 표시였고, 그 사랑을 느끼니 가슴이 터질 듯 벅차올랐죠. 하지만 이러한 격렬한 정열에도 불구하고 왕자는 자신의 의무를 잊지 않았습니다.

그는 망설임 없이 대답했습니다.

「공주님! 공주님의 마음이 너무도 고맙고, 그 친절한 제의를 당장에라도 받아들이고 싶은 심정입니다. 제가 멀리 떠나 있어서 걱정하고 계실 아버님만 아니라면 말입니다. 저는 제 아버님을 잘 알고 있습니다. 저야 지금 사랑스러운 공주님과 행복한 시간을 보내고 있지만, 그분께서는 아들을 다시 볼 수 없다는 생각에 크나큰 고통에 빠져 계실 게 뻔합니다. 따라서 가급적 빨리 돌아가 그분의 염려를 덜어 드리지 않는다면, 그분이 제게 베풀어 주셨던 인자하심과 사랑을 배신하는 것이 되지 않겠습니까? 그러니 공주님, 부디 저를 이해해 주세요! 제가 여기서 지체하면 지체할수록 그분의 생명은 점점 더 단축될 것입니다. 빨리 가서 그분의 생명을 회복시켜 드리지 않는다면 저는 천하에 둘도 없는 불효자요, 죄인이 될 것입니다.」 페르시아 왕자는 말을 이었습니다. 「그러한 연후에, 만일 공주님께서 이 몸이 신랑 후보가 되기에 과히 부족하지 않다고 여기신다면, 제 짝을 고르는 일에 대해서는 강요하지 않겠다는 뜻을 항상 밝혀 오셨던 아버님께 말씀드려 다시 이곳에 돌아오려 합니다. 그때는 더 이상 이름 없는 빈 털터리가 아닌 일국의 왕자로서, 우리의 결혼으로 양국 간에 동맹을 맺자는 페르시아 국왕의 요청을 벵골 국왕께 정식으로 전달할 것입니다. 확신하거니와, 곤경에 빠진 제게 공주님이 어떤 은혜를 베풀어 주셨는지 알게 되시면 아버님께서 오히려 앞장서서 이 혼사를 추진하려 드실 것입니다.」

왕자의 설명을 들은 공주는 참으로 난감했습니다. 우선 그녀는 왕자에게 벵골 왕을 보러 가자고 계속 우긴다거나, 그의 의무와 명예에 어긋나는 행동을 하라고 요구하기에는 너무도 분별 있는 사람이었습니다. 하지만 왕자가 그렇게나 빨리 돌아가려고 마음먹고 있다는 사실에는 놀라지 않을 수 없

었습니다. 몸이 멀어지면 마음도 멀어진다고, 고국에 돌아가면 자신과의 약속을 까맣게 잊어버릴 수도 있지 않겠습니까? 그녀는 그의 마음을 돌려 보고자 이렇게 말했습니다.

「왕자님! 왕자님의 생각은 전적으로 타당한 것입니다. 전 왕자님이 그런 생각을 하시는 줄은 전혀 몰랐어요. 그래서 제 아버님을 뵈러 가는 일에 도움을 주겠다고 제의한 것이고, 거기에 나쁜 뜻은 조금도 없었습니다. 만일 제가 알고도 그랬다면, 왕자님으로 하여금 불효를 저지르도록 부추긴 것이 되겠죠. 하지만 왕자님께서 그렇게 빨리 떠나시는 것에 대해선 찬성할 수 없어요. 왕자님! 제발 간청하는데, 이왕 이곳에 오셨으니 잠시 숨이나 돌리고 가세요! 저로서는 다행스럽게도, 왕자님께서는 사막 한가운데 혹은 다시 내려올 수조차 없는 깎아지른 듯한 산꼭대기가 아닌, 바로 이 벵골 왕국에 오시게 되었잖아요? 페르시아 궁정에 돌아가시면 모두들 이곳 사정을 묻지 않겠어요? 그때 들려줄 뭔가를 위해서라도 잠시 이곳을 둘러보시고 가는 게 좋지 않을까요?」

벵골 공주가 이렇게 말한 이유는, 피루즈 샤 왕자를 얼마간 자기와 함께 지내게 하여 서서히 자신의 매력에 빠져들게 하려 함이었습니다. 그러면 페르시아에 돌아가고자 하는 갈망은 차차 수그러들 것이고, 마침내는 벵골 국왕을 찾아갈 결심을 하게 되리라 기대했던 겁니다.

페르시아 왕자로서는 자신을 그토록 따뜻하게 맞아 준 공주의 청을 차마 거절할 수 없었습니다. 결국 받아들이고 말았죠. 이제 그녀는 어떻게 하면 왕자의 체류를 즐거운 시간으로 만들어 줄 수 있을까만 생각했습니다. 그리하여 여러 날 동안, 축제와 무도회와 음악회와 연회가 계속되었습니다. 때때로 정원을 산책하기도 했고 궁에 딸린 장원에 나가 사냥도 했습니다. 거기에는 각종 야생 동물들이 서식하고 있었죠. 수사슴, 암사슴, 흰 점 사슴, 노루 그리고 벵골 왕국 특산의 각종 짐승……. 모두가 사냥하기에 과히 위험하지 않은 것들이었죠.

사냥이 끝나면 왕자와 공주는 풍광 좋은 장원의 한 장소에서 만나곤 했습니다. 거기에는 커다란 양탄자와 푹신한 쿠션들이 놓여 있어 편안하게 앉아 쉴 수 있었죠. 격렬한 운동을 마친 두 사람은 한숨 돌리며 이런저런 주제들로 대화를 나누었습니다. 하지만 벵골 공주가 교묘히 유도하는 화제는 항상 정해져 있었습니다. 바로 페르시아가 얼마나 위대하고도 부강한 나라인지, 또 그 왕국이 어떻게 통치되고 있는지에 관해 묻는 것이었습니다. 물론 그녀가 그리하는 데는 다 이유가 있었죠. 왕자가 설명해 준 후에는 자신도 벵골 왕국의 뛰어난 점들에 대해 들려줌으로써, 왕자로 하여금 이곳에 눌러 살고 싶은 생각이 들게 하려 함이었습니다. 하지만 일은 그녀의 의도와는 정반대로 흘러갔습니다.

피루즈 샤 왕자는 페르시아 왕국의 뛰어난 점들에 대하여 조금의 과장도 섞지 않고 얘기해 주었습니다. 나라 전체에 넘쳐흐르는 부유함과 화려함에 대하여, 그 군사력에 대하여, 공주로서는 이름도 들어보지 못한 먼 나라들과 육로와 해상을 통해 행하는 교역에 대하여, 수많은 대도시들에 대하여 묘사해 주었습니다. 그리고 이 대도시들에는 그가 거하는 도시만큼이나 많은 주민들이 살고 있으며 언제든지 들어가서 지낼 수 있는 궁전들까지 있어서, 자신은 계절에 따라 이곳저곳을 옮겨 다니며 항상 봄을 즐길 수 있다고 설명했습니다. 결국 공주는 왕자의 이야기가 다 끝나기도 전에 벵골 왕국이 페르시아 왕국보다 여러 가지 면에 있어서 훨씬 뒤떨어진다고 느끼게 되었습니다. 그리하여 설명을 마친 왕자가 이번에는 벵골 왕국에 대해서 얘기해 달라고 청했지만, 공주는 좀처럼 입을 열지 못했죠.

결국 왕자의 거듭된 요청에 마지못해 시작하기는 했지만, 심지어는 페르시아 왕국보다 명확히 뛰어난 점들조차 제대로 자랑하지 못했습니다. 이제는 오히려 그녀가 왕자를 따라 페르시아에 가고 싶은 심정이었던 것입니다. 왕자도 그 사실을 눈치채고 있었지만, 페르시아로 같이 가자고 곧바로 제의하지는 않았습니다. 물론 그녀는 결국 동의하긴 하겠지만 이곳에 조금만 더, 조금만 더 머무르자고 하면서 자신이 아버지에게 돌아가 아들의 의무를 다하는 것을 방해할 수도 있는 일 아니겠습니까? 그럴 경우 〈나도 이곳에 있을 만큼 있었으니 더 이상 그런 말씀 마시오〉라고 말할 수 있게끔, 좀 더 있어 주는 것이 필요할 터였습니다.

그러다 보니 피루즈 샤 왕자는 두 달 동안이나 벵골 공주가 원하는 대로 그녀가 제공하는 모든 환락에 빠져 살게 되었습니다. 마치 평생 그렇게 아무 생각 없이 공주에게 붙잡혀 살아갈 사람처럼 보였죠. 하지만 두 달이 지나자, 그는 심각한 얼굴을 하고서 그녀에게 간청했습니다. 자신이 너무 오랫동안 자식의 도리를 못하고 있다며, 이제는 돌아가는 것을 허락해 달라고 말입니다. 그리고 아버님을 안심시켜 드리는 즉시 돌아와 벵골 국왕에게 정식으로 인사드리겠다는 종전의 약속을 반복했습니다. 또 이렇게 덧붙였죠.

「공주님께서 제 약속을 의심할지도 모르겠군요. 일단 떠나가면 사랑했던 사람을 까맣게 잊어버리는 그런 부류의 남자로 여길지도 모르겠고요. 하지만 공주님! 제 마음을 솔직히 고백할까요? 이제 저는 너무나도 사랑스러우며 저를 사랑해 주시는 당신 같은 공주님과 함께가 아니라면, 삶은 결코 즐겁지 않으리라고 확신하고 있답니다. 그러니 공주님! 무엄한 말인 줄 알면서도 감히 청하거니와, 저로 하여금 공주님을 제 나라로 데려가게 해주십시오!」

공주의 얼굴은 빨갛게 물들었습니다. 그녀는 조금도 화를 내지 않고 단지 어떻게 해야 할까 망설이는 기색을 보였죠. 이를 눈치챈 피루즈 샤 왕자는 얼른 다시 말했습니다.

「공주님! 제 아버님이 공주님을 어떻게 맞아 주실까, 과연 결혼을 허락해 주실까, 그런 일들이 걱정되시나요? 제가 아버님을 너무도 잘 알고 있으니 그 점에 대해선 안심하셔도 됩니다. 또 벵골 국왕께서도 항상 공주님을 아끼고 사랑해 주신다고 말씀하시지 않았습니까? 그분이 공주님이 묘사한 것과 전혀 다른 사람이 아니고서야, 즉 공주님의 행복을 시기하는 적이 아니고서야, 저의 부친이신 페르시아 국왕이 사절을 보내어 우리의 결혼을 허락해 달라고 간청하는데 어찌 거절하시겠습니까?」

페르시아 왕자의 말에 벵골 공주는 아무 말도 하지 않았습니다. 하지만 다소곳이 고개를 숙인 채 침묵을 지키고 있는 그녀의 표정은 그 어떤 말보다 분명히 그녀의 뜻을 말해 주고 있었습니다. 자신은 왕자를 따라 페르시아에 가는 것이 조금도 싫지 않으며, 그의 모든 말에 전적으로 동의한다는 의미였죠.

다만 한 가지 걱정이 되는 것은 경험이 별로 없는 왕자가 과연 말을 제대로 조종할 수 있을까 하는 점이었습니다. 잘 못하면 자신도 두 달 전 말을 시험해 보다 낭패를 본 왕자와 같은 꼴이 될 수 있는 일 아니겠습니까? 하지만 왕자는 그녀를 이런 걱정에서 벗어나게 해주었습니다. 한번 타본 경험으로 이제는 인도인보다도 더 능숙하게 조종할 수 있으니 자신을 믿어도 된다고 장담하면서, 다른 사람들이 눈치채지 못하도록 은밀하게 떠날 준비나 하라고 당부한 것이죠.

공주는 그의 말대로 했습니다. 그리하여 다음 날 새벽 아직 동이 트지 않아 온 궁이 깊은 잠에 빠져 있을 때, 그녀는 왕자와 함께 옥상에 올라갔습니다. 왕자는 공주가 쉽게 오를 수 있게끔 말을 적당한 장소에다 가져다 놓은 다음, 머리를 페르시아 방향으로 돌려놓았습니다. 그가 먼저 올라탔고, 이어 그의 뒤에 올라앉은 공주는 안전을 위해 그를 꼭 끌어안았습니다. 그녀가 이제 출발해도 좋다고 말하자 그는 페르시아 수도에서 돌렸던 쐐기를 또다시 돌렸습니다. 그 즉시 말은 두 사람을 태우고 하늘로 치솟아 올랐죠.

지난번과 마찬가지로 말은 빠른 속도로 날아갔습니다. 피루즈 샤 왕자는 이번에는 말을 능숙하게 조종하여 두 시간 반 만에 페르시아의 수도에 도착했습니다. 하지만 그가 착륙한 곳은 그가 출발했던 곳도 술탄의 궁도 아닌, 도성에서 약간 떨어진 별장용 궁전이었습니다. 왕자는 가장 좋은 궁실에 공주를 모신 후에, 자신은 먼저 아버지 술탄에게 가서 그들이 도착한 사실을 알린 다음 즉시 돌아와 예의를 갖춰 정식으로 그녀를 맞이하겠노라고 약속했습니다. 그리고 궁의 수위에게는 공주에게 부족한 것이 없게끔 각별히 신경을 써서 모시라고 분부했죠.

공주를 궁실에 남겨 놓고 나온 피루즈 샤 왕자는 수위에게 말을 한 필 끌고 오라고 명했습니다. 말에 올라탄 그는 다시금 수위를 향해 공주에게 돌아가 최대한 빨리 오찬을 차려 주라고 분부한 다음 출발했습니다. 궁으로 향하는 동안에는 거리와 골목에서 쏟아져 나온 백성들이 발하는 환호성으로 귀가 먹먹할 정도였습니다. 왕자가 사라진 이후, 그를 다시 못 보게 될 줄 알고 절망에 빠져 있던 그들의 슬픔이 기쁨으로 변한 것입니다. 궁에 들어가 보니 마침 술탄은 어전 회의 중이었습니다. 술탄을 포함한 모든 사람들은 말이 왕자를 실어 간 이후로 줄곧 입어 온 상복 차림이었죠.

왕자가 옥좌 앞에 나아가자 술탄은 뛰어 내려와, 기쁨과 사랑의 눈물을 흘리며 그를 부둥켜안았습니다. 그러고 나서 인도인의 말은 어떻게 되었는지 물어보았죠. 내심 기다리고 있던 왕자는 질문이 떨어지기 무섭게 지금까지의 자초지종을 상세히 아뢰었습니다. 말에 실려 공중에 올라가 얼마나 당황했으며 또 어떤 위험에 처하게 되었는지, 어떻게 그 위기에서 벗어나 벵골 공주의 궁에 내려앉게 되었는지, 또 그녀가 얼마나 따뜻하게 자신을 맞아 주었는지 모두 이야기해 주었습니다. 마지막으로는 은인에 대한 예의 때문에 어쩔 수 없이 오랫동안 그곳에 머물러야만 했으며, 그녀와 결혼 약속을 하고서 함께 돌아오게 된 사정까지 설명해 주었습니다.

「폐하께서 우리의 결혼에 반대하지 않으실 것이라 약속해 준 다음, 그녀를 제 뒤에 태워 이곳에 데려왔습니다. 지금 그녀는 폐하의 별궁에서 기다리고 있으며, 저는 속히 돌아가 제가 헛된 약속을 하지 않았음을 알려 주어야 합니다.」

왕자는 이렇게 말하면서 술탄의 마음을 감동시키고자 그 앞에 엎드리려 했습니다. 하지만 술탄은 그를 제지한 다음, 다시 한 번 안아 주면서 말했습니다.

「내 아들아! 난 너와 벵골 공주와의 결혼을 허락할 뿐 아니라, 그녀에게 몸소 달려가 이 큰 은혜에 감사하려 한다. 그러고 나서 그녀를 내 궁에 데려와 오늘 당장 결혼식을 거행할 것이야.」

술탄은 신하들에게 벵골 공주를 맞이하기 위한 성대한 잔치를 열 것이니 준비해 놓을 것이며, 모두가 상복을 벗어 던지고 대신 작은북과 나팔 등 각종 악기로 풍악을 울리라고 지시했습니다. 또 인도인을 옥에서 끌어내어 그의 앞으로 데려오라고 분부했습니다.

인도인이 끌려오자 술탄은 이렇게 말했습니다.

「내가 그대를 잡아 놓은 까닭은 만일 내 아들 왕자에게 무슨 일이 생길 경우 그대의 목숨으로 죗값을 치르게 하려 함이었다. 물론 그래 봐야 내 분노와 고통을 씻어 주기에는 턱없이 부족했겠지만 말이다. 어쨌든 내가 왕자를 다시 보게 되었으니, 그대로서는 하느님께 감사할 일이다. 자, 그대의 말을 찾아서 썩 꺼져 버려라! 그리고 다시는 내 앞에 나타나지 말도록!」

인도인은 그를 석방하러 온 사람들로부터 왕자와 함께 마법의 말을 타고 온 공주가 지금 별궁에 혼자 있으며, 술탄은 그녀를 데리러 갈 준비를 하고 있다는 사실을 들었습니다. 그는 술탄과 왕자보다 빨리 도착하기 위해 지체 없이 별궁으로 달려갔습니다. 그러고는 수위에게, 지금 술탄과 왕자가 온 시라즈 시민이 보는 가운데 공주를 맞이하기 위해 왕궁 앞 광장에서 기다리고 있으며 자신은 그들의 명령을 받들어 공주를 말에 태워 가려 왔다고 둘러댔습니다.

수위는 인도인이 옥에 갇힌 자였다는 사실을 잘 알고 있었습니다. 그런데 그가 풀려나와서 이렇게 말하니 그의 말을 믿지 않을 수 없었죠. 공주 역시 왕자의 특사라고 자처하는 그의 말에 넘어가고 말았습니다. 사악한 계획을 너무도 쉽게 이룬 인도인은 입가에 번지는 미소를 애써 감추며 말에 올랐고, 수위의 도움을 받아 공주를 말 궁둥이에 태웠습니다. 그러고서 쐐기를 돌려 까마득한 하늘 위로 날아올랐습니다.

바로 그때, 페르시아 왕은 별궁으로 가기 위해 신하들을 거느리고 왕궁을 나서고 있었습니다. 페르시아 왕자 역시 공주를 준비시키기 위해 술탄보다 먼저 출발하여 별궁 쪽으로 말을 달리는 중이었죠. 그런데 이게 웬일입니까? 인도인이 가엾은 공주를 말 궁둥이에 태우고 도성 위를 유유히 날아가는 것이 아닙니까! 물론 그 의도야 뻔했습니다. 그는 스스로

부당한 대우를 받았다고 여기고 있었고, 그 때문에 술탄과 왕자에게 복수하고 싶었던 것입니다.

납치범을 발견한 술탄 역시 경악과 분노로 벌어진 입을 다물지 못했습니다. 저토록 방자하게 자행하는 모욕적인 행위를 보면서도 아무것도 할 수 없으니, 너무나도 분통 터지는 일이었습니다. 다만 이 엄청난 방자함과 비할 바 없는 사악함을 목격한 모든 이들과 함께 하늘에 대고 온갖 욕설을 퍼부어 댈 뿐이었죠. 그 욕설과 저주는 인도인의 귀에까지 들려왔지만, 그는 눈 한 번 깜짝하지 않고 유유히 비행을 계속했습니다. 이처럼 끔찍한 모욕을 받고도 그 장본인을 혼내주지 못하는 무력감에 극도로 상심한 술탄은 터덜터덜 궁으로 발길을 옮겼습니다.

하지만 술탄의 고통이 아무리 컸다 한들, 피루즈 샤 왕자의 그것에 비하면 아무것도 아니었습니다. 너무도 열렬하게 사랑하기에 이제는 그녀 없이는 살 수 없는 상태가 된 그였죠. 인도인이 공주를 납치해 가는 모습을 멍하니 바라보고만 있자니 그야말로 억장이 무너지는 듯했습니다. 이 전혀 예상치 못한 광경 앞에서 돌이 된 듯 굳어 버렸죠. 〈인도인을 향해 욕을 퍼부어야 하나? 공주의 가련한 운명을 슬퍼해야 하나? 아니면 나를 너무도 사랑했기에 그 귀한 몸을 맡기고 여기까지 따라와 준 공주를 그토록 소홀히 간수한 것에 대해 용서를 빌어야 하나?〉 왕자의 머릿속에 이런 복잡한 상념이 떠오르기도 전에, 공주와 인도인을 태운 말은 믿을 수 없는 속도로 날아가 순식간에 시야에서 사라져 버렸습니다.

〈이제 무엇을 해야 하는가? 술탄의 궁으로 돌아가 궁실에 처박혀서 그저 슬픔만 곱씹고 있을 것인가? 흉악한 자에게 응분의 벌을 내리고 공주를 구출하기 위해 납치범을 추격하는 일은 아예 포기해 버리고?〉

하지만 그의 협의(俠義), 그의 사랑, 그의 용기는 그런 행동을 결코 용납하지 않았습니다. 그는 별궁 쪽으로 계속 길을 갔습니다.

자신이 순진하게도 인도인에게 속았다는 사실을 깨달은 수위는 왕자가 나타나자 눈물을 흘리며 그의 발밑에 몸을 던졌습니다. 그러고는 너무도 큰 죄를 지었으니 왕자님 손으로 직접 죽여 달라고 말했습니다. 하지만 왕자는 이렇게 대답했습니다.

「일어나거라! 공주가 납치된 것은 그대의 잘못이 아니라, 어리석은 나 자신의 잘못이었다. 자, 이렇게 꾸물대고 있을 시간이 없다. 빨리 가서 탁발승의 의복을 한 벌 구해 오너라. 단 내가 입을 옷이라는 말은 아무에게도 하지 말아야 한다.」

별궁에서 멀지 않은 곳에는 탁발승들의 승원이 하나 있었는데, 그곳의 우두머리가 수위의 친구였습니다. 그를 찾아간 수위는 어렵지 않게 왕자가 원하는 것을 얻을 수 있었죠. 자신이 신세 지고 있는 궁중 벼슬아치 하나가 그만 술탄의 눈 밖에 나, 탁발승이 되어 그의 진노를 피하려 한다고 꾸며 댄 것입니다. 수위는 그렇게 하여 얻은 탁발승의 승복 일습을 왕자에게 가져다주었습니다.

왕자는 곧바로 승복을 걸쳤습니다. 또 벵골 공주에게 선물하려고 가져왔던 진주와 다이아몬드가 든 상자를 여행 경비로 삼기로 했습니다. 그렇게 변장을 마치고 야간에 사용하는 별궁의 곁문으로 빠져나오긴 했지만, 대체 어느 방향으로 가야 할지 막막하기만 했지요. 하지만 공주를 다시 찾기 전에는 결코 돌아오지 않으리라는 결심을 다지고 무작정 길을 떠났습니다.

자, 이제 인도인의 이야기로 돌아와 봅시다. 그는 말을 능숙하게 조종하여 그날 당일 카슈미르 왕국 수도 근처의 숲에 도착했습니다. 배고픔을 느낀 인도인은 공주도 자신과 마찬가지리라 생각하고는 요기를 하기 위해 숲의 한 장소에서 내렸습니다. 맑고 시원한 시내가 흐르는 잔디밭이었는데, 그는 거기에 공주를 내려놓고 먹을 것을 구하러 떠났습니다.

이 못된 납치범이 언제 자신을 범할지 모르는 일이므로, 혼자 남게 된 벵골 공주는 당장에 도망쳐 어딘가 숨을 곳을 찾아야겠다고 생각했습니다. 하지만 오늘 아침, 왕자의 별궁에 도착했을 때부터 거의 먹은 것이 없었던 탓에 그 계획을 실행할 기력조차 낼 수 없었습니다. 도망가는 것은 포기하고 오직 용기로만 무장하고 기다리는 수밖에 없었죠. 하지만 만일 페르시아 왕자에 대한 정절을 지킬 수 없게 될 경우에는 차라리 자결해 버리리라 굳게 결심하고 있었습니다. 이윽고 인도인이 돌아와 먹을 것을 권하자, 그녀는 거절하지 않고 받아먹었습니다.

그렇게 그녀가 어느 정도 기력을 회복하자 인도인은 마침내 뻔뻔스러운 수작을 시작했고, 그녀는 용감하게 맞섰습니다. 여러 차례 위협해 봐도 소용이 없자 인도인은 공주를 강제로 범하려 했죠. 이에 공주는 저항하기 위해 벌떡 일어서서 있는 힘을 다해 소리쳤습니다. 그 비명 소리는 부근을 지나가고 있던 일단의 기사들에게까지 들렸죠. 벵골 공주에게는 참으로 다행스러운 일이 아닐 수 없었습니다. 비명을 들은 기사들은 사냥을 마치고 돌아오던 카슈미르 술탄과 그의 신하들이었던 것입니다. 그들은 즉시 달려와 인도인에게, 그는 누구이며 이 귀부인에게 무슨 짓을 하고 있는 거냐고 물었습니다. 이에 인도인은 참으로 경솔하게도, 그녀는 자기 아내이니 남의 부부 일에 참견하지 말라고 퉁명스레 대꾸했습니다. 공주는 너무도 적절한 때에 나타나 자신을 구해 준 사람이 누구인지는 몰랐지만, 인도인의 말을 부인하며 소리쳤습니다.

「상공! 귀공이 누구신지는 잘 모르겠습니다만, 하늘이 제게 귀공을 보내 주신 모양입니다. 이 공주를 불쌍히 여기시고 제발 저 사기꾼의 말일랑 믿지 마세요! 아니 세상에, 제가 저런 천하고 경멸스러운 인도인의 아내라니요! 저자는 가증스러운 마법사로, 제 약혼자이신 페르시아 왕자로부터 저를 납치해 왔답니다. 저기 보이는 저 말에 태워 여기까지 데려왔어요.」

벵골 공주가 더 얘기할 필요도 없었습니다. 그녀의 아름답고 기품 있는 자태, 두 눈에 반짝이는 눈물을 본 술탄은 모든 사정을 짐작할 수 있었습니다. 그녀는 계속 말하려 했지만, 분노한 카슈미르 술탄은 더 이상 들으려 하지도 않고 당장에 인도인을 생포하여 목을 베라고 명했습니다. 이 명은 단숨에 집행되었죠. 옥에서 나오자마자 공주를 납치하기 위해 별궁으로 달려갔던 인도인의 수중에는 방어할 만한 무기가 없었던 것입니다.

이렇게 벵골 공주는 인도인의 손아귀에서 풀려나게 되었습니다. 하지만 그녀 앞에 더 큰 고통이 기다리고 있을 줄 어찌 알았겠습니까? 술탄은 공주에게 말 한 필을 내주어 타게 한 다음 자신의 궁으로 데려갔습니다. 거기서 그는 자신의 방 다음으로 화려한 방을 내주었을 뿐 아니라, 수많은 시녀들과 내시들로 하여금 그녀의 시중을 들고 보살피게 했습니다. 술탄은 직접 그녀를 방으로 인도해 주었습니다. 그런데 공주가 입을 열어 자신이 입은 큰 은혜에 대해 감사하려 하자, 술탄은 그럴 시간조차 주지 않고 단지 이렇게만 말하고 물러갔습니다.

「공주! 필시 매우 피곤할 것이니 쉴 수 있도록 난 물러가겠소. 내일 몸이 회복되면 그대가 겪은 그 기이한 일들을 들려

주시오.」

벵골 공주는 보기만 해도 끔찍한 인도인에게서 생각보다 일찍 해방된 것이 말할 수 없이 기뻤습니다. 그리고 카슈미르 술탄에게 자신이 페르시아 왕자를 얼마나 사랑하고 있는지 밝히고 그에게로 돌려보내 달라고 간청하면, 그가 넓은 아량을 발휘하여 그리해 주리라고 생각했습니다. 하지만 그것은 그녀만의 헛된 소망에 불과했습니다. 사실, 카슈미르 왕은 그녀와 결혼하리라 마음먹고 있었던 것입니다.

그는 다음 날 동녘이 밝자마자 북, 나팔 등 튿는 이로 하여금 즐거움을 느끼게 하는 각종 악기들을 연주하게 함으로써 왕궁뿐 아니라 온 도성에 벌어질 큰 잔치를 예고했습니다. 그 요란한 음악 소리에 잠이 깬 벵골 공주는 이것이 어떤 다른 이유로 연주되는 것이겠거니 생각했죠. 그런데 이게 웬일입니까? 카슈미르 술탄이 아침 일찍부터 찾아와서는 안부를 묻더니, 지금 들리는 이 팡파르는 그들의 결혼식을 더욱 성대하게 하기 위한 것이라며 어서 준비를 하라고 하는 것이 아닙니까?

전혀 예상치 못한 술탄의 말에 벵골 공주는 너무도 놀라 그만 기절해 버리고 말았습니다. 옆에 있던 시녀들이 그녀를 구하러 달려들었고 술탄 자신도 그녀의 정신을 돌아오게 하려고 애를 썼지만, 그녀는 오랫동안 의식을 잃고 드러누워 있었습니다. 마침내 정신을 차린 그녀는 한 가지 꾀를 생각해 냈습니다. 자신의 뜻과는 상관없이 카슈미르 술탄과 결혼하여 피루즈 샤 왕자와의 약속을 깨느니, 차라리 정신이 이상해져 버린 시늉을 하기로 마음먹은 것입니다. 그녀는 술탄이 보는 앞에서 횡설수설 괴상망측한 말들을 지껄여 댔습니다. 뿐만 아니라 일어서서 술탄에게 덤벼들려고까지 했지요. 그렇게 난리 법석을 피우자 술탄은 무척 놀라고 상심했습니다. 결국 공주에게 이성이 돌아올 기미가 보이지 않자, 시녀들에게 그녀를 잘 보살피라고 당부한 후 자신의 거처로 돌아갔죠. 그날 하루 종일 술탄은 몇 번이나 사람을 보내어 그녀의 용태를 알아보게 했지만, 그때마다 전혀 나아지지 않았다든지 아니면 병이 더욱 악화되었다는 소식뿐이었습니다. 저녁이 되자 병세는 더욱 심해지는 것 같았습니다. 카슈미르 술탄은 그가 기대했던 행복한 밤을 보낼 수 없게 되었죠.

벵골 공주의 횡설수설하는 말들이며 심각한 정신 이상을 보여 주는 다른 증상들은 좀처럼 나아지지 않았습니다. 결국 카슈미르 술탄은 어의들을 불러 이 병에 대해 설명한 뒤 그들 가운데 치료할 수 있는 사람이 있는지 물었습니다. 어의들은 서로 의견을 교환해 보고는, 정신병에는 여러 종류가 있는데 어떤 것은 저절로 고쳐지기도 하나 또 어떤 것은 불치인 경우도 있는바, 환자를 직접 보지 않고서는 정확히 말할 수 없다고 대답했습니다. 술탄은 어의들을 각각의 지위에 따라 차례로 공주의 방에 들여보내라고 분부했죠.

공주는 일이 이렇게 진행되리라는 걸 예상하고 있었습니다. 무엇보다 중요한 것은 의원들로 하여금 접근하지 못하도록 하는 일이었습니다. 아무리 경험 없는 의사라 할지라도 그녀의 맥을 짚어 보면 그녀가 정신 이상 증세를 꾸며 냈다는 사실을 금방 알아챌 테니까요. 그리하여 그녀는 의원이 한 명씩 나타날 때마다 맹렬하게 발작을 하며 얼굴을 할퀴어 버릴 듯 야수처럼 날뛰었고, 그 누구도 그녀에게 접근할 엄두를 내지 못했습니다.

의원들 중에는 자신이 남들보다 훨씬 뛰어나며, 환자의 모습만 봐도 무슨 병인지 훤히 안다고 주장하는 자들이 있었습니다. 그들은 공주에게도 그런 식으로 진단을 내려 약을 처방해 주었습니다. 그녀는 거부하지 않고 모두 받아먹었습니다. 필요한 경우에는 얼마든지 미친 짓을 할 자신이 있었고, 또 그 약을 먹어도 큰 탈이 없을 것임을 뻔히 알고 있었기 때문이죠.

이렇게 어의들이 실패하자 카슈미르 술탄은 도성의 의원들도 불렀습니다. 하지만 그들의 지식과 기술과 경험 역시 아무 소용이 없었죠. 그러자 술탄은 이번에는 다른 도시들의 의원들, 특히 이 분야에서 가장 명성 높은 사람들을 불렀습니다. 이번에도 벵골 공주는 이전의 의원들에게 했던 방식으로 그들을 물리쳤고, 그들의 처방 역시 아무런 효험을 보이지 못했습니다. 결국 카슈미르 술탄은 나라 밖으로 눈을 돌리게 되었습니다. 특사들이 인근의 왕국에 파견되어 공주의 증세를 적은 진단서를 그곳의 왕에게 전달했습니다. 이를 왕국의 가장 이름 높은 의원들에게 보여 줄 것이며, 그중 카슈미르의 수도로 와서 공주의 병을 치료해 주는 사람에게는 큰 보상이 있을 것임을 알려 달라고 부탁한 것이죠.

그리하여 수많은 의원들이 먼 길을 찾아왔지만, 그 누구도 카슈미르 왕국의 의원들보다 좋은 결과를 얻지 못했습니다. 다시 말해서 공주는 여전히 정상이 아니었던 거죠. 사실은 당연한 일이었습니다. 그녀의 병세는 의원들의 의술이 아닌, 오직 그녀 자신의 뜻에 달려 있었으니까요.

그러면 이때 피루즈 샤 왕자는 무얼 하고 있었을까요? 탁발승의 옷을 입은 그는 수많은 지방들과, 그 지방들의 수많은 도시들을 지났습니다. 마음은 말할 수 없이 무거웠죠. 비단 육체의 피로 때문만은 아니었습니다. 지금 자신이 공주의 소식을 얻을 수 있는 곳과 반대 방향으로 가고 있는지도 모르는 형편이었으니까요.

이렇게 사람들 사이에 화제가 되는 여러 소식들에 귀를 기울이며 가다가 인도의 어느 도시에 이르렀을 때였습니다. 그곳에는 온통 카슈미르 술탄과 결혼식을 치러야 할 날에 머리가 돌아 버렸다는 벵골 공주에 대한 이야기뿐이었습니다. 벵골 공주라는 말에 왕자는 귀가 번쩍 뜨였습니다. 벵골 왕국에 다른 공주가 있다는 말을 들은 적이 없으니 그녀일 가능성이 컸습니다. 그는 즉시 카슈미르 왕국의 수도를 향해 길을 떠났죠. 마침내 그곳에 도착하여 칸에 숙소를 정한 그는 그날 또다시 인도에서 들었던 것과 똑같은 이야기를 듣게 되었습니다. 뿐만 아니라 그녀를 마법의 말에 태우고 온 인도인이 불행한 최후를 맞았으며, 술탄은 그녀의 병을 고치기 위해 헛된 노력을 계속하고 있다는 이야기도 들었죠. 모든 정황으로 볼 때 그녀는 자신이 찾고 있는 사랑하는 공주임이 분명했습니다.

이 모든 사실들을 알게 된 페르시아 왕자는 다음 날 해가 뜨자마자 의원의 옷을 구해 입고 칸을 나섰습니다. 여행을 하는 동안 자란 긴 수염까지 늘어뜨리고 거리를 지나는 그를 보고 의원이 아니라고 생각하는 사람은 아무도 없었죠. 한시라도 빨리 공주를 보고 싶은 마음뿐이었던 그는 곧장 술탄의 궁으로 찾아가 벼슬아치와의 면담을 요청했습니다. 그러자 시종장이 나왔고, 왕자는 그에게 찾아온 용건을 말했습니다. 〈나는 공주의 병을 고치러 왔다, 여태껏 숱한 의원들이 실패한 일을 해보겠다고 나섰으니 나를 무모한 자로 여길지도 모르겠다, 하지만 나만이 알고 있는 비방이 있고 그것으로 성공한 경험도 있으니 공주를 치료할 수 있을 것이다〉라는 식으로 말입니다. 시종장은 쌍수를 들고 환영하는 바이며, 술탄께서도 매우 기뻐하실 거라고 대답했습니다. 또 공주를 원래의 상태로 되돌려 주기만 한다면 술탄이 큰 선물을 내리실 거라고 격려해 주었습니다. 그는 곧 돌아오겠으니 잠깐만 기다리라고 말하고서 술탄에게 이를 고하러 갔습니다.

의원들이 더 이상 찾아오지 않게 된 지도 이미 오래였던지라, 카슈미르 술탄은 한없는 고통에 잠겨 있었습니다. 벵골 공주의 그 건강했던 모습을 다시 볼 수 있다는 희망도, 그녀와 결혼하여 그녀를 얼마나 사랑하는지 말해 줄 수 있다는 희망도 이제는 거의 포기한 상태였지요. 이런 절망 속에 빠져 있는데 의원이 한 명 찾아왔다니 눈이 번쩍 뜨이지 않을 수 없었습니다. 즉시 그를 데려오라고 시종장에게 분부했죠.

페르시아 왕자는 의원으로 변장한 채 카슈미르 술탄 앞에 나아갔습니다. 술탄은 여러 말 않고 즉시 본론으로 들어갔습니다. 우선 벵골 공주는 의원의 모습만 보면 격렬한 발작을 하여 병이 한층 악화되곤 한다고 설명한 다음, 공주의 방과 연결된 고미다락에 올라가게 했습니다. 거기에는 발이 쳐져 있어서 모습을 감춘 채 방안을 들여다볼 수 있었죠.

고미 다락에 올라간 피루즈 샤 왕자는 벵골 공주가 힘없이 앉아서 눈물을 흘리며 노래를 부르는 모습을 볼 수 있었습니다. 사랑하는 님을 빼앗긴 자신의 불행한 운명을 한탄하는 노래였죠. 사랑하는 공주가 처해 있는 이 슬픈 상황을 본 왕자는 별다른 설명 없이도 모든 것을 이해할 수 있었습니다. 그녀의 병은 꾸민 것이며, 그녀가 이렇듯 힘든 연극을 하고 있는 것은 다 자신에 대한 사랑 때문이었던 것입니다.

다락에서 내려온 그는 술탄에게 병의 정체가 무엇인지 알아냈으며, 이는 충분히 고칠 수 있는 것이라고 보고했습니다. 또 이를 위해서는 자신과 공주 단둘이서 면담을 할 필요가 있는데 공주가 발작할 염려는 전혀 없는바, 공주는 순순히 자신의 말을 경청할 것이기 때문이라고 설명했습니다.

이에 술탄은 공주의 방 문을 열게 했고, 피루즈 샤 왕자는 안으로 들어갔습니다. 공주는 그가 나타나는 것을 보자마자 맹렬한 기세로 일어나, 가까이 다가오면 덤비겠다고 위협하

며 욕설을 퍼부었습니다. 하지만 왕자는 굴하지 않고 다가갔습니다. 곧 자신의 말이 그녀에게만 들릴 정도로 가까워지자 음성을 낮추어, 하지만 목소리를 드러내면서 말했습니다.

「공주! 난 의사가 아니라오! 자, 제발 날 자세히 살펴보시오! 난 당신을 구출하러 온 페르시아 왕자요.」

벵골 공주는 긴 수염에도 불구하고 목소리와 얼굴 윗부분의 모습을 통해 왕자를 알아볼 수 있었습니다. 그녀는 즉시 진정되었고 얼굴에는 기쁨의 빛이 떠올랐습니다. 가장 간절히 갈망했던 일, 하지만 전혀 기대하지 못했던 일이 일어났을 때 사람들의 얼굴에 떠오르는 그런 표정이었죠. 뜻밖의 기쁨에 그녀가 한동안 말을 잃은 동안 피루즈 샤 왕자는 그간의 일들을 들려주었습니다. 인도인이 그녀를 납치하여 사라져 버렸을 때 하늘이 무너지는 듯한 절망을 느낀 것부터, 모든 것을 버리고 길을 떠나 그녀가 이 세상 어디 있든 찾아내고야 말리라, 그 사악한 자의 손에서 그녀를 되찾기 전까지는 절대로 멈추지 않으리라 굳게 결심한 것, 지루하고도 피곤한 여행 끝에 마침내 지금 이 순간 카슈미르 술탄의 궁전에서 그녀를 다시 찾게 된 일까지……. 이렇게 가급적 짧게 자기 이야기를 마친 후, 이번에는 공주에게 납치된 다음부터 지금까지의 일을 이야기해 달라고 부탁했습니다. 그녀를 폭군 카슈미르 술탄에게서 구출하기 위해서는 전후 사정을 아는 것이 중요했기 때문이었죠.

벵골 공주는 자신의 사연을 짤막하게 들려주었습니다. 사냥에서 돌아오던 카슈미르 술탄이 인도인의 폭행으로부터 자신을 구해 준 일, 하지만 다음 날 찾아와 자신의 의사도 묻지 않고 그날 당장 결혼하겠노라고 선언한 일, 폭군의 이러한 난폭한 행동 앞에서 기절해 버리고 만 일, 사랑하지도 않고 또 사랑할 수도 없는 카슈미르 술탄으로 인해 정절을 지키지 못할 바에는 차라리 죽어 버리는 게 낫다는 심정으로 미친 척하게 된 일까지…….

이야기를 들은 페르시아 왕자는 마법의 말이 어찌 되었는지 아느냐고 물었습니다.

「거기에 대해선 술탄이 어떤 명을 내렸는지 모르겠어요. 하지만 분명 소홀히 하지는 않았을 거예요.」

카슈미르 술탄이 마법의 말을 어디엔가 소중히 보관해 두었으리라 확신한 왕자는 자신의 계획을 그녀에게 말해 주었습니다. 그리고 다음 날 술탄을 데리고 올 테니, 구태여 입을 열지는 않더라도 이제는 옷을 제대로 갖춰 입고 공손히 그를 맞아 주라고 당부했습니다.

페르시아 왕자가 돌아와 공주의 상태를 상당히 호전시켜 놓았다고 보고하자 카슈미르 술탄은 크게 기뻐했습니다. 그리고 그다음 날에는 왕자를 세계 제일의 명의로 여기지 않을 수 없었습니다. 공주를 찾아가 보니 과연 자신을 맞는 그녀의 태도가 확연히 달라져 있었던 것입니다. 공주의 이런 모습을 본 술탄은 그녀가 곧 완전한 건강을 회복할 것 같아 얼마나 기쁜지 모르겠다고 말했습니다. 그리고 의원의 솜씨가 좋은 듯하니 신뢰를 가지고 협조하여 병을 완전히 치료하라고 당부한 후, 그녀의 말은 들어 보지도 않고 나가 버렸죠.

카슈미르 술탄과 동행하고 있던 페르시아 왕자는 그와 함께 공주의 방에서 나오며 말했습니다.

「폐하! 제 질문이 실례가 되는 건 아닌지 모르겠습니다만, 공주님께서는 대체 어떤 사연으로 고향인 벵골 왕국에서 멀리 떨어진 이곳 카슈미르 왕국에 혼자 와 있게 되셨는지요?」

마치 자신은 아무것도 모르고, 공주에게서 아무 말도 듣지 못한 양 이렇게 물었죠. 사실은 교묘하게 마법의 말에 대한 얘기가 나오게 함으로써, 그것을 어떻게 했는지 술탄의 입으로 직접 듣기 위함이었습니다. 이러한 페르시아 왕자의 속셈을 알 리 없는 카슈미르 술탄은 조금도 숨기지 않고 대답해 주었습니다. 우선 벵골 공주의 이야기와 거의 같은 내용을 말하고 나서, 마법의 말은 어떻게 사용하는지는 모르지만 대단히 희귀한 물건인 것 같아 보물 창고로 옮겨 놓았다고 밝혔죠. 그러자 가짜 의원이 말했습니다.

「폐하! 지금 하신 말씀을 들으니 공주님의 병을 완전히 고칠 방법이 생각났습니다. 공주님은 그 말에 실려 왔고, 또 그 말은 마법에 걸려 있지 않습니까? 그렇다면 공주님 역시 마법의 기운을 받은 것이 분명합니다. 하지만 안심하십시오. 그건 제가 알고 있는 어떤 향료를 이용해 충분히 풀 수 있는 마법이니까요. 폐하! 온 궁중의 신하들, 그리고 도성의 백성들과 함께 놀라운 광경을 하나 구경하고 싶지 않으십니까? 그러면 내일 마법의 말을 왕궁 앞 광장 한가운데 갖다 놓고 나머지 일은 저에게 맡겨 주십시오. 폐하와 모든 사람이 보는 앞에서, 눈 깜짝할 사이에 벵골 공주님의 정신과 육체를 그 어느 때보다도 건강한 상태로 되돌려 드리겠습니다. 또 이 모든 일이 멋지게 이루어지기 위해서는 공주님도 눈부시게 꾸미실 필요가 있습니다. 가장 화려한 옷과 폐하의 가장 귀한 보석으로 한껏 치장해 주시는 게 좋을 것입니다.」

그토록 갈망하던 일이 이루어진다니, 카슈미르 술탄은 그보다 훨씬 더 어려운 요구라도 기꺼이 따를 준비가 되어 있었습니다.

다음 날 아침 이른 시각, 마법의 말은 보물 창고에서 꺼내져 광장 중앙에 놓였습니다. 무언가 굉장한 일이 벌어질 거라는 소문이 삽시간에 온 도성에 퍼졌고, 백성들은 구경을 하려고 구름같이 몰려들었습니다. 술탄의 호위병들은 말 주위에 둥그렇게 둘러서서 아우성치는 군중을 막아 내야만 했죠.

드디어 카슈미르 술탄이 나타났습니다. 그는 커다란 단 위에 올라 궁중의 주요 귀족들이며 대신들 한가운데 있는 옥좌에 앉았습니다. 그러자 술탄이 붙여 준 수많은 시녀들에게 둘러싸인 벵골 공주가 마법의 말에 다가갔고, 그녀들의 도움을 받아 말에 올랐습니다. 그녀가 안장 위에 앉아 두 발을 등자에 끼우고 손으로는 고삐를 잡자, 이번에는 가짜 의원이 나타났습니다. 그는 우선 말 주위에 불을 지핀 커다란 향로들을 늘어놓게 한 뒤, 빙빙 돌면서 각 향로에 각종 미묘한 냄새들을 혼합하여 만든 향료를 뿌려 넣었습니다. 그러고는 두 손을 가슴에 포개 얹더니, 자못 엄숙한 표정으로 눈을 지그시 감고는 중얼중얼 주문을 외우는 시늉을 했습니다. 잠시 후 향로들에서 뿜어져 나온 짙은 연기로 인해 공주와 말이 보이지 않게 되자 페르시아 왕자는 잽싸게 말 궁둥이, 공주 뒤로 올라타고는 쐐기를 돌렸습니다. 그 순간 두 사람을 태운 말은 공중에 두둥실 떠올랐습니다. 술탄이 이를 멍하니 올려다보고 있자, 왕자는 그에게 대고 이렇게 소리쳤습니다.

「카슈미르 술탄! 앞으로 당신에게 보호를 요청해 오는 공주들과 결혼하고 싶거들랑, 먼저 그들의 동의를 얻는 법부터 배우시오!」

그렇게 벵골 공주를 구출해 낸 페르시아 왕자는 바로 그날 페르시아의 수도로 돌아올 수 있었습니다. 이번에 말을 내린 곳은 별궁이 아니라 왕궁 한가운데, 즉 그의 부친의 편전 앞이었죠.

페르시아 왕은 왕가의 명예에 부끄럽지 않은 성대한 의식이 될 수 있게끔 만반의 준비를 갖춘 다음, 즉시 두 사람의 결혼식을 거행했습니다. 결혼 잔치 기간이 끝난 후에는 서둘러 벵골 왕에게 대사를 보내어 그동안 있었던 일들을 알려 주고, 더불어 이 결혼에 의해 이루어진 양국 간의 결연을 인정해 달라고 요청했지요. 물론 벵골 왕은 이 사실을 다시없는 영광과 기쁨으로 여기고 즉각 허락해 주었답니다.

# 아메드 왕자와 요정 파리-바누 이야기

Histoire du prince Ahmed

마법의 말 이야기를 마친 왕비 세에라자드는 이어서 아메드 왕자와 요정 파리-바누[87] 이야기를 시작했다.

폐하! 옛날 폐하의 선조들 가운데 아주 오랜 세월 동안 인도의 왕좌를 평화롭게 지켜 온 늙은 술탄이 한 분 계셨습니다. 그에게는 질녀인 공주 하나와 세 아들이 있었는데, 아들들은 모두가 그의 미덕을 이어받은, 가히 궁중의 꽃이라 할 만한 청년들이었죠. 장남의 이름은 후사인, 차남은 알리, 셋째는 아메드라 했으며 질녀인 공주의 이름은 누루니하르[88]였습니다.

누루니하르 공주는 술탄의 동생인 한 대공의 딸이었습니다. 술탄은 이 대공에게 알토란 같은 영지를 나누어 주었지만, 결혼한 지 얼마 안 되어 나이 어린 딸을 남겨 두고 세상을

---

87 〈파리〉와 〈바누〉는 페르시아어로, 둘 다 〈여자 정령〉 혹은 〈요정〉이라는 뜻을 가지고 있다 — 원주.
88 아랍 말로 〈낮의 빛〉이라는 뜻이다 — 원주.

떠났습니다. 항상 자신에게 나무랄 데 없는 우애를 보여 주었던 동생이 죽자, 술탄은 그의 딸의 교육을 맡기로 결심하고 왕궁에 들어오게 하여 자신의 세 아들과 함께 양육했던 것입니다. 공주는 보기 드물게 아름다운 용모에 완벽한 몸매를 지닌 데다, 재치도 뛰어나고 덕성도 나무랄 데가 없어 가히 당대의 공주들 가운데 최고의 규수라 할 수 있었습니다.

술탄은 질녀가 나이가 차는 대로 이웃 왕자 중 하나와 결혼시킬 것을 심각하게 고려하고 있었습니다. 그런데 아주 곤란한 일이 생겼습니다. 어느 순간 자신의 세 아들이 그녀를 열렬히 사랑하고 있다는 사실을 알게 된 것입니다. 술탄은 마음이 몹시 아팠습니다. 그것은 단지 질녀의 결혼을 통해 다른 나라와 결연을 맺으려는 그의 계획에 차질이 생겼기 때문만은 아니었습니다. 그보다는 공주에 대한 것이라면 세 아들 간에 합의가 이루어질 것 같지가 않았고, 두 동생이 맏형에게 양보할 것 같지도 않았기 때문입니다. 그는 세 아들을 하나씩 불러서 얘기해 보았습니다. 너희는 셋인데 공주는 하나뿐이지 않냐. 그런데 너희가 계속 그녀를 좋아하면 문제가 생기지 않겠느냐 하고 책망했습니다. 그런 다음에는 간곡히 설득해 보았습니다. 공주의 선택에 맡겨라, 공주만 빼놓고는 그 누구하고도 결혼하게 해줄 테니 포기해라, 아니면 공주가 외국 왕자하고 결혼하게 놔두자고 너희들끼리 합의를 봐라……. 하지만 왕자들이 고집을 꺾으려 들지 않자, 술탄은 드디어 셋을 한꺼번에 불러 이렇게 말했습니다.

「애들아! 내가 너희들의 행복을 위해 내 질녀이자 너희의 사촌 누이인 공주와 결혼하려는 마음을 접으라고 간곡히 타일러 보았건만 허사로구나. 그렇다고 해서 내 권위를 이용해 너희들 가운데 하나를 선택하여 다른 둘을 슬프게 할 수도 없는 노릇이다. 그래서 이 아비는 한 가지 좋은 방법을 생각

해 냈다. 잘 들어 보고 내 말대로 한다면 너희들도 만족하고, 또 동기간의 의도 깨뜨리지 않을 수 있을 것이다.

자, 지금부터 너희 셋은 여행을 떠나는 거다. 서로 마주치지 않게끔 각기 다른 나라로 떠나는 거지. 이 아비가 희귀하고도 기이한 것을 좋아한다는 사실은 너희들도 잘 알고 있을 것이다. 자, 여행을 떠나 각기 희귀한 물건을 하나씩 가져오도록 해라. 가장 기이하고 굉장한 것을 가져오는 사람을 공주와 결혼시켜 줄 것이다. 그렇게 하면 너희도 직접 누구의 것이 가장 뛰어난지 비교할 수 있고, 나아가 셋 중 누구에게 공주를 차지할 자격이 있는지도 판단할 수 있을 것 아니냐? 운명의 선택에 대해 더 이상 불만도 없을 것이고 말이다.

여행 경비와 희귀한 물건을 구입할 비용으로 모두에게 똑같은 금액을 주겠다. 그 액수는 너희의 고귀한 혈통에 걸맞은 품위를 유지하기에 충분할 것이지만 지나치게 화려한 행색으로 왕자 신분을 드러내서는 안 될 것이다. 세상을 자유로이 돌아다니며 관찰하여 너희의 목적을 이루는 데 왕자라는 신분은 오히려 방해가 될 것이기 때문이야.」

세 왕자는 모두 술탄의 뜻에 따르겠다고 말했습니다. 평소 부왕의 말이라면 거역하는 법이 없는 데다가, 최고의 보물을 찾아 공주를 차지하게 될 행운의 주인공은 바로 자신이리라고 제각기 확신했기 때문이지요. 술탄은 지체 없이 분부를 내려 세 왕자에게 약속한 돈을 주게 했습니다. 왕자들 역시 그날 당장 하인들에게 여행 준비를 시키고, 이튿날 아침 이른 시각에 출발하기 위해 미리 술탄에게 작별을 고했죠.

그리하여 다음 날 새벽, 세 형제는 같은 성문을 통해 도성을 빠져나왔습니다. 만반의 준비를 갖춘 그들은 모두 상인 복장을 하고 있었고, 각자의 심복 한 명을 종으로 변장시켜 대동하고 있었습니다. 그런 모습으로 그들은 길이 셋으로 갈라지는 지점에 위치한 칸까지 함께 갔습니다. 그러고는 준비해 간 음식으로 저녁을 들며 약속했죠. 세 사람이 각자 다른 길로 떠나되, 일 년 후에 이곳에서 다시 만난다. 그리고 먼저 도착하는 사람은 나중에 오는 두 사람을 기다린다……. 술탄에게 함께 인사를 하고 떠나왔으니, 다시 찾아뵐 때도 함께 하고 싶었던 것입니다. 다음 날 동녘이 밝아 올 무렵, 세 형제는 서로를 포옹하고 행운을 기원한 후 말에 올라 각자의 길을 떠났습니다.

세 왕자 중 맏이인 후사인 왕자는 베스나가르 왕국이 얼마나 크고 강력하고 부유하고 찬란한지 익히 들은 바 있었기에 인도의 해안 지방 쪽으로 향했습니다. 대부분의 경우 방향이 같은 대상들과 동행했는데, 때로는 사막과 황량한 산지를 지났으며, 때로는 지구상에서 가장 비옥한 경작지로 이루어져 많은 주민들이 살고 있는 고장에 들르기도 했습니다. 그렇게 석 달을 여행한 끝에 마침내 베스나가르 시에 도착하게 되었죠. 대대로 베스나가르 왕국의 왕들이 상주해 온 이 나라의 수도였습니다. 외국 상인들을 위한 칸에 거처를 정한 후사인 왕자는 우선 시장이 어디 있는지 알아보았습니다. 사람들의 말에 의하면 이 도시는 각기 길이가 두 리외에 달하는 세 개의 성벽으로 둘러싸여 있으며, 그 중앙의 아주 넓은 면적에 걸쳐 왕궁이 있다고 했습니다. 또 이 왕궁 주변에는 네 개의 주요 구역이 있는데, 거기에는 각종 상품을 취급하는 가게들이 줄지어 있다는 것이었습니다. 왕자는 다음 날 즉시 그 네 구역 가운데 하나로 향했습니다.

그곳에 도착한 후사인 왕사는 감탄을 금할 수 없었습니다. 구역에 종횡으로 나 있는 길들이 모두 따가운 햇볕을 가리기 위한 아치형 지붕으로 덮여 있었음에도 불구하고 아래는 매우 밝았습니다. 줄지어 있는 상점들은 모두 크고 반듯반듯했고, 같은 종류의 상품을 취급하는 상점들은 모두 같은 거리에 모여 있었습니다. 장인의 가게들 역시 마찬가지였죠.

그 무수한 상점들에는 실로 다양한 상품들이 쌓여 있었습니다. 인도 각지에서 생산된 지극히 섬세한 천들과 인물, 풍경, 나무, 꽃 등이 수놓인 알록달록한 직물들, 페르시아와 중국 그리고 다른 나라들에서 산출된 비단이며 수단, 일본과 중국의 도자기들, 다양한 크기의 양탄자들...... 모두가 기이하고도 놀라운 것들뿐이라 후사인 왕자는 자신의 눈을 믿을 수 없을 정도였습니다. 직물 거리 다음으로 들른 곳은 금은세공사와 보석상들이 모여 있는 거리였습니다. 그는 산같이 쌓여 있는 훌륭한 금은 세공품에 넋이 나갔고, 무수히 거래되는 진주, 다이아몬드, 루비, 에메랄드, 사파이어 등 각종 보석들이 발하는 찬연한 광채에 눈을 뜰 수 없었습니다.

그를 놀라게 한 것은 비단 이 장소에 모여 있는 값비싼 물건들만이 아니었습니다. 거리를 걸으면서 마주치는 남녀 인도인들의 모습을 통해 이 나라 전체가 얼마나 부유한 나라인지 절실히 느낄 수 있었던 것입니다. 세상의 허욕을 멀리하는 브라만 승려나 각종 우상을 섬기는 사제들을 제외한 인도인들 모두가 머리끝에서 발끝까지 목걸이와 팔찌 등 각종 장신구로 치장하고 있었습니다. 장신구들은 그들의 검은 피부와 대조를 이루어 더욱 찬연하고도 아름답게만 느껴졌죠.

또 한 가지 후사인 왕자의 눈길을 끈 것은 거리마다 수없이 보이는 장미 장수들이었습니다. 그는 인도 사람들이 장미를 매우 좋아한다는 사실을 금방 짐작할 수 있었는데, 그것은 손에 장미 송이를 들거나 머리에 장미 화관을 쓰지 않은 사람을 찾아보기 힘들었기 때문입니다. 또 가게마다 장미꽃잎사귀를 가득 담은 항아리를 몇 개씩 놓아 두어, 거리 전체가 짙은 장미 향으로 충만했습니다.

이렇게 풍부한 산물들을 정신없이 구경하며 이 거리 저 거리를 돌아다니던 후사인 왕자는 마침내 잠시 쉬고 싶은 생각이 들었습니다. 한 상인에게 어디 쉴 곳이 없는지 묻자 상인은 자기 가게에 들어와 앉아 있으라고 청했죠.

그렇게 가게에 앉은 지 얼마 되지 않았을 때였습니다. 한 거간이 가로세로 약 여섯 자쯤 돼 보이는 양탄자 하나를 들고 다니면서, 이것은 경매할 물건이며 경매 시작 가격은 금화 여섯 주머니라고 외치고 다니는 모습이 보였습니다. 왕자는 놀라지 않을 수 없었습니다. 크지도 않을 뿐 품질도 그리 좋아 보이지 않는 양탄자의 가격이 터무니없이 비쌌기 때문이지요. 그는 즉시 거간을 불러 양탄자를 한번 보자고 했습니다. 그렇게 일단 물건을 살펴본 후에, 보잘것없어 보이는 이 작은 양탄자를 그렇게 높은 가격에 내놓은 이유를 이해할 수 없다고 말했습니다. 후사인 왕자를 상인이라고 생각한 거간은 이렇게 대답했습니다.

「사장님! 그 가격에 놀라셨습니까? 그러면 내가 이 물건의 가격을 최소한 금화 마흔 주머니까지 올릴 것이며, 값을 현금으로 지불하는 사람에게만 내주라는 지시를 받았다는 말씀을 드리면 까무러치시겠군요.」

「그렇다면 이 물건에는 나로서는 알 수 없는 어떤 귀한 쓰임새가 숨어 있는 모양이군.」

「잘 알아맞히셨습니다! 이 양탄자가 어떤 양탄자인지 아십니까? 이 위에 앉은 다음 어디로 가고 싶다고 바라기만 하면, 즉시 그곳으로 이동시켜 주는 그런 양탄자입니다. 어떤 장애물에도 부딪히지 않고 곧바로 옮겨지는 거지요.」

이 말을 들은 후사인 왕자는 자신의 여행의 목적이 아버지 술탄에게 여태껏 사람들이 들어 보지 못한 기이한 물건을 가져가는 데 있다는 사실을 상기했고, 이를 위해서는 이 물건 이상의 것이 없다고 판단했습니다. 그는 거간에게 말했습니다.

「만일 그대의 말대로 이 양탄자에 그런 능력이 있다면 그대가 요구하는 금화 마흔 주머니는 조금도 비싼 것이 아니군. 아니, 난 거기에 더하여 그대에게 따로 선물을 할 생각도 있어.」

「사장님, 제 말은 틀림없는 사실입니다. 저와 금화 마흔 주머니에 계약하는 즉시 확인하실 수 있을 겁니다. 제가 시범을 보여 드리고 제 말이 틀렸다면 계약을 무효로 해드릴 테니까요. 지금 사장님 수중에는 금화 마흔 주머니가 없지 않습니까? 제가 그걸 받기 위해서는 지금 사장님이 묵고 계시는 칸으로 따라가야 하지 않겠습니까? 자, 이 가게 주인의 허락을 받아 우리는 가게 뒷방으로 가는 겁니다. 거기다 이 양탄자를 깔고 그 위에 사장님과 제가 앉는 거죠. 사장님께서 저와 함께 칸에 있는 사장님 방으로 이동하고 싶다고 마음속으로 바라시면, 그 즉시 우리는 그곳에 옮겨지게 될 겁니다. 만일 그렇게 되지 않을 경우, 계약은 무효이며 사장님은 저에 대해 아무런 의무가 없는 겁니다. 그리고 선물을 주신다고 하셨는데, 전 필요 없습니다. 그건 양탄자를 파는 분에게서 받아야 할 것이니까요. 사장님이 이걸 사주시면 제게 선물을 주시는 것이나 다름없죠.」

왕자는 거간의 말을 믿고 그의 제안을 받아들였습니다. 그가 제의하는 조건에 계약을 체결한 것입니다. 그런 다음 두 사람은 상인의 허락을 받아 가게 뒷방으로 들어갔습니다. 그러고는 바닥에 양탄자를 깔고 그 위에 앉았죠. 곧 왕자가 칸에 있는 그의 거처에 가고 싶다고 마음속으로 말하자, 눈 깜빡할 사이에 거간과 함께 그곳에 옮겨져 있었습니다. 양탄자의 효능을 더 이상 의심할 수 없게 된 그는 즉시 거간에게 금화 마흔 주머니를 세어 주고, 거기에 감사의 표시로 금화 스

무 낭을 선물했습니다.

이렇게 하여 후사인 왕자는 양탄자의 주인이 되었습니다. 베스나가르에 도착하자마자 너무나도 귀한 보물을 얻게 되어 가슴은 기쁨으로 터질 듯했죠. 벌써 누루니하르 공주를 얻은 듯한 기분이었습니다. 다른 두 왕자가 이 양탄자와 견줄 만한 것을 구해 온다는 것은 도저히 불가능한 일이었으니까요. 이제 그는 양탄자에 앉기만 하면 그날 당장에라도 두 왕자와 약속했던 그 장소로 돌아갈 수 있게 되었습니다. 하지만 그리하면 너무 오랫동안 기다려야만 할 터였습니다. 또 베스나가르 왕과 그의 궁전을 구경하고, 이 왕국의 세력과 법률과 관습과 종교 등을 알고 싶은 호기심도 있었죠. 결국 그는 이곳에서 호기심을 채우며 남은 몇 개월을 보내기로 결심했습니다.

베스나가르 왕에게는 한 주에 한 번씩 외국 상인들을 불러 대화를 나누는 습관이 있었습니다. 자신의 신분을 밝히고 싶지 않았던 후사인 왕자도 상인 신분으로 여러 차례 왕을 알현했습니다. 용모가 준수하고 재치도 뛰어난 데다 예절 또한 완벽한 왕자는 왕궁에 들어오는 상인들 가운데 단연 군계일학 같은 존재였죠. 그래서 베스나가르 왕은 인도의 술탄에 대해서나, 그의 제국의 힘과 부와 통치에 대해 알고 싶은 것이 생기면 언제나 왕자에게 물어보곤 했답니다.

다른 날들에는 도성과 그 인근에 있는 명승지들을 구경하러 다니면서 시간을 보냈습니다. 그중에서도 전체가 청동으로 된 특별한 구조로 이루어진 한 사원은 특히 감탄을 자아냈습니다. 가로세로가 각각 열 큐빗인 정사각형 밑면에 높이가 열다섯 큐빗에 달하는 이 건물에는 각종 우상들이 모셔져 있는데, 그중 가장 멋진 것은 거대한 금덩어리로 만든 우상이었습니다. 크기가 사람만 한 그것의 두 눈은 루비로 되어 있는데, 얼마나 교묘하게 만들었는지 어느 방향에서 쳐다봐도 그 눈은 항상 감상자를 쳐다보고 있는 듯한 느낌을 주었습니다. 또 이에 못지않은 명승지도 있었습니다. 어떤 마을에는 넓이가 약 열 아르팡[89] 정도 되는 평지가 있었는데 그것은 아름다운 정원으로, 장미 등 보기 좋은 화초들이 만발해 있었고 둘레는 짐승의 접근을 막기 위해 사람 팔꿈치 높이 정도의 벽으로 둘러싸여 있었습니다. 이 평지 한가운데에는 사람 키 높이의 테라스가 조성되어 있었는데, 그 전체가 돌덩이들로 촘촘하게 짜여 있어 언뜻 하나의 거대한 바윗덩어리로 보였습니다. 테라스 위에는 거대한 돔 형태의 사원이

[89] 넓이의 단위. 약 3천4백 평방미터, 혹은 약 0.85에이커에 해당한다.

서 있는데, 높이가 오십 큐빗에 달하는 높은 것이어서 여러 리외 떨어진 곳에서도 뚜렷이 보일 정도였죠. 밑면은 가로가 이십 큐빗에 세로가 삼십 큐빗으로 전체가 거울처럼 반들거리는 붉은 대리석으로 되어 있었으며, 궁륭은 실물처럼 생생한 세련된 취향의 그림들로 장식되어 있었습니다. 또 궁륭뿐 아니라 사원 전체가 무수한 그림, 부조, 우상들로 꾸며져 있어 천장에서부터 바닥까지 빈 공간이 없을 정도였죠.

이 사원에서는 매일 아침저녁으로 미신적인 의식이 거행되었고 의식이 끝난 후에는 각종 놀이와 음악, 춤, 노래, 연회 등이 계속 이어졌습니다. 사원의 승려들과 인근 주민들의 생계 수단은 오직 한 가지, 저마다의 소원을 빌기 위해 매일 전국 방방곡곡에서 구름처럼 밀려오는 순례자들이 가져오는 공양이었죠.

후사인 왕자는 매년 베스나가르 궁전에서 열리는 성대한 축제도 구경할 수 있었습니다. 이 축제에는 각 지방 총독이며 요새 사령관, 도시의 수령, 관리, 명망 높은 고승 등이 모두 참석했는데, 심지어는 사는 곳이 너무 멀어 넉 달이나 여행해 오는 이들도 있었습니다. 이렇게 전국 각지에서 모여든 무수한 인도인들이 엄청나게 넓은 평원에 끝없이 운집해 있는 모습은 그야말로 장관이 아닐 수 없었습니다.

이 평원 중앙에는 매우 넓은 장방형 광장이 있었고, 그 광장의 한 면은 아홉 층이나 되는 거대한 목조 건물로 막혀 있었습니다. 마흔 개의 기둥이 떠받치고 있는 이 건물은 왕과 신하들 그리고 일주일에 한 번씩 왕을 알현하는 외국인들을 위한 것이었죠. 건물 내부는 화려한 가구로 장식되어 있었으며 바깥벽들은 아름다운 풍경화로 꾸며져 있었는데, 그림을 자세히 들여다보면 각종 짐승과 새, 곤충은 물론 심지어는 파리며 모기들까지 마치 살아 있는 것처럼 생생하게 묘사되어 있었습니다. 광장의 나머지 세 면에도 네 층 혹은 다섯 층의 목조 건물이 하나씩 서 있었으며, 중앙 건물처럼 모두가 멋진 그림들로 장식되어 있었습니다. 하지만 그 건물들에는 이보다 더 특별한 점이 있었습니다. 건물이 조금씩 돌아가도록 만들어져 있어서, 매시간 다른 모습과 다른 장식을 보여주었던 것입니다.

광장의 양측에는 헤아릴 수 없이 많은 코끼리들이 도열해 있었습니다. 모두가 화려한 마구로 치장되어 있었고, 등에는 금칠을 한 네모진 나무 탑이 한 개씩 올려져 있었는데, 그 안에는 악사나 익살 광대가 타고 있었죠. 또 짐승들의 코와 귀와 몸의 다른 부분은 진사(辰砂)로 칠해져 주홍빛이었고, 그 위에는 다른 색깔의 기괴한 형상들이 그려져 있었습니다.

이 코끼리들은 여러 가지 볼거리를 제공했는데, 그중에서도 후사인 왕자로 하여금 인도인들의 근면함과 재주와 창의성을 느끼게 해준 것이 몇 가지 있었습니다. 코끼리들 중에서도 가장 덩치가 크고 힘도 세어 보이는 한 녀석이 보여 준 묘기가 그랬죠. 녀석은 땅에 수직으로 박힌 나무 기둥의 약 두 자 정도 되는 꼭대기에 네발을 모으고 서서 장난을 칠 뿐 아니라, 악사들이 연주하는 음악에 맞추어 코와 귀를 흔들어 대기까지 했습니다. 녀석과 동시에 공연한 다른 녀석의 묘기도 못지않게 놀라웠습니다. 높이가 열 자 정도 되는 기둥 위에 기다란 널판이 시소처럼 걸려 있었는데, 한쪽 끝에는 앞의 코끼리만큼이나 덩치가 큰 다른 녀석이, 그리고 균형을 잡기 위해 다른 쪽 끝에는 엄청나게 큰 돌덩이 하나가 매달려 있었습니다. 그 높은 널판 위에 올라선 녀석은 시소를 타듯 오르락내리락하면서 앞의 코끼리처럼 음악에 맞추어 굼실굼실 몸을 흔들어 춤을 추고 코를 흔들어 댔습니다. 녀석은 어떻게 널판 위에 올라설 수 있었던 걸까요? 인도인들은 먼저 널판 반대편에 돌을 묶은 후, 코끼리가 올라서는 쪽을 끈으로 매어 잡아당겨 내려서 녀석을 타게 했던 것입니다.

후사인 왕자는 베스나가르 왕국과 베스나가르 술탄의 궁전에 더 오래 머물 수도 있었습니다. 동생 왕자들과 약속한 일 년이 되려면 아직도 시간이 남아 있었으므로, 원한다면 조금 더 남아서 이 나라의 온갖 신기한 풍물들을 구경할 수도 있었을 것입니다. 하지만 그는 지금까지 본 것으로도 충분히 만족하고 있었습니다. 무엇보다 그의 사랑의 대상이 자꾸만 눈앞에 떠올라 견딜 수가 없었습니다. 특히 신기한 양탄자를 얻음으로써 누루니하르 공주를 차지할 수 있다는 희망이 커지자, 아름답고 매력적인 그녀의 모습이 더욱 새록새록 생각났던 거죠. 조금이라도 그녀와 가까운 곳에 가 있어야 마음이 진정되고 자신의 행복에 다가갈 수 있을 것 같았습니다. 그리하여 그는 칸 주인에게 그동안의 방세를 지불한 후, 언제쯤 열쇠를 찾으러 오면 되는지 알려 주었습니다. 그리고 자신이 어떻게 떠나갈지에 대해서는 밝히지 않은 채 방에 돌아와 문을 닫고 그 앞에 열쇠를 놓았습니다. 그다음엔 양탄자를 방바닥에 깔고 심복과 함께 그 위에 앉았죠. 그러고서 동생들과 만나기로 한 그 칸 부근으로 가고 싶다고 속으로 간절히 바라자, 그 즉시 그곳에 옮겨져 있는 자신을 발견했습니다. 그는 칸에 들어가 여전히 상인으로 행세하면서 동생들이 돌아오기만을 기다렸죠.

후사인 왕자의 바로 아래 동생인 알리 왕자는 페르시아 쪽으로 갈 계획을 세웠고, 두 형제와 헤어진 지 사흘 만에 그곳으로 향하는 대상에 합류했습니다. 그렇게 넉 달을 간 끝에 마침내 당시 페르시아의 수도였던 시라즈에 당도할 수 있었죠. 여행 중에 보석상의 신분으로 가장하여 다른 몇 명의 상인들과 친해진 그는 그들과 같은 칸에 거처를 정했습니다.

다음 날, 다른 상인들은 가져온 짐을 푸느라 분주했지만 알리 왕자는 별로 할 일이 없었습니다. 여행의 목적이 장사가 아니었고, 가져온 상품도 없었던 거죠. 하지만 다른 확실한 목적이 있었던 그는 옷을 갈아입고 다른 상인들을 따라 시장으로 향했습니다. 그곳은 보석, 금은 세공품, 수단, 비단, 섬세한 직물 그리고 지극히 귀하고도 희귀한 각종 상품들이 거래되는 큰 시장으로, 시라즈에서는 〈베제스텡〉이라는 이름으로 불렸습니다. 널찍하고도 견고하게 지어진 그 장소는 하늘이 아치형 천장에 가려져 있는데, 그 아케이드를 떠받친 커다란 기둥들 주위로 수많은 상점들이 늘어서 있었습니다. 또 상점들은 벽 안쪽과 바깥쪽에도 줄지어 있었죠. 알리 왕자는 우선 시장 여기저기를 돌아다니며 상점마다 산더미처럼 쌓여 있는 진귀한 상품들을 구경하면서 그 풍부함과 신기함에 감탄을 금치 못했습니다.

　그러던 중에 알리 왕자는 기이한 광경을 목격하게 되었습니다. 수많은 거간들이 왔다 갔다 하면서 상품을 사라고 외치고 있었는데, 그중 한 사람이 크기가 한 자 정도에 굵기는 한 치 남짓한 상아 대롱을 흔들면서 금화 서른 주머니에 사라고 외치고 있는 것이었습니다. 왕자는 혹시 저 사람이 미치지 않았나 싶어서, 한 가게의 주인에게로 가 거간을 가리키며 말했습니다.

　「여보시오. 저 작은 상아 대롱을 금화 서른 주머니에 내놓은 저 거간 말이오. 혹시 머리가 어떻게 된 사람 아니오?」

　「만일 어제 이후로 머리가 이상해진 게 아니라면, 제가 아는 한 그는 이곳 거간들 중에서 가장 똑똑하고 믿을 만한 사람입니다. 그래서 무언가 값비싼 물건을 팔 일이 있으면 모두가 저 사람에게 맡기곤 한답니다. 그리고 저이가 저 상아 대롱을 금화 서른 주머니에 부르고 있다면, 그 물건은 겉보기와 달리 뭔가 그럴 만한 가치가 있을 겁니다. 조금 있으면 저이가 다시 이 앞을 지나갈 텐데, 그때 그를 부를 테니 사장님이 직접 물어보세요. 그동안 이리 들어오셔서 좌단에 앉아 좀 쉬시죠.」

알리 왕자는 가게 주인의 친절한 제의를 받아들였습니다. 그리고 그가 좌단에 앉은 지 얼마 되지 않아, 거간이 가게 앞을 지나갔습니다. 가게 주인은 그를 불러 멈춰 세우고는 다가가서 알리 왕자를 가리키며 말했습니다.

「여보시오! 저 양반이 묻기를, 이렇게 보잘것없어 보이는 상아 대롱을 금화 서른 주머니에 내놓다니 제정신이냐고 하오. 당신이 현명한 거간이라는 사실을 몰랐다면 나 역시 이상하게 생각했을 거요.」

그러자 거간은 알리 왕자를 향해 말했습니다.

「사장님, 이 대롱 때문에 나를 미친 사람으로 보는 사람은 사장님만이 아닙니다. 하지만 이 대롱이 어떤 대롱인지 설명을 듣고 나면 달리 생각하실 겁니다. 아마 다른 사람들처럼 사장님도 경매에 뛰어드실걸요. 자, 우선 말입니다……」 거간은 대롱을 왕자에게 내밀면서 말을 이었습니다.「이 대롱을 잘 보세요. 양쪽 끝이 유리로 막혀 있지 않습니까? 한쪽에다 눈을 대고, 뭔가 보고 싶은 것을 속으로 생각해 보세요. 그게 보일 겁니다.」

「그 말이 사실이라면 당신에 대한 내 생각을 당장에라도 바꾸겠소!」 그는 대롱을 받아 들고 양쪽 유리를 번갈아 보다가 물었습니다.「그런데 눈은 어느 쪽에다 대야 하는 거요?」

거간이 올바른 쪽을 가르쳐 주자, 왕자는 거기에 눈을 댔습니다. 그러고는 아버지인 인도의 술탄을 보고 싶다고 생각해 보았습니다. 그러자 이게 웬일입니까? 어전 한가운데 놓인 옥좌에 정정한 모습으로 앉아 계신 부친의 모습이 보이는 게 아니겠습니까? 이번에는 세상에서 가장 보고 싶은 누루니하르 공주를 생각해 보았습니다. 그러자 이번에도 시녀들에게 둘러싸여 명랑한 표정으로 화장을 하고 있는 그녀의 모습이 또렷하게 보이는 것이었습니다.

더 이상 다른 증거가 필요하지 않았습니다. 알리 왕자는 이 대롱이 시라즈뿐 아니라, 온 우주 가운데 가장 진귀한 보물이라고 확신할 수 있었죠. 그렇게 생각하니 마음이 급해졌습니다. 지금 이것을 놓치면 시라즈에 십 년을 더 머물러도, 아니 전 세계를 십 년 동안 돌아다니며 찾는다 해도 두 번 다시 구할 수 없을 것이었기 때문이죠. 그는 당장에 거간에게 말했습니다.

「당신이 제정신인지 물은 나야말로 정말 어리석었음을 인정하겠소. 내 잘못을 사과하는 의미에서라도 그 물건은 내가 사고 싶소이다. 아니, 나 아닌 다른 사람에게 팔면 몹시 섭섭할 것이오. 자, 이 물건 주인이 값을 얼마까지 올리라고 했소? 더 이상 이 물건을 팔겠다고 힘들게 돌아다닐 것 없이 내게 속 시원히 말해 보시오. 내가 묵고 있는 곳에 함께 가면 당신이 원하는 값에 사겠소이다.」

거간은 주인이 금화 마흔 주머니를 원했다고 맹세까지 하며, 만일 의심이 된다면 주인에게로 데려가 주겠다고 제의했습니다. 하지만 왕자는 그의 말을 믿고서 그를 칸으로 데려가 반짝반짝 빛나는 새 금화로 마흔 주머니를 채워 주었습니다. 이렇게 그는 상아 대롱의 주인이 된 것입니다.

알리 왕자는 몹시 기뻤습니다. 형과 아우는 이 상아 대롱보다 더 진귀하고 놀라운 것을 결코 찾아낼 수 없을 것이 뻔하니, 이제 누루니하르 공주는 자기 차지가 되었다고 확신했던 거죠. 이제 남은 것은 계속 상인으로 행세하며 페르시아의 궁정이며 시라즈의 신기한 풍물들을 구경하는 일뿐이었습니다. 함께 이곳에 온 대상들이 다시 인도로 출발하려면 아직 날이 한참 남아 있었기 때문입니다. 그렇게 시라즈에 대한 그의 호기심을 모두 채우고 나니, 마침 대상도 떠날 준비가 되어 있었습니다. 물론 왕자도 합류하여 귀국길에 올랐죠. 고국까지의 여행은 길고 힘들었지만 왕자는 아무런 사고도 없이 무사히 세 형제의 약속 장소에 돌아올 수 있었습니다. 그는 미리 와 있던 후사인 왕자를 만났고, 그렇게 두 형제는 아메드 왕자가 돌아오기만을 기다렸죠.

아메드 왕자가 간 곳은 사마르칸트였습니다. 그도 두 형처럼 〈베제스텡〉에 갔죠. 그런데 그가 시장에 들어서자마자 인조 사과 하나를 든 거간이 나타나더니 금화 서른다섯 주머니에 그것을 사라고 외치는 것이었습니다. 왕자는 그를 멈춰 세우고 물었습니다.

「그 사과 좀 내게 보여 주시오. 그리고 그 사과에 대체 어떤 쓰임새가 있기에 그렇게 높은 가격에 내놓은 것인지 좀 설명해 주시오.」

그러자 거간이 대답했습니다.

「사장님! 겉만 보면 이 사과는 정말 아무것도 아닐 것입니다. 하지만 일단 이것의 속성과 효능 그리고 이것이 얼마나 유용하게 쓰일 수 있는지 알게 된다면, 이 사과가 값으로 따질 수 없는 물건임을 이해하실 것입니다. 이걸 얻는 사람은 보물을 소유하게 되는 셈이고죠! 무슨 말이냐고요? 세상에 이 사과로 고칠 수 없는 병은 없답니다. 열병, 성홍열, 늑막염, 흑사병…… 그 어떤 병에 걸린 환자라도 데려와 보십시오! 그 자리에서 벌떡 일어나 평생 한 번도 아파 본 적 없는 사람처럼 건강해질 것입니다. 어떻게 하느냐고요? 방법 또한 더 이상 간단할 수 없지요. 단지 사과 향만 맡게 해주면 끝이니까요.」

「당신 말이 사실이라면 이것이야말로 놀라운 사과이며, 과연 값으로 따질 수 없는 물건이오. 하지만 당신의 말에 거짓이나 과장이 없다는 사실을 어떻게 증명할 수 있겠소?」

「사장님! 이건 사마르칸트 사람이라면 모두가 알고 있는 사실입니다. 멀리 갈 것도 없이 여기 모여 있는 상인들에게 물어보시면 알 것입니다. 그리고 이 중에는 이 훌륭한 치료제가 아니었으면 지금 이 자리에 있지 못했을 사람도 상당수 있답니다. 좀 더 자세히 설명드릴까요? 이 사과는 이 도시 출신의 한 유명한 철학자가 피땀 흘려 연구한 결과물입니다. 그분은 약초와 광물 연구에 평생을 바치신 결과 이 명약을 제조하셨으며, 많은 사람들을 놀라운 방법으로 치료해 주셨죠. 그분의 이름은 이 도시에서 영원히 기억될 것입니다. 그런데 얼마 전, 너무도 갑자기 찾아온 죽음으로 그분은 이 지고의 명약을 미처 써볼 틈도 없이 운명해 버리셨답니다. 그랬으니 얼마 되지 않는 재산과 나이 어린 아이들만 주렁주렁 물려받은 미망인에게 무슨 방도가 있겠습니까? 가족이 조금이라도 편히 살기 위해 이 사과를 팔아야겠다고 결심한 거죠.」

이처럼 거간이 아메드 왕자에게 인조 사과의 효능에 대해 설명하고 있을 때, 많은 사람들이 걸음을 멈추고 그들을 둘러쌌습니다. 그리고 대부분의 사람들은 거간의 말이 진실임을 확인해 주었죠. 그때 한 사람이 자기 친구 하나가 지금 중병에 걸려 죽기만을 기다리고 있는데, 이는 실험을 통해 진실을 증명할 좋은 기회가 아니냐고 말했습니다. 이에 아메드 왕자는, 만일 사과 향을 맡게 하여 그 환자를 고칠 수 있다면 금화 마흔 주머니를 내놓겠다고 약속했습니다. 마침 이 가격에 사과를 팔아 달라는 부탁을 받은 바 있던 거간은 아메드 왕자에게 말했습니다.

「가시죠, 사장님! 잠시 후에 이 사과는 사장님 손에 들려 있을 것입니다. 제가 이처럼 자신 있게 말씀드리는 까닭은 지금까지 이 사과가 죽음 문턱에 이른 병자를 구해 내는 것을 제 눈으로 수없이 봐온 까닭입니다.」

과연 실험은 성공했습니다. 왕자는 즉시 금화 마흔 주머니를 주고 사과를 산 다음, 대상이 인도로 출발하는 날만을 초조하게 기다렸습니다. 그때까지는 사마르칸트와 그 근방을 돌아다니며 호기심을 끌 만한 것들을 구경하면서 시간을 보냈죠. 특히 강물로 적셔진 소그드 계곡이 볼 만했습니다. 그곳에 펼쳐진 아름다운 들판과 정원과 궁전들, 각종 과실이 맺히는 비옥한 토양, 그리고 따뜻한 계절에 맛볼 수 있는 온갖 즐거움으로 인해 아랍 사람들이 세계의 네 낙원 가운데 하나로 꼽는 곳이었습니다.

마침내 대상이 인도로 출발하는 날이 왔고, 아메드 왕자는 그 기회를 놓치지 않았습니다. 그는 사마르칸트를 떠나 긴 여행에서 어쩔 수 없이 겪게 되는 고초를 이겨 내고 건강한 몸으로 두 형이 기다리고 있는 칸에 돌아올 수 있었습니다.

한편 아메드 왕자보다 조금 일찍 도착한 알리 왕자는 첫 번째로 와서 기다리고 있던 후사인 왕자에게 도착한 지 얼마나 되었느냐고 물었습니다. 후사인이 벌써 석 달 전에 도착했다고 대답하자 다시 물었죠.

「그럼 형님은 그다지 멀리 가지 않은 모양이구려?」

「천만에! 내가 다녀온 장소가 어디인지는 지금 말하지 않겠다만, 가는 데만 꼬박 석 달이나 걸렸다.」

「그렇다면 그곳에 오래 머물지는 않은 모양이죠?」

「무슨 소리야? 그곳에 한 너덧 달이나 있었다. 사실 내가 원했으면 더 오래 머물 수도 있었어.」

「아니, 그렇다면 날아오지 않고서야 어떻게 석 달 전에 돌아올 수 있었죠? 계산이 전혀 맞지 않는데?」

「내 말은 틀림없는 사실이다. 물론 너에게는 수수께끼처럼 아리송하겠지. 자, 막내 아메드가 돌아오면 다 설명해 주겠다. 더불어 내가 어떤 진기한 물건을 가져왔는지도 밝혀 주지. 그런데 무엇을 가져왔는지는 모르겠다만, 네 것은 그렇게 대단한 것이 아닌 모양이다? 짐이 별로 불어난 것 같지는 않아 보이니.」

「아니, 형님! 날 비웃을 자격이 있는 건가요? 내 눈에는 형님도 별것 없어 보이는데 말이죠. 좌단 위에 깔아 놓은 저 양탄자를 사 온 건가요? 그것도 별 볼 일 없어 보이고……. 하지만 형님이 보물에 대해 비밀을 지키시니, 나도 내가 무슨 물건을 사왔는지 밝히지 않으렵니다.」

「난 내 보물이 이 세상 그 무엇보다도 뛰어나다고 자신하기 때문에 얼마든지 꺼내어 보여 줄 수 있어. 그리고 어떤 점에서 그렇게 뛰어난지 설명한다면 너도 금방 인정하게 될 거다. 하지만 아메드까지 셋이 모두 모인 자리에서 밝히는 것이 경우에 맞을 것 같아 기다리고 있는 거야.」

알리 왕자는 누구의 보물이 더 뛰어난지에 대해 더 이상 왈가왈부하지 않기로 마음먹었습니다. 하지만 속으로는 자신의 것이 형의 것에 비해 결코 뒤떨어지지 않으리라 확신하고 있었죠. 어쨌든 보물은 아메드 왕자가 왔을 때 공개하자는 형의 말에는 그도 동의했습니다.

마침내 아메드 왕자가 돌아왔습니다. 세 형제는 따뜻하게 포옹했고, 아무 탈 없이 돌아온 것을 서로 축하했습니다. 이윽고 맏이인 후사인이 입을 열었습니다.

「아우들아! 우리가 여행하며 구경한 것들에 대해서는 다음에 말하기로 하고, 우선 가장 중요한 일부터 얘기해 보자. 자, 우리 여행의 목적에 대해서는 모두들 기억하고 있겠지? 그럼 이제 각자가 가져온 것을 공개해서 한번 견주어 보자고! 아버님이 누구의 손을 들어 줄 것인지 미리 짐작할 수 있을 테니까.

자, 그럼 나부터 얘기하기로 하지. 내가 베스나가르 왕국에서 가져온 것은 지금 내가 앉아 있는 이 양탄자야. 너희들 눈에는 아주 평범해 보일 수도 있겠지. 하지만 이것이 어떤 능력을 지니고 있는지 알게 된다면 모두들 놀라 나자빠질걸! 자, 설명할 테니 들어 봐. 지금 우리가 앉아 있듯 이런 자세로 이 양탄자 위에 앉아서 자신이 가고 싶은 곳을 생각하는 거야. 그러면 그곳이 어디든, 또 얼마나 멀리 떨어져 있든 간에 바라는 즉시 그곳으로 옮겨지지. 난 실험을 통해 확인할 수 있었어. 그래서 당장 금화 마흔 주머니를 지불해 샀지만, 돈은 조금도 아깝지 않았지. 양탄자를 산 다음에는 베스나가르 왕국과 궁정을 돌아다니며 호기심을 마음껏 채우며 시간을 보냈어. 마침내 돌아오고 싶은 마음이 들었을 때 바로 이 신기한 양탄자를 타고 온 거지. 내 하인도 같이 타고 왔으니 시간이 얼마나 걸렸는지 한번 물어봐. 원한다면 너희들도 직접 체험하게 해주지. 자, 너희들이 가져온 것이 내 양탄자와 비교할 만한 것인지 한번 말해 보라고!」

이렇게 후사인 왕자가 자신의 양탄자를 자랑하자, 이번에는 알리 왕자가 말했습니다.

「형님의 말씀이 사실이라면, 과연 그 양탄자는 상상조차 하기 힘든 신기한 물건이라 할 수 있겠네요. 하지만 그 양탄자보다 뛰어나다고는 할 수 없을지라도 최소한 그만큼 놀라운 물건들이 이 세상에 존재한다는 사실을 형님은 인정하셔야 합니다. 자, 그 증거를 보여 드리겠습니다. 이 상아 대롱을 보십시오! 겉보기에는 형님의 양탄자만큼이나 평범해 보일 것입니다. 하지만 저는 이걸 사기 위해 형님 못지않은 돈을 지불했고, 또 형님 못지않게 이 거래에 만족하고 있답니다. 형님은 공정하신 분이니 설명을 들으시면 제가 틀리지 않았음을 인정하게 될 겁니다. 자, 이 상아 대롱 양쪽 끝이 유리로 막혀 있는 게 보이시죠? 그중 한쪽에 눈을 대고 있으면, 자기가 보고 싶은 것이 훤히 보인답니다. 제 말이 잘 믿기지 않으시겠죠?」 알리 왕자는 상아 대롱을 내밀며 덧붙였습니다. 「자, 직접 한번 시험해 보세요.」

후사인 왕자는 알리 왕자의 손에서 상아 대롱을 받아 들었습니다. 그러고는 누루니하르 공주가 보고 싶다는 생각을 하면서 알리 왕자가 지시한 쪽에다 눈을 대보았죠. 그런데 그런 맏형의 모습을 지켜보던 알리 왕자와 아메드 왕자는 깜짝 놀라지 않을 수 없었습니다. 상아 대롱에 눈을 댄 후사인 왕자의 얼굴이 경악과 고통으로 일그러졌기 때문입니다. 후사인은 동생들이 이유를 묻기도 전에 고통스러운 목소리로 외쳤습니다.

「아우들! 우리 모두는 누루니하르 공주를 얻겠다는 희망을 품고 이 힘든 여행을 해왔네만, 이 모든 게 다 헛수고가 되어 버렸네! 조금 있으면 사랑스러운 공주는 더 이상 이 세상 사람이 아니야! 지금 그녀는 침상에 누워 있고, 주위에는 시녀들과 내시들이 눈물을 흘리며 서 있어. 공주가 임종할 때만 기다리고 있는 모양이야. 자, 너희들이 직접 보라고!」

알리 왕자는 후사인 왕자의 손에서 상아 대롱을 받아 들었습니다. 그리고 그 역시 너무도 가슴 아픈 광경을 직접 확인한 후 동생 아메드 왕자에게 상아 대롱을 넘겼습니다. 그 슬프고도 고통스러운 광경은 세 형제 모두와 관계된 일이었기 때문입니다.

알리 왕자에게 상아 대롱을 받아 누루니하르 공주가 죽어 가고 있는 모습을 확인한 아메드 왕자는 이렇게 말했습니다.

「우리 세 형제가 사랑하는 공주가 정말로 죽어 가고 있군요. 하지만 형님들! 만일 우리가 제때 왕궁으로 돌아갈 수만 있다면 그녀를 구해 낼 수도 있을 텐데요.」 그는 품속에서 인

조 사과를 꺼내 두 형에게 보이며 말을 이었습니다.「저도 이 사과를 사기 위해 형님들이 가져온 양탄자와 상아 대롱만큼이나 큰돈을 지불했답니다. 금화 마흔 주머니나 주었습니다만, 조금도 후회되지 않는군요. 이것의 놀라운 효능을 형님들에게 보여 줄 기회가 왔기 때문입니다. 자, 몹시 궁금하실 테니 말씀드리겠습니다. 죽어 가는 병자라 할지라도 이 사과 향만 맡으면 즉시 건강을 회복한답니다. 제가 직접 실험해 보았으니 틀림없는 사실이죠. 형님들도 누루니하르 공주가 낫는 것을 보면 인정하실 겁니다. 하지만 공주를 구하려면 빨리 가야 할 텐데요.」

「그래?」 후사인 왕자가 다시 말했습니다.「그렇다면 이 양탄자만큼 빠른 방법이 없지. 지금 당장 공주의 방으로 이동할 수 있으니까. 자, 이리들 와서 나처럼 앉게. 그리 작지 않으니 세 사람이 비좁지 않게 탈 수 있을 거야. 하지만 먼저 하인들에게는 지금 당장 출발하라고 분부해 둬야겠지. 우리와 함께 타고 갈 수는 없는 노릇이니까 말이야.」

하인들에게 분부를 내린 알리 왕자와 아메드 왕자는 후사인 왕자와 함께 양탄자에 앉았습니다. 바라는 것이 똑같았던 세 사람 모두 누루니하르 공주의 방으로 옮겨지고 싶다는 소망을 품었죠. 그들의 소망은 즉시 이루어졌습니다. 얼마나 빨리 옮겨졌는지, 출발하는 것을 채 느끼지도 못했는데 어느덧 몸은 목적지에 도착해 있었습니다.

그들이 나타나자 시녀들과 내시들은 겁에 질려 비명을 질렀습니다. 그도 그럴 것이 방 한가운데 세 왕자가 갑자기 나타났으니 이게 웬 마법인가 싶었던 거죠. 처음에 그들은 세 왕자를 잘 알아보지 못했습니다. 심지어 내시들은 금지된 장소에 침입한 외부인으로 오해하고는 그들에게 덤벼들려고까지 했습니다. 하지만 이내 그들을 알아보고는 뒤로 물러섰죠.

누루니하르 공주의 방에 도착한 아메드 왕자는 죽어 가고 있는 공주의 모습을 보자마자 양탄자에서 벌떡 일어났습니다. 그러고는 함께 일어난 두 왕자와 함께 공주 곁으로 달려가 신기한 사과를 그녀의 코 밑에 대주었습니다. 잠시 후, 공주는 눈을 번쩍 뜨고 고개를 좌우로 돌리며 주위에 있는 사람들을 둘러보았습니다. 그러더니 벌떡 일어나 앉으며 시녀들에게 옷을 입혀 달라고 분부하는 것이 아니겠습니까! 그냥 깊은 잠을 자다가 깨어난 듯한 표정이요, 행동이었습니다. 시녀들은 여주인이 깨어나자 좋아 어쩔 줄 몰라 하면서 그녀가 갑자기 건강을 회복할 수 있었던 것은 세 왕자님 덕이며, 그중에서도 아메드 왕자님의 공이 컸다고 알려 주었습니다. 그제야 사촌 왕자들을 알아본 공주는 크게 기뻐하면서 모두에게 고맙다고 말했고, 아메드 왕자에게는 특별한 감사를 표했습니다. 공주가 옷을 입기를 원했으므로 이제 왕자들은 자리를 비켜 줘야 했습니다. 그들은 늦지 않게 달려와 그녀의 목숨을 구할 수 있어서 얼마나 기쁜지 모르겠으며, 앞으로 수고무강하기를 간절히 빈다고 말한 다음 방에서 물러 나왔죠.

공주가 옷을 입고 있을 때 그녀의 방에서 나온 세 왕자는 술탄께 인사를 드리러 어전으로 갔습니다. 술탄은 이미 내시 대장을 통해 왕자들이 갑자기 도착했다는 사실을 알고 있었습니다. 또 그들 덕분에 공주의 건강이 완전히 회복된 것도 알고 있었죠. 술탄은 크게 기뻐하면서 세 왕자를 맞았습니다. 한 해 동안 떠나 있던 아들들이 모두 무사히 돌아왔을 뿐 아니라, 친딸처럼 사랑하는 조카 공주가 의사들이 모두 포기할 정도의 중병에서 놀랍게 회복되었기 때문에 기쁨은 더욱 컸습니다. 이렇게 네 부자의 인사가 끝나자, 왕자들은 각자 가져온 보물을 술탄에게 보여 주었습니다. 후사인 왕자는 공주의 방에서 나올 때 잊지 않고 챙겨 온 양탄자를, 알리 왕자는 상아 대롱을, 아메드 왕자는 인조 사과를 꺼내어 순서대로 자신의 물건을 자랑하고는 왕에게 바쳤습니다. 그러고는 누구의 보물이 가장 마음에 드는지, 다시 말해 셋 중 누구에게 누루니하르 공주를 아내로 줄 것인지 결정해 달라고 간청했습니다.

인도의 술탄은 각기 자신이 가져온 보물이 최고라고 주장하는 왕자들의 말을 모두 귀 기울여 들어 주었습니다. 하지만 공주의 병이 치료된 사정을 모두 알고 나서는 어떻게 대답해야 좋을지 몰라 한동안 침묵에 잠겨 있었죠. 잠시 후, 술탄은 마침내 침묵을 깼습니다.

「얘들아! 내가 공정한 판결을 내려 너희들 가운데 한 사람의 손을 들어 줄 수만 있다면 얼마나 좋겠느냐? 하지만 내가 과연 그럴 수 있는지, 너희들 자신이 생각해 보거라.

먼저 아메드야. 그래, 공주는 네 인조 사과 덕분에 목숨을 구했다. 하지만 만일 먼저 알리의 상아 대롱으로 위험에 처한 그녀의 모습을 발견하지 못했다면, 그리고 후사인의 양탄자로 신속하게 달려올 수 없었다면, 네가 과연 그 사과로 그 애를 고칠 수 있었겠느냐? 그리고 알리야. 네 상아 대롱은 너와 네 두 형제로 하여금 공주를 잃게 될 수도 있다는 사실을 알게 해 주었고, 따라서 공주는 네게 큰 빚을 지고 있는 것이 사실이다. 하지만 아무리 중요한 사실을 알았다 한들, 사과와 양탄자가 없었다면 상아 대롱도 무용지물이 되었으리라는 사실 또한 인정해야 해. 마지막으로 너, 후사인. 네 양탄자는 공주를 치료하는 데 있어 꼭 필요한 물건이었고, 따라서 공주가 네게 감사하지 않는다면 정말 배은망덕한 사람일 것이다. 하지만 생각해 봐라. 만일 알리의 상아 대롱 덕분에 공주가 아프다는 사실을 몰랐다면, 또 아메드가 사과를 사용해서 그 애를 구해 주지 못했다면 그 양탄자가 무슨 소용이 있었겠느냐?

따라서 양탄자, 상아 대롱, 인조 사과 가운데 어느 것이 뛰어나다고는 말할 수 없으므로 너희 셋은 완전히 비긴 거고, 나는 누구에게도 공주를 줄 수가 없다. 다시 말해서 공주의 건강 회복에 기여할 수 있었다는 영광, 이것이 너희가 이번 여행을 통해 얻은 유일한 소득인 셈이야……. 하지만 결국 너희 가운데서 공주의 짝을 정하지 않을 수는 없는 노릇, 내가 또 다른 방법을 생각해 냈다. 해가 저물려면 아직도 시간이 남아 있으니 아예 오늘 정해 버리기로 하자. 자, 모두들 활과 화살을 하나씩 들고서 도성 밖, 말들을 훈련시키는 벌판에 가 있도록 해라. 나도 곧 준비를 하고 따라가, 너희들 중 화살을 가장 멀리 쏘아 보내는 사람에게 공주를 주기로 하겠다.

그리고 너희들이 가져다준 선물들에 대해서는 진심으로 감사한다. 진귀한 보물들을 적지 않게 소유하고 있는 나조차, 이 양탄자와 상아 대롱과 인조 사과의 기이함에 견줄 만한 것은 본 적이 없구나! 그래, 이것들은 내 보물 창고의 가장 깊은 곳에 소중히 보관하도록 하겠다. 단순한 흥밋거리로서가 아니라, 정말 필요할 때 요긴하게 사용하기 위해서다.」

왕의 선언에 세 왕자는 대꾸할 말이 없었습니다. 그들이 어전에서 물러 나오자 기다리고 있던 신하들이 각자에게 활과 화살을 하나씩 주었고, 왕자들은 이것을 각자의 수하들에게 들게 했습니다. 곧 세 왕자는 말들을 훈련시키는 벌판으로 향했는데, 그 뒤로는 무수한 백성들이 따라왔죠.

드디어 그 벌판에 도착했습니다. 곧이어 술탄도 도착했죠. 그가 도착하자마자 맏이인 후사인 왕자가 활과 화살을 들어 먼저 쏘았습니다. 그다음엔 알리 왕자 차례였는데, 사람들은 그의 화살이 후사인의 것보다 먼 곳에 떨어지는 것을 확인할 수 있었습니다. 마지막으로 아메드 왕자가 쏘았습니다. 하지만 그의 화살은 까마득히 날아가 버려 그것이 떨어지는 것을 본 사람은 아무도 없었습니다. 사람들이 달려가 찾아보았지만 화살은 보이지 않았죠. 아메드 왕자 자신도 달려가 샅샅이 뒤져 보았지만 어디에도 화살은 없었습니다.

정황상 활을 가장 멀리 쏜 사람은 아메드였고, 따라서 공주는 그의 차지가 되어야 옳았습니다. 하지만 그 사실을 확증하기 위해서는 화살을 찾아야 했는데, 아무리 찾아도 보이지 않아 왕자로서는 답답할 뿐이었죠. 아메드 왕자는 술탄에게 따지고 들었지만 소용없었습니다. 술탄은 알리 왕자의 승리를 선언했던 것입니다. 그렇게 그는 결혼식 준비를 명했고, 며칠 후에는 성대한 결혼식이 거행되었습니다.

큰형인 후사인 왕자는 결혼식에 참석하지 않았습니다. 누루니하르 공주에 대해 강렬하고 진지한 열정을 품고 있던 왕자로서는 그녀가 알리 왕자의 품에 안기는 모습을 지켜보고만 있어야 할 그 고통스러운 순간을 견뎌 낼 자신이 없었던 것입니다. 더구나 알리 왕자가 자신보다 뛰어난 점도 없고, 자신만큼 공주를 사랑하지는 것 같지도 않다고 생각했기에 그의 고통은 더욱 컸죠. 그는 너무도 실망한 나머지 왕위 상속권까지 포기하기로 결심했습니다. 그러고는 궁정을 떠나 탁발승이 되어 한 유명한 종교 지도자의 문하에 들어갔습니다. 만인의 귀감이 되는 삶으로 인해 높은 명성을 누리고 있는 그 지도자는 수많은 제자들과 함께 조용한 은거지에서 평화롭게 수행하고 있었던 것입니다.

아메드 왕자 역시 후사인 왕자와 같은 이유로 알리 왕자와 누루니하르 공주의 결혼식에 참석하지 않았습니다. 하지만 큰형처럼 탁발승이 되어 세상을 등지려 하지는 않았습니다. 대신 기어코 화살을 찾아내야겠다고 결심했죠. 화살은 어딘가에 분명히 숨어 있을 것이고, 그걸 찾아내면 자신이 억울하게 공주를 빼앗겼음을 증명할 수 있기 때문이었습니다. 그는 혼자서 후사인 왕자와 알리 왕자의 화살이 발견된 곳까지 갔고, 거기서부터 시작하여 좌우를 살펴보면서 앞으로 나아갔습니다. 그러나 한참을 걸어가도 찾는 것이 나오지 않자, 결국 이 모든 것이 헛수고라는 생각이 들기 시작했습니다. 하지만 그러면서도 무언가에 홀린 듯 두 발은 계속 앞으로 향했고, 마침내 아주 높은 바위 언덕의 발치에 이르렀습니다. 왕자가 출발한 장소에서 멀리 떨어진 곳에 위치한 그 바위 언덕은, 지나갈 마음이 있다면 우회하지 않을 수 없는 그런 높고 가파른 장소였죠. 그런데 바위 언덕에 가까이 다가가 보니 거기 화살이 하나 보였습니다. 주워 들어 자세히 살펴보았더니, 이게 웬일입니까? 바로 자신이 쏘았던 그 화살이 아닙니까? 아메드 왕자는 생각했습니다.

〈이건 바로 내 화살인데! 하지만 난 화살을 여기까지 날려 보낼 힘이 없어. 아니, 내가 아니라 이 세상 그 누구라 해도 마찬가지지.〉

화살은 땅에 꽂혀 있지 않고 그냥 놓여 있었습니다. 이를 통해 왕자는 화살이 바위에 부딪힌 후 튕겨져 떨어졌음을 짐작할 수 있었죠.

〈정말로 기이하고 신비한 일이군. 하지만 이 신비함은 내게 길조일 거야. 사실 누루니하르 공주는 내 것이 되었어야 옳았고, 난 그녀와 결혼하여 행복하게 살았어야 당연한 것 아냐? 한데 운명의 여신은 부당하게도 그 행복을 내게서 빼앗아 갔지. 이런 억울한 나를 위로해 주기 위해 운명이 내게 또 다른 행복을 선사하려는 건지도 몰라.〉

이렇게 생각하며 그는 바위 언덕 앞으로 가보았습니다. 바위는 마치 주름진 천처럼 튀어나온 부분들과 들어간 부분들로 이어져 있었습니다. 그중 하나를 택하여 깊숙이 들어가며 구석구석 살펴보니 한쪽에 쇠로 된 문이 하나 나 있었습니

다. 왕자는 그 문이 잠겨 있지 않을까 생각했지만, 밀어 보니 쉽사리 열렸습니다. 안에는 계단 대신 아래로 통하는 완만한 경사의 통로가 나 있었습니다. 왕자는 손에 화살을 들고서 밑으로 내려갔죠. 지하 공간이니 당연히 어둠이 깔려 있으리라 생각했는데, 그가 방금 떠나온 세상의 그것과는 전혀 다른 종류의 빛이 나타났습니다. 이어 널찍한 광장이 나타났고, 쉰 걸음 정도 더 나아가 보니 경탄스러운 구조의 장려한 궁전 하나가 우뚝 서 있는 게 보였습니다. 하지만 왕자는 궁전의 아름다움에 감탄하고만 있을 겨를이 없었습니다. 궁전의 아름다움을 무색하게 하는 절세미인이 궁전 입구로 걸어 나오는 것이 보였기 때문이죠. 위엄 있는 자태의 그 귀부인은 화려한 옷과 값비싼 보석으로 치장하고 있었는데, 그 모든 눈부신 의상과 장식물도 그녀 자신의 아름다움에 비하면 아무것도 아니었습니다. 그곳에는 그녀뿐 아니라 한 무리의 시녀들도 함께 있었지만, 그들 중 주인이 누구인지 구분하는 것은 너무나도 쉬웠죠.

아메드 왕자는 그녀에게 예를 표하기 위해 걸음을 빨리하여 그쪽으로 갔습니다. 한데 그가 오는 것을 본 귀부인이 목소리를 높여 이렇게 말하는 것이 아닙니까!

「어서 오세요, 아메드 왕자님! 정말 잘 오셨어요!」

왕자는 너무도 놀랐습니다. 비록 아버지 술탄의 수도에서 그다지 멀리 떨어진 곳에 있지는 않았지만 처음 와보는 낯선 나라였습니다. 그런데 이 이름도 들어 본 적 없는 나라의 난생처음 보는 귀부인이 어떻게 자기 이름을 알고 부르는 것인지 도무지 이해할 수 없는 일이었죠. 마침내 귀부인 앞에 이른 그는 그녀의 발밑에 무릎을 꿇은 다음 다시 일어서면서 말했습니다.

「부인! 소생, 호기심을 이기지 못하여 허락도 없이 불쑥 들어와 행여 실수라도 저지른 게 아닌가 불안해하고 있던 차에, 부인께서 이렇게 따뜻이 환대해 주시니 감사하기 이를 데 없습니다. 하지만 한 가지 너무도 궁금한 점이 있어 감히 질문드립니다. 부인께서는 어떻게 소생을 알고 계시는지요? 비록 이렇게 가까운 곳에 살고 계셨어도 소생은 오늘 부인을 처음 뵙는데 말입니다.」

「왕자님, 우선 응접실로 함께 들어가세요. 거기에 편안히 앉아서 왕자님 질문에 대답해 드리겠어요.」 귀부인은 이렇게 말하고 아메드 왕자를 인도하여 한 응접실로 데려갔습니다.

경이로운 구조, 황금색과 하늘색으로 장식된 궁륭형 천장, 값을 따질 수 없는 호화로운 가구……. 신기하고도 아름다운 방의 꾸밈새에 왕자는 지금껏 이런 것은 본 적이 없으며, 앞으로도 볼 수 없을 거라고 외쳤습니다. 그러자 귀부인이 말했습니다.

「하지만 이 방은 제 궁전에서 가장 형편없는 방에 불과하답니다. 다른 방들을 둘러보시면 왕자님도 제 말에 동의하실 거예요.」

그녀는 좌단 위에 올라가 앉았습니다. 그리고 왕자 역시 그녀의 간청에 따라 자리를 잡자 다시 말했습니다.

「왕자님! 왕자님은 저를 모르시는데, 저는 왕자님을 알고 있어 놀랐다고 말씀하셨죠? 제가 누구인지 아신다면 더 이상 놀라시지 않을 거예요. 아마 왕자님께서도 왕자님의 종교가 가르치는 사실 가운데 하나를 알고 계실 겁니다. 즉 이 세상에는 인간뿐 아니라 정령들도 살고 있다는 것이지요. 저는 그중 한 정령의 딸이랍니다. 제 아버님은 가장 강력하고도 가장 높으신 정령 가운데 하나이시고요. 제 이름은 파리-바누입니다. 그러니 제가 왕자님과 왕자님의 부친 술탄님과 형님들과 누루니하르 공주를 알고 있다고 하여 그리 놀라실 필요는 없어요. 또 저는 왕자님의 사랑과 여행에 대해서도 잘 알고 있답니다. 그 모든 상황들을 상세히 얘기해 드릴 수도 있어요. 왜냐고요? 사실 사마르칸트에서 왕자님이 사신 인조 사과를 시장에 내놓은 주인이 바로 저였거든요. 또 베스나가르에서 후사인 왕자가 산 양탄자와 알리 왕자가 시라즈에서 가져온 상아 대롱도 마찬가지예요. 이쯤만 말씀드려도 제가 왕자님과 관련된 일들을 모두 알고 있다는 사실을 아시겠죠? 또 한 가지만 덧붙이고 싶어요. 저는 왕자님이 누루니하르 공주로 만족하기에는 아까운 분이라고 생각하여, 보다 행복한 운명으로 이끌어 드리고 싶었답니다. 저는 왕자님이 활을 당길 때도 옆에서 지켜보았어요. 그런데 화살이 후사인 왕자의 것보다도 멀리 나가지 않을 것 같기에 날아가는 화살을 공중에서 잡아 다시 던져 그 바위 언덕까지 날아가게 했지요. 자, 이제 왕자님 앞에는 더 행복해질 수 있는 기회가 놓여 있답니다. 그 기회를 잡는 것은 왕자님 마음에 달렸고요.」

이야기의 마지막 부분에 이르러 파리-바누의 어조는 약간 달라져 있었습니다. 그녀는 다정한 눈으로 아메드 왕자를 쳐다보더니 이내 수줍게 눈길을 아래로 떨구며 얼굴을 빨갛게 물들였습니다. 그 모습을 본 왕자는 그녀가 말하는 〈행복〉이 무엇을 의미하는 것인지 어렵지 않게 이해할 수 있었습니다. 사실상 이제 누루니하르 공주는 그의 것이 될 수 없었습니다. 하지만 모든 점에서 그녀를 훨씬 능가하는 파리-바누 요정이 나타난 것입니다. 그녀는 공주보다도 훨씬 아름답고 상냥하고 총명했을 뿐 아니라, 이 호화로운 궁전으로 미루어 보아 엄청난 부까지 지닌 것이 분명했습니다. 그는 화살을 찾으러 나올 생각을 한 것이 너무도 다행스럽게 느껴졌습니다. 그리고 새로운 정열의 대상 앞에 가슴이 불타오르는 것을 느끼며 이렇게 말했습니다.

「부인! 당신의 노예가 되어서 지금 내 넋을 빼앗고 있는 아름다움을 숭배하며 사는 것만이 내가 평생 누릴 수 있는 유일한 행복이라 할지라도, 나는 스스로를 세상에서 가장 행복한 남자로 여길 것입니다. 부인! 그런 행운을 내게 허락해 달라고 감히 부탁드리오니, 부디 거절치 마시고 당신께 모든 것을 바치려 하는 한 왕자를 당신의 궁정에 거둬 주세요!」

「왕자님! 저는 오래전부터 부모님에게 독립하여 살아왔기 때문에 지금 당장 제 뜻을 분명히 결정하고 말씀드릴 수 있어요. 제가 왕사님을 제 궁정에 받아들인다면, 그것은 결코 노예로서가 아니라 저와 제가 가진 모든 것의 주인으로서예요. 왕자님이 결혼 서약을 통해 저를 아내로 맞아들이는 순간, 저의 모든 소유가 곧 왕자님 것이 될 테니까요. 저의 이런 제의를 너무 당돌하거나 무례한 것으로 여기진 말아 주세요. 아까도 말씀드렸듯이 제 일은 부모님이 아닌 저 스스로 결정하고 있답니다. 또 인간 세계의 여인들은 스스로 나서서 이런 제의를 하지 않는 걸로 알고 있어요. 그렇게 하는 것을 큰 불명예로 여긴다고 들었지요. 하지만 우리 정령들은 다르답니다. 우린 이런 식으로 인간들과 인연을 맺곤 하지요.」

아메드 왕자는 요정의 말에 아무런 대답도 할 수 없었습니다. 다만 벅찬 감사의 마음을 표하기 위해 치맛자락에 입 맞추려 다가서는데, 그녀는 미처 그럴 틈을 주지 않고 대신 손을 내밀었습니다. 그리고 그가 입을 맞추자 이번에는 그의 손을 붙잡고 말했습니다.

「왕자님! 제 마음을 왕자님께 드리는 것처럼 왕자님도 제게 마음을 주시는 건가요? 그렇게 서약할 수 있나요?」

「아, 부인!」 왕자는 기쁨에 넘쳐 외쳤습니다. 「이 세상에 그보다 더 즐거운 일이 어디 있겠습니까? 오, 그럼요, 나의 여왕, 나의 황후! 내 마음을 당신께 아낌없이 드리겠어요!」

「그럼 이제 당신은 제 남편이고, 전 당신의 아내가 된 거예요. 비록 다른 의식은 없지만, 우리의 결혼은 여러 가지 복잡한 의식을 치르는 인간들의 그것보다 훨씬 더 굳게 맺어졌답니다……. 자, 왕자님께선 오늘 아무것도 들지 못하셔서 몹시 시장하실 거예요. 오늘 저녁 성대한 피로연이 열리긴 하겠지만, 그것이 준비되는 동안 간단한 요깃거리를 가져오게 하겠어요. 다 드시면 궁전의 다른 방들을 보여 드릴게요. 그러면 이 응접실은 아무것도 아니라는 제 말을 믿게 되실 거예요.」

요정과 함께 응접실에 들어와 있던 시녀 가운데 몇 명이 여주인의 의향을 알아채고 밖으로 나가더니, 잠시 후 몇 가지 음식과 훌륭한 포도주를 차려 들고 돌아왔습니다.

아메드 왕자가 마음껏 먹고 마시자, 요정 파리-바누는 그를 인도하여 궁전의 이 방 저 방을 보여 주었습니다. 방마다 다이아몬드, 루비, 에메랄드 같은 각종 보석들이 진주, 마노, 벽옥, 반암 그리고 각종 대리석 등과 어울리며 휘황한 빛을 발하고 있었습니다. 거기에다 가구들은 값을 따질 수 없는 호화로운 것들뿐이었습니다. 왕자는 지금껏 이에 견줄 만한 것은 본 적도 없을 뿐 아니라, 이 세상에 존재할 수도 없을 것이라는 사실을 고백하지 않을 수 없었습니다. 이에 요정이 말했습니다.

「왕자님! 물론 제 궁전이 아름답긴 해요. 하지만 이 정도를 보고도 그렇게 감탄하시는데, 이보다도 훨씬 더 아름답고 크고 웅장한 우두머리 정령들의 궁전 앞에서는 대체 어떤 말씀을 하실지 궁금하군요. 제 정원의 아름다움도 보여 드리고 싶지만 그건 다음 기회로 미루지요. 왜냐하면 벌써 밤이 다 가오고 있고, 식탁으로 가야 할 시간이니까요.」

요정은 음식이 차려져 있는 홀로 아메드 왕자를 인도했습니다. 왕자가 보지 않은 유일한 곳이었는데, 지금까지 본 그 어떤 방에 견주어도 뒤떨어지지 않는 곳이었죠. 왕자는 홀에 들어서자마자 탄성을 발했습니다. 헤아릴 수 없는 촛불들로 그 안이 환하게 밝혀져 있었던 것입니다. 용연향이 그윽한 촛불들은 곳곳에 조화롭게 배치되어 있어서 한층 보기 좋았습니다. 금 그릇들이 잔뜩 놓여 있는 커다란 뷔페 테이블도 눈을 휘둥그렇게 만들었습니다. 무거운 금 그릇 하나하나가 뛰어난 솜씨로 제작된 천하의 명품들이었던 것입니다.

요정과 왕자가 들어서자 기다리고 있던 여성 악단이 노래를 무르기 시작했습니다. 하나같이 선녀처럼 아름다운 용모에 화려한 옷으로 치장한 악사들은 노래에 맞추어 각종 악기를 연주하여 왕자가 한 번도 들어 본 적 없는 지극히 조화로운 음악을 들려주었습니다. 두 사람은 식탁에 앉았습니다.

파리-바누는 왕자에게 감미로운 음식들을 정성스레 덜어 주고 음식 이름을 알려 주며 맛을 보라고 권했습니다. 왕자로서는 한 번도 맛본 적 없는, 기막히게 맛있는 것들뿐이었죠. 그는 그 맛을 격찬하면서, 이것들은 그가 인간 세계에서 맛본 모든 것을 능가하는 것이라고 외쳤습니다. 각종 과일들과 케이크들로 이루어진 후식 역시 최고의 것이었고, 특히 후식과 함께 마시기 시작한 포도주는 지극히 훌륭한 것이어서 왕자는 또다시 큰 탄성을 발하지 않을 수 없었습니다.

마침내 후식까지 마친 요정과 왕자가 자리에서 일어나자 즉시 식탁이 치워졌습니다. 두 남녀는 좌단에 올라가 커다란 꽃들을 형형색색 섬세하게 수놓은 비단 쿠션들에 몸을 기대고 편안히 자리 잡았습니다. 그러자 수많은 정령들과 요정들이 홀에 들어와 경이롭기 그지없는 무도회를 시작했습니다. 마침내 왕자와 요정이 자리에서 일어나자 그들은 계속 춤을 추면서 홀 밖으로 나가, 신방이 꾸며져 있는 방으로 신랑 신부를 인도했습니다. 신방 앞에 이르러서는 두 줄로 나란히 도열하여 그 사이로 부부를 들어가게 한 뒤, 두 사람이 편히 잘 수 있도록 자리를 비켜 주었죠.

혼인 잔치는 다음 날도 계속되었습니다. 그다음 날도 또 그다음 날도 축제는 끝없이 이어졌습니다. 요정 파리-바누는 매일매일 새로운 진미가 가득한 연회와 새로운 음악과 춤과 볼거리와 오락을 제공했습니다. 요정에게는 너무도 쉬운 일이었지만, 아메드 왕자로서는 천년을 산다 해도 인간 세계에서는 상상조차 할 수 없을 경이로운 것들뿐이었죠.

요정이 이렇게 정성을 다하는 것은 단지 왕자에 대한 자신의 사랑을 표현하기 위해서만은 아니었습니다. 그것은 왕자로 하여금 이곳에 지극히 아름답고 매력적인 그녀가 있을 뿐 아니라 술탄의 궁정이나 이 세상 그 어느 곳에 가도 맛볼 수

없는 행복이 있다는 사실을 느끼게 함으로써, 그의 마음을 단단히 붙잡아 떠나지 못하게 하려는 것이었죠. 그리고 이러한 그녀의 계획은 완전히 성공했습니다. 아메드의 사랑은 요정을 소유한 후에도 조금도 약해지지 않았으니까요. 오히려 날이 갈수록 커져만 갔습니다. 설사 그녀가 더 이상 그를 사랑하지 않기로 결심한다 하더라도 그로서는 사랑을 멈출 수 없는 지경에까지 이른 것입니다.

그렇게 여섯 달이 지나갔습니다. 여전히 아버지 술탄을 잊지 못하고 있던 아메드 왕자는 그가 너무도 보고 싶어졌습니다. 하지만 이 갈망을 이루기 위해서는 잠시나마 이곳을 떠나 있지 않을 수 없었으므로, 어느 날 파리-바누에게 아버님을 뵈러 다녀오고 싶으니 허락해 달라고 부탁했습니다. 이 말에 요정은 깜짝 놀랐습니다. 혹시 자신을 버리고 떠나려는 핑계가 아닐까 불안해졌던 것입니다. 그녀는 대답했습니다.

「내게 그런 부탁을 하다니요? 혹시 무슨 불만이라도 있는 건가요? 아니면 내게 주신 맹세를 잊으신 건가요? 나는 당신을 이렇듯 열렬히 사랑하고 있는데, 당신은 더 이상 날 사랑하지 않는 것 아니냐고요! 지금껏 그렇게 내 사랑을 보여 주었건만 아직도 내 마음을 모르시나요?」

「왕비여! 나에 대한 당신의 사랑, 충분히 알고 있소! 만일 내가 같은 크기의 사랑으로 당신에게 보답하지 않는다면 나는 천하에 배은망덕한 놈일 것이오. 내 부탁에 화가 났다면 나를 용서해 주시오. 당신의 마음을 풀어 줄 수만 있다면 난 뭐라도 하겠소. 하지만 난 당신의 기분을 상하게 하려고 이 말을 꺼낸 것이 아니라오. 단지 우리 아버님 술탄 때문에……. 생각해 보오! 내가 갑자기 사라져 이렇게 오랫동안 돌아오지 않는데, 얼마나 걱정이 많으시겠소? 아니, 분명히 내가 죽었다고 생각하고 계실 텐데 얼마나 괴로워하고 계시겠소? 난 단지 아버님을 고통에서 해방해 드리고 싶을 뿐이라오. 하지만 당신이 원하지 않으니 당신 뜻대로 하리다. 당신을 기쁘게 하기 위해서라면 무슨 일인들 못하겠소?」

아메드 왕자의 말은 입에 발린 말이 아니었습니다. 그는 진정으로 가슴 깊이 요정을 사랑하고 있었던 것입니다. 그래서 그는 입을 다물고 더 이상 부탁하지 않았습니다. 요정은 그가 자신의 뜻에 순종해 주니 얼마나 고마운지 모르겠다며 감사했죠. 하지만 왕자로서는 아버님을 뵙고 싶은 마음을 완전히 억누를 수 없었습니다. 그래서 요정과 대화를 할 때면, 인도 술탄의 갖가지 장점들에 대해, 특히 그분이 얼마나 자신을 사랑하는지에 대해 넌지시 이야기하곤 했습니다. 물론 이 모든 것은 요정의 마음을 돌려 보기 위함이었죠.

아메드 왕자가 추측한 대로, 인도의 술탄은 알리 왕자와 누루니하르 공주의 결혼식에 다른 두 아들이 참석하지 않아 마음이 몹시 아팠습니다. 그리고 얼마 지나지 않아서는 후사인 왕자가 세상을 버리고 탁발승이 되었다는 소식을 듣게 되었습니다. 아버지라면 누구나 자신의 자식들을 가까이에 두고 지켜보는 데서 큰 행복을 느끼는 법입니다. 특히 그 자식이 사랑받을 만한 인물인 경우에는 더하겠죠. 인도의 술탄 역시 후사인 왕자가 궁중에 남아 그의 곁에 남아 있었더라면 너무도 기뻤을 것입니다. 하지만 완전한 상태에 이르고자 구도의 길을 선택한 아들을 책망할 수는 없는 노릇이었습니다. 그래서 장남의 부재는 좀 더 쉽게 견뎌 낼 수 있었죠. 하지만 아메드 왕자에 대한 감정은 달랐습니다. 그는 사라진 왕자의 행방을 찾기 위해 백방으로 노력했습니다. 전국 방방곡곡에 사령을 파견하여 각 지방 총독에게 왕자를 붙잡아 궁으로 돌려보내라는 명을 전하게 했죠. 하지만 이 모든 노력은 허사였고, 그의 고통은 갈수록 깊어만 갔습니다. 그는 이런 답답

한 심정을 대재상에게 털어놓곤 했습니다.

「대재상! 경도 알겠지만, 아메드는 왕자들 중에서도 내가 가장 아끼던 아이요. 경은 내가 그 애를 백방으로 찾아보았지만 허사였다는 사실도 잘 알고 있을 거요. 경! 너무나도 고통스러워서 난 이러다가 정말 죽을 것만 같소. 나를 불쌍히 여긴다면 제발 도와주시오! 무슨 좋은 수라도 없겠소?」

항상 열성을 다해 국사를 처리할 뿐 아니라 술탄에 대해서도 깊은 충정을 보여 온 대재상은 어떻게 하면 술탄의 고통을 덜어 줄 수 있을까 생각하다가, 문득 신통하기로 소문난 어느 마법사 여인을 떠올렸습니다. 그가 마법사를 불러 물어보면 어떻겠느냐고 제의하자 술탄은 동의했습니다. 대재상은 사람을 보내어 그녀를 불러오게 한 뒤, 자신이 직접 어전으로 데려왔습니다.

술탄은 마법사 여인에게 말했습니다.

「내 아들 알리 왕자와 질녀 누루니하르 공주의 결혼식이 있은 후 아메드 왕자가 사라져서 내가 얼마나 힘들어하고 있는지는 지금 만인이 아는 사실이므로, 그대도 아마 모르지 않겠지. 자, 그대의 교묘한 마법을 사용하여 지금 내 아들이 어디 있는지 알려 줄 수 있는가? 그 애는 아직 살아 있는가? 어디 있는가? 내가 그 애를 다시 볼 수 있겠는가?」

「폐하! 쇤네의 재주가 아무리 뛰어나다 한들, 지금 당장 폐하의 부탁을 들어 드리는 것은 불가능하옵니다. 하지만 내일까지 시간을 주신다면 대답할 수 있을 것입니다.」

술탄은 그렇게 하라고 말한 후, 좋은 대답을 가져올 경우 큰 보답을 하겠노라 약속하고는 돌려보냈습니다.

다음 날 과연 마법사 여인이 다시 나타나자, 대재상은 그녀를 술탄 앞으로 데려왔습니다. 그녀는 이렇게 말했습니다.

「폐하! 쇤네는 폐하께서 궁금해하시는 것들을 알아내기 위해 제가 알고 있는 마법을 모두 사용해 보았습니다. 하지만 알아낸 사실은 단 한 가지, 아메드 왕자님이 죽지 않았다는 사실뿐이옵니다. 이 사실은 확실한 것이오니 폐하께서는 안심하셔도 됩니다. 하지만 지금 어디에 계신지는 도저히 알아낼 재간이 없습니다.」

인도의 술탄은 이 대답으로 만족해야 했습니다. 하지만 아들의 행방을 모르는지라 마음은 여전히 불안하기만 했죠.

이제 아메드 왕자에게로 돌아와 봅시다. 계속해서 그는 요정 파리-바누와 대화를 나누다가 기회만 닿으면 아버지 술탄에 대해 말했습니다. 직접적으로 아버지를 보고 싶다는 말은 한마디도 하지 않았지만 결국 요정도 그의 의도가 무엇인지 눈치채게 되었죠. 지난번의 거절 이후로 행여 자신의 기분을 상하게 할까 봐 삼가고 조심하는 왕자의 모습을 보아 온 요정은, 그의 사랑이 진실한 것이라는 결론을 내리게 되었습니다. 그럴 때마다 자기 자신에 대해 반성하지 않을 수 없었죠. 지금 왕자는 너무나도 자연스러운 혈육의 정에 끌리고 있는 것인데, 그것을 억지로 포기하게 만든다면 그것이야 말로 폭력이요 정당하지 못한 행동이라는 생각이 든 것입니다. 결국 그녀는 왕자가 열렬히 바라는 바를 이루어 주기로 마음먹었습니다.

「왕자님! 일전에 아버님 술탄을 뵈러 가게 해달라고 내게 말씀하셨죠? 그때는 그것이 왕자님의 마음이 변하여 나를 버리고 떠나려는 핑계에 불과하다고 의심할 수밖에 없었답니다. 내가 거절한 것은 단지 그 이유 때문이었어요. 하지만 그 동안 왕자님이 보여 준 말과 행동을 통하여 당신의 사랑이 얼마나 견고하며 한결같은지 확신할 수 있었답니다. 그래서 생각을 바꾸어 왕자님이 아버님을 뵈러 가는 걸 허락해 주려고 해요. 하지만 한 가지 조건이 있습니다. 가서 오래 있지 않고 빨리 돌아오겠다고 맹세하는 조건이에요. 그렇다고 해서 걱정하실 필요는 없어요. 당신을 못 믿어서 이런 조건을 거는 건 결코 아니니까요. 오히려 당신의 사랑이 진실한 것이라고 확신하기에, 이 조건이 당신에게 아무런 부담이 되지 않으리라 생각하기에 그러는 거예요.」

아메드 왕자는 자신이 얼마나 감사하고 있는지 표현하고 싶어 그녀의 발밑에 몸을 던지려 했습니다만, 그녀는 만류했습니다.

「나의 여왕이여! 당신이 내게 베푼 은혜가 얼마나 값진 것인지 난 잘 알고 있소! 나로서는 말주변이 부족하여 고마운 마음을 충분히 표현할 수 없음이 유감일 뿐이오. 하지만 당신은 내 마음을 충분히 헤아리고 있으리라 믿소. 사실 난 당신이 상상하는 것 이상으로 당신을 사랑하고 있다오. 당신은 맹세가 내게 아무런 부담이 되지 않을 것이라 말했는데, 그건 정말 맞는 말이오. 내가 당신에게 기꺼이 맹세할 수 있는 까닭은 이제 더 이상 당신 없이는 살 수 없기 때문이라오. 자, 난 떠나겠소. 하지만 내가 얼마나 서둘러 돌아오는지를 보면 당신도 알게 될 것이오. 내가 빨리 돌아오는 것은 단지 약속을 어기는 것이 두려워서가 아니라, 평생 당신과 떨어지지 않고 살고 싶다는 내 간절한 소망 때문이라는 사실을 말이오. 앞으로도 이따금 당신의 허락을 구하고 떠나는 일이 있을지도 모르겠소. 하지만 지나치게 오래 떨어져 있어 피차에게 슬픔을 주는 일은 반드시 피하려고 하오.」

아메드 왕자의 말을 들은 파리-바누는 무척 기뻤습니다. 그가 인도의 술탄을 보러 간다는 핑계로 자신과의 맹세를 깨려 하는 것은 아닐까 하는 의심과 불안에서 완전히 해방될 수 있었으니까요.

「자, 어느 때고 출발하세요! 하지만 먼저 당신이 이곳을 떠나 어떻게 행동하시는 게 좋을지, 몇 가지 충고를 드려도 괜찮겠지요? 아버님 술탄에게는 우리의 결혼에 대해 말씀드리지 않는 게 좋을 것 같아요. 내가 누구인지, 왕자님이 궁을 나온 이후로 지내고 있는 우리의 거처가 어디인지도 밝히지 말아 주세요. 왕자님은 단지 지금 행복하게 지내고 있다고만 말씀드리세요. 술탄을 찾아뵌 것은 왕자님 때문에 걱정하고 계실 아버님의 염려를 덜어 드리기 위함이었다고 하세요.」

요정은 멋지게 무장하고 훌륭한 말에 올라탄 기사 스무 명을 수행원으로 붙여 주었습니다. 모든 준비가 끝나자 아메드 왕자는 요정에게 작별 인사를 했습니다. 그녀에게 입 맞추며 금방 돌아오겠다고 다시 한 번 약속했죠. 요정은 미리 준비시켜 놓았던 말을 끌어오게 했습니다. 호화로운 마구로 치장된 그 말은 인도의 술탄의 마사에 있는 그 어떤 말보다도 멋지고 값비싼 준마였죠. 왕자는 멋진 동작으로 말에 올랐고, 그 모습은 요정을 기쁘게 했습니다. 왕자는 마지막 작별을 고한 후 드디어 출발했습니다.

인도 도성까지의 길은 그다지 멀지 않았으므로 아메드 왕자는 금방 도착할 수 있었습니다. 도성에 들어서자 백성들은 환성을 지르며 그를 맞았고, 수많은 군중이 왕궁에까지 따라왔습니다. 술탄은 크게 기뻐하며 왕자를 얼싸안으면서도, 그렇게 오랫동안 소식이 없어 얼마나 속을 태웠는지 아느냐고 푸념했습니다.

「운명이 네 형 알리의 편을 들어 주고 난 후에 네가 사라져 버렸기에 난 더욱 불안했다. 네가 절망에 사로잡혀 무슨 어리석은 짓이라도 저지르지 않을까 하고 말이다.」

「폐하!」 아메드 왕자는 대답했습니다. 「한번 생각해 보십시오! 누루니하르 공주는 소자의 유일한 소망이었습니다. 그 공주가 알리 형님의 품에 안겨 있는 것을 지켜보면서도 아무

렇지 않은 척 지낼 수 있었겠습니까? 제가 그렇게 무심한 태도를 보였다면 궁정과 도성 사람들은 제 사랑에 대해서 뭐라고 말했겠습니까? 아니 폐하께서는 뭐라고 하셨을까요? 사랑이란 마음먹는다고 해서 쉽게 던져 버릴 수 있는 그런 감정이 아니지 않습니까? 사랑은 우리를 지배하고 조종하며, 진정한 연인에게는 이성을 사용할 겨를도 주지 않습니다. 폐하께서는 이 세상 그 누구에게도 일어나지 않은 기이한 일이 소자에게 일어난 사실을 잘 알고 계시겠지요? 다름 아닌 소자가 쏜 화살 말입니다. 그것을 쏜 방향은 말들을 훈련시키는 단일하고 평탄한 공간인데, 어떻게 그런 곳에서 화살을 찾을 수 없었을까요? 어쨌든 저는 이 어처구니없는 사건 때문에 패배하게 되었고, 운명은 저희 세 형제가 지닌 사랑의 크기와는 관계없이 결정을 내렸습니다.

이처럼 운명의 변덕으로 인해 패배했지만, 저는 그렇다고 하여 쓸데없는 한탄으로 세월을 보내지는 않았습니다. 무엇보다도 이 수수께끼 같은 사건의 진실을 알아내야만 속이 시원할 것 같았기 때문입니다. 그래서 부하들 몰래 궁을 빠져나와 활을 쏘았던 벌판으로 가, 먼저 후사인 형님과 알리 형님의 화살이 발견된 곳을 찾아보았습니다. 그 근처에 제 화살도 떨어졌으리라 생각한 거지요. 그렇게 사방을 뒤져 보았습니다만 헛수고였습니다. 하지만 전 실망하지 않고 화살이 날아갔으리라 생각되는 방향으로 똑바로 걸어가면서 계속 찾아보았습니다. 좌우를 살펴보면서, 심지어는 화살 비슷한 것이라도 눈에 띄면 몸을 돌려 되돌아가기도 하면서 걸어가 보았죠. 그렇게 일이 리외 정도 걸었을까요? 화살이 이렇게 멀리까지 날아올 리가 없다는 생각이 문득 들더군요. 그제야 저는 멈춰 서서 지금 내가 제정신인가 하고 자문해 보았습니다. 고대의 가장 유명한 영웅들 가운데 하나라 해도 화살을

이렇게 멀리 쏠 수는 없을 터인데, 어떻게 내 화살이 이 먼 거리에까지 날아올 수 있었겠는가 하고 말입니다. 그리하여 저는 모든 걸 포기하고 돌아가야겠다고 생각했습니다. 그런데 이상하게도 제 몸이 무언가에 끌리는 것처럼, 생각과는 상관없이 계속 앞으로 나아가는 것이었습니다. 그렇게 사 리외 정도를 걸어가자, 들판이 끝나고 높다란 바위 언덕이 나타났습니다. 그런데 그 바위 아래 화살 하나가 떨어져 있는 게 보이더군요. 달려가서 주워 보았더니 제가 쏘았던 그것, 당연한 때에 당연한 장소에서 발견되지 않았던 바로 그 화실이있습니다. 하지만 저는 폐하께서 알리 형님의 손을 들어 준 것을 원망하지 않고 제게 일어난 일을 전혀 다른 식으로 받아들였습니다. 즉 이 신비한 일 가운데 나를 위한 무언가가 진행되고 있으니, 무슨 일이 있어도 그 비밀을 알아내야겠다고 생각했던 거지요. 그리고 그 비밀이 밝혀진 것은 바위 언덕에서 그다지 멀지 않은 장소에서였답니다. 하지만 구체적인 내용은 밝힐 수 없는 또 다른 비밀이오니 폐하께서는 부디 용서해 주세요. 단지 지금 소자는 만족스럽고 행복한 삶을 살고 있다는 사실을 아는 것만으로 만족해 주세요.

하지만 이 행복한 삶 가운데 제 마음을 괴롭히는 것이 한 가지 있었답니다. 다름이 아니라, 제가 아무 말도 없이 사라져 버려 폐하께서 몹시 염려하고 계실 것을 생각하니 너무도 불안하고 죄송한 마음이 들었다는 것입니다. 그래서 무슨 일이 있더라도 폐하를 찾아뵈어 걱정을 덜어 드려야겠다고 생각했던 것이죠. 자, 이것이 제가 궁에 돌아온 유일한 이유랍니다. 폐하! 소자, 폐하께 한 가지 청이 있사옵니다. 앞으로도 폐하께 문안을 드리고 아들의 의무를 다할 수 있게끔 이따금 궁을 방문하는 것을 허락해 주시옵소서!」

「아들아!」 인도의 술탄이 대답했습니다. 「사랑하는 아들의 청인데 내 어찌 거절할 수 있겠느냐? 하지만 네가 내 곁에서 지냈으면 하는 게 솔직한 심정이긴 하다. 최소한 네가 지금 어디 거처하는지 정도만이라도 알려 줄 수 없겠느냐? 만일 네가 이곳에 오지 못하게 된다든지 갑자기 너를 불러야 할 일이 있을 경우에 대비하여, 네가 지내는 곳 정도는 알아 둬야 하지 않겠니?」

「폐하! 지금 폐하께서 요청하시는 것이 바로 방금 전에 제가 밝힐 수 없는 비밀이라고 말씀드린 부분입니다. 그러니 이 점에 대해서는 제발 아무 말씀 말아 주세요! 제가 폐하를 부지런히 찾아뵙겠습니다. 귀찮을 정도로 자주 찾아뵐 테니 그 점에 대해선 걱정 마시옵소서!」

인도의 술탄은 더 이상 강요하지 않고 이렇게 말했습니다.

「얘야! 그래, 네 비밀에 대해선 더 이상 알려 하지 않을 테니 네가 알아서 하려무나. 어쨌든 오늘 이렇게 와주어서 이 아비는 얼마나 기쁜지 모르겠다. 앞으로도 언제든지 환영이니, 네 일이 바쁘지 않거든 자주 들러 다오!」

아메드 왕자는 사흘 동안 아버지 술탄의 궁에 머문 후, 나흘째 되는 날 출발했습니다. 그가 그렇게 빨리 돌아오리라고는 예상하지 못했던 요정 파리-바누는 무척 기뻐했죠. 그리고 그가 엄숙한 맹세를 깨고 약속을 어길지 모른다고 의심했던 자신을 책망했습니다. 그녀는 이러한 자신의 약한 마음을 솔직하게 고백한 후에 용서를 구했죠. 이렇게 하여 두 연인은 완전한 결합을 이루어 말 그대로 일심동체의 사이가 되었습니다.

아메드 왕자가 돌아온 지도 한 달이 흘렀습니다. 그런데 이상하게도 왕자는 그 이후로 다시 궁에 간다는 말을 꺼내지 않는 것이었습니다. 왕자가 궁에서 돌아왔을 때, 그가 아버지 술탄에게 가끔씩 찾아뵙는 것을 허락해 달라고 요청했다는 말까지 들었던 요정 파리-바누로서는 그의 침묵이 궁금하지 않을 수 없었습니다. 전에는 입만 열면 아버지 타령이더니, 지금은 아버지가 더 이상 이 세상 사람이 아닌 듯 전혀 언급이 없었던 것입니다. 이에 요정은 그가 자신을 배려하여 아버지에 대한 이야기를 삼가는 것이라고 판단했습니다. 그래서 어느 날 기회를 잡아 이렇게 말했죠.

「왕자님! 왕자님은 아버님을 잊어버리신 건가요? 이따금 뵈러 가겠다고 한 약속을 기억하지 못하시나요? 난 당신이 돌아왔을 때 한 말을 잊지 않고 있답니다. 그러니 너무 오래 기다리지 마시고 아버님과 한 약속을 지키도록 하세요.」

「부인!」 아메드 왕자는 명랑한 어조로 대답했습니다. 「내가 그 약속을 잊을 리 있겠소? 다만 다녀온 지 얼마 안 되어서 또 부리나케 떠나려 들면 당신 마음이 아플 수도 있기에 참은 것뿐이라오. 거절당하느니 차라리 당신이 먼저 책망하고 나서기를 기다리자 하는 마음이었소.」

「왕자님! 다녀온 지 벌써 달포나 지났으니 더 이상 나를 배려하지 않으셔도 돼요. 그리고 앞으로는 이렇게 한 달 이상씩 기다리고 있지 말아요. 자, 내일 당장 출발하시고, 앞으로는 내게 말하거나 내가 말하기를 기다릴 필요 없이 매달 한 번씩 다녀오도록 하세요. 저는 기꺼이 보내 드릴 테니까요.」

다음 날 아메드 왕자는 지난번보다도 훨씬 화려하게 차려입은 수행원들을 거느리고 출발했습니다. 그 자신 역시 훨씬 화려한 옷차림에 더 훌륭한 준마를 타고 있었죠. 술탄은 이번에도 크게 기뻐하며 왕자를 맞았습니다. 이런 식으로 왕자는 여러 달 동안 방문을 계속했고, 그와 수행원들의 옷차림은 갈수록 화려해져 갔습니다.

아메드 왕자의 화려한 외관을 눈여겨본 몇몇 대신들은 그가 강맹한 야심가라고 판단하고는, 술탄에게 자유로이 말할 수 있는 특권을 남용하여 왕자를 참소하기 시작했습니다. 그들은 왕자가 어디에 숨어 사는지, 또 일정한 수입도 없는 처지에 어디서 돈이 나서 그렇게 화려하게 차려입고 다니는지 알아보는 게 현명할 거라고 말했습니다. 또 그가 매달 이렇게 나타나는 것은 아버지의 도움 없이도 왕공처럼 지낼 수 있는 자신의 힘을 과시함으로써 술탄을 모욕하기 위함이며, 결국은 백성들을 선동하여 왕위를 빼앗으려 들지나 않을지 걱정된다고 속닥댔습니다.

아메드 왕자가 그런 사악한 계획을 품으리라고는 믿을 수 없었던 인도의 술탄은 이렇게 대답했습니다.

「경들, 농담이 지나치시오! 내 아들은 나를 사랑하오. 나 역시 그 애로 하여금 불만을 품게 할 만한 일은 한 번도 한 적이 없소. 그런데 내가 어떻게 그 애의 효심과 충성심을 의심할 수 있겠소?」

이 말이 떨어지기가 무섭게 한 대신이 말했습니다.

「폐하! 물론 상식적으로 생각해 보면 누루니하르 공주의 배필을 정할 때 폐하께서 최선의 방법을 사용했다고 말할 수 있을 것입니다. 그랬기에 후사인 왕자님은 운명의 결정을 순순히 받아들이셨던 거지요. 하지만 과연 아메드 왕자님도 그러셨을까요? 혹시 공주를 차지할 사람은 오직 자신뿐인데, 변덕스러운 운명으로 하여금 승자를 택하게 하신 폐하의 결정 때문에 억울하게 공주를 빼앗겼다고 생각하고 있지나 않을까요?」 이어 간교한 대신은 이렇게 덧붙였습니다. 「폐하께서는 이렇게 말씀하실지도 모르겠습니다. 〈아메드 왕자는 조금도 불만의 감정을 내비치지 않았다, 지금 너희들은 쓸데없는 걱정을 하고 있다, 경망스럽게 호들갑을 떨면서 아메드 왕자처럼 고귀한 인물에 대해 근거 없는 의심을 품고 있는 것이다〉라고요. 하지만 폐하! 만일 우리의 의심이 공연한 것이 아니라면 어쩌시렵니까? 이런 미묘하고도 중대한 사안에 있어서는 무엇보다 확실한 조사야말로 최선이라는 사실, 폐하께서도 잘 아시지 않습니까? 폐하, 잘 생각해 보십시오! 지금 왕자님은 폐하를 현혹하여 속이고 있는 것인지도 모릅니다. 그리고 지금의 이러한 상황은, 왕자님의 본거지가 도성에서 그리 멀리 떨어져 있는 것 같지 않기에 더욱 위험한 것입니다. 폐하께서도 한번 눈여겨보십시오! 왕자님이 오실 때마다 수행원들은 쌩쌩하고, 옷과 마의와 장식은 장인의 손에서 금방 뽑혀 나온 것처럼 반짝거리지 않습니까? 말들도 마치 가벼운 산보나 다녀온 듯 지친 기색이라곤 진히 없었습니다. 이 모든 것이 아메드 왕자가 엎어지면 코 닿을 곳에 살고 있다는 증거 아닙니까? 이렇게 명확한 증거 앞에서 우리가 폐하께 간언하지 않고 있다면 그것이야말로 우리의 의무를 저버리는 일이 아니겠습니까? 폐하! 폐하의 옥체 보전과 이 나라의 안녕을 위해서 제발 합당한 조치를 취해 주소서!」

「난 경이 말하는 것처럼 아메드 왕자가 사악한 아이라고는 생각하지 않소. 다만 나를 위해 이렇게 간언해 준 것은 고맙게 생각하리다.」

인도의 술탄이 대신들에게 이렇게 말한 까닭은, 자신이 그들의 경고를 심각하게 받아들이지 않는다는 사실을 보여 주기 위함이었습니다. 하지만 속으로는 몹시 불안하여, 앞으로는 아메드 왕자의 행동을 주시하리라 결심했습니다. 그는 대재상에게는 알리지 않고 마법사 여인을 불렀습니다. 왕궁의 비밀 문을 통해 그녀를 은밀히 들어오게 하여 자신의 방까지 오게 한 후 이렇게 말했죠.

「그래, 그대는 지난번에 내 아들 아메드 왕자가 죽지 않았다고 알려 주었지. 과연 그대의 말은 사실이었고, 그 일로 난 그대에게 고맙게 생각하고 있다. 그런데 나를 위해 다시 한 번 수고해 줘야 하겠다. 왕자는 돌아온 이후로 매달 한 번씩 날 방문하고 있어. 그런데 자신이 어디 살고 있는지 밝히려 들지 않고, 나 역시 말하라고 강요하고 싶지도 않아. 그래서 자네의 능력에 도움을 청하고 싶네. 왕자나 궁중의 그 누구도 모르게끔 은밀히 조사하여 내 궁금증을 풀어 주게나. 왕자는 지금 이곳에 있네. 그 애는 늘 나나 그 누구에게도 작별을 고하지 않고 슬그머니 떠나 버리곤 하니 서둘러야 할 걸세. 그 애가 돌아가는 길을 지키고 있다가 어디로 가는지 알아보고 결과를 내게 알려 주게나!」

마녀는 즉시 왕궁을 나왔습니다. 그녀는 아메드 왕자가 화살을 찾은 곳을 알고 있었으므로, 즉시 그곳으로 가 바위 사이에 몸을 숨기고 있었죠.

다음 날 새벽, 아메드 왕자는 평소처럼 아무에게도 작별 인사를 하지 않고 궁을 나왔습니다. 숨어서 기다리고 있던 마녀는 왕자와 수행원들이 오는 것을 보았죠. 하지만 그들은 바위 틈 어디에선가 자취를 감춰 버렸습니다.

그 바위 언덕은 깎아지른 듯 험해서, 말을 탔든 안 탔든 간에 사람으로서는 뛰어넘을 수 없는 방벽과도 같았습니다. 이런 바위 언덕 앞에서 갑자기 사라져 버렸으니 마녀로서는 두 가지 가능성을 생각하지 않을 수 없었습니다. 즉 왕자와 그의 부하들은 어떤 동굴에 들어갔거나, 아니면 정령이나 요정이 사는 지하 장소에 몸을 숨긴 것이 분명했습니다. 이렇게 판단한 마녀는 숨어 있던 곳에서 나와 그들이 사라진 바위틈으로 들어가 보았습니다. 구불구불 구절양장과도 같은 그 안으로 계속 나아가 보았더니 마침내 막다른 곳이 나왔습니다. 그녀는 다시 바위틈이 시작하는 곳으로 되돌아왔고, 그렇게 여러 차례 왔다 갔다 하면서 사방을 샅샅이 살펴보았죠. 그러나 아무리 애를 쓰며 찾아보아도 그 어떤 동굴도 입구도 보이지 않았습니다. 왕자가 발견한 철문은 오직 남자, 그것도 요정 파리-바누의 마음에 든 남자의 눈에만 보이고, 여자들의 눈에는 결코 보이지 않는 특성이 있었기 때문이죠.

아무리 애써도 헛수고임을 깨달은 마녀는 방금 발견한 것으로 만족하는 수밖에 없었습니다. 그녀는 이 사실을 보고하러 술탄에게 돌아왔습니다. 그리고 있었던 일을 모두 들려준 다음 이렇게 덧붙였습니다.

「폐하! 이야기를 들으시고 폐하께서도 짐작하셨겠지만, 쇤네는 아메드 왕자님에 대한 폐하의 궁금증을 어렵지 않게 풀어 드릴 자신이 있습니다. 하지만 지금은 제 계획을 구체적으로 말씀드리지 않으렵니다. 모든 것을 밝혀낸 다음 확실하게 알려 드리는 편이 더 좋을 듯해서입니다. 쇤네에게 필요한 것은 약간의 시간이오니 폐하께서는 부디 인내심을 가지고 조금만 기다려 주시기 바랍니다. 쇤네만 믿고 모든 걸 맡겨 주시옵소서!」

마녀의 말에 만족한 술탄은 이렇게 대답했습니다.

「그래, 자네에게 모든 걸 일임할 테니 알아서 해주게나! 난 자네의 약속만 믿고 기다리겠네.」

그는 그녀를 격려하기 위해 매우 값비싼 다이아몬드를 하나 선물했습니다. 또 이 일을 훌륭하게 해결해 주면 더 큰 상으로 보답하겠노라고 약속했죠.

아메드 왕자가 한 달에 한 번씩 인도의 술탄을 방문한다는 사실을 알고 있었던 마녀는 한 달이 지나가기만을 기다렸습니다. 마침내 그달이 끝나기 하루 이틀 전, 그녀는 이전에 왕자와 그의 수행원들을 놓쳤던 바위 언덕으로 다시 찾아가 왕자가 돌아오기만을 기다렸습니다.

다음 날 아메드 왕자는 평소와 다름없이 수행원들과 함께 철문을 통해 나와 마녀가 기다리고 있던 장소를 지나가다가, 마치 중병에 걸린 사람처럼 머리를 바위에 기대고 신음하는 그녀를 발견하게 되었습니다. 측은한 마음이 든 왕자는 그녀에게 가까이 다가가 어디가 아픈지, 또 무엇을 해줘야 좋을지를 물었습니다. 간교한 마녀는 고개도 들지 않고 다만 힘없이 눈만 움직여 왕자를 올려다보았습니다. 얼마나 처량한 눈빛이었던지 왕자의 마음은 더욱 뭉클해졌죠. 그녀는 숨도 제대로 쉬기 힘든 듯 연신 끊기는 음성으로 사정을 설명했습니다. 집을 나와 도성으로 가는 길에 갑자기 심한 열병에 걸렸고, 결국 기진하여 이 꼴이 되었으며, 인가와는 멀리 떨어진 황량한 장소에서 변을 당한지라 그 누구의 도움도 받을 수 없으리라 생각하고는 절망에 빠져 있었다는 내용이었죠. 이에 왕자는 말했습니다.

「할머니! 도움의 손길은 그렇게 멀리 있지 않습니다. 내가 할머니를 도와 드리겠어요. 자, 여기서 멀지 않은 곳으로 데려가 드릴게요. 그곳에는 할머니에게 필요한 모든 것이 있으니, 조금만 쉬다 보면 병도 금방 나을 겁니다. 자, 그러니 몸을 좀 일으켜 보세요. 제 부하가 할머니를 말 궁둥이에 태울 수 있도록 말이에요.」

바로 마녀가 원하던 제의였습니다. 사실 그녀가 아픈 척하며 기다리고 있었던 것은 이런 식으로 그의 거처를 알아내기 위함이었으니까요. 마녀는 그의 제의를 받아들인다는 뜻을 행동으로 나타냈습니다. 열병이 너무 심해 몸을 움직이는 것이 몹시 힘겹다는 듯, 끙끙대며 일어나려고 애쓰는 시늉을 한 것입니다. 그러자 두 기사가 말에서 뛰어내려 그녀를 도와 일으켜 세운 다음, 또 다른 기사가 탄 말의 뒷자리에 올려 주었습니다. 두 기사가 다시 말에 오르자 아메드 왕자는 일행을 이끌고 왔던 길을 되돌아가 철문에 이르렀습니다. 기사 중 하나가 문을 열었고 왕자는 안으로 들어갔습니다. 그렇게 일행이 요정의 궁전의 내정에 이르자 왕자는 말에서 내리지 않은 채 한 기사를 요정에게 보내어, 그녀에게 할 말이 있다고 전하게 했습니다.

전갈을 받은 요정 파리-바누는 허둥지둥 달려왔습니다. 왕자가 왜 이처럼 빨리 돌아왔는지 이해할 수 없었기 때문이었죠. 하지만 그녀는 왕자에게 경위를 물어볼 틈조차 없었습니다. 왕자가 부하들의 부축을 받아 말에서 내리고 있는 마녀를 가리키면서 대뜸 이렇게 말했던 것입니다.

「공주! 이 할머니를 불쌍히 여겨 주시오! 나가는 길에 이 꼴이 되어 있는 이분을 만나 도와주겠다고 약속했디오. 물론 당신은 착한 사람이니 내 말이 아니더라도 그냥 내버려 두지는 않겠지만, 잘 좀 돌봐 달라고 특별히 부탁하겠소.」

아메드 왕자가 말하는 동안 요정 파리-바누는 병자임을 자처하는 여인을 유심히 살펴보았습니다. 그러고는 두 시녀에게 분부하기를, 노파를 데려다가 한 궁실에 모신 후 자신을 모시듯 정성을 다해 보살펴 주라고 했습니다. 두 시녀가 명에 따라 노파를 안으로 데려가자, 파리-바누는 아메드 왕자에게 다가가 목소리를 낮추어 말했습니다.

「왕자님, 왕자님의 따뜻한 마음씨에 탄복했어요. 과연 왕자님의 혈통에 걸맞은 참으로 고귀한 감정이에요. 그리고 나 또한 왕자님의 선한 뜻에 따라 행동할 수 있어 얼마나 기쁜지 모르겠어요. 하지만 왕자님. 왕자님의 그 착한 마음이 고약한 보답으로 돌아오지나 않을까 걱정이 되는군요. 저 노파는 정말로 아픈 사람 같아 보이지 않거든요. 분명히 저 여자는 왕자님에게 해를 끼치기 위해 이곳에 왔을 거예요. 하지만 아무 걱정 마세요. 사람들이 왕자님에 대해 어떤 음모를 꾸미고 어떤 함정을 파놓든 내가 다 지켜 드리고 벗어나게 해줄 테니까요. 자, 편하게 아버님 궁전에나 다녀오세요!」

하지만 아메드 왕자는 조금도 놀라지 않았습니다.

「공주, 나는 여태껏 살아오면서 누구에게 해를 끼친 적도, 그런 생각을 품은 적도 없소. 한데 누가 원한을 품고 날 해치려 들겠소? 또 설혹 그런 생각을 갖는 사람이 있다 하더라도 개의치 않겠소. 나는 기회가 닿을 때마다 선을 베풀면서 살 것이오.」

이렇게 말한 후에 왕자는 요정에게 작별 인사를 하고 다시 술탄의 궁을 향해 출발했습니다. 얼마 후엔 수행원들과 함께 아버님 앞에 도착했고, 인도의 술탄은 평소와 다름없이 반갑게 그를 맞아 주었습니다. 하지만 간신들의 말을 듣고 난 이후 스스로를 괴롭히는 의심을 얼굴에 드러내지 않기 위해 애를 써야만 했죠.

한편, 요정 파리-바누의 명을 받은 두 시녀는 마법사 여인

을 호화로운 가구로 장식한 아주 아름다운 방으로 데려갔습니다. 그녀들은 우선 여인을 금색 수단으로 지은 방석에 앉게 한 다음, 그녀가 보는 앞에서 침대를 마련했습니다. 매트리스는 명주로 수놓은 공단이었고, 침대보는 극히 섬세한 린넨이요, 이불은 금실로 짠 천이었습니다. 마법사 여인이 몸도 제대로 가누지 못하는 시늉을 했으므로, 두 시녀는 그녀를 부축해 자리에 눕혀 주어야 했습니다. 그런 다음에는 한 시녀가 밖에 나갔다가 잠시 후에 들어왔는데, 손에는 어떤 액체가 가득 담긴 아주 고운 사기잔 하나를 들고 있었습니다. 다른 시녀가 마법사 여인을 부축하여 일어나 앉게 하자, 그녀는 잔을 내밀며 말했습니다.

「자, 이 약을 드세요! 이것은 〈사자(獅子)들의 샘〉에서 떠 온 물로, 그 어떤 열병도 낫게 하는 명약이랍니다. 한 시간도 안 되어 효과를 보실 수 있을 거예요.」

마법사 여인은 연극을 더욱 그럴듯하게 하기 위해 좀처럼 그것을 마시려 들지 않았습니다. 몸 상태가 너무 안 좋아 약을 마시는 일마저 힘이 드는 것처럼 말입니다. 겨우겨우 사기잔을 받아 든 그녀는 쓰디쓴 것을 억지로 마시듯이 고개를 절레절레 흔들면서 잔을 비웠습니다. 그녀가 다시 눕자 두 시녀는 이불을 잘 덮어 주었고, 약을 가져다준 시녀는 이렇게 말했습니다.

「자, 이제 편히 쉬세요. 그리고 원하시면 한숨 푹 주무세요. 우리는 물러갔다가 한 시간쯤 후에 다시 올게요. 그때까지 완쾌하시길 빌겠어요.」

마법사 여인이 여기에 온 것은 한없이 누워 있으려 함이 아니라 아메드 왕자의 은거지가 어디인지, 또 왜 그가 술탄의 궁을 포기하게 되었는지를 알아내려 함이었죠. 이제 목적을 이룬 그녀는 빨리 궁에 돌아가 술탄에게 보고하고 싶은 마음뿐이었습니다. 당장에 벌떡 일어나 약이 벌써 효력을 발하여 몸이 가뿐해졌다고 말하고 싶었죠. 하지만 약효가 나타나려면 한 시간이 걸린다고 했으므로 그럴 수는 없었습니다. 그냥 누워서 시녀들이 돌아올 때까지 기다리는 수밖에요.

두 시녀가 약속한 시간에 돌아와 보니, 여인은 벌써 자리에서 일어나 옷을 입고 좌단에 앉아 있었습니다. 그녀는 시녀들을 보자마자 벌떡 일어나면서 외쳤습니다.

「오, 정말이지 놀라운 약이었어요! 두 분께서 말씀하신 것보다도 훨씬 빨리 약효가 나타나더군요. 그래서 진즉 일어나 두 분이 오시기만을 기다리고 있었답니다. 자비로우신 이곳의 주인마님께 데려가 달라고 부탁하려고요. 영원히 잊지 못할 큰 은혜를 베푸신 분이니 응당 감사드려야 하지 않겠어요? 그리고 이렇게 기적처럼 완쾌되었으니, 병 때문에 지체된 제 여행을 계속해야겠지요.」

역시 요정이었던 두 시녀는 마법사 여인의 빠른 쾌유를 축하했습니다. 그러고는 앞장서서 그녀를 인도하는데, 우선 그녀가 누워 있던 방보다도 훨씬 멋진 궁실 여러 개를 통과한 다음 마침내 궁에서도 가장 호화롭고 값비싼 가구들로 꾸민 홀에 이르렀습니다. 바로 파리-바누가 있는 방이었죠. 요정은 엄청나게 커다란 다이아몬드, 루비, 진주 등으로 장식된 황금 옥좌에 앉아 있었고 그 좌우편에는 수많은 요정들이 시립해 있었는데, 하나같이 황홀하게 아름답고 화려한 의상으로 치장하고 있었습니다. 이 호화롭고도 위엄 있는 광경 앞에 마법사 여인은 눈이 부셔서 고개를 들 수 없을 정도였습니다. 다만 옥좌 앞에 바짝 엎드려 꼼짝 못하고 있었는데, 입이 얼어붙어 준비해 놓았던 감사의 말조차 꺼낼 수 없었죠. 이런 그녀를 대신하여 파리-바누가 말했습니다.

「할머니를 도와줄 기회를 얻게 되어 몹시 기쁘군요. 이젠 다시 길을 떠나도 될 만큼 건강해 보이네요. 하지만 떠나기 전에 내 궁전을 한번 구경해 보는 것도 괜찮겠지요. 원한다면 내 시녀들이 안내해 드릴 겁니다.」

요정의 아름다움과 위엄 앞에 기가 죽은 마법사 여인은 여전히 아무 말도 못했고, 다만 옥좌 아래 깔린 양탄자에 이마를 찧어 대며 감사 인사를 대신할 뿐이었습니다.

그녀는 다시 두 시녀에게 인도되어 궁전을 구경했습니다. 그녀가 본 것은 아메드 왕자가 이곳에 처음 왔던 날 파리-바누가 보여 주었던 방들이었는데, 그 호화로움과 장려함에 그녀의 두 눈은 휘둥그레졌고 입에서는 연신 탄성이 터져 나왔습니다. 하지만 더 놀랄 일은 따로 있었습니다. 궁전을 돌고 난 후 두 요정이 말하기를, 지금까지 본 것은 여주인의 위대함과 부유함의 일부분에 불과하며 그녀의 나라에는 이만큼 커다란 다른 궁전이 헤아릴 수 없을 정도로 많은데, 각기 다른 형태와 구조로 지어졌으되 화려함과 웅장함에 있어서는 이 궁전에 조금도 뒤지지 않는다는 것이었습니다. 이렇게 두 요정은 여러 가지 얘기를 들려주면서 마법사 여인을 궁전의 입구로 인도했습니다. 마법사 여인이 그동안의 친절에 감사한 다음 작별을 고하자, 요정들도 여행을 무사히 마치기를 기원하며 문을 열어 주었죠.

철문을 나온 마법사 여인은 몇 걸음 걸어가다가 문을 확인하려고 고개를 돌려 보았습니다. 그런데 이게 웬일입니까? 방금 나온 문이 감쪽같이 사라져 버리지 않았겠습니까? 앞에서도 말했듯 그 문은 여자들의 눈에는 보이지 않는 특성이 있었으니까요. 하지만 소기의 목적은 달성한 셈이었으므로 마법사 여인은 자못 흡족한 마음으로 돌아올 수 있었습니다. 도성에 도착한 그녀는 사람들의 눈에 띄지 않는 골목길을 돌고 돌아 비밀 문을 통해 궁전에 들어왔고, 그 즉시 술탄 앞에 불려갔습니다. 술탄은 그녀의 표정이 어두운 것을 보고 이렇게 물었습니다.

「자네 얼굴을 보아하니 일이 잘 안 된 모양이구먼. 그래, 내가 알고 싶어 하는 것을 알아내지 못한 건가?」

「폐하! 폐하께서 내리신 영예로운 분부를 쉰네가 제대로 수행했는지 아닌지는 쉰네의 얼굴을 보고서가 아니라, 지금부터 쉰네가 말씀드릴 상세한 내용을 들은 후에 판단해 주시옵소서! 지금 쉰네의 얼굴이 어두운 것은 임무를 성공하지 못해서가 아니라 다른 이유 때문이옵니다. 하지만 그 이유를 굳이 말씀드리지는 않을 것인바, 제 이야기를 끝까지 들으신다면 폐하 스스로 이해하시게 될 것이기 때문이옵니다.」

마녀는 인도의 술탄에게 자신이 아픈 척하여 아메드 왕자의 동정심을 자극했던 일, 또 왕자가 자신을 지하 왕궁에 데려가 이 세상에 둘도 없이 아름다운 어떤 요정에게 맡기면서 보살펴 달라고 부탁했던 일 등을 이야기해 주었습니다. 이어 마녀는 요정이 즉시 옆에 있던 시녀들에게 병이 나을 때까지 자신을 정성껏 보살펴 주라고 분부했으며, 왕자의 말에 선뜻 순종하는 그런 모습으로 그녀가 왕자의 아내임을 눈치챌 수 있었다고 설명했습니다. 또 마녀는 두 시녀의 부축을 받아 방으로 가면서 구경한 요정의 궁전이 얼마나 굉장했는지 호들갑스럽게 묘사하면서, 세상에 그런 곳은 다시없을 것이라고 단언했습니다. 마지막으로 시녀들이 자신을 정성스럽게 보살펴 준 일, 그녀들이 가져다준 음료를 마신 일, 요정이 위엄 있게 앉아 있던 옥좌를 장식한 보석들의 가치만으로도 인도 왕국의 모든 부를 능가할 것이며, 따라서 궁전 전체에는 상상을 초월하는 엄청난 부가 들어 있으리라는 사실 등을 낱낱이 보고했죠. 마지막으로 마녀는 이렇게 덧붙였습니다.

「폐하께서는 요정이 소유한 이 전대미문의 부유함에 대해 어떻게 생각하시는지요? 아마 이렇게 말씀하시겠지요. 〈진정 감탄스러우면서도 기쁜 일이 아닐 수 없다. 왜냐하면 내 아들 아메드 왕자가 그 모든 부를 요정과 함께 누리고 있을 테니까〉라고 말입니다. 하지만 폐하, 아뢰옵기 황송하옵니다만, 쇤네의 생각은 전혀 다릅니다. 아니, 이러한 상황으로 인해 폐하께 닥칠 불행을 생각하면 두렵기까지 하고, 그것이 바로 조금 전에 폐하께서 제 얼굴에서 발견하신 어두운 그림자의 이유이옵니다. 물론 쇤네 역시 아메드 왕자님에 대해서는 별다른 의심을 하지 않습니다. 폐하에 대해 딴마음을 품기에는 너무도 착하신 분이니까요. 하지만 요정은 문제가 다릅니다. 만일 그녀가 매력과 애교, 그리고 아내로서의 영향력을 발휘하여 왕자로 하여금 폐하에 대해 사악한 역심을 품게 한다면요? 그래서 왕자님께서 인도 왕국의 왕좌를 차지할 마음을 먹는다면요? 폐하! 이는 실로 중대한 사안이오니 각별히 신경 쓰셔야 할 것이옵니다.」

아메드 왕자의 착한 성품을 잘 알고 있었지만, 언뜻 그럴싸한 마녀의 말에 술탄은 크게 동요하지 않을 수 없었습니다. 그는 마녀에게 이렇게 말했습니다.

「그래, 이렇게 나를 위해 수고해 주고, 또 좋은 충고까지 해주니 참으로 고맙네. 하지만 중대한 일이라 나 혼자 결정하기는 어려우니, 대신들의 의견을 들어 보는 게 좋겠군.」

조금 전 마녀가 궁에 도착했다는 소식을 들었을 때, 술탄은 마침 아메드 왕자를 모함했던 신하들과 대화를 나누고 있던 참이었습니다. 술탄은 마녀를 대동하고서 다시 그들을 만나러 갔습니다. 우선 그들에게 마녀가 보고한 내용을 들려주고 요정이 왕자로 하여금 역심을 품게 할 가능성이 있다고 설명한 뒤, 어떻게 해야 이 큰 불행을 막을 수 있겠느냐고 물었습니다.

그러자 한 신하가 모두를 대표하여 대답했습니다.

「폐하! 그건 아주 간단한 일이옵니다. 왜냐하면 우리 모두는 그 불행을 초래할 장본인이 누구인지 알고 있으며, 그는 지금 이 궁에 있기 때문입니다. 폐하! 지체 없이 그를 체포하셔야 합니다! 그의 목숨을 빼앗자고 하지는 않겠습니다. 일이 지나치면 시끄러워질 수 있으니까요. 하지만 최소한 그를 잡아 평생 뇌옥에 가둬 놓는 것은 반드시 필요한 일이라 사료되옵니다.」

모든 신하들이 이구동성으로 그의 말에 찬성했습니다. 하지만 마녀는 이 의견이 너무 과격하다고 판단하고는 술탄에게 발언을 요청했습니다. 술탄이 허락하자 그녀는 이렇게 말했습니다.

「폐하! 지금 당장 아메드 왕자님을 잡아 가두라는 대감님들의 간언은 폐하를 향한 충정에서 나온 것이라 확신합니다. 하지만 여기에는 한 가지 문제가 있사옵니다. 즉 왕자님을 체포하기 위해서는 동시에 그의 수행원들 역시 체포해야 할 터인데, 그들은 모두가 정령들이옵니다. 그들을 급습하여 사로잡는 것이 과연 쉬운 일일까요? 그들이 초능력을 발휘하여 홀연 사라져 버리지는 않을까요? 그리고 곧장 요정에게 달려가 우리가 그녀의 남편을 욕보였다는 사실을 알리지 않을까요? 그러면 요정은 그 모욕을 받고도 가만히 앉아 있을까요? 폐하, 꼭 그렇게까지 일을 시끄럽게 만들어야 할 필요가 있겠습니까? 잘못하면 폐하의 명예가 실추될 수도 있는 일입니다. 따라서 폐하의 의도를 노골적으로 드러내지 않고 교묘하게 일을 처리하는 편이 좋을 듯하옵니다.

사, 쉰네가 생각하는 방법은 이렇습니다. 정령이나 요정들은 우리 인간들로서는 불가능한 일들을 할 수 있는 존재들입니다. 그러니 폐하께서는 아메드 왕자에게 이렇게 말씀해 보십시오. 〈지금 내게 이러이러한 것이 몹시 필요한데, 네 능력을 발휘해서 한번 마련해 볼 수 없겠니? 만일 해줄 수만 있다면 너무도 기쁘고도 고맙겠다만……〉 뭐, 이런 식으로 왕자님의 허영심을 자극해 보는 겁니다. 예를 들어 볼까요? 지금 폐하께서 야영을 한 번 하시려면 막대한 비용이 필요합니다. 군대 전체가 숙영할 수 있는 천막들뿐 아니라, 그것들을 나르는 낙타와 노새 등 짐승들도 무수히 필요하지요. 그러니 왕자님에게 이렇게 부탁하시는 겁니다. 〈아들아, 네 아내 요정이 네 말을 그렇게 잘 듣는다 하니, 이 아비를 위해 한 가지 부탁을 해줄 수 없겠니? 즉 접으면 한 손에 들어오고 펼치면 내 군대 전체가 들어갈 수 있는 그런 천막을 하나 마련해 달라고 말이다……〉 자, 더 말씀드리지 않아도 쇤네의 계획이 어떤 것인지 짐작하시겠죠? 만일 왕자님이 정말로 그런 천막을 가져오면, 계속해서 비슷한 부탁을 하시는 겁니다. 결국 왕자님은 난관에 부딪히게 될 것입니다. 폐하로부터 왕자님을 빼앗아 간 그 요정의 능력이 아무리 뛰어나다 해도 분명 한계는 있을 테니까요. 그러면 왕자님은 부끄러워 더 이상 폐하 앞에 나타나지 못할 것이며, 이후로는 사람들을 멀리하고 요정과 숨어서 지내게 될 것입니다. 그러면 폐하께서는 왕자님의 모반을 두려워할 필요도 없게 될 뿐 아니라, 자기 자식의 피를 뿌렸다거나 그를 평생 감옥에 유폐시켰다는 비난을 듣지 않아도 될 것입니다.」

마녀가 말을 마치자 술탄은 신하들에게 이보다 더 나은 의견이 있는지 물었습니다. 그들이 아무 말이 없자 그는 마녀의 충고를 따르기로 결심했죠. 그것이 가장 합리적이면서도, 그의 통치 방식에 가장 어울리는 계책으로 여겨졌기 때문입니다.

다음 날 아메드 왕자가 어전에 들어갔을 때 술탄은 대신들과 대화를 나누고 있었습니다. 그가 술탄 곁에 자리를 잡고 앉자, 술탄은 얼마 동안 대신들과 여러 가지 일들을 논의하다가 마침내 왕자에게 고개를 돌리며 이렇게 말했습니다.

「얘야! 처음 네가 돌아와 이 아비를 깊은 슬픔에서 꺼내 주었던 그때를 기억하니? 그때 넌 네가 은거지로 선택한 곳이 어디인지 밝힐 수 없다고 했었지. 나는 너를 다시 만나고 또 네가 만족하면서 지낸다는 사실만으로도 너무나 기뻤기 때문에 네 비밀을 꼬치꼬치 캐묻지 않으려 했었단다. 그런데 솔직히 이제는 네가 왜 그런 식으로 행동하는지 이해할 수 없게 되었구나. 오직 네 행복만을 바라고 있는 이 아비에게 밝히지 못할 것이 뭐냔 말이다! 어쨌거나 난 지금 네가 어떤 행운을 잡게 되었는지 잘 알고 있고, 그래서 몹시 기쁘단다.

그래, 네가 아름다우면서도 부자인데다가 강력한 능력까지 지닌 요정과 결혼했다며? 내 비록 강력한 군주이긴 해도, 그런 엄청난 혼처를 찾아 준다는 건 사실 불가능한 일이지. 자, 이제 이 세상 모든 사람이 부러워하는 높은 위치에 올랐으니, 이 아비도 아들 덕 좀 보자꾸나! 사실 나는 지금까지 해왔듯 너와 좋은 관계를 유지할 뿐만 아니라, 필요한 것이 있을 때엔 네 덕으로 요정의 도움도 좀 받았으면 한다. 그런 의미에서 네가 아내인 요정에게 어느 정도의 영향력을 행사할 수 있는지 오늘 당장 시험해 보고 싶구나.

너도 모르지 않겠지만, 나와 내 장군들과 장교들에겐 한 가지 큰 고민이 있다. 숙영을 할 때면 천막들과 그것을 나를 수 있는 낙타, 노새 등 짐승들이 무수히 필요한데, 그 비용이 얼마나 많이 드는지 모른다. 그러니 이 아비를 기쁘게 해줄 마음이 있다면, 요성에게 한 가지 부탁을 해줄 수 있겠니? 즉 접으면 한 손에 들어오지만, 펼치면 군대 전체가 들어갈 만한 그런 천막을 하나 마련해 달라고 말이다. 이 아비에게 줄 것이라고 말하면 그녀도 흔쾌히 들어주리라 확신한다. 물론 어려운 일이긴 하지만 그녀는 거절하지 않을 거야. 요정들이란 더 엄청난 일도 해낼 수 있는 존재들이잖아?」

아메드 왕자로서는 그의 부친이 이런 부탁을 해올 줄 전혀 예상하지 못하고 있었습니다. 게다가 정령이나 요정들의 힘이 크다는 사실은 알고 있었지만, 술탄이 요구하는 것 같은 그런 기상천외한 천막을 마련해 줄 정도라고는 생각할 수 없었죠. 더욱이 그는 요정에게 무엇을 부탁해 본 적도 없었습니다. 단지 그녀가 끊임없이 보여 주는 사랑의 표시에 만족했을 뿐이고, 그 역시 자신의 사랑을 보여 주기 위해 최선을 다해 왔을 뿐입니다. 요컨대 그가 요정에게서 원한 것은 단지 사랑뿐, 다른 무엇도 아니었던 것입니다. 그래서 그는 술탄의 느닷없는 요구에 크게 당황하지 않을 수 없었죠.

「폐하! 제게 일어났던 일과 화살을 찾은 후 저를 찾아온 운명을 폐하께 밝히지 않았던 까닭은, 이 모든 사실이 폐하께는 그리 중요하지 않은 일이라 판단했기 때문입니다. 도대체 누구를 통해 제 비밀을 알게 되셨는지 모르겠군요. 하지만 폐하께서 말씀하신 내용이 모두 사실임을 숨기지는 않겠습니다. 저는 그 요정의 남편입니다. 저는 그녀를 사랑하고, 그녀 또한 저를 사랑한다고 확신합니다. 하지만 폐하께서 말씀하신 것처럼 제가 그녀에 대해 그렇게 큰 영향력을 갖고 있는지는 잘 모르겠군요. 그것을 시험한 적도 없을 뿐 아니라, 생각조차 해본 일이 없기 때문입니다. 아버님이 그런 부탁을 안 하셨다면 얼마나 좋았을까요. 전 아무런 사심 없이 요정과 서로 사랑하며 살고 싶을 뿐이니까요. 하지만 모든 일에 있어서 아버님께 순종하는 것을 의무로 여기고 있는 저 같은 아들에게 아버지의 부탁은 지엄하신 명령입니다. 따라서 달갑지는 않지만 폐하께서 원하시는 것을 아내에게 부탁해 보

도록 하겠습니다. 하지만 그것을 꼭 얻어 내겠다고 약속드릴 수는 없습니다. 만일 제가 앞으로 폐하 앞에 나타나지 않는다면, 실패했다는 뜻으로 생각해 주십시오. 그리고 저를 그런 처지로 몰아넣은 것은 다름 아닌 폐하 자신이라는 점을 생각하시고, 너그러이 용서해 주시기 바랍니다.」

「얘야! 만일 내 부탁으로 인해 널 더 이상 볼 수 없게 된다면 이 아비의 마음은 정말 섭섭할 거다. 하지만 넌 남편이 아내에게 얼마나 큰 영향력을 발휘할 수 있는지 잘 모르고 있는 것 같구나. 만일 네가 이 아비를 위해 부탁하는 것을, 그것도 요정으로서는 별것도 아닌 것을 거절한다면 네 아내에게 뭔가 문제가 있는 거다. 즉 그녀는 네가 그녀를 사랑하는 것만큼 널 사랑하지 않고 있다는 뜻이야. 그러니 그렇게 고민할 필요 없다. 그 고민이 어디서 오는 것인지 아니? 바로 네가 그녀를 사랑하는 만큼, 그녀는 너를 사랑하지 않으리라 생각하기에 그러는 것 아니겠니? 자, 가서 그냥 부탁해 봐! 그럼 네가 생각하는 것 이상으로 요정이 너를 사랑하고 있다는 사실을 알게 될 거다. 그리고 요구하지 않으면 자기 몫을 챙길 수 없다는 사실을 명심해라. 생각해 봐라! 만일 그녀가 네게 뭔가를 부탁한다면 그녀를 사랑하는 네가 거절하겠니? 그녀 역시 너를 사랑하기 때문에 네 부탁을 절대로 거절하지 않을 거란 말이다.」

하지만 술탄의 말은 아메드 왕자의 귀에 들어오지 않았습니다. 단지 요정 파리-바누를 불쾌하게 할 만한 이런 부탁을 하는 아버지가 야속할 뿐이었죠.

마음이 무거워진 그는 평소보다도 이틀 일찍 궁을 떠났습니다. 그가 어두운 얼굴로 돌아오자 요정은 그 이유를 궁금해했죠. 하지만 왕자는 대답 없이 그녀의 건강이 어떤지만 물었고, 이에 그녀는 그가 무언가를 숨기려 한다는 걸 눈치 챘습니다.

「당신이 내 질문에 대답해야만 나도 당신 질문에 대답하겠어요.」

왕자는 계속 아무 일도 없다고 우겼습니다. 하지만 그가 부인할수록 요정은 더욱 다그쳤습니다.

「당신의 그런 모습을 도저히 보고 있을 수 없으니 고민을 솔직하게 털어놓으세요. 그게 무엇이든 다 해결해 드릴 테니까요. 세상에 내가 해결해 주지 못할 일이 어디 있겠어요? 혹시나 당신 아버님이 돌아가셔서 그리 슬퍼하는 거라면 어쩔 수 없겠지만요. 그래도 옆에서 내가 도와주고 시간이 흐르면 괜찮아질 거예요.」

아메드 왕자는 요정의 간청에 더 이상 입을 다물고 있을 수 없었습니다.

「부인, 하느님께서 내 아버님 술탄의 건강을 축복하시고 천수를 허락하시기를 바랄 뿐이오. 당신의 염려와는 달리, 아버님 건강에는 아무런 문제가 없소. 당신이 내게서 발견한 그 어두운 그림자는 그것 때문이 아니라오. 문제는 술탄 자신이오. 그분이 나로 하여금 당신에게 성가신 일을 부탁하게 하여 골치가 아픈 것이라오. 난 당신의 부탁대로 아버님께 모든 것을 감춰 왔소. 우리가 사랑의 서약을 한 사실도, 결혼하여 행복하게 살고 있다는 사실도. 한데 아버님이 무슨 수를 써서 우리 일을 알아내셨는지 모르겠소.」

여기에서 요정은 아메드 왕자의 말을 중단시켰습니다.

「난 알고 있어요. 일전에 당신이 가엾게 여기고 데려온 병든 여인에 대해 내가 했던 말 생각나세요? 바로 그 여자가 술탄에게 모든 것을 말한 거예요. 그때 내가 말했었죠? 그녀는 나나 당신만큼이나 건강한 사람이라고요. 하지만 당신은 믿지 않았고, 그녀는 곧 정체를 드러냈지요. 자, 무슨 말인지 들어 보세요. 난 두 시녀를 시켜 그녀에게 모든 열병에 특효를 보이는 〈사자들의 샘〉의 물을 마시게 했답니다. 사실 건강한 그녀에게는 아무런 필요가 없는 물이었죠. 하지만 그걸 마시자마자 그녀는 병이 다 나았다고 주장하면서 벌떡 일어나더니 날 찾아와서는 그만 떠나겠다는 거예요. 물론 술탄에게 달려가 모든 걸 알려 주려는 속셈이었겠죠. 마음이 얼마나 급했던지 내가 한번 둘러보라고 권유하지 않았다면 우리 궁전도 구경 안 하고 당장 떠나 버렸을 거예요. 그건 그렇고, 이제 당신 이야기를 계속해 보세요. 술탄이 무언가 성가신 일을 요구했나요? 하지만 내가 못할 일은 별로 없으니 마음 푹 놓으셔도 돼요.」

「부인, 부인도 알다시피 지금껏 나는 당신의 사랑으로 만족할 뿐, 그 외의 것은 부탁한 일이 없었소. 이렇게 사랑스러운 아내를 얻게 된 내가 무얼 더 바랄 수 있단 말이오? 물론 당신이 얼마나 큰 능력을 지녔는지는 잘 알고 있소. 하지만 당신의 힘을 시험하는 짓 따위는 삼가려고 해왔다오. 그런데 우리 부친께서 나로 하여금 당신에게 무례한 부탁을 하지 않을 수 없게끔 만들고 있구려. 그 말도 안 되는 요구가 뭐냐 하면…… 그분이 궁정 모든 신하들과 군대를 이끌고 들판에서 숙영할 일이 있을 때, 그 모든 사람이 비바람을 피할 수 있는 대형 천막을 마련해 달라는 거요. 그런데 또 그것이 한 손에 들어와야 한다지 뭐요? 부인, 다시 한 번 말하거니와, 이건 내 생각이 아니라 아버님 술탄의 요청이라오.」

왕자의 말을 들은 요정은 빙그레 미소를 지었습니다.

「왕자님! 그런 하찮은 일로 당황하고 고민하시다니 오히려 내가 다 화나네요. 내가 보기에 당신이 고민하는 이유는 두 가지예요. 첫째, 당신은 나와의 사랑으로만 만족할 뿐 내 능력을 시험하는 무리한 요구 따위는 절대 하지 않겠다는 원칙을 지키고 싶기 때문이에요. 둘째, 당신은 술탄이 요구하신 것이 내 능력을 벗어나는 일이라고 생각한 거겠지요. 자, 첫 번째 이유에 대해선 난 당신께 고마울 뿐이고, 이로 인해 당신을 더욱 사랑할 수밖에 없어요. 두 번째 이유에 대해서는 아무 걱정 마세요. 그건 너무나도 시시한 일이고, 난 그보다 훨씬 어려운 일도 할 수 있으니까요. 그러니 아무 걱정 마시고, 앞으로 어떤 부탁이 있더라도 어려워 말고 말하세요. 내게 있어 당신 부탁을 들어주는 것은 귀찮기는커녕 세상에서 가장 즐거운 일이니까요.」

말을 마친 요정은 그녀의 보물 창고를 관리하는 시녀를 불러오라고 명했습니다. 그 시녀가 오자 요정은 분부했습니다.

「누르지안! 내 보물 창고에서 가장 큰 천막을 가져오너라!」

이에 누르지안이 곧바로 다녀와 천막 하나를 내미는데, 얼마나 작은지 손바닥 하나에 올라갈 뿐 아니라, 손을 오므리면 그 안에 감춰질 정도였습니다. 시녀에게서 천막을 받은 파리-바누는 그것을 아메드 왕자에게 건네주고 살펴보게 했습니다.

왕자는 놀라지 않을 수 없었습니다. 아까 요정이 〈보물 창고에서 가장 큰 천막〉이라고 말하는 것을 분명히 들었는데 이렇게 작다니, 혹시 자신을 놀리는 건 아닐까 하는 생각이 들었던 것입니다. 애써 태연한 척했지만 얼굴에는 당황한 기색이 역력했습니다. 그 모습을 본 요정은 큰 웃음을 터뜨렸죠.

「아니, 왕자님! 내가 왕자님을 놀리고 있다고 생각하시나요? 좋아요. 내가 그런 실없는 사람이 아님을 당장 확인시켜 드리죠. 자, 누르지안!」 그녀는 아메드 왕자에게서 다시 천막을 받아 시녀에게 건네면서 말했습니다. 「이 천막을 왕자님 앞에 세워서 보여 드려라! 과연 술탄께서 요구한 크기보다 작은지 확인하실 수 있도록.」

누르지안은 궁을 나와 아주 먼 곳까지 걸어갔습니다. 그리고 그녀가 천막을 세우자, 거기서부터 시작한 천막의 한쪽 끝이 궁에까지 와서 닿는 것이었습니다. 아메드 왕자는 그것이 작기는커녕, 인도 술탄의 것보다 두 배나 많은 군대라도 다 들어갈 정도로 엄청나게 크다는 사실을 확인할 수 있었습니다. 그는 파리-바누에게 말했습니다.

「공주! 의심했던 나를 용서해 주구려! 이 놀라운 걸 실제로 보고 나니, 이 세상에 당신이 할 수 없는 일은 아무것도 없나는 걸 알겠소.」

「당신이 보다시피 지금 이 천막은 술탄이 필요로 하는 것보다 더 큽니다. 하지만 걱정 마세요. 이것은 내용물의 규모에 따라 저절로 커지기도 하고 작아지기도 하니까요.」

누르지안은 다시 천막을 접어 원래의 상태로 되돌린 후, 아메드 왕자의 손에 건네주었습니다. 왕자는 다음 날 즉시 말에 올라 수행원들을 거느리고 궁을 향해 출발했습니다.

자신이 요구한 천막을 가져오기란 불가능하다고 믿고 있던 술탄은 왕자가 벌써 돌아왔다는 소식에 크게 놀랐습니다. 천막을 받아 든 그는 우선 그것이 너무도 작은 데 감탄했습니다. 그리고 잠시 후 들판에 그 천막이 펼쳐지는 모습을 보고, 또 그 안에 자신의 군대보다 두 배나 많은 군대가 들어갈 수 있다는 설명을 듣고는 너무도 놀라 벌어진 입을 다물지 못했죠. 술탄이 천막이 지나치게 커서 사용하기에 불편하다고 판단할 수도 있는 일이었으므로, 아메드 왕자는 천막의 크기가 안에 들어가는 군대의 규모에 따라 저절로 변한다는 사실을 일러 주는 것을 잊지 않았습니다.

술탄은 겉과 속이 다른 행동을 했습니다. 겉으로는 이런 훌륭한 선물을 주어 매우 고맙다는 듯 행동하며, 요정 파리-바누에게도 감사의 말을 전해 달라고 말했습니다. 그리고 이것을 보물 창고에 소중히 보관해 놓으라고 신하들에게 분부함으로써, 자신이 그 선물을 얼마나 귀중하게 여기는지 보여 주었죠. 하지만 속마음은 전혀 달랐습니다. 이제 그는 처음 그를 부추겼던 간신들이나 마녀보다도 더 맹렬한 질투심에 사로잡혀 있었습니다. 자신이 그 모든 권력과 부를 지니고서도 도저히 할 수 없는 일들을, 아들은 요정의 도움을 받아 척척 해낸다는 사실이 너무도 원통했던 것입니다. 이제 그는 무슨 수를 써서라도 아들을 파멸시켜야겠다고 마음먹고는 다시 마녀를 불러 의견을 구했습니다. 마녀는 이번에는 왕자에게 〈사자들의 샘〉의 물을 구해 오게 하는 게 어떻겠느냐고 제안했습니다.

그날 저녁 아메드 왕자가 인사를 드리러 오자, 평소처럼 대신들과 대화를 나누고 있던 술탄은 이렇게 말했습니다.

「얘야! 네가 가져다준 그 천막 선물을 내가 얼마나 고마워하고 있는지는 벌써 말했지? 난 그것을 나의 모든 보물 중에서도 최고의 것으로 여기고 있단다. 하지만 아들아! 이 늙은 아비를 위해 또 한 가지 수고를 해주어야겠다. 듣자 하니 네 아내 요정이 가장 위중한 열병도 고칠 수 있는 〈사자들의 샘〉의 물을 사용하고 있다고 하더구나. 물론 너는 이 아비의 건강을 이 세상 무엇보다도 염려하고 있겠지? 그러니 내가 필요할 때마다 한 모금씩 마실 수 있게끔 요정에게 부탁하여 한 항아리 구해다 줄 수 있으리라 믿는다. 자, 어서 나를 위해 이 중요한 봉사를 해다오. 그래서 이 아버지에 대한 착한 아들의 지극한 효심을 증명해 다오!」

아메드 왕자는 자신이 그렇게 기이하고도 유용한 천막을 선물했으니 술탄이 더 이상 다른 부탁을 하지 않으리라 믿고 있었습니다. 그러했기에 그의 또 다른 요구 앞에 너무도 놀라 아무 말도 할 수 없었죠. 아내야 자기 능력 안의 일이라면 무엇이든 해주겠노라 약속한 바 있었지만, 아버지의 어처구니없는 요구가 너무나도 기막혔던 것입니다. 그렇게 한동안 침묵을 지키던 그는 마침내 입을 열었습니다.

「폐하! 물론 소자는 아버님의 만수무강에 기여할 수 있는 일이라면 무엇이든 행할 준비가 되어 있사옵니다. 하지만 그 어떤 경우에도 제 아내를 힘들게 하고 싶지는 않습니다. 따라서 제가 폐하께 그 물을 반드시 가져다 드릴 수 있다고는 장담하지 못하겠습니다. 부탁이야 해보겠지만, 천막을 부탁할 때처럼 소자의 마음은 너무도 힘들 것이옵니다.」

다음 날, 요정 파리-바누에게 돌아온 아메드 왕자는 술탄의 궁에서 있었던 일들을 빠짐없이 들려주었습니다. 천막을 바친 일, 그걸 받은 술탄이 그녀에게 크게 감사한 일, 그리고 그가 또 다른 요구를 한 일까지……. 왕자는 이렇게 덧붙였습니다.

「공주, 이건 단순히 술탄과 나 사이에 무슨 일이 있었는지 당신께 알려 주려고 한 이야기에 불과하오. 그러니 그분이 요구하는 것을 들어주든 거절하든, 그것은 당신 자유라오. 나는 아무 상관 없으니 당신이 원하는 대로 하기를 바라오.」

「아니에요, 아니에요!」 파리-바누가 대답했습니다. 「당신이 내게 아주 소중한 존재라는 사실을 당신 아버지에게 꼭 알려 주고 싶어요. 좋아요! 그분의 부탁을 모두 들어주겠어요. 그 못된 마녀가 그에게 어떤 충고를 하든 간에 ― 난 그녀가 뒤에서 그를 조종하고 있는 사실을 잘 알고 있지요 ― 당신이나 나에 대해 아무 소리도 못하도록 만들어 놓겠단 말이에요. 사실 술탄의 요구에는 몹시 고약한 의도가 숨어 있답니다. 자, 내 설명을 들으면 이해하게 될 거예요. 〈사자들의 샘〉은 어느 큰 궁전의 내정 한가운데 있답니다. 이 궁전 대문은 사나운 사자 네 마리가 지키고 있는데, 언제나 그중 두 마리는 잠자고 있고 두 마리는 깨어 있어 들어갈 틈이 없죠. 하지만 걱정 마세요. 아무 위험 없이 녀석들을 통과할 수 있는 방법을 알고 있으니까요.」

그때 요정 파리-바누는 뜨개질을 하던 중이었습니다. 그녀는 옆에 있던 실꾸리 하나를 왕자에게 주며 말을 이었습니다.

「자, 우선 이 실꾸리를 받으세요. 사용법은 곧 설명해 드리겠어요. 일단 말을 두 마리 준비하세요. 첫 번째 말은 당신이 타고 두 번째 말은 손으로 끌어야 해요. 오늘 당장 양 한 마리를 잡아 네 조각을 내어 두 번째 말에 실으세요. 또 샘물을 담을 항아리 하나를 준비하는 것도 잊으면 안 되겠죠. 지금부터 내일 새벽 사이, 적당한 때에 말에 올라 다른 말을 끌고 떠나세요. 문을 나서서는 이 실꾸리를 앞에다 던지세요. 그러면 실꾸리는 저절로 풀리면서 어느 성문 앞까지 굴러갈 것입니다. 거기까지 따라가세요. 실꾸리가 멈추면 성문이 열릴 터인데, 거기 사자 네 마리가 보일 거예요. 깨어 있는 두 마리는 포효하면서 자고 있는 두 마리를 깨울 거예요. 하지만 겁먹지 마시고 말에 탄 채로 네 마리 각각에게 양고기를 한 조각씩 던져 주세요. 그렇게 한 다음엔 지체하지 말고 말에 박차를 가해 샘으로 재빨리 달려가서, 말에서 내리지 않은 채로 항아리를 채운 다음 달려 나오세요. 사자들은 여전히 먹는 데 정신이 팔려서 당신을 그냥 나가게 해줄 거예요.」

다음 날, 아메드 왕자는 요정 파리-바누가 지정한 시간에 출발하여 그녀가 지시한 그대로 했습니다. 우선 성문에 이르러 네 마리의 사자에게 고기 네 조각을 나누어 주었습니다. 그다음에는 용감하게 녀석들 사이를 통과하여 샘이 있는 곳까지 들어가 샘물을 길었죠. 항아리를 가득 채우고는 발길을 돌려, 들어왔을 때처럼 아무 탈 없이 성을 빠져나올 수 있었습니다. 그렇게 말을 달려 성에서 어느 정도 멀어졌을 때였습니다. 고개를 돌려 보았더니 사자 두 마리가 뒤쫓아 달려오는 것이었습니다. 왕자는 조금도 두려워하지 않고 칼을 뽑아 방어할 준비를 했습니다. 그러자 사자 한 마리가 어느 정도 거리를 두고 따라오면서 뭔가를 말하려는 듯 머리와 꼬리를 흔들어 대는 것이었습니다. 자세히 살펴보니 그것은 앞장서서 그를 이끌어 주고 싶다는 표시였습니다. 또 다른 녀석은 말 뒤에서 따라오고 있었죠. 안심한 왕자는 칼을 칼집에 넣고, 그렇게 사자들의 호위를 받으며 인도의 도성에까지 말을 달렸습니다. 그렇게 술탄 궁의 성문 앞에 이르자 사자들은 왕자와 함께 들어가지 않고 발길을 돌려 왔던 길로 다시 떠나갔습니다. 녀석들은 조금도 사납게 굴지 않고 일정한 보조로 걸어갔지만 백성들은 크게 두려워하며 녀석들과 마주치지 않으려고 이리저리 도망가거나 몸을 숨기기에 바빴죠.

왕자가 궁에 들어서자 관원들은 그를 도와 말에서 내리게 한 뒤, 총신들과 대화를 나누고 있는 술탄 앞으로 인도했습니다. 왕자는 옥좌 앞으로 나와 항아리를 술탄의 발치에 내려놓은 다음, 계단에 깔려 있는 값비싼 양탄자에 입을 맞추었습니다. 그러고는 몸을 일으키면서 이렇게 말했습니다.

「폐하! 폐하의 보물 창고를 풍요롭게 장식할 귀중하고도 신기한 보물로 삼고자 하셨던 만병통치 샘물, 여기 구해 왔사옵니다! 소자로서는 폐하께서 항상 건강하셔서 이 물을 쓸 필요가 전혀 없기를 바랄 뿐이옵니다.」

왕자가 이렇게 말하자, 술탄은 그를 자기 오른편에 앉히고는 말했습니다.

「아들아! 이 늙은 아비를 위해 그 큰 위험을 무릅쓰고 이걸 구해다 주다니, 이 고마운 마음을 어떻게 표현해야 할지 모르겠구나! ─ 술탄은 마녀에게서 〈사자들의 샘〉에 대해서 들었기 때문에, 거기서 물을 떠오는 것이 얼마나 위험한 일인지 알고 있었습니다 ─ 자, 대체 그 어떤 교묘한 방법으로, 아니 그 어떤 엄청난 힘을 발휘하여 이걸 구해 왔는지 내게 얘기해 다오!」

「폐하! 폐하로부터 이런 칭찬을 받을 자격이 과연 소자에게 있는 것인지 모르겠습니다. 사실 제가 한 일이라곤 제 아내 요정의 훌륭한 충고를 그대로 따른 것밖에 없으니까요」

이어 왕자는 자신이 요정의 충고에 따라 어떻게 여행했으며, 어떻게 행동했는지 이야기해 주었습니다. 그의 이야기를 듣는 내내 술탄은 몹시 기쁜 표정을 지었지만 그것은 겉모습에 불과했을 뿐, 속에서는 질투심이 더욱 맹렬히 타올랐습니다. 이야기를 다 들은 그는 몸을 일으켜 궁전 깊은 곳으로 들어갔습니다. 그곳에는 그가 불러오게 한 마녀가 벌써 와서 기다리고 있었죠.

술탄이 방에 들어서는 것을 본 마녀는 아메드 왕자에게서 무슨 얘기를 들었는지 물어보지도 않았습니다. 이미 소문을 통해 모든 사정을 알고 있었던 것입니다. 그리고 이번에는 확실한 계책마저 미리 준비해 놓고 있었죠. 그녀에게서 계책을 들은 술탄은 다음 날 어전 회의에서 아메드 왕자에게 이렇게 말했습니다.

「아들아! 이제 내 부탁 한 가지만 더 들어주면 더 이상 너의 효심에 대해서도, 아내에 대한 영향력에 대해서도 의심하지 않겠다. 내게 한 사람을 데려와 다오! 한 자 반이 넘지 않는 키에 수염은 서른 자이고, 어깨에는 무게가 오백 근이나 되는 철봉을 걸머지고 다니는데, 그것을 가벼운 막대기처럼 휘두를 수 있으며, 우리처럼 말을 할 수 있는 그런 사내여야 한다.」

아메드 왕자는 세상에 그런 사람이 존재할 리 없다고 생각하고는 부탁을 거절하려 했습니다. 하지만 술탄은 막무가내였습니다. 요정은 이보다 훨씬 더 엄청난 일도 할 수 있다고 우기며 일을 떠맡기는 것이었습니다.

다음 날 파리-바누의 궁전에 돌아온 아메드 왕자는 그녀에게 술탄의 또 다른 요구를 전한 다음, 이는 앞의 두 요구보다도 더 불가능한 것이라 말하고는 이렇게 덧붙였습니다.

「이 우주 가운데 어떻게 그런 사람이 존재할 수 있겠소? 아버님은 내가 정말 그런 사람을 찾아 나설 만큼 어리석은 녀석인지 시험해 보시려는 것 같소. 또 만일 그런 사람이 실제로 존재한다면 아버님의 의도는 더욱 의심스럽소. 그렇게 조그만 데다가 그런 엄청난 무기로 무장하고 있는 사내를 내가 어떻게 사로잡을 수 있겠소? 그 어떤 무기로 그를 제압하여 아버님에게 데려갈 수 있단 말이오? 그러다가 오히려 내가 죽을 게 뻔하지 않겠소? 공주! 어떻게 해야 이 곤경에서 빠져나올 수 있을는지 좀 가르쳐 주구려!」

「왕자님! 조금도 걱정하지 마세요! 〈사자들의 샘〉에서 샘물을 떠오는 것은 다소 위험한 일이었지만, 술탄이 요구하는 사람을 데려오는 일은 조금도 위험하지 않답니다. 그 사람은 바로 내 오빠 샤이바르예요. 우리는 같은 아버지에게서 태어난 남매간이지만, 생김새는 영 딴판이랍니다. 그는 성격이 불같아서 조금이라도 모욕을 당하면 피비린내 나는 복수를 해야만 직성이 풀리는데, 그땐 아무도 그를 막지 못하죠. 반면 누군가 도움을 요청하면 세상에 그렇게 너그러운 사람도 없답니다. 그래요, 그는 술탄이 묘사한 것과 똑같이 생겼고 무기로 오백 근짜리 철봉을 사용하는데, 그것 없이는 다니지 않죠. 한번 휘두르면 모든 사람이 벌벌 떨고 꼼짝 못하거든요. 자, 내가 오빠를 불러올 테니 내 말이 사실인지 아닌지 확인해 보세요. 하지만 미리 당부하겠는데, 오빠의 모습이 괴상망측하다 하여 너무 놀라거나 무서워하면 안 돼요.」

「샤이바르가 당신의 오빠라고 하지 않았소? 그가 얼마나 추하고 흉측하게 생겼는지는 모르겠지만, 당신의 오빠라면 내게는 가장 가까운 분 아니겠소? 무서워하기는커녕 그분을 더없이 사랑하고 존경할 것이오.」

요정은 불이 가득 담긴 황금 향로 하나와 역시 황금으로 된 상자 한 개를 궁전 현관 앞으로 가져오게 했습니다. 그녀가 상자에서 어떤 향을 꺼내어 향로에 던지자, 짙은 연기가 피어올랐습니다. 이렇게 의식이 시작된 지 얼마 후, 요정이 말했습니다.

「자, 보세요, 왕자님! 저기 우리 오빠가 오고 있어요. 보이세요?」

왕자가 자세히 살펴보았더니 과연 키가 한 자 반도 안 되는 샤이바르가 오백 근이나 되는 무거운 철봉을 어깨에 걸머

지고 위엄 있는 걸음으로 오고 있는 것이 보였습니다. 길이가 서른 자나 되는 무성한 수염은 마치 풀을 먹인 듯 앞쪽으로 뻣뻣이 뻗어 있었고, 빽빽하게 자란 콧수염 역시 양쪽 귀에 닿을 정도로 뻗쳐 얼굴을 온통 가리고 있었죠. 움푹 들어간 조그만 눈은 돼지의 그것과도 흡사했고, 뾰쪽한 고깔모자를 쓴 머리통은 엄청나게 컸으며, 등과 가슴이 불쑥 튀어나온 앞뒤 꼽추였습니다. 파리-바누의 오빠라는 사실을 미리 들었기에 망정이지, 안 그랬더라면 기겁을 했을 만큼 흉측한 모습이었죠. 하지만 아메드 왕자는 그가 자신의 처남이라는 사실을 알고 있었기에 조금도 떨지 않고 태연하게 그를 맞을 수 있었습니다.

샤이바르는 보는 이의 심장을 얼어붙게 하는 무서운 눈빛으로 아메드 왕자를 노려보면서 두 사람에게 다가오더니, 파리-바누를 향해 이 남자가 누구냐고 물었습니다.

「오라버니, 이 사람은 제 남편이어요. 이름은 아메드이고 인도 술탄의 아드님이랍니다. 저희 결혼식 때는, 원정 중이시던 오라버니를 방해하고 싶지 않아 초대하지 않은 것이니 이해해 주세요. 오라버니께서 승리하셨다는 소식을 듣고 저도 몹시 기뻤답니다. 오늘 이 사람을 소개해 드리려고 오라버니를 불렀어요.」

이 말에 샤이바르는 아메드 왕자를 친절한 눈으로 바라보았지만, 오만하고도 사나운 기세는 여전했습니다. 그는 요정에게 이렇게 말했습니다.

「동생아! 내가 네 남편에게 도움을 줄 일이라도 있느냐? 말만 하거라. 네 남편이니 그가 원하는 것이라면 무엇이든 들어주겠어.」

「그의 아버지인 술탄이 오라버니를 보고 싶어 해요. 그러니 저이를 따라서 그를 한번 방문해 주세요.」

「좋았어! 따라갈 테니 앞장서라고!」

「오라버니! 오늘 출발하기에는 시간이 너무 늦었네요. 그러니 내일 아침에 떠나도록 하세요. 그리고 우리가 결혼한 이후 남편과 술탄 사이에 어떤 일이 있었는지 오라버니도 아시는 게 좋으실 테니, 제 얘기도 들어 보시고요.」

다음 날, 알아 두어야 할 내용을 모두 들은 샤이바르는 아침 일찍 궁을 나왔습니다. 물론 그를 술탄에게 소개할 아메드 왕자와 함께였죠. 그들이 성문 앞에 이르자 도성에서는 큰 소동이 일어났습니다. 너무나도 흉측한 샤이바르의 모습을 발견한 사람들이 일제히 몸을 숨겼던 것입니다. 어떤 이들은 가게 안으로, 어떤 이들은 집 안으로 들어가 문을 꼭꼭 걸어 잠갔습니다. 또 어떤 사람들은 달아나면서 만나는 사람들을 붙잡고 너무도 무서운 괴물이 나타났음을 알렸고, 그 소식을 들은 사람들은 몸을 돌려 뒤도 돌아보지 않고 도망갔습니다. 결국 아메드 왕자와 샤이바르가 지나는 모든 거리와 광장에는 개미 새끼 한 마리 얼씬하지 않게 되었죠.

술탄의 궁에 이르러서도 사정은 마찬가지였습니다. 문지기들은 궁에 들어오는 샤이바르를 제지하기는커녕 사방으로 도망치기에 바빴습니다. 그렇게 왕자와 샤이바르가 아무런 방해도 받지 않고 어전에 당도해 보니 술탄은 옥좌에 앉아 대신들의 알현을 받고 있었습니다. 어전을 지키는 호위병들마저 샤이바르를 보자마자 각자의 위치를 이탈하여 도망가 버렸으므로 두 사람은 아무런 제지도 받지 않고 어전에 들어갈 수 있었죠. 샤이바르는 고개를 꼿꼿이 쳐든 오만한 자세로 옥좌 앞으로 나아갔습니다. 그러고는 아메드 왕자가 자신을 소개하기도 전에 술탄을 향해 꾸짖듯 말했습니다.

「그대가 나를 보자고 했는가? 자, 그래, 이렇게 왔다. 내게 볼일이 뭔가?」

술탄은 대답 대신 두 손으로 눈을 가리고 얼굴을 옆으로 돌렸습니다. 너무도 끔찍한 그의 모습을 외면하려 함이었습니다. 하지만 샤이바르는 이 무례하고도 모욕적인 행동에 머리끝까지 화가 치밀었습니다. 그는 술탄에게 다가가 철봉을 높이 쳐들었습니다. 그러고는 〈어서 말해 보란 말이야!〉라고 소리치면서 술탄의 머리를 내리쳐 그 자리에서 죽여 버렸습니다. 아메드 왕자가 자비를 베풀어 달라고 부탁할 틈도 없이 눈 깜짝할 사이에 일어난 일이었죠. 아메드 왕자는 얼른 사태를 파악하고, 술탄의 오른편에 앉아 있던 대재상을 가리켜 항상 좋은 충고만을 하던 신하라고 설명함으로써 그의 목숨만은 구해 줄 수 있었습니다.

「그렇다면 이자들은 고약한 충고만 하던 자들이겠군?」

샤이바르는 이렇게 외치며 옥좌 좌우편에 시립해 있던 다른 대신들을 죽였습니다. 모두가 사악한 간신들이자 아메드 왕자의 원수들이었죠. 샤이바르가 철봉을 한 번 휘두를 때마다 간신들은 한 사람씩 죽어 갔고, 엄청난 공포에도 몸이 얼어붙지 않아 간신히 다리를 놀려 도망갈 수 있었던 자들만이 목숨을 구할 수 있었습니다.

이 무시무시한 처형을 끝낸 샤이바르는 어전에서 나왔습니다. 그러고는 철봉을 어깨에 걸머진 채 내정 한가운데 버티고 서서, 왕자를 따라 나온 대재상에게 말했습니다.

「여기에 마녀가 하나 있다는 소리를 들었다. 내가 방금 처벌한 간신들보다도 더욱 고약한 왕자의 원수라고 하더군. 자, 가서 그 마녀를 데려와!」

대재상은 사람을 보내어 그녀를 데려오게 했습니다. 그녀가 오자마자 샤이바르는 철봉으로 내리치며 소리쳤습니다.

「왕에게 사악한 충고를 하고, 아프지도 않으면서 아픈 척했던 죗값을 치러야지!」

마녀는 그 자리에서 숨졌습니다.

「자, 이게 끝이 아니다!」 샤이바르가 덧붙였습니다. 「만일 내 매제 아메드 왕자를 인도의 술탄으로 인정하지 않으면 온 도성 사람을 모조리 쳐 죽여 버리겠어!」

이에 거기에 있던 사람들은 일제히 큰 소리로 외쳤습니다.

「아메드 술탄님 만세!」

그리고 얼마 안 가 역시 똑같은 내용의 함성이 도성 전체에 우렁차게 울려 퍼졌습니다. 샤이바르는 아메드에게 술탄의 어의를 입혀 옥좌에 앉히고는, 모든 이로 하여금 경의를 표하고 충성 서약을 하게 시켰습니다. 그런 다음 그는 누이 파리-바누도 데려와 온 신하들과 백성들로 하여금 인도의 왕비로 인정하게 했습니다.

그러면 알리 왕자와 누루니하르 공주는 어떻게 됐을까요? 그들은 아메드 왕자에 대한 음모에는 조금도 관여하지 않았을 뿐 아니라, 심지어는 무슨 일이 일어나고 있는지조차 모르고 있었습니다. 따라서 그들은 아메드 왕자에게서 큰 지방 하나를 영지로 하사받아, 죽을 때까지 그곳을 다스리며 안락하게 살 수 있었습니다. 아메드 왕자는 큰형 후사인 왕자에게도 관원을 보내어 도성에 어떤 변화가 있었는지 알리는 한편, 왕국 가운데 마음에 드는 지방이 있으면 영지로 드리겠다는 자신의 뜻을 전하게 했습니다. 하지만 고독한 은거 생활 가운데 큰 행복감을 느끼고 있었던 후사인 왕자는 관원을 통해 이렇게 전했다고 합니다.

〈폐하! 폐하의 후의에 감사드리며, 신은 영원히 폐하께 충성을 다할 것을 약속드립니다. 하지만 신은 스스로 선택한 이 은거 생활에 지극히 만족하고 있사오니, 계속 여기서 살 수 있도록 허락해 주시옵소서!〉

# 막내 동생을 질투한 두 자매 이야기
Histoire des deux sœurs

왕비 셰에라자드는 인도의 술탄이 자신의 생사에 대해 결정하는 것을 계속 미루기 위해, 다음과 같은 새로운 이야기를 들려주기 시작했다.

폐하! 옛날 페르시아에 코스루샤라는 왕이 있었다고 합니다. 세상 물정을 알고 싶었던 이 왕은 밤이면 궁 밖으로 빠져나가 돌아다니며 모험을 즐기곤 했답니다. 그럴 때면 항상 평민으로 변장을 했고, 역시 변장을 한 대재상을 대동했습니다. 그렇게 도성의 골목골목을 돌아다니면서 기이한 일들을 수없이 겪었습니다만, 그 이야기가 너무도 많아 오늘 밤 폐하께 모두 들려 드리기는 힘들 것 같사옵니다. 하지만 그중에서도 그의 부친 술탄이 승하하여 페르시아 왕국의 옥좌에 오른 지 며칠 후에 그가 처음 겪은 모험 이야기는 매우 유쾌한 것이오니, 한번 들어 보시기 바립니다.

선왕의 장례식과 자신의 즉위식이 모두 끝나고 며칠이 지난 어느 날 저녁, 새 술탄 코스루샤는 도성에서 무슨 일들이 일어나고 있는지 알아보고 싶어서 변복을 하고 대재상과 함께 궁을 빠져나왔습니다. 그렇게 두 사람이 도성 하층민들이 사는 구역의 어느 골목을 지나고 있을 때, 어디선가 사람들이 얘기하는 소리가 또렷이 들려왔습니다. 술탄은 말소리가 들려오는 집을 찾아내어 문에 난 틈으로 안을 들여다보았습니다. 집 안에는 불이 환히 밝혀져 있었고, 방금 저녁 식사를 마친 듯한 세 자매가 좌단에 앉아 있는 것이 보였습니다. 술탄은 맏언니의 이야기를 듣고 지금 그녀들이 각자의 소원을 이야기하고 있다는 사실을 알게 되었습니다. 첫째는 이렇게 말했습니다.

「내 소원은 술탄의 제빵사와 결혼하여 그의 아내가 되는 거야. 그러면 〈술탄님 빵〉이라고 불리는 그 최고급 빵을 실컷 먹을 수 있겠지. 자, 너희들 취향은 어떤가 한번 들어 볼까?」

그러자 둘째가 말했죠.

「내 소원은 술탄의 주방장과 결혼하여 그의 아내가 되는 거야. 〈술탄님 빵〉 따위는 궁 안에서는 흔해 빠진 것이라 모두가 먹을 수 있지 않겠어? 난 그것보다는 훌륭한 고기 스튜를 먹고 싶거든. 자, 어때, 언니? 내 취향도 언니 취향만큼이나 고상하지?」

막내는 몹시 아름다웠을 뿐 아니라, 두 언니보다 훨씬 더 매력적이고 재치 넘치는 아가씨였습니다.

「언니들! 난 그렇게 하찮은 것으로 만족하고 싶지 않아. 내 꿈은 훨씬 더 크고 높다고. 좋아, 그냥 자기 소망을 말하는 거라니까 말하겠는데, 난 술탄의 아내가 되고 싶어. 그런 다음에는 그분께 왕자를 하나 낳아 줄 거야. 어떤 왕자냐 하면, 머리카락 한쪽은 금이고 다른 쪽은 은이며, 울면 눈물 대신 진주가 뚝뚝 떨어지는 거야. 그리고 미소를 지을라치면 그의 빨간 입술은 피어나는 장미꽃 같아 보이지.」

세 자매, 특히 막내의 소원을 매우 재미있게 여긴 술탄 코스루샤는 셋의 소망을 모두 들어주기로 마음먹었습니다. 그는 대재상에게 자신의 뜻을 밝히지는 않은 채, 다만 내일 세 아가씨를 궁으로 데려올 수 있게끔 집의 위치를 잘 기억해 놓으라고 분부했습니다.

다음 날, 대재상은 술탄의 분부대로 세 자매를 찾아왔습니다. 그는 의복을 단정히 갖춰 입을 시간을 주고는, 단지 〈술탄께서 너희를 보고 싶어 하신다〉라는 말만 전하며 다짜고짜 궁으로 데려왔습니다. 대재상이 세 아가씨를 옥좌 앞으로 이끌어 오자 술탄은 이렇게 물었습니다.

「너희들은 어제저녁 일을 기억하느냐? 셋 다 몹시 즐거운 기분으로 각자의 소망을 얘기했었지. 자, 내게 숨기지 말고 다 말해 보거라!」

술탄이 이런 말을 하리라고는 전혀 예상하지 못한 세 자매는 크게 당황했습니다. 모두 고개를 푹 숙였는데, 특히 얼굴을 빨갛게 붉힌 막내의 얼굴은 너무도 사랑스러워 술탄의 마음을 설레게 했습니다. 하지만 셋은 꿀 먹은 벙어리처럼 아무 말도 없었습니다. 부끄럽기도 했거니와, 무엇보다도 혹시 어제 한 말이 술탄을 노엽게 한 것은 아닌가 하는 두려움 때문이었죠. 이를 알아챈 술탄은 그녀들을 안심시켰습니다.

「너희들을 벌하려 부른 것이 아니니 아무 걱정 말아라. 보아하니 너희들은 내 뜻과는 달리 무서워하고 있는 것 같구나. 자, 나는 그 소원이 무엇인지 알고 있으니, 너희들의 걱정을 없애 주기 위해서라도 오늘 당장 그 소원을 들어주겠다. 우선, 자네!」 술탄은 먼저 셋째 아가씨에게 말했습니다. 「자네는 내 아내가 되는 것이 소원이라 했으니, 오늘 당장 그리될 것이야. 그리고 자네들!」 술탄은 계속하여 첫째와 둘째에게 말했습니다. 「자네들 역시 내 제빵사와 주방장과 혼인시켜 주겠다.」

이렇게 술탄이 자신의 뜻을 밝히자, 막내는 그의 발아래 엎드려 감사하며 언니들에게 본을 보였습니다.

「폐하! 어제 폐하께서 들으신 제 소원은 단지 재미 삼아 말해 본 것이옵니다. 전 폐하가 내리시는 그 큰 영예를 감당할 자격이 없사오니, 제발 저의 무례함을 용서해 주시옵소서!」

두 언니 역시 마찬가지로 용서를 구했습니다. 하지만 술탄은 그녀들의 말을 멈추게 하면서 말했습니다.

「아니다, 아니다. 내가 말한 대로 너희들의 소원은 이루어질 것이다.」

세 자매의 결혼식은 술탄 코스루샤의 결정에 따라 모두 바로 그날 거행되었습니다. 하지만 그 결혼식의 규모는 사뭇 달랐죠. 막내의 결혼식은 페르시아 술탄과 페르시아 왕비의 그것에 걸맞게 성대하고 화려하게 거행된 반면, 다른 두 자매의 결혼식은 단지 술탄의 수석 제빵사와 주방장의 결혼식일 따름이었습니다.

두 언니는 자신들의 결혼식이 막내의 그것과 크게 다름을 원통하게 생각했습니다. 사실 이 모든 것은 그녀들의 소원 그대로 이루어진 것이 아니겠습니까? 하지만 그녀들은 극도의 질투심에 사로잡혔습니다. 그것은 그녀들 자신의 기쁨을 해칠 뿐 아니라, 이후 왕비에게 큰 불행과 모욕과 고통을 초래할 맹렬한 질투였습니다. 그래도 당장은 결혼 준비에 바빴기 때문에, 술탄이 자신들 대신 동생을 택한 것이 얼마나 억울한 일인지 서로 말할 틈이 없었죠. 하지만 결혼식 며칠 후에 비로소 틈이 나자, 둘은 약속을 정해 한 공중목욕탕에서 만났습니다. 맏이가 먼저 말했습니다.

「그래, 둘째야, 넌 막내에 대해서 어떻게 생각하니? 정말 왕비가 될 자격이 있다고 생각해?」

「난 전혀 이해 못하겠어, 언니! 고것이 대체 어디가 예쁘다고 술탄께서 반하셨는지 이해 못하겠다고. 우리 둘 다 알다시피 그년은 아주 형편없는 계집애잖아! 아니, 우리보다 조금 더 어리다고 고걸 택하신 건가? 사실 폐하의 침상에 올라야 할 사람은 언니인데 말이야! 그게 당연한 것 아니냐고!」

「동생! 내 얘기는 하지 말자고! 술탄께서 만일 널 택하셨다면 난 아무 말도 안 했을 거야. 내가 화나는 것은 그렇게 더럽고 형편없는 계집애를 택하셨다는 사실이야. 난 복수할 거야! 너도 같은 심정이겠지? 자, 그러니 우리 힘을 한데 모으자! 같이 행동하고, 고것을 괴롭힐 좋은 생각이 있으면 서로에게 알리자! 나도 좋은 의견이 있으면 연락할게.」

이렇게 사악한 음모를 꾸민 두 자매는 이후 자주 만나 머리를 맞대며, 동생 왕비의 행복을 방해하고 파괴할 방법을 궁리했습니다. 그들은 실제로 몇몇 방법들을 생각해 내기도 했지만, 여러 가지 문제점들이 있어 감히 실행에 옮기지는 못했습니다. 그러면서 가증스럽게도 이따금씩 위선적인 얼굴을 하고서 동생의 거처를 함께 방문하곤 했습니다. 그때마다 간이라도 빼줄 듯 살살거리면서, 동생이 이렇게 높은 지위에 오르게 되어 얼마나 기쁜지 모른다고 말했죠. 왕비는 이런 언니들을 항상 정중하고도 극진하게 맞아 주었습니다. 그녀는 높은 지위에 올랐음에도 조금도 거만한 태도를 보이지 않았고, 이전과 다름없이 언니들을 따뜻하게 사랑해 주었던 것입니다.

결혼한 지 몇 달 후, 왕비는 임신을 했습니다. 물론 술탄은 크게 기뻐했죠. 이 기쁜 소식은 우선 궁정 전체에, 그리고 온 도성과 페르시아 방방곡곡으로 퍼져 나갔습니다. 소식을 들은 두 언니는 축하를 한답시고 부리나케 달려와서는, 아기를 낳을 때 산파가 필요할 텐데 자신들을 산파로 선택해 달라고 간청했습니다. 이에 왕비는 정중하게 대답했습니다.

「언니들의 따뜻한 마음, 우선 너무도 고마워요. 만일 산파를 결정하는 것이 내 소관이라면 기쁜 마음으로 그리하겠지요. 하지만 난 단지 술탄께서 명하시는 대로 따라야 할 뿐이니 어쩔 수 없답니다……. 그렇다면 이런 방법은 어떨까요? 형부들의 동료분들로 하여금 언니들을 산파로 택해 달라고 폐하께 간청하게 하는 거예요. 그래서 폐하께서 내게 의견을 물어 오시면 난 기쁘게 동의하는 거죠. 뿐만 아니라 언니들을 택해 주셔서 감사하다고도 말할 거예요.」

두 언니의 남편들은 그들을 후원해 주는 궁중 신하들을 찾아다니며 술탄에게 자기 아내를 산파로 추천해 달라고 간청했습니다. 과연 그 후원자들은 지극히 강력하고도 효율적으로 개입하였고, 술탄은 생각해 보마고 약속했죠. 술탄은 약속을 지켰습니다. 어느 날 왕비와의 대화 중에, 자신이 생각하기에는 산파로 그녀의 두 언니가 가장 좋을 듯한데 왕비의 의견은 어떤지 물어 온 것입니다. 왕비는 술탄의 자상한 배려에 감격하여 이렇게 대답했습니다.

「폐하! 저는 폐하께서 어떤 분부를 내리셔도 그대로 순종할 준비가 되어 있사옵니다. 그런데 황송하옵게도 저를 위하여 제 언니들을 산파로 택해 주시니 그저 감사할 뿐입니다. 그리고 다른 사람들보다 언니들을 택해 주셔서 더욱 기쁜 것이 제 솔직한 심정이옵니다.」

술탄 코스루샤는 왕비의 두 언니를 산파로 임명했습니다. 그때부터 두 자매는 내전을 뻔질나게 드나들었죠. 동생에 대한 가증스러운 음모를 실행할 기회를 얻게 되었다고 너무도 좋아하면서 말입니다.

마침내 해산의 시간이 왔고, 왕비는 대낮처럼 환하게 생긴 왕자를 낳았습니다. 하지만 아기의 어여쁨과 연약함도 무자비한 두 언니의 돌덩이 같은 마음을 누그러뜨리지는 못했습

니다. 그네들은 아기를 배내옷으로 대충 싸서 조그만 바구니에 넣은 후, 왕비가 거하는 궁실 아래 흐르는 운하에 던져 버렸습니다. 그리고 나서는 아기 대신 죽은 강아지 한 마리를 가져다가 이것이 왕비가 낳은 아기라고 떠들어 댔습니다. 이 불쾌한 소식을 접한 술탄은 극도로 분개하여 당장에 왕비를 처형해 버리려 했습니다. 대재상이 나서서, 왕비가 강아지를 낳은 것은 대자연의 변덕일 뿐이며 그 책임을 그녀에게 묻는 것은 합당하지 않다고 주장하여 간신히 만류할 수 있었죠.

한편 어린 왕자를 실은 바구니는 왕비의 거처를 둘러싼 벽 밖으로 흘러 나갔고, 다시 궁의 정원을 가로지르는 운하를 통해 계속 떠내려갔습니다. 그런데 우연히도 왕궁의 가장 높은 관리 중 하나이며, 술탄의 정원들을 관리하는 감독관이기도 한 어떤 이가 떠내려가는 바구니를 발견하고는 가까운 곳에 있던 정원사에게 일렀습니다.

「빨리 가서 저 바구니를 내게 가져오너라! 안에 무엇이 들어 있는지 한번 보고 싶구나.」

정원사는 곧 운하의 둔치로 달려가 가지고 있던 갈퀴로 바구니를 교묘하게 끌어당겨 물에서 꺼낸 다음 감독관에게 가져왔습니다.

정원 감독관은 바구니에 아기가 들어 있는 것을 보고 매우 놀랐습니다. 더욱이 갓 태어난 것이 분명해 보이는 아이가 몹시 예쁘게 생겼던 것입니다. 정원 감독관은 결혼한 지 오래되었고 후사를 얻기를 간절히 바라 왔지만, 하늘은 지금껏 그의 소원을 들어주지 않던 터였습니다. 그는 산책을 중단하고 정원사에게 아기가 든 바구니를 들고 자신을 따라오라고 분부했습니다. 궁정의 정원에 난 입구를 통해 거처로 들어간 감독관은 곧장 아내에게 가서 이렇게 말했습니다.

「여보! 지금껏 자식을 보지 못한 우리에게 하느님께서 선물을 보내 주셨소. 자, 이 아이를 당신에게 맡길 터이니, 빨리 유모를 구해 친아들처럼 잘 보살펴 주시오. 지금부터 나는 이 애를 내 아들로 여기겠소.」

아내는 몹시 기뻐하여 아기를 받아 들고는 기꺼이 그리하겠다고 말했습니다. 하지만 감독관은 이 아이가 어디서 왔는지에 대해서는 자세히 알아보려 하지 않았습니다. 다만 이렇게 생각했죠.

〈그래, 이 아이는 왕비의 거처 쪽에서 나온 것 같아. 하지만 거기서 무슨 일이 일어났든 간에, 내 소관이 아니니 굳이 알려고 할 필요가 없지. 또 조용해야 할 그곳에 공연히 풍파를 일으킬 필요도 없잖아?〉

이듬해, 왕비는 또 왕자를 출산했습니다. 하지만 사악한 언니들은 이번에도 인정사정없었습니다. 역시 아기를 바구니에 넣어 운하에 버린 후, 이번에는 왕비가 고양이를 낳았다고 떠들어 댔죠. 다행스럽게도 이번에도 정원 감독관이 운하 근처에 있다가 바구니를 건져 와 아내에게 맡겼습니다. 아내는 몹시 기뻐하며 첫 번째 아기처럼 정성을 다해 보살폈습니다. 그것은 단지 남편의 선한 뜻에 순종하기 위해서만이 아니라, 그녀 자신이 아이들에게 깊은 애정을 느꼈기 때문이었습니다.

페르시아 술탄은 지난번보다 더욱 분노했습니다. 만일 대재상이 나서서 간곡히 만류하지 않았더라면 그의 분노는 폭발해 버렸을 것입니다.

시간이 흘러 왕비는 세 번째 아이를 출산했습니다. 이번에는 왕자가 아니라 공주였지만 그녀 역시 오빠들이 겪은 운명을 피할 수 없었습니다. 동생 왕비가 궁에서 쫓겨나고 치욕을 당하는 꼴을 보기 전에는 결코 그 가증스러운 짓을 중단하지 않으리라 마음먹은 두 못된 이모가 또다시 공주를 운하에 갖다 버린 것입니다. 하지만 이번에도 공주는 자비로운 정원 감독관에 의해 구출되어, 그녀의 두 오빠와 함께 양육되었습니다.

두 언니는 이 잔인한 짓에 거짓과 사기를 덧붙이는 것을 잊지 않았습니다. 그녀들은 나뭇조각 하나를 보여 주면서 왕비가 기태(奇胎)[90]를 산출했다고 주장했죠. 왕비가 또다시 괴상한 것을 낳았다는 소식에 술탄은 더 이상 분노를 억누르지 못했습니다.

「뭐야? 정말이지 나와 잠자리를 같이할 자격이 없는 여자로군! 그냥 살려 뒀다가는 이 궁전을 온갖 괴물들로 가득 채우겠어. 안 돼, 그럴 수는 없지! 그녀 자신이 괴물이니, 당장

---

90 곰팡이에 의해 형성되는 기형적인 태반.

이 세상에서 없애 버리겠어!」

술탄은 그녀에게 사형을 선고하고, 이를 당장 집행하라고 대재상에게 명했습니다. 그러자 어전에 있던 대재상과 다른 신하들은 술탄의 발밑에 엎드려 제발 사형 선고만은 거두어 달라고 애원했습니다. 대재상이 모두를 대신하여 이렇게 말했습니다.

「폐하! 아뢰옵기 황송하오나, 사형은 범죄를 벌하기 위해 만들어진 것이 아닙니까? 왕비의 세 차례의 출산은 예상하지 못한 것이긴 했지만 범죄라고는 할 수 없습니다. 왕비에게 무슨 잘못이 있습니까? 이는 무수한 다른 여인들에게도 일어나는 일입니다. 그녀들을 불쌍하게 여길 수는 있을지언정, 벌을 줄 수는 없는 일입니다. 폐하께서 앞으로 왕비를 보지 않으시겠다면 어쩔 수 없는 일이오나, 그래도 목숨만은 살려 주실 수 있지 않겠습니까? 폐하의 성총을 상실한 왕비는 남은 생을 고통 속에서 살아가야 할 터인데, 그것만으로도 충분한 벌이 되지 않겠습니까?」

페르시아 술탄은 비로소 이성을 되찾았습니다. 왕비의 출산이 잘못되었다 하여 그녀를 죽이는 것은 공의롭지 못한 일이라는 사실을 명확히 깨달은 것입니다.

「사실이 그러하니 그녀를 살려 주겠지만 한 가지 조건이 있다. 이로 인해 그녀는 차라리 죽었으면 하는 생각을 하루에도 여러 번 하게 될 것이다. 도성의 가장 큰 모스크 정문에 조그만 나무 우리를 만들고, 죄인에게 지극히 거친 옷을 입혀 그 안에 가두어라. 우리에는 창문을 하나 내어, 모스크로 들어가는 사람들로 하여금 죄인의 얼굴에 침을 뱉게 할 것이다. 만일 그렇게 하지 않는 사람이 있다면, 그 역시 똑같은 형벌에 처할 것이다. 대재상은 우리 앞에 감시병들을 배치하여 내 명이 반드시 집행되도록 하라!」

술탄의 어조가 너무도 엄했으므로 대재상으로서도 더 이상 입을 열 수가 없었습니다. 술탄의 명은 즉각 집행되었고 질투의 화신인 두 언니는 아주 만족했죠. 곧 나무 우리가 완성되었습니다. 가련한 왕비는 출산 후 자리에서 일어나자마자 술탄의 명에 따라 우리에 갇혀 만인의 모욕과 조롱을 받는 신세가 되어 버렸습니다. 너무나도 부당한 벌이었지만 그녀는 이 모든 것을 의연하고도 꿋꿋하게 견뎌 냈습니다. 결국 상황을 보다 올바르게 판단할 수 있었던 모든 이들은 그녀에게 감탄과 동정심을 동시에 느끼게 되었죠.

한편 두 왕자와 공주는 친부모 못지않게 자신들을 사랑해 주는 정원 감독관과 그의 아내의 따뜻한 보살핌 속에서 양육되고 있었습니다. 자라남에 따라 세 남매에게서는 고귀한 풍모가 뚜렷하게 나타났습니다. 특히 공주는 나날이 아름다워졌죠. 셋 다 뛰어난 덕성과 비범한 자질을 지니고 있었으며, 위대한 혈통의 사람들만의 고귀한 기상이 느껴졌습니다. 이런 이유로 그들을 더욱 사랑하지 않을 수 없었던 양부모는 두 왕자에게 고대 페르시아 왕들의 이름인 〈바아만〉과 〈페르비즈〉라는 이름을 붙여 주었습니다. 공주는 〈파리자드〉라고 불렀는데, 이 역시 페르시아의 수많은 왕비들과 공주들이 사용해 온 이름이었죠.

두 왕자가 어느 정도 자라나자 정원 감독관은 선생을 붙여 그들에게 글쓰기와 읽기를 배우게 했습니다. 그런데 어린 공주 역시 너무도 배우고 싶어 하는 것이었습니다. 감독관은 그녀의 호기심과 학구열에 크게 기뻐하며 같은 선생으로 하여금 그녀도 가르치게 했습니다. 총명한 공주는 오빠들에게 뒤지지 않으려고 열심히 공부했고, 얼마 되지 않아 그들 못지않은 능숙한 솜씨로 글을 읽고 쓸 수 있게 되었죠.

세 남매는 계속해서 미술, 지리, 시, 역사, 과학은 물론 각종 신비 학문들까지 차례로 배워 나갔습니다. 무엇을 가르쳐도 그들은 척척 이해했고, 발전 속도가 놀라울 정도로 빨랐습니다. 선생들은 모두 놀라, 이런 식으로 계속 공부해 나간다면 곧 자신들을 능가하게 될 것이라고 솔직히 털어놓기에 이르렀죠. 공주는 음악과 노래와 각종 악기 다루는 법도 배웠으며, 오빠들이 승마를 배울 때도 보고만 있지 않았습니다. 함께 무예 수련에 참여하여 그들만큼이나 능숙하게 말을 타고 활을 쏘고 곤봉을 휘두르고 창을 던졌죠. 심지어는 승마 경주에서 오빠들을 이길 때도 있었습니다.

주위다 기른 세 남매가 몸도 마음도 흠잡을 데 없는 아이들로 자라나자 정원 감독관은 기뻤습니다. 그들의 교육을 위해 예상보다 훨씬 많은 돈을 지출해야 했지만 조금도 아깝지 않았죠. 오히려 감독관은 그들을 위해 더 많은 돈을 쓰기로 결심했습니다. 그때까지는 왕궁 안에 있는 자신의 집에 만족하며 살아왔지만, 아이들을 위해 도성에서 멀지 않은 곳에 있는 시골집을 한 채 구입하기로 한 것입니다. 경작지와 들판과 숲으로 둘러싸인 멋진 장소에 위치해 있었지만, 집 자체는 멋도 없고 불편한 집이었죠. 그는 아예 집을 허물어 버리고 주위 경관에 어울리는 근사한 성관을 지었습니다. 매일 공사장에 나가 인부들을 독려했고, 기거할 수 있는 거처가 지어진 다음에는 틈이 날 때마다 내려가서 며칠씩 지내기도 했죠. 이렇게 부지런을 떤 결과 마침내 건물이 완공되었습니다. 그는 근사한 건물에 걸맞은 값비싼 가구들로 실내를 꾸미고, 직접 그린 도면에 따라 정원도 만들었습니다. 페르시아 귀족들의 저택에서 흔히 볼 수 있는 양식이었죠. 여기에 드넓은 장원을 조성하고 그 둘레에 튼튼한 벽을 두른 다음, 왕자들과 공주들이 원하는 때에 사냥을 즐길 수 있도록 야생동물들도 풀어 놓았습니다.

이렇게 시골 별장이 완성되어 들어가 살 수 있게 되자, 정원 감독관은 술탄을 찾아갔습니다. 술탄의 발밑에 몸을 던진 그는 먼저 자신이 얼마나 오랫동안 왕궁에서 봉직해 왔는지 설명한 다음, 이제는 너무 늙어 직무를 제대로 수행할 수 없으니 은퇴할 수 있게끔 사직을 허락해 달라고 간청했습니다. 감독관이 선왕 시절부터 지금까지 충직하게 봉사해 왔다는 사실을 잘 알고 있던 술탄은 그의 청을 흔쾌히 들어주었죠. 동시에 그의 오랜 봉사에 대한 보답으로, 무언가 자신이 해줄 일이라도 있는지 물었습니다. 이에 감독관이 대답했습니다.

「폐하! 선왕 폐하와 폐하로부터 이미 무한한 은혜를 받아온 소신이 무얼 더 바랄 수 있겠습니까? 다만 폐하의 성총을 받으며 명예롭게 눈을 감는 것이 제 유일한 소망이옵니다.」

이렇게 술탄 코스루사에게 작별을 고한 감독관은 즉시 두 왕자와 파리자드 공주를 이끌고 시골 별장으로 내려갔습니다. 이 일행에 감독관의 아내는 빠져 있었는데, 이미 몇 해 전에 세상을 떠났기 때문이었죠. 그리고 낙향하고 나서 대여섯 달 후에는 감독관 자신마저 갑작스러운 병으로 운명하고 말았습니다. 너무도 돌연한 죽음이어서 아이들에게 출생의 비밀을 알려 줄 겨를도 없었습니다. 하긴, 그렇지 않았다 해도 감독관은 그 사실을 밝히지 않았을 것입니다. 지금까지 살아온 것처럼, 아이들이 그들의 현재 상태와 신분에 만족하고 행복하게 살았으면 하는 것이 그의 소박한 바람이었으니까요.

정원 감독관을 친부로 믿고 있던 두 왕자와 공주는 몹시 슬퍼하였고, 아버지에 대한 사랑과 효성이 지극한 자녀들답게 부친상에 따른 모든 의무를 다했습니다. 그리고 그렇게 셋만 남게 된 후에도 이전처럼 서로를 의지하며 행복하게 살았습니다. 감독관에게서 큰 재산을 물려받아 여유로운 삶에 만족하고 있었던 왕자들은 출세하여 세상의 명예를 얻으려

는 욕심도 없었습니다. 능력이 있는 그들로서는 원하기만 한다면야 얼마든지 조정에 들어가 높은 직위를 얻을 수 있었을 텐데도 말입니다.

그렇게 지내던 어느 날이었습니다. 두 왕자는 사냥을 나가고 공주만 집에 남아 있는데, 몹시 연로한 여인 한 명이 문을 두드렸습니다. 독실한 이슬람교도라고 자신을 소개한 그녀는, 지금이 기도 시간이니 들어가서 기도 좀 드릴 수 있게 해 달라고 청했습니다. 이를 하인에게 전해 들은 공주는 그녀를 들어오게 하여 기도실로 안내해 주라고 분부했죠. 작고한 감독관이 근방에 모스크가 없는 것을 감안하여 집 안에 기도실 하나를 마련해 두었던 것입니다. 공주는 또 하인에게 분부하기를, 노파가 기도를 마치면 집과 정원을 구경시켜 준 다음에 자기에게 데려오라고 했습니다.

독실한 노파는 집에 들어와 하인의 인도를 따라 기도실에 들어가서 기도를 드렸습니다. 기도를 마치고 나오자 기다리고 있던 공주의 시녀 두 사람이 집과 정원을 한번 구경해 보시라고 청했죠. 노파가 기꺼이 그러하겠다고 대답하자, 시녀들은 그녀를 데리고 다니면서 집의 이 방 저 방을 보여 주었습니다. 안목 있는 노파는 각 방의 멋진 구조며 호화로운 가구에 감탄을 금할 수 없었습니다. 정원에서도 마찬가지였습니다. 나무들과 화초들이 지극히 참신하면서도 세련되게 배열되어 있었던 것입니다. 노파는 감탄을 연발하면서 이 정원을 디자인한 사람은 분명히 이 방면의 대가일 거라고 확신했습니다. 이렇게 집 구경을 마친 그녀가 마지막으로 인도된 곳은 그 아름다움과 청결함과 화려함에 있어 지금까지 본 모든 것들을 훨씬 능가하는 큰 홀이었습니다. 바로 공주가 노파를 기다리고 있는 곳이었죠. 노파가 홀에 들어서자 공주가 말했습니다.

「할머니! 이리 오셔서 제 곁에 앉으세요. 할머니께서는 하느님께 전적으로 헌신하는 삶을 택하신 분이라고 들었어요. 현명하게 살기를 원한다면 우리 모두 할머니의 본을 따라야겠지요. 이처럼 훌륭하신 분과 잠시나마 대화를 나눌 기회를 갖게 되어 저는 무척 기쁘답니다.」

노파는 좌단 위로 올라오지 않고 그 언저리에 살짝 궁둥이만 걸치고 앉았습니다. 그러자 공주는 자리에서 일어나 그녀의 팔을 잡아 기어코 자기 옆에 올라오게 하여 상석에 앉혔죠. 공주의 친절한 태도에 감동한 노파는 이렇게 말했습니다.

「아이고, 아가씨! 미천한 몸을 이렇게 대접해 주시다니, 송구스러워 어찌한대요? 이 집의 주인이신 아가씨의 분부이니 앉긴 앉겠습니다만…….」

그녀가 자리에 앉자 공주의 시녀 하나가 두 사람 앞에 교자상을 내려놓았습니다. 흑단에다 나전을 상감한 것이었는데, 그 위에는 케이크가 담긴 도자기 하나와 제철 과일이며 마른 것과 물기 있는 것 등 각종 당과들이 담긴 도자기 여러 개가 놓여 있었습니다. 공주는 케이크 한 개를 집어 노파에게 권했습니다.

「드세요, 할머니! 그리고 과일도 골라서 드세요. 여기까지 오시느라 몹시 시장하실 터이니 마음껏 드세요.」

「아가씨! 항상 거친 음식만 먹어 온지라 이런 미식은 별로 익숙하지 않답니다. 하지만 하느님께서 자비로우신 아가씨를 통해 주시는 것이라 생각하고 거절하지 않겠습니다.」

노파가 먹는 동안, 공주 역시 손님의 입맛을 돋워 주기 위해 같이 소금 집어 먹었습니다. 그러면서 그녀의 수행 생활에 대해 여러 가지 질문을 던졌고, 노파는 아주 겸손하게 대답했습니다. 이렇게 얘기를 나누다가 화제가 집에 대한 것으로 옮겨 오자 공주는 지금 이 집이 어떠한지, 그녀의 마음에

드는지 물었습니다. 그러자 노파는 이렇게 대답했습니다.

「아가씨! 이 집에서 고칠 것이 있다고 생각한다면, 그건 그 사람의 취향이 형편없다는 말이나 마찬가지겠지요. 그래요! 이 집은 정말로 멋집니다. 매우 밝고 아름다워요. 가구들은 화려하면서도 너저분하지 않고, 아주 세련된 취향으로 꾸며져 있지요. 또 곳곳에 배치된 장식물들도 아주 적절하고요. 집의 위치 또한 기막혀요. 주위 경관이 뛰어날 뿐 아니라, 보는 이로 하여금 이렇게 즐거움을 느끼게 하는 정원도 찾아보기 힘들 거예요. 그런데 아가씨! 솔직하게 말씀드리고 싶은 게 있어요. 이 집은 매우 훌륭하긴 하지만…… 뭔가가 부족한 것 같군요. 정확히 말해서 세 가지가 빠져 있는데, 그것만 갖추어 놓으면 비할 데 없이 멋진 집이 될 거예요.」

「그 세 가지가 대체 뭐죠? 할머니, 제발 좀 알려 주세요!」

「그럼 말씀드리죠. 첫째는 말하는 새랍니다. 이름이 〈빌빌 에자르〉라고 하는 기이한 새인데, 말하는 것 말고도 또 하나의 특징이 있지요. 그 새가 노래를 부르면 주위의 온갖 새들이 다 모여들어서 함께 노래를 부른답니다. 둘째는 노래하는 나무예요. 각각의 잎사귀들이 저마다 다른 목소리로 노래를 불러 조화로운 합창을 하는데, 그 즐거운 음악은 끝없이 계속된답니다. 셋째는 황금빛 물이에요. 정원의 빈 수반에다 그 물을 한 방울만 떨어뜨려 놓으면 금방 수반을 가득 채워 버린답니다. 그리고 마치 분수처럼 한가운데가 솟구쳐 오르는데, 그렇게 퐁퐁 솟구치면서도 결코 수반에서 흘러넘치는 법이 없다고 해요.」

「아아, 할머니!」 공주는 감탄하며 외쳤습니다. 「그 세 가지 물건을 알게 해주셔서 너무나 감사해요! 세상에 그렇게 신기하고 경탄스러운 것들이 있다는 말은 지금껏 들어 본 적이 없거든요! 정말로 놀라워요! 할머니께서는 그것들이 어디 있는지도 알고 계시겠죠? 할머니, 제발 좀 알려 주세요!」

「아가씨! 아가씨가 이렇듯 친절하게 이 몸을 환대해 주셨는데 아가씨의 호기심을 채워 드리지 못한다면 제가 배은망덕한 사람이겠지요. 제가 말씀드린 세 가지 것은 모두 이 페르시아 왕국과 인도가 만나는 어느 장소에 모여 있답니다. 그곳으로 가는 길이 바로 이 집 앞을 지나고 있지요. 아가씨께서 어떤 사람을 보낼지는 모르겠지만, 그에게 스무 날 동안 그 길을 따라가라고 하세요. 그러다가 스무 날째 되는 날 첫 번째로 만나는 사람에게 말하는 새와 노래하는 나무, 그리고 황금빛 물이 어디 있는지 물으면 그가 대답해 줄 것입니다.」 노파는 말을 마치고 몸을 일으켜 작별을 고한 다음, 가던 길을 계속 갔습니다.

파리자드 공주는 노파가 이야기해 준 세 가지 놀라운 것들에 정신이 온통 사로잡혀서 그녀가 떠나 버렸다는 사실조차 모르고 있었습니다. 좀 더 자세하게 물어보려 했을 때야 비로소 그녀가 없어진 것을 알게 되었을 정도였으니까요. 하지만 공주는 노파를 다시 불러오게 하지는 않았습니다. 대신 노파가 들려준 내용을 다시 한 번 떠올리며 곰곰이 생각해 보았죠. 그러고 있으려니까 그 놀랍고 신기한 것들을 모두 가질 수 있다면 얼마나 좋을까 하는 마음이 들었습니다. 하지만 그것이 결코 쉽지 않으리라는 생각, 그리고 실패하면 어쩌나 하는 걱정으로 깊은 수심에 잠겨 들었습니다.

왕자들이 사냥에서 돌아올 때까지 공주는 이런 고민에 빠져 있었습니다. 두 왕자는 깜짝 놀라지 않을 수 없었습니다. 항상 명랑하게 그들을 맞아 주던 공주가 수심이 가득한 얼굴로 앉아 있었던 것입니다. 얼마나 큰 고민이 있는 것인지 고개를 푹 숙이고는, 두 오빠가 들어오는데 눈을 들어 쳐다보지도 않았습니다. 이에 바아만 왕자가 말했습니다.

「누이! 평소의 그 즐거움과 명랑함은 다 어디로 가버린 거니? 몸이 불편하니? 어떤 불행한 일이라도 닥쳤어? 누군가가 너를 힘들게 하고 있니? 자, 무슨 일인지 우리에게 말해 보렴! 우리가 다 해결해 줄 테니 말이다. 만일 어떤 자가 감히 네게 무례한 짓을 했다면 우리가 가만히 있지 않을 거야!」

파리자드 공주는 한동안 아무 대답도 없이 가만히 앉아 있었습니다. 마침내 눈을 들어 두 오빠를 힐끗 올려다보았지만, 아무것도 아니라고 말하고는 이내 다시금 고개를 떨어뜨렸죠.

「얘야!」 바아만 왕자가 다시 말했습니다. 「너 지금 우리에게 뭔가를 숨기고 있구나? 맞아, 뭔가 심각한 일이 있는 게 분명해. 아무 일도 없다면 네가 그렇게 갑자기 변할 리가 없잖아. 넌 아무것도 아니라고 하지만, 네 표정을 보고 그 말을 곧이들을 사람이 어디 있겠니? 그러니 아무것도 숨기지 말고 말해 주렴. 그러지 않으면 어린 시절부터 지금까지 이어져 온 우리 사이의 굳은 우애를 포기하겠다는 뜻으로 간주하겠다.」

오빠들과 의를 끊고 싶은 뜻은 추호도 없었던 공주는 더 이상 그들이 오해하는 것을 막기 위해 입을 열었습니다.

「내가 아무것도 아니라고 대답한 것은 오빠들에겐 중요한 일이 아니라는 뜻이었어요. 하지만 내게는 중요한 일이랍니다. 오빠가 너무도 소중한 남매간의 우애까지 들먹이며 말하라고 다그치니 나로서도 어쩔 수 없군요. 자, 그럼 얘기할 테니 들어 봐요. 나도 그랬었지만 오빠들은 돌아가신 아버님께서 우리를 위해 지어 주신 이 집이 아무 부족함 없이 완전하다고 믿고 있겠죠. 하지만 오늘 난 우리 집에 세 가지가 부족하다는 사실을 알게 되었어요. 우리 집을 이 세상에서 가장 뛰어난 시골 별장으로 만들어 줄 그 세 가지는 바로 말하는 새와 노래하는 나무, 그리고 황금빛 물이랍니다.」 공주는 이 세 가지 물건이 어떤 점에서 뛰어난지를 설명한 후에 이렇게 덧붙였습니다. 「이걸 내게 알려 준 사람은 한 독실한 이슬람 여신도예요. 그분은 이 물건들이 어디에 있으며 어떻게 하면 그곳에 갈 수 있는지도 가르쳐 주셨죠. 오빠들은 이렇게 말할지도 몰라요. 〈그따위 하찮은 것들로 어떻게 우리 집이 완벽해진단 말이냐? 우리 집은 지금 이 상태로도 너무나도 멋지다……〉 이런 식으로 말이에요. 물론 오빠들이 어떻게 판단하든 그건 오빠들 자유예요. 하지만 최소한 나는 그것들이 우리 집에 꼭 필요하다고 생각해요. 그리고 그것들이 없는 한 너무도 불안할 것 같아요. 그러니 오빠들! 오빠들이 어떻게 생각하든 간에 나를 위해 충고해 주세요. 그것들을 정복해 오기 위해 누구를 보내야 좋을까요?」

「누이야!」 바아만 왕자가 대답했습니다. 「네 관심사가 곧 우리의 관심사다. 네가 그 물건들을 간절히 원하고 있는데 어찌 우리가 무심할 수 있겠니? 더욱이 네 얘기를 듣고 보니 너와는 무관하게 나 스스로도 그 물건들에 대해 흥미가 생기는구나. 그래, 우린 무슨 수를 써서라도 그것들을 구해 와야 할 것이고, 이 점에 대해서는 페르비즈도 나와 의견이 다르지 않으리라 믿는다. 너는 이것을 〈정복〉이라고 말했지? 맞아! 이 일의 중요성과 기이함을 고려할 때 딱 어울리는 표현이 아닐 수 없구나. 좋아, 이 오빠가 정복을 위해 떠나겠다! 그것이 어디 있는지, 또 어느 길로 가면 되는지만 가르쳐 다오! 내일 당장 떠나도록 하겠다.」

「형님!」 이번에는 페르비즈 왕자가 나서서 말했습니다. 「이 집의 가장이자 기둥인 형님이 그렇게 오랫동안 집을 비워서야 되겠어요? 파리자드도 나와 같은 의견이겠지만 제발 그러지 말아요! 내가 대신 떠나겠어요. 나도 형님만큼 잘 해낼 수 있을 테고, 또 내가 가는 것이 경우에 맞지 않겠어요?」

「아우야! 그래, 네 고마운 뜻은 충분히 알겠다. 나도 네가 나만큼 이 일을 제대로 해낼 수 있으리라고 확신하고 있어. 하지만 이건 내가 이미 결정한 일, 내가 떠나도록 하겠다. 그러니 너는 누이와 함께 집에 남아 있도록 해라. 우리 파리자드를 잘 보살펴 달라고 특별히 부탁할 필요는 없겠지?」

바아만 왕자는 공주에게서 목적지로 가는 길을 자세히 듣고, 그날의 남은 시간을 여행 준비를 하며 보냈습니다. 그리고 다음 날 이른 아침, 바아만 왕자는 말에 올랐습니다. 페르비즈 왕자와 파리자드 공주는 그를 포옹해 주며 무사히 다녀오기를 빌었죠. 그런데 이렇게 작별을 나누고 있던 공주의 머리에는 지금껏 잊고 있었던 한 가지 생각이 떠올랐습니다.

「그런데 오빠! 그러고 보니 여행하면서 닥칠 수 있는 위험에 대해서는 생각해 보지 않았네요! 잘못하면 오빠를 영영 못 보게 될지도 모르잖아요? 오빠, 그냥 말에서 내려와요! 여행을 포기하라고요! 오빠를 영원히 잃을 수도 있는 위험을 감수하느니, 차라리 말하는 새와 노래하는 나무, 그리고 황금빛 물을 가지지 않는 편을 택하겠어요.」

갑작스러운 두려움에 사로잡힌 파리자드를 보고 바아만 왕자는 미소를 지었습니다.

「누이야! 이미 내 결심은 섰단다. 설혹 아직 결심하지 않았다면 지금이라도 해야 할 일이야. 오빠로 하여금 이 결심을 실행할 수 있게끔 해다오. 네가 말하는 사고들은 운 나쁜 사람들에게나 일어날 수 있는 일이야. 세상에는 그렇지 않은 사람들이 더 많고, 나도 그중 하나가 아니겠니? 물론 앞일을 장담할 수는 없는 법, 나도 잘못하면 죽을 수 있겠지. 그러니 네게 이 단검을 맡기고 가겠어.」 바아만 왕자는 품속에서 칼집에 꽂혀 있는 단검을 하나 꺼내 공주에게 주면서 말했습니다. 「자, 이걸 받아라. 그리고 가끔씩 칼집에서 칼을 빼어 살펴보렴. 만일 칼이 깨끗하면 그건 내가 살아 있다는 신호다. 하지만 칼에서 피가 뚝뚝 떨어지면 내가 더 이상 이 세상 사람이 아니라고 생각하고, 죽은 나를 위해 기도해 다오.」

그것이 파리자드 공주가 오빠에게서 얻을 수 있는 전부였습니다. 왕자는 누이와 페르비즈 왕자에게 마지막으로 작별 인사를 한 후 마침내 장도에 올랐습니다. 튼튼하게 무장하고 날랜 준마에 올라탄 늠름한 모습이었죠. 길에 들어선 그는 좌편으로도 우편으로도 벗어나지 않고 똑바로 인도를 향해 걸었습니다. 그렇게 스무 날을 걸었을 때, 왕자는 한 나무 아래 흉측한 몰골의 노인이 앉아 있는 것을 보았습니다. 얼마 떨어지지 않은 곳에는 초가집이 한 채 서 있었는데, 노인이 비바람을 피하는 은신처인 모양이었습니다.

턱수염과 콧수염과 머리카락은 눈처럼 허옇게 세었고, 역시 새하얀 눈썹은 하도 길어서 코끝에까지 늘어져 있었습니다. 콧수염은 입을 온통 뒤덮었으며, 턱수염은 머리카락과 함께 거의 발치에까지 내려와 있었습니다. 손톱과 발톱은 독수리처럼 길었죠. 그는 양산처럼 생긴 납작하고 널찍한 모자를 쓰고 있었는데, 몸에 걸친 것이라곤 거적때기 하나가 전부였습니다. 사실 이 노인은 여러 해 전에 속세를 떠나 오직 하느님만을 섬기기 위해 외모 가꾸는 일을 소홀히 하다가 저렇듯 괴상한 모습으로 변해 버린 탁발승이었답니다.

떠나온 지 스무 날째 되는 날이었으므로 바아만 왕자는 자신의 목적지를 알려 줄 사람이 어디 있나 하는 생각에 아침부터 주위를 살펴보고 있던 참이었습니다. 그러던 중 탁발승이 나타나자 독실한 노파가 말한 사람이 바로 지이인기 보디 생각하고는 말에서 뛰어내렸죠. 그러고는 고삐를 잡아 말을 끌고 탁발승 앞으로 가서 인사를 건넸습니다.

「안녕하세요, 스님! 하느님께서 스님이 장수하게 하시고,

바라는 모든 것을 이루어 주시길 빕니다!」

이에 탁발승도 왕자에게 뭐라고 대답을 했는데, 웅얼거리는 소리만 들릴 뿐 무슨 말인지 도통 알아들을 수가 없었습니다. 왕자는 그것이 탁발승의 입을 덮고 있는 콧수염 때문임을 알아챘습니다. 필요한 정보를 얻어 내지 못하고 지나갈 수는 없는 일, 왕자는 말고삐를 나뭇가지에다 걸어 놓고는 지니고 다니던 가위를 꺼내며 탁발승에게 말했습니다.

「스님, 물어볼 것이 좀 있는데 스님 콧수염 때문에 말씀을 들을 수가 없어요. 그러니 제게 맡겨 주시면 수염과 그 흉한 눈썹을 정리해 드리겠습니다. 지금 스님 꼴은 인간이라기보다는 곰에 더 가깝다니까요!」

탁발승은 왕자의 제의를 거절하지 않고, 얼굴을 그의 손에 맡겼습니다. 왕자가 이발을 해주고 나니 탁발승은 몰라보게 산뜻한 모습으로 변해 있었습니다.

「스님! 만일 거울이 있다면 스님 모습이 얼마나 젊어졌는지 보여 드릴 수 있을 텐데 참 유감이네요! 이제는 사람같이 보이십니다. 전에는 사람인지 짐승인지 구별할 수 없을 정도였거든요.」

이렇게 상냥한 왕자의 말에 탁발승은 미소를 지으며 고마워했습니다.

「공자님! 뉘신지는 모르겠소만 이 늙은 몸을 돌보아 주니 너무도 감사하오. 이에 보답하기 위해, 힘닿는 일이라면 무엇이라도 해드리고 싶소이다. 말에서 내리신 것을 보니 뭔가 필요한 게 있으셨던 모양이구려. 말씀만 하시오. 가능한 일이라면 도와 드리겠소.」

「스님! 저는 멀리서부터 왔습니다. 말하는 새와 노래하는 나무, 그리고 황금빛 물을 찾기 위해서죠. 이 세 가지 물건이 이 근방 어디엔가 있다고 들었지만, 정확한 위치는 모른답니다. 혹시 스님께서 알고 계시는지요? 스님께서 도와주시지 않으면, 이 먼 길을 온 것이 헛수고가 될지도 모릅니다.」

왕자가 말을 계속함에 따라 탁발승의 안색이 변하기 시작했습니다. 뿐만 아니라 심각한 얼굴로 눈을 아래로 내리깔더니 아무 대답도 않는 것이었습니다. 왕자는 다시 물었습니다.

「스님, 제 말을 들으셨지요? 최소한 그곳을 알고 계신지 아닌지라도 대답해 주세요. 그래야 제가 시간을 허비하지 않고 다른 사람에게라도 물어보지 않겠어요?」

그러자 탁발승이 마침내 침묵을 깼습니다.

「공자, 공자께서 묻는 곳은 내가 잘 알고 있소. 하지만 공자를 처음 봤을 때부터 느낀 호감이 공자의 따뜻한 봉사를 받고 나서는 더욱 커진지라, 과연 그걸 말해 줘야 할 것인지 더욱 망설여지는군.」

「왜 말씀을 못하십니까? 그걸 제게 알려 주는 데 어떤 어려움이 있는 거죠?」

「자, 들어 보시오. 지금 공자 앞에는 공자가 생각하는 것보다도 훨씬 큰 위험이 기다리고 있소. 여태껏 공자만큼이나 대담하고도 용감한 사람들이 무수히 이곳을 지나갔고, 공자가 한 것과 똑같은 질문을 내게 했다오. 난 그들의 뜻을 돌려 보려 애썼지만 그들은 내 말을 들으려 하지 않았다오. 결국 간청에 못 이겨 길을 알려 주었지. 하지만 공자! 그들은 모두 실패했고, 돌아온 사람은 아직까지 한 명도 없소. 목숨이 가깝거든 내 충고를 들으시오. 더 이상 나아가지 말고 집으로 돌아가시오.」

하지만 바아만 왕자는 고집을 꺾지 않았습니다.

「전 스님의 충고가 진심에서 우러나온 것이라 생각하고 있습니다. 저를 좋게 보아 주신 것도 고맙고요. 하지만 그 어떤 위험이 기다리고 있다 해도, 제가 품은 뜻을 바꿀 수는 없습니다. 누가 공격해 올지는 모르겠지만 제게는 좋은 무기가 있고, 저는 누구 못지않게 용맹하답니다.」

「하지만 공자를 공격할 자들은 눈에 보이지 않소. 세상엔 그런 존재들이 많소이다. 보이지 않는 자들과 어떻게 싸울 수 있겠소?」

「상관없어요. 스님께서 무슨 말씀을 하셔도 저는 제 의무를 다해야 해요. 제발 스님께서 알고 계신 그 길이나 가르쳐 주세요.」

결코 왕자의 고집을 꺾을 수 없다는 사실을 알게 된 탁발승은 옆에 놓여 있던 자루에 손을 집어넣어 나무 공을 하나 꺼내더니, 그것을 왕자에게 주면서 말했습니다.

「내 충고를 들으려 하지 않으니 어쩔 수 없구려. 자, 이 나무 공을 받으시오. 말에 올라타 공을 던지면 저절로 굴러갈 것이니 그 뒤를 따라가면 되오. 공은 어떤 산의 발치에서 멈출 것이오. 그러면 공자도 말에서 내려 고삐를 말 모가지에 올려놓고 산으로 올라가시오. 말은 공자가 돌아올 때까지 그 자리에서 기다리고 있을 것이오. 산을 오르다 보면 좌우편에 검은 바위들이 수없이 흩어져 있을 것이오. 또 사방에서 사람 목소리들이 어지러이 들려올 것이오. 그 목소리들은 공자가 산 정상에 올라가는 것을 막기 위한 욕설들이라오. 하지만 절대로 겁먹지 말 것이며, 특히 고개를 돌려 뒤를 돌아보지 마시오. 그 순간 공자는 검은 바위로 변해 버릴 테니까. 거기 널려 있는 검은 바위들은 모두 공자처럼 세 가지 물건을 찾으러 온 청년들이라오. 만일 이 위험을 피해 산 정상에 이르면 거기에 조롱 하나가 보일 텐데, 그 안에 공자가 찾는 새가 있을 것이오. 녀석에게 노래하는 나무와 황금빛 물이 어디 있는지 물어보면 대답해 줄 것이오. 나는 여기까지만 얘기하겠소. 자, 이상이 공자가 해야 할 일과 피해야 할 위험이

오. 하지만 제발 지금이라도 내 말을 듣고 목숨을 잃을 수 있는 위험한 일일랑 피하도록 하시오!」

「스님의 간곡한 충고는 너무도 고맙지만 저로서는 따를 수 없으니 용서해 주세요.」 바아만 왕자는 나무 공을 받아 들면서 말했습니다. 「하지만 절대 뒤돌아보지 말라는 말씀은 명심하도록 하겠습니다. 그리고 곧 제가 찾는 것을 얻고 돌아오는 길에 스님께 충분히 감사를 표할 수 있으면 좋겠군요.」

탁발승은 그를 다시 볼 수 있다면 너무도 기쁠 것이니, 그리되기만을 빌겠노라고 대답할 뿐이었습니다. 왕자는 다시 말에 올라타 머리를 깊이 숙여 탁발승에게 작별을 고한 후, 나무 공을 앞쪽에 던졌습니다.

나무 공은 바아만 왕자가 처음 던졌을 때의 속도를 잃지 않고 계속해서 굴러갔습니다. 왕자로서는 공을 놓치지 않기 위해 빨리 말을 달려야 했죠. 그렇게 한참을 따라가다 보니 공은 탁발승이 말한 대로 어느 산 아래에 이르러 멈추었습니다. 왕자는 말에서 내려 고삐를 말의 모가지에 걸쳐 놓았습니다. 말은 까딱 않고 제자리에 서 있었죠. 그러고서 산을 올려다보았더니 과연 산비탈 여기저기에 검은 돌덩이들이 흩어져 있었습니다.

왕자는 산을 오르기 시작했습니다. 그렇게 몇 걸음이나 올라갔을까, 사람 그림자는 보이지 않는데 탁발승이 말한 대로 목소리들이 들려오기 시작했습니다.

〈저 멍청이가 어딜 가고 있지? 뭘 원하는 거야? 저 녀석을 지나가게 하지 마!〉

〈녀석을 멈춰 세워라! 죽여라!〉

〈도둑이다! 살인자다! 살인이야!〉

목소리들은 때로는 비웃는 어조로 이렇게 조롱하기도 했습니다.

〈아냐! 그냥 가게 놔두라고! 미남이잖아! 새장과 새는 저런 녀석을 위한 것 아니겠어?〉

이 귀찮은 목소리들 속에서도 바아만 왕자는 스스로를 격려해 가면서 꿋꿋하고 단호하게 계속 올라갔습니다. 하지만 전후좌우에서 와글와글 들려오는 목소리들은 갈수록 요란해져서, 마침내 왕자는 두려움에 사로잡히고 말았습니다. 다리가 후들거리고 온몸이 덜덜 떨려 왔죠. 더 이상 걸을 힘을 잃은 그는 탁발승의 경고를 잊어버리고 말았습니다. 다시 아래로 내려가려고 몸을 돌린 것이죠. 순간 그의 몸은 검은 바위로 변해 버리고 말았습니다. 그처럼 세 가지 물건을 찾아 나섰던 수많은 청년들과 마찬가지로 돌덩이로 변신해 버린 것이죠. 산 아래에서 기다리고 있던 그의 말에게도 똑같은 일이 일어났습니다.

바아만 왕자가 떠난 이후로, 파리자드 공주는 그가 주고 간 단검을 항상 허리띠에 달아 놓고 때때로 칼집에서 칼을 빼어 그의 생사 여부를 확인하곤 했습니다. 그때마다 그녀는 오빠가 건강하다는 사실을 확인하고 안도할 수 있었고, 이따금 형의 소식을 물어 오는 페르비즈 왕자와 함께 그에 대한 얘기를 나누곤 했습니다.

바아만 왕자가 검은 바위로 변해 버린 운명의 그날, 평소처럼 누이와 함께 대화를 나누며 저녁 시간을 보내던 페르비즈 왕자는 형님의 근황이 궁금해져 공주에게 말했습니다.

「누이야, 지금 형님이 어떤지 보게 칼을 한 번 뽑아 봐라.」

공주는 칼을 뽑았습니다. 그런데 가만히 들여다보니까 칼끝에서 피가 흘러나오는 게 아닙니까! 두려움과 고통에 사로잡힌 공주는 칼을 내던지면서 외쳤습니다.

「아, 오빠! 오빠가 죽었구나! 내 잘못으로 오빠가 죽은 거야! 이제 다시는 보지 못하게 되었다고! 아아, 나쁜 계집애!

왜 그 말하는 새와 노래하는 나무와 황금빛 물을 얘기했니? 그 할머니가 이 집을 멋있게 생각하든 말든, 혹은 완벽하다고 여기든 말든, 그게 뭐가 중요했단 말이야? 아, 그 할망구! 왜 우리 집에 나타나서 이 모든 불행을 초래한 거야! 아, 위선자! 거짓말쟁이! 내가 그렇게 따뜻하게 맞아 주었건만 그 보답이 고작 이거야? 왜 내게 그 이상한 새와 나무와 물 얘기를 해준 거냐고? 오빠의 불행한 최후로 미루어 보건대 황당무계한 것들임이 분명한 그 이야기들, 그런 것들로 왜 지금까지 마법처럼 내 마음을 흔들어 놓고 있는 거냐고?」

페르비즈 왕자 역시 파리자드 공주 못지않게 가슴이 아팠습니다. 하지만 그는 쓸데없는 후회로 시간을 허비하지는 않았습니다. 오히려 누이의 말을 통해 그녀가 아직도 말하는 새와 노래하는 나무와 황금빛 물을 몹시 갖고 싶어 한다는 사실을 알고 얼른 그녀의 말을 끊었습니다.

「누이! 이미 떠난 형님을 그리워해 봐야 무슨 소용이 있겠어? 우리가 아무리 슬퍼하고 가슴 아파 해도 형님을 되살릴 수는 없어. 이 모든 건 하느님의 뜻이야. 우린 그 뜻을 헤아리려 하지 말고 다만 순종하고 찬양해야 해. 넌 그 독실한 할머니의 말씀이 참되고도 확실한 것이라고 굳게 믿지 않았었니? 그런데 왜 이제 와서 의심하는 거니? 그분이 존재하지도 않는 것들을 말했다고 생각하는 거야? 너를 속이려고 일부러 없는 것들을 지어냈다고? 하지만 그럴 이유가 없잖아. 넌 그분께 원한을 살 짓을 한 적이 없잖아. 오히려 너무도 착하고 친절하게 대접해 주었잖아. 형님이 죽은 건 그분 때문이 아니라, 우리가 알 수 없는 어떤 사고 때문이었다고 생각하자고! 자, 누이! 형님이 죽었다고 여기서 포기할 수는 없어. 이제는 내가 형님 대신 떠나겠어. 이건 내 결심이고, 형님이 죽었다고 해도 이 결심은 조금도 흔들리지 않아. 내일 당장 떠

나도록 하겠다.」

공주는 페르비즈 왕자의 마음을 돌려 보려고 갖은 애를 썼습니다. 제발 자신으로 하여금 두 오빠를 모두 잃게 하지는 말아 달라고 애원했죠. 하지만 그는 끄떡도 하지 않았습니다. 그리고 떠나기 전에, 바아만 왕자가 단검을 남겼던 것처럼 자신의 생사 여부를 알아볼 수 있게끔 백 개의 진주가 꿰여 있는 묵주를 하나 남겼습니다.

「이 묵주를 굴리면서 나를 위해 기도해 다오. 진주알이 한 알 한 알 넘어가지 않고 서로 달라붙은 깃처럼 막혀 있으면, 그건 내가 형님과 같은 운명을 겪게 되었다는 신호야. 하지만 그런 일은 결코 일어나지 않을 거야. 난 기필코 우리가 바라는 것을 얻어서 돌아오고야 말 테니까.」

그렇게 페르비즈 왕자는 떠났습니다. 여행을 시작한 지 스무 날째 되는 날, 그는 바이만 왕자가 만났던 그 탁발승을 같은 장소에서 만나게 되었습니다. 왕자는 그에게 다가가 인사를 건넨 다음, 말하는 새와 노래하는 나무, 그리고 황금빛 물이 어디 있는지 아느냐고 물었습니다. 탁발승은 바이만 왕자에게 했던 것과 똑같은 충고로 페르비즈 왕자의 마음을 돌려보려 애썼습니다. 심지어는 얼마 전에 지나갔던 기사의 이야기까지 들려주었죠. 〈당신과 너무나도 닮은 기사였는데 당신처럼 거기 가는 길을 알려 달라고 내게 끈덕지게 간청했다. 결국 나는 굴복하여 성공하기 위해 반드시 지켜야 할 사항들까지 알려 주었지만 결국 그는 돌아오지 않았다. 따라서 그 역시 이전의 다른 청년들과 같은 운명이 된 것이 틀림없다…….〉 하고 말입니다. 그러자 페르비즈 왕자가 외쳤습니다.

「지금 스님이 말씀하신 사람이 바로 제 형님이에요! 전 형님이 죽었다는 사실은 알고 있어요. 어떻게 죽게 되었는지는 잘 모르지만요.」

「그건 내가 잘 알고 있소. 다른 청년들처럼 검은 바위로 변해 죽었지. 만일 내 충고를 정확하게 지키지 않는다면 공자도 마찬가지의 운명을 겪게 될 거요. 하지만 다시 한 번 부탁하는데 제발 고집을 꺾고 돌아가시오!」

「스님! 생면부지의 저를 이렇게 염려해 주시니 정말 고맙습니다. 하지만 저는 이 일을 시작하기 전에 충분히 숙고했기 때문에 결코 포기할 수 없답니다. 그러니 스님! 형님에게 하셨듯 제게도 은혜를 베풀어 주세요! 제가 형님보다 더 잘해낼지도 모르지 않습니까?」

「그렇게 결심이 굳으니 나로서도 어쩔 수 없구려. 자, 공자를 인도해 줄 이 나무 공을 드리도록 하겠소. 내가 좀 더 젊었으면 몸을 일으켜 이걸 직접 건네줄 수 있겠소만…….」

탁발승이 말을 채 끝내기도 전에 페르비즈 왕자는 말에서 뛰어내려 노승에게 다가갔습니다. 탁발승은 똑같은 나무 공들이 여러 개 들어 있는 자루에서 한 개를 꺼내어 왕자에게 주면서 사용법을 가르쳐 주었습니다. 특히 위협적인 목소리들이 들려오더라도 절대 겁내지 말고, 조롱과 새가 보일 때까지 앞만 보고 똑바로 올라갈 것을 당부했죠.

페르비즈 왕자는 탁발승에게 감사를 표했습니다. 그리고 나무 공을 앞에 던진 다음 굴러가는 공을 쫓아갔습니다. 마침내 공이 산기슭에 이르러 멈춰 서자, 왕자는 말에서 내렸습니다. 산에 첫발을 내딛기 전, 그는 탁발승이 말해 준 주의 사항들을 다시 한 번 머릿속에 떠올려 보았습니다. 반드시 산꼭대기까지 오르리라 각오를 단단히 다지고서 오르기 시작했죠. 그렇게 대여섯 걸음이나 올랐을까, 뒤에서 어떤 사내의 목소리가 고함치듯이 그를 모욕하기 시작했습니다.

〈야 건방진 자식아, 거기 서! 무엄한 네 녀석을 당장에 혼내 줄 테다!〉

화가 치민 페르비즈 왕자는 탁발승의 충고를 까맣게 잊어버리고 말았습니다. 즉시 검을 빼어 복수를 하려고 몸을 돌렸죠. 하지만 뒤에 아무도 따라오지 않는다는 사실을 깨닫는 순간, 그는 산 아래 있던 말과 함께 검은 바위로 변하고 말았습니다.

페르비즈 왕자가 떠난 이후로 파리자드 공주는 하루도 빠짐없이 그가 주고 간 묵주를 목에 걸고, 시간이 날 때마다 묵주 알을 손가락으로 하나하나 넘기면서 기도를 드렸습니다. 심지어는 밤에도 묵주를 지니고 있을 정도였죠. 밤마다 자기 전에 묵주를 목에 걸고, 아침에 잠에서 깨자마자 풀어서 묵주 알에 이상이 없는지 확인하곤 했습니다. 하지만 페르비즈 왕자가 바아만 왕자와 같은 운명이 되어 검은 바위로 변한 그날, 평소와 다름없이 묵주를 돌리며 기도를 하려던 공주는 묵주 알이 뻑뻑하니 움직이지 않는 것을 발견했습니다. 의심할 바 없이 둘째 오빠가 죽었다는 신호였죠. 그녀는 이런 일이 일어날 경우 어떤 행동을 취할 것인지 미리 정해 두고 있었습니다. 여느 여인네들처럼 울며불며 헛되이 시간을 허비하지는 않으리라 결심하고 있었던 것입니다. 그녀는 다음 날 당장 남자로 변장하고 무장까지 하고서 말에 올라탔습니다. 그리고 하인들에게는 며칠 내로 돌아오겠다고 말한 후 두 오빠가 떠난 방향으로 길을 떠났습니다.

사냥을 즐기며 말을 타는 일에 익숙했던 까닭에, 파리자드는 그 어떤 아가씨들보다도 여행의 피로를 잘 견뎌 냈습니다. 그렇게 스무 날을 간 끝에 오빠들과 마찬가지로 탁발승을 만나게 되었죠. 탁발승에게 다가간 그녀는 말에서 내려 고삐를 잡은 채로 그의 옆에 앉았습니다. 그러고는 그에게 인사를 건네며 이렇게 말했습니다.

「대사님! 잠시 여기 앉아 쉬어도 괜찮을까요? 사실은 여쭤 보고 싶은 게 있어요. 혹시 말하는 새와 노래하는 나무, 그리고 황금빛 물이 있는 장소가 이 근방에 있다는 말을 들어 보신 적이 있나요?」

「아가씨! 비록 남자 복장을 하고 있지만 목소리로 여자임을 알겠기에 이렇게 부르겠소. 어쨌든 빈도를 이렇게 높여 불러 주시니 영광이오. 그렇소! 그 장소는 내가 잘 알고 있소. 한데 그건 무엇 때문에 물어 보는 것인지……」

「어떤 분께서 그것들이 얼마나 좋은 것인지 제게 얘기해 주셨답니다. 그 이후로 너무도 갖고 싶어졌지요.」

「그 사람 말이 맞소. 사실 그것들은 그 사람의 말을 듣고 아가씨가 상상하는 것보다 훨씬 더 놀랍고도 기이한 것이라오. 하지만 그치는 그것을 얻기 위해 극복해야 할 어려움에 대해서는 숨긴 것 같소. 그걸 얻는 것이 얼마나 힘들고 위험한 일인지 충분히 알려 주었더라면 아가씨가 이렇게 달려 나오지는 않았을 텐데. 자, 내가 충고하는데 당장 돌아가시오. 빈도는 아가씨를 죽게 하는 일에 끼어들고 싶지 않소이다.」

「대사님! 저는 아주 먼 곳에서 왔답니다. 그런데 여기까지 와서 그냥 돌아가면 너무도 속상할 거예요. 몹시 어렵고 목숨까지 잃을 수 있는 일이라고요? 하지만 무엇이 어려우며 무엇이 위험한지는 말씀해 주시지 않았잖아요? 그걸 알아야 내 결심과 용기와 힘을 믿고 계속해 볼 것인지, 아니면 포기하고 돌아갈 것인지 결정할 수 있지 않겠어요?」

이에 탁발승은 바이만 왕자와 페르비즈 왕자에게 들려준 내용을 공주에게 그대로 반복해 들려주었습니다. 산꼭대기까지 올라가면 조롱 속에 새가 있을 터인데, 그 새의 주인이 되면 녀석이 노래하는 나무와 황금빛 물의 행방도 알려 줄 것이다. 하지만 거기까지 이르는 길은 너무도 험난한 것인 바, 사람은 보이지 않는데 사방에서 섬뜩한 목소리들이 요란하게 위협을 해대기 때문이다. 또 거기에는 검은 돌들이 수없이 널려 있을 터인데 그것들이 변형된 기사들이라는 사실을 알게 된다면 몸이 오싹해질 것이다. 그들이 그런 꼴이 된 것은 조롱을 얻기 전에는 결코 뒤를 돌아보지 말아야 한다는 중요한 조건을 어겼기 때문이다……. 탁발승이 말을 마치자 공주는 이렇게 대답했습니다.

「대사님 말씀대로라면 이 일을 성공하기 위해서는 두 가지 어려움을 극복해야겠군요. 첫째로 조롱을 얻기 전에는 요란하게 들려오는 목소리들에 겁먹지 않는 것이고, 둘째로 무슨 일이 있어도 뒤돌아보지 않아야 한다는 거예요. 두 번째 것은 제가 충분히 해낼 수 있을 것 같아요. 반면 첫 번째 것은 과연 어려울 수 있겠네요. 아무리 배짱 좋은 사람이라도 공포로 얼어붙게 하는 목소리라니까요. 그런데 우리는 어떤 중대하고도 위험한 일을 할 때 교묘한 책략을 사용하곤 하지 않나요? 제가 대사님께 묻고 싶은 것은, 이 일처럼 내게 큰 중요성을 지닌 일에 있어서 그런 책략을 사용해도 괜찮은지 하는 것이에요.」

「대체 무슨 책략을 사용하려고 하오?」

「귀를 솜으로 틀어막으면 목소리들이 훨씬 덜 무섭게 들릴 것이고, 그럼 상상력도 영향을 덜 받게 될 거예요. 결과적으로 내 정신은 자유로워져서 이성을 잃는 일이 없게 되겠죠.」

「여태까지 내게 와서 물어본 사람들 가운데 그런 책략을 사용한 사람이 있는지는 모르겠소. 하지만 최소한 내가 아는 한 그렇게 해보겠다고 한 사람은 하나도 없었고, 결과적으로 모두가 죽었지. 그러니 시도는 해볼 수 있을 것이오. 운이 좋으면 성공하겠지. 하지만 다시 한 번 충고하는데 그냥 돌아가는 게 좋을 거요.」

「대사님, 그 무엇도 제 결심을 꺾을 수는 없어요. 또 이 책략이 성공할 거라는 확신도 들고요. 이제 제게 남은 일은 대사님으로부터 가는 길을 듣는 것뿐이에요. 대사님! 부디 부탁이오니 가르쳐 주세요.」

탁발승은 다시 한 번 잘 생각해 보라고 충고했습니다. 하지만 그녀의 결심이 흔들리지 않는다는 사실을 알게 되자, 결국은 나무 공을 꺼내어 그녀에게 주었죠.

「자, 이 나무 공을 가지고 말에 오르시오. 이걸 앞에다 던지면 요리조리 돌아서 아가씨가 찾는 것이 있는 산의 기슭까지 갈 것이니 따라가시오. 거기서 공이 멈추면 아가씨도 말에서 내려 산을 오르시오. 자, 그다음에는 어떻게 하는지 말 안 해도 알 테니 잘 해보시오!」

파리자드 공주는 탁발승에게 감사를 표한 후, 작별 인사를 하고 다시 말에 올랐습니다. 그녀는 나무 공을 던지고서 굴러가는 그것을 쫓아갔죠. 그렇게 나무 공은 계속 굴러 마침내 산기슭에 이르렀습니다.

공주는 말에서 내려 우선 솜으로 양쪽 귀를 틀어막았습니다. 그런 다음 자신이 올라가야 할 산 정상까지의 비탈길을 자세히 살펴본 후, 뚜벅뚜벅 용감하게 걸어가기 시작했습니다. 과연 사방에서 목소리들이 들려오기 시작했는데, 귀를 막은 솜이 큰 도움이 된다는 것을 확인할 수 있었습니다. 앞으로 나아갈수록 목소리들은 거세어지고 그 수도 많아졌지만 파리자드 공주는 끄떡도 하지 않았습니다. 그녀가 여성인 것을 모욕하고 조롱하는 내용에도 불구하고, 그녀는 이 모든 것을 코웃음 치며 무시해 버렸던 것입니다.

〈그래, 실컷 욕하고 조롱해 봐라! 아무리 고약한 말을 해도 난 상관 안 해. 그 무엇도 내가 가는 길을 막을 수 없다고!〉

꽤 높은 곳까지 오르자, 조롱과 새가 보이기 시작했습니다. 그런데 공주를 본 새 녀석이 목소리들과 합세하여 그녀를 겁주려 하는 것이 아닙니까! 크기는 쥐방울만 한 녀석이 천둥 같은 목소리로 그녀에게 소리쳤습니다.

「야, 이 미친년아! 썩 꺼져! 다가오지 말라고!」

새를 보자 힘이 솟은 공주는 걸음을 더욱 빨리했습니다. 애서 정상에 올라가 보니 평편한 땅이 나왔습니다. 그녀는 재빨리 새장으로 달려가 새를 움켜쥐었죠.

「잡았다, 요 녀석! 넌 이제 못 도망가!」

파리자드가 귀에서 솜을 빼내자 새가 다시 말했습니다.

「오, 용감한 아가씨! 내가 나의 자유를 지켜 주려 애쓰는 다른 이들처럼 욕설을 퍼부었다 하여 나를 괘씸하게 여기진 말아 주세요! 비록 새장에 갇혀 있었지만 난 스스로의 팔자에 만족하며 살고 있었답니다. 하지만 결국 노예가 되는 게 제 운명인 것 같군요. 결국 그래야 한다면 다른 사람보다 용감하고 당당하게 나를 사로잡은 당신이 내 주인이 되어 주었으면 해요. 그러니 나는 당신에게 충성을 굳게 약속하오며, 이제부터는 당신의 모든 명에 복종할 것임을 맹세합니다. 난 당신이 누구인지 알고 있답니다. 사실 당신은 스스로가 누구인지조차 모르고 있지요. 하지만 언젠가 제가 진실을 알려 드릴 날이 있을 것이고, 당신은 내게 무척 고마워할 거예요. 우선은 나의 충성심을 증명하고 싶으니 원하는 것을 말씀해 보세요. 무슨 명이든 다 따를 테니까요.」

공주는 말할 수 없는 기쁨을 느꼈습니다. 사랑하는 두 오빠를 잃고, 그녀 자신 또한 탁발승이 경고한 것보다도 훨씬 심한 위험과 고생을 겪은 끝에 마침내 얻어 낸 소중한 결실이었으니까요. 새의 말이 끝나자 공주는 이렇게 말했습니다.

「새야, 사실 난 여러 가지 중요한 것들을 네게 물어보려 했단다. 그런데 이렇게 네가 먼저 고마운 뜻을 밝혀 주니 정말 기쁘구나. 첫째, 난 여기에 놀라운 속성을 지닌 황금빛 물이 있다는 얘기를 들었다. 우선 그것이 어디 있는지 알려 줄 수 있겠니?」

새가 가르쳐 준 장소는 멀지 않은 곳이었습니다. 공주는 가져간 작은 은병을 샘물로 채웠죠. 새에게 돌아온 그녀는 다시 말했습니다.

「새야, 그게 다가 아니야. 나는 노래하는 나무도 찾고 있는데 그것은 어디 있니?」

「몸을 돌려 보세요. 숲이 하나 보일 텐데, 거기서 그 나무를 찾을 수 있어요.」

숲은 먼 곳에 있지 않았습니다. 공주가 숲으로 들어가 보니 수많은 나무들 사이로 조화로운 음악이 흘러나오고 있었습니다. 공주는 그 음악을 따라가 노래하는 나무를 찾아낼 수 있었죠. 하지만 그것은 아주 굵고 높았습니다. 그녀는 돌아와서 새에게 말했습니다.

「새야, 노래하는 나무를 찾았어. 하지만 너무 커서 뿌리째 뽑아 올 수 없으니 어찌해야겠니?」

「뿌리째 뽑아 올 필요는 없어요. 그냥 가지 하나만 꺾어 가져다가 정원에 심으세요. 땅에 박히는 순간 뿌리를 뻗어, 단숨에 아까 보았던 것만큼이나 큰 나무로 자라 있을 테니까요.」

독실한 이슬람교도인 할머니의 말을 들은 이후로 너무나도 간절하게 원했던 세 가지 보물을 얻게 된 공주는 다시 새에게 말했습니다.

「새야, 내게 여러 가지 도움을 주었지만 아직 충분하지 않아. 너 때문에 나의 두 오빠는 죽어서 저기 저 검은 바위들 틈에 누워 있어. 나는 오빠들을 집에 데려가고 싶단다.」

그러자 이제까지와는 달리, 새는 몹시 곤란한 표정을 지었습니다. 공주는 다그쳤죠.

「새야, 조금 전에 넌 나의 노예라고 했잖아? 실제로도 그렇고 말이야. 네 목숨이 내게 달려 있다는 사실을 잊었니?」

「아가씨 말씀을 부인할 수는 없군요. 하는 수 없죠. 아가씨가 내게 요구하는 것은 그 무엇보다도 어려운 일이지만 들어 드리겠어요. 자, 주위를 한번 둘러보세요. 주전자가 하나 보이죠?」

「그래, 보인다.」

「그걸 들고 가세요. 그리고 산을 내려가면서 각각의 바위 위에 주전자의 물을 약간씩 부어 주세요. 그게 바로 당신의 두 오빠를 되찾는 길이랍니다.」

파리자드 공주는 주전자를 주워 들었습니다. 그리고 다른 손에는 새가 든 조롱과 은병과 가지 등을 들고서 산을 내려가다가, 바위를 만날 때마다 주전자의 물을 조금씩 부어 주었습니다. 그러자 각각의 바위는 사람으로 변했습니다. 그녀는 작은 바위 하나도 빠뜨리지 않았고, 따라서 모든 귀공자들과 말들이 원래의 형상을 되찾았습니다. 공주는 그들 가운데서 두 오빠, 바아만 왕자와 페르비즈 왕자를 발견할 수 있었죠. 역시 누이의 모습을 알아본 두 왕자는 달려와 그녀를 부둥켜안았고, 그녀 역시 오빠들을 마주 안아 주었습니다. 그녀는 놀라운 기적에 감탄하면서 말했습니다.

「오라버니들! 여기서 뭘 하고 있었죠?」 그들이 지금껏 자고 있었다고 대답하자 그녀는 다시 말했습니다. 「그랬었죠! 하지만 내가 아니었으면 오빠들은 최후 심판의 날까지 그렇게 쿨쿨 자고 있었을 거예요. 오빠들은 기억해요? 여기에 온 것은 말하는 새와 노래하는 나무, 그리고 황금빛 물을 찾기 위함이었다는 사실을 말이에요. 그리고 여기 온통 검은 바위들이 흩어져 있었다는 것도 생각나요? 자, 그 바위들이 하나라도 남아 있는지 한번 보세요. 여기 주위에 계신 귀공자님들, 그리고 오빠들 자신이 바로 그 바위들이었어요. 이 말들도 마찬가지였고요. 이 놀라운 일이 어떻게 일어났는지 알고 싶지 않으세요?」 그녀는 산의 발치에 이르러 더 이상 필요가 없어 내려놓았던 주전자를 보여 주면서 계속 말했습니다. 「저는 이 주전자에 가득한 물을 바위마다 부어 주었는데, 바로 그 물의 능력 덕분이었어요. 그에 앞서 이 새장에 있는 말하는 새를 내 노예로 만들었고, 녀석을 통해 노래하는 나무에서 꺾어 온 이 가지며 이 은병 속에 가득 찬 황금빛 물을 찾아낼 수 있었지요. 하지만 오빠들 없이 혼자 돌아가고 싶지는 않았어요. 새에게 방법을 내놓으라고 다그쳤지요. 결국 녀석이 주전자를 주면서 그 사용법까지 가르쳐 주었답니다.」

바아만 왕자와 페르비즈 왕자는 비로소 자신들이 누이에게 큰 은혜를 입었음을 알게 되었습니다. 그들 주위에 몰려든 다른 귀공자들 역시 마찬가지였죠. 사실 그들 역시 그녀처럼 세 가지 보물을 얻으러 달려온 사람들이었지만, 공주를 시샘하지 않았습니다. 오히려 생명을 되돌려 준 데 감사하기 위해 모두 그녀의 노예가 될 것이며, 그녀가 무슨 명을 내리든 따를 준비가 되어 있다고 선언했죠. 이에 공주는 이렇게 대답했습니다.

「신사 여러분! 제 말을 주의 깊게 들으셨다면, 전 단지 오빠들을 구하려 했을 뿐이라는 사실을 아실 거예요. 따라서 여러분이 제게 특별히 감사할 필요는 없지요. 저로서는 여러분의 말씀을 지극한 예의의 발로로 여길 따름이며, 이에 대해 감사드리는 바입니다. 그리고 저는 여러분 각자를 자유로운 분들로 간주하며, 저를 통해 여러분에게 행복이 찾아온 것에 대한 기쁨을 함께하고 싶을 뿐입니다. 하지만 우리, 더 이상 머물러 있을 필요가 없는 이 장소를 뜹시다. 모두들 말에 올라 각자 자신의 나라로 돌아가자고요.」

파리자드 공주는 자기 말에 올라 모두에게 본을 보여 주었습니다. 바아만 왕자는 말에 오르기 전, 그녀의 짐을 덜어 주기 위해 새장을 들겠다고 자청했습니다. 하지만 공주는 이렇게 대답했죠.

「오빠, 새는 내 종이니 내가 가져가도록 하겠어요. 대신 노래하는 나무의 가지를 가져가고 싶다면 그렇게 하세요.」 그러고서 말에 오른 공주는 이번에는 페르비즈 왕자에게 고개를 돌리며 말했습니다. 「오빠. 이건 황금빛 물이 든 병이에요. 괜찮다면 오빠가 들어 주세요.」

두 왕자는 공주가 내준 것들을 기꺼이 맡아 주었죠.

바아만 왕자와 페르비즈 왕자, 그리고 다른 귀공자들이 말에 오르자, 공주는 누군가가 선두에 서서 행진을 시작하기를 바랐습니다. 두 왕자가 다른 귀공자들에게 그렇게 해달라고 청하자 귀공자들은 공주가 앞장서야 한다고 주장했습니다. 아무도 이 영예를 받아들이지 못하자 공주가 재촉했습니다.

「여러분, 어서 행진을 시작하셔야죠!」

그러자 그녀 옆에 있던 한 귀공자가 모든 이들을 대신하여 말했습니다.

「아가씨, 이런 영예는 응당 여성에게 양보해야 하는 법입니다. 더구나 우리가 아가씨께 진 빚을 생각하면 더욱 그렇지요. 자, 겸손의 미덕도 좋지만 이제는 앞장서 주세요. 아가씨의 뒤를 따르는 것은 우리에겐 크나큰 영광이랍니다.」

「제게 이런 영예를 받을 자격이 있는지는 모르겠지만, 여러분들이 원하시니 그리하겠어요.」

공주는 행렬의 선두에 섰고 두 왕자와 다른 귀공자들은 뒤를 따랐습니다.

무리는 지나가는 길에 탁발승을 만나 그들을 따뜻하게 맞아 주고 진실된 충고를 해준 것에 감사하려 했습니다. 하지만 그는 이미 죽어 있었습니다. 그것은 그가 너무 연로했기 때문일 수도 있고, 아니면 파리자드 공주가 세 보물을 얻었으므로 더 이상 거기에 이르는 길을 가르쳐 줄 필요가 없기 때문일 수도 있었습니다.

무리는 계속 길을 갔습니다. 그리고 그 수는 날이 갈수록 줄어들었죠. 앞에서 말했듯이 귀공자들은 각기 다른 나라에서 왔기 때문에, 각자가 떠나온 길에 이를 때마다 하나씩 하나씩 공주와 그녀의 오빠 왕자들에게 다시 한 번 감사를 표하고 작별을 고했던 것입니다.

집에 돌아온 파리자드 공주가 처음 한 일은 새장을 정원에 가져다 놓는 것이었습니다. 말하는 새가 노래를 시작하자마자 꾀꼬리, 방울새, 종달새, 홍방울새, 오색 방울새를 비롯하여 그 나라의 온갖 새들이 다 모여들어 고운 목소리로 지저귀기 시작했습니다. 정원에 면한 응접실에 앉아 있으면 그 유쾌한 음악 소리를 온전히 즐길 수 있었죠. 나뭇가지 역시 집에서 가까운 쪽의 정원에 심게 했습니다. 가지는 곧 뿌리를 내렸고, 얼마 안 가 무수한 잎사귀들이 살랑거리며 아름답게 합창하는 커다란 나무로 자라났습니다. 은병에 든 황금빛 물을 위해서는 정원 한가운데 훌륭한 대리석으로 커다란 수반을 만들게 했습니다. 그것이 완성되자 공주는 은병 안의 물을 모두 부었죠. 그 즉시 황금빛 물은 부풀어 오르면서 수반을 가득 채웠습니다. 물이 수반의 가장자리로 넘쳐흐를 듯 찰랑대자 중앙에서 스무 자 높이의 커다란 물기둥이 솟구쳐 올랐고, 계속하여 오르고 떨어지기를 반복하면서 물이 흘러넘치는 것을 막았습니다.

이 놀라운 보물들에 대한 소문은 곧 인근으로 퍼져 나갔습니다. 이 집과 정원의 문은 누구에게도 닫혀 있지 않았으므로 무수한 구경꾼들이 몰려들었죠.

여행의 피로에서 회복된 바아만 왕자와 페르비즈 왕자는 다시 예전의 생활을 시작했습니다. 어느 날, 두 사람은 돌아와서 처음으로 말에 올라 사냥을 떠났습니다. 사냥은 그들이 평소 즐기던 오락이었죠. 목적지는 집에서 이삼 리외 떨어진 장소였습니다.

그렇게 사냥을 즐기고 있을 때였습니다. 그들이 고른 장소에 페르시아 술탄이 역시 사냥을 하기 위해 불쑥 들이닥쳤습니다. 여기저기에 수많은 기사들이 나타나는 것을 본 두 왕자는 곧 술탄이 나타나리라는 사실을 알게 되었습니다. 그래서 그와 마주치지 않기 위해 사냥을 중단하고 물러가기로 결정했죠. 그런데 공교롭게도 그들이 피신한 오솔길에서 술탄과 딱 맞닥뜨리게 되었습니다. 길이 너무 좁아 피할 수도 물러설 수도 없는 상황이었죠. 하는 수 없이 두 왕자는 황급히

말에서 내려 술탄 앞에 엎드렸고, 감히 고개를 들지도 못한 채 이마를 땅에 대고 있었습니다. 하지만 술탄은 처음 보는 두 청년이 마치 궁정에 속한 사람들처럼 훌륭한 말을 모는 데다 옷차림도 단정한 것을 보고는 호기심을 느꼈습니다. 그들의 얼굴이 보고 싶어진 그는 일어나라고 분부했습니다.

왕자들은 몸을 일으켜 술탄 앞에 섰습니다. 그런 두 청년의 거동은 자연스럽고도 활달했지만, 표정은 겸손하고 정중했습니다. 술탄은 한동안 아무 말 없이 두 사람을 머리끝에서 발끝까지 훑어보았습니다. 그리고 마음속으로 그들의 우아한 거동과 준수한 용모에 감탄하면서, 대체 누구이며 어디에 사는지 물었습니다. 이에 바아만 왕자가 대답했습니다.

「폐하, 저희는 지금은 작고하신 궁정 정원 감독관의 아들들이옵니다. 선친께서 돌아가시기 얼마 전에 지어 놓으신 집에서 살고 있지요. 선친께서는 저희가 폐하를 섬길 수 있는 나이가 되어, 폐하께 적당한 관직을 하사해 달라고 청할 수 있게 될 때까지 그 집에서 지내길 원하셨습니다.」

「보아하니 자네들은 사냥을 좋아하는 것 같구먼.」

「저희들이 노상 즐기는 취미이옵니다. 유사시 무기를 들어야 하는 폐하의 신복이라면, 이 왕국의 오랜 관습에 따라 결코 게을리해서는 안 될 활동이지 않습니까?」

현명한 그의 대답에 술탄은 마음이 흐뭇해졌습니다.

「그렇다면 자네들의 사냥 실력을 한번 보고 싶네. 자, 무엇을 잡을 건지는 자네들이 정하게나.」

왕자들은 다시 말에 올라 술탄의 뒤를 따랐습니다. 그렇게 얼마 가지 않았을 때 수많은 짐승들이 일제히 나타나는 것이 보였습니다. 바아만 왕자는 사자를 골랐고, 페르비즈 왕자가 선택한 것은 곰이었습니다. 그들은 동시에 출발했는데, 그 기세가 너무도 용맹하여 술탄으로서는 놀라지 않을 수 없었죠. 거의 동시에 각자의 짐승 앞에 이른 그들은 능숙하게 창을 던졌고, 창에 꿰뚫린 두 짐승은 동시에 쓰러졌습니다. 하지만 바아만 왕자와 페르비즈 왕자는 거기서 멈추지 않고 각기 또 다른 사자 한 마리와 곰 한 마리를 뒤쫓아 순식간에 죽여 쓰러뜨렸습니다. 그들은 계속하려 했지만 술탄은 두 사람을 다시 불러 이렇게 말했습니다.

「그대들을 그냥 놔두면 내 사냥터가 곧 쑥대밭이 되어 버리겠네. 하지만 사실 내가 아깝게 생각하는 것은 사냥터가 아니라 그대들 자신일세. 지금은 유쾌하기만 한 그대들의 용맹은 때가 되면 내 유용한 보물이 될 터, 이제 그대들의 생명은 내게 너무도 소중한 까닭일세.」

두 왕자에게 마음이 이끌린 술탄 코스루샤는 그들을 초대하면서 당장 자기와 함께 궁으로 가자고 청했습니다. 하지만 바아만 왕자는 이렇게 대답했습니다.

「폐하께서 과분한 영예를 베풀어 주시니 몸 둘 바를 모르겠나이다. 하지만 저희는 그 영예에 응할 수 없는 처지이오니 양해해 주시옵소서.」

그들이 자신의 호의를 받아들이지 않는 이유를 이해할 수 없었던 술탄은 해명을 요구했습니다. 이에 다시 바아만 왕자가 대답했습니다.

「실은 저희에게 누이동생이 하나 있사옵니다. 저희 세 남매는 완전한 하나를 이루어 살아가고 있기 때문에 저희는 누이의 의견을 구하지 않고는 아무 일도 할 수 없습니다. 누이 역시 우리의 허락 없이는 아무것도 안 하지요.」

「음, 그대들의 깊은 우애가 실로 가상하군. 그렇다면 누이에게 물어본 다음, 내일 다시 사냥하러 나와 내게 답변을 주도록 하게나.」

두 형제는 집으로 돌아왔습니다. 하지만 어처구니없게도 그날 술탄을 만난 일이며, 영광스럽게도 그분과 함께 사냥을 한 일을 깜빡 잊어버렸습니다. 당연히 그분이 자기들을 왕궁으로 데려가려 했다는 사실도 얘기하지 않았죠. 그래도 다음 날에는 다시 사냥을 나갔고, 또다시 술탄을 만나게 되었습니다.

「그래, 누이에게 물어보았나? 그대들을 옆에 두고 싶어 하는 내 바람에 동의해 주던가?」

두 왕자는 그제야 서로를 쳐다보며 얼굴을 새빨갛게 붉혔습니다. 바아만 왕자는 대답했습니다.

「폐하, 저희를 용서해 주시옵소서. 저도 제 동생도 그 사실을 깜빡 잊어버렸나이다.」

「좋다, 그럼 오늘은 잘 기억하길 바라네. 내일은 잊지 말고 답변을 가져오도록!」

하지만 왕자들은 또다시 같은 망각에 빠져 버렸습니다. 그래도 술탄은 조금도 화를 내지 않았습니다. 대신 주머니에서 황금 구슬 세 개를 꺼내어 바아만 왕자의 품에 넣어 주고는 미소를 지으며 말했습니다.

「자네들이 나를 위해 해주기를 내가 간절히 원하고 있는 것, 이 금 구슬들은 그걸 잊지 않도록 해줄 걸세. 오늘 저녁, 자네가 허리띠를 풀 때 이것들이 굴러떨어져 소리를 내면 자네는 약속을 잊고 있다가도 다시 기억하게 될 거야.」

과연 일은 술탄이 예측한 대로 이루어졌습니다. 그 세 개의 황금 구슬이 아니었다면 그들은 또다시 파리자드 공주에게 말하는 것을 잊어버렸을 것입니다. 하지만 바아만 왕자가 잠자리에 들려고 허리띠를 풀 때 품속에 들어 있던 그것들이 땡그랑하고 떨어졌습니다. 그 요란한 소리에 정신이 퍼뜩 든 왕자는 즉시 페르비즈 왕자를 찾으러 갔고, 그렇게 둘이서 아직 잠들지 않고 있던 공주의 방으로 달려갔습니다. 그들은 우선 늦은 시각에 방해한 것을 사과한 후, 술탄을 만나 그의 청을 듣게 된 사정을 소상히 들려주었습니다. 이 소식을 들은 파리자드 공주는 놀란 표정으로 말했습니다.

「술탄님을 만났다니 오빠들에겐 행운과 영광이 아닐 수 없네요. 또 이 일로 인해 두 분에게는 빛나는 미래가 열리게 될 거고요. 하지만 나로서는 썩 유쾌하지만은 않군요. 오빠들이 술탄의 청에 따르지 않은 것은 나를 생각해서 그런 것 같은데, 참으로 고마운 일이에요. 난 이 일을 통해 내가 오빠들을 사랑하는 것만큼이나 오빠들도 날 사랑하고 있음을 확인할 수 있었어요. 오빠들은 감히 술탄의 호의를 뿌리쳐 가면서까지 우리의 굳은 우애를 지키려 했으니까요. 그리고 나는 오빠들이 올바르게 판단했다고 생각해요. 왜냐하면 일단 집을 떠나면 오빠들은 그분께 헌신하기 위해 조금씩 조금씩 나를 저버리게 될 테니까요.

하지만 오빠들! 지금 술탄께서 저렇듯 몸이 달아 계신데, 그분의 뜻을 완전히 거절한다는 것이 과연 쉬운 일일까요? 술탄의 뜻을 거역한다는 것은 위험한 일이에요. 내 마음 같아서는 술탄의 뜻을 따르지 말라고 말하고 싶지만, 그렇게 하면 그분의 원한을 살 게 뻔하고 나 자신도 무사할 수 없겠죠……. 자, 이제 내 생각이 뭔지 대충 알았을 거예요. 하지만 결론을 내리기 전에 말하는 새한테 자문을 구해 봅시다. 아주 똑똑하고 선견지명이 있는 녀석이거든요. 그리고 난처한 일이 있으면 자기가 도와주겠다는 약속도 했고요.」

파리자드 공주는 새장을 가져오게 했습니다. 그러고는 왕자들이 보는 가운데 그들에게 닥친 일을 설명한 후, 이런 난처한 상황에서는 어떻게 행동하는 게 좋겠는지 물었습니다.

「오빠분들은 술탄의 뜻에 따르셔야 해요. 그뿐만이 아니에요. 나중에는 오히려 술탄을 이 집에 초대하셔야 합니다.」

공주가 다시 말했습니다.

「하지만 새야. 우리 남매는 서로를 깊이 사랑하고 있단다. 네 말대로 하면 우리들의 우애에 금이 가지 않겠니?」

「천만에요! 오히려 더욱 굳어질 거예요.」

「그러면 술탄께서 나를 보자고 하실 텐데?」

새는 술탄이 반드시 그녀를 보아야 하며, 오히려 이로 인해 모든 일이 잘될 거라고 장담했습니다.

다음 날, 바아만 왕자와 페르비즈 왕자는 다시 사냥터에 나갔습니다. 술탄은 멀리서 왕자들의 모습이 보이자마자, 그들의 누이에게 얘기하는 것을 잊지 않았느냐고 소리쳐 물었습니다. 바아만 왕자가 다가와 대답했습니다.

「폐하! 이제 저희는 폐하의 뜻에 따를 준비가 되어 있사옵니다. 누이는 쉽게 허락해 주었을 뿐 아니라, 폐하에 대한 의무를 다하는 일에 있어서 어찌 자신의 눈치를 살피느냐고 책망하기까지 했습니다. 폐하! 만일 저희가 폐하께 지은 죄가 있거든 이처럼 올바른 누이의 태도를 봐서라도 너그러이 용서해 주시기 바랍니다.」

「걱정하지 말게. 난 그런 행동이 불쾌하기는커녕 오히려 자네들을 칭찬하고 싶네. 그리고 자네들이 누이에게 품은 것 같은 배려와 애정을 내게도 조금이나마 나누어 주기를 바랄 뿐이야.」

술탄의 넘치는 사랑에 감동한 두 왕자는 황송하여 아무 말도 할 수 없었습니다. 다만 성은을 받들겠다는 표시로 깊이 허리를 숙여 지극히 공손하게 절할 뿐이었죠.

이날 술탄은 평소와는 달리 사냥을 오래 하지 않았습니다. 왕자들의 재치가 그들의 용기와 용맹함 못지않으리라고 생각하니, 빨리 궁으로 돌아가 자유롭게 대화를 나눠 보고 싶어 견딜 수 없었던 것입니다. 궁으로 향하면서 그는 두 왕자를 자신의 양편에 세웠습니다. 그 모습에 술탄을 수행하던 모든 대신들은 시샘을 품었고, 심지어는 대재상마저도 이를 분하게 생각했습니다.

술탄의 행렬이 도성에 들어서자, 길 양편에 구름처럼 모여든 백성들의 눈은 바아만 왕자와 페르비즈 왕자에게로 쏠렸습니다. 그들은 술탄을 모시고 가는 두 낯선 청년이 대체 누구인지, 외국 사람인지 아니면 페르시아 왕국 사람인지 궁금해하며 수군거렸습니다.

「어쨌든 간에 술탄께서 저렇게 훤칠하고 잘생긴 두 왕자를 얻게 된 것은 하느님의 축복이야! 만일 왕비님께서 제대로 출산을 하셨더라면, 술탄께도 딱 저 정도 나이의 왕자님들이 있었을 텐데……」

왕궁에 도착한 술탄은 우선 왕자들에게 가장 훌륭한 궁실들을 구경시켜 주었습니다. 두 왕자는 안목이 있는 사람답게 조금도 호들갑을 떨지 않고 방들의 아름다움과 균형, 장식이며 가구들의 화려함을 칭찬했습니다. 이윽고 진수성찬이 차려져 나오자, 술탄은 두 왕자를 자기 곁에 앉히려 했습니다. 왕자들은 극구 사양했지만 술탄이 그래야만 자신의 마음이 기쁠 것이라고 말하자 순종하지 않을 수 없었죠.

술탄은 총명하고 각종 학문에 조예가 깊은 사람이었습니다. 특히 역사에 깊은 지식을 지니고 있었죠. 그는 겸손한 왕자들이 먼저 입을 열어 스스로의 학식을 자랑할 리 없다고 생각했습니다. 그래서 식사 내내 다양한 주제들을 내놓으며 그들에게 말할 기회를 주었죠. 그런데 어떤 주제를 제시하든 왕자들은 놀라운 지식과 재치와 판단력을 보여 주는 것이었습니다. 술탄은 감탄을 금치 못했습니다.

〈아, 이들이 내 자식들이었다면 얼마나 좋았을까! 만일 내게 자식들이 있어서, 그들을 훌륭히 교육시켰다면 어떠했을까? 과연 저 아이들만큼이나 박식하고 똑똑하게 자라날 수 있었을까?〉

술탄은 왕자들과의 대화가 너무도 즐거웠던 나머지 평소보다 오랫동안 식탁에 머물러 있었습니다. 그것으로도 충분하지 않아서 식사 후에는 두 왕자를 자신의 집무실로 데려가 대화를 계속했죠. 마침내 술탄은 이렇게 말했습니다.

「나는 이 나라 백성 가운데 자네들처럼 예절 바르고 총명하고 능력 있는 청년들이 있으리라고는 꿈에도 상상하지 못했네. 또 대화하면서 이렇게 큰 즐거움을 느껴 본 적도 없어. 자, 하지만 이제는 적당한 여흥으로 머리를 좀 식히도록 하세! 머리를 맑게 하는 데 음악만 한 것이 없지. 각종 악기와 목소리가 어우러진 곡들을 한번 감상해 봄세! 과히 귀에 거슬리지는 않을 것이네.」

술탄이 말을 마치자, 악사들이 들어와 능란한 솜씨로 모든 이의 기대에 충분히 부응했습니다. 음악 후에는 훌륭한 연극이 한 편 공연되었고, 이 모든 것의 대미는 남녀 춤꾼들이 어우러진 무용으로 장식되었습니다.

밤이 다가오자 두 왕자는 술탄의 발밑에 엎드려 그들이 받은 무한한 은혜와 영예에 감사한 후, 이제는 물러갈 수 있도록 허락해 달라고 청했습니다. 술탄은 허락하며 이렇게 말했습니다.

「그래, 이제는 보내 줘야겠지. 하지만 기억하게. 내가 자네들을 직접 왕궁으로 데려온 까닭은, 또다시 찾아올 수 있게끔 길을 알려 주기 위함이었다는 사실을. 언제든 환영이니 자주 찾아오게나. 아니, 자주 오면 올수록 내 마음은 더욱 기쁠 것이네.」

술탄을 떠나기 전에 바아만 왕자는 말했습니다.

「폐하! 폐하께 감히 간청드리고 싶은 것이 한 가지 있사옵니다. 언제 저희 집 주변에 사냥 나오실 일이 있을 때, 저희 집에 들르셔서 잠시 쉬었다 가신다면 저희 세 남매에게는 다시없는 영광이 될 것이옵니다. 물론 폐하를 모실 만큼 훌륭한 집은 못 되옵니다. 하지만 비바람이 불 때면 군주들도 초가삼간에 들지 않습니까?」

「자네들이 거하는 집인데 멋과 품위가 없을 리 있겠나? 기꺼이 방문하도록 하겠네. 특히나 자네들과 자네 누이의 환대를 받을 생각을 하니 더욱 즐겁겠구먼. 자네들 누이를 직접 보지는 못하였으나 내게는 벌써 소중한 사람이라네. 자네들의 이야기를 듣고 나니 얼마나 아름답고 훌륭한 규수일지 가히 짐작되기 때문이지. 그래, 오래 미룰 것도 없이 당장 방문하도록 하겠네. 모레 아침 일찍, 나로서는 결코 잊을 수 없는 그곳, 즉 내가 그대들을 처음 만난 장소에서 만나도록 하지. 자네들이 나와서 안내해 주게나.」

집으로 돌아온 바아만 왕자와 페르비즈 왕자는 파리자드 공주에게 그들이 술탄에게서 얼마나 융숭한 대접을 받았는지 이야기해 주었습니다. 또한 자신들 역시 술탄에게 한번 들러 달라고 청하여 그가 즉시 방문일을 정해 주었는데, 그게 바로 모레라고 알려 주었죠. 그러자 공주가 말했습니다.

「그렇다면 폐하가 드실 만한 훌륭한 음식을 준비해야겠군요. 이를 위해 말하는 새에게 자문을 구하는 것이 좋겠어요. 녀석이 폐하께서 어떤 요리를 좋아하시는지 가르쳐 줄 수 있을 테니까요.」

왕자들은 그녀의 의견에 찬성했습니다. 그들이 물러가자 공주는 새에게 다가가 물었습니다.

「새야, 모레 술탄께서 우리 집을 방문하실 거야. 그분을 대접할 음식을 준비해야 하는데, 폐하를 만족시키기 위해서는 어떻게 해야 좋을지 가르쳐 다오.」

「주인님에게는 훌륭한 요리사들이 있으니 최선을 다해 준비하면 문제없을 거예요. 그런데 빼놓지 말아야 할 요리가 한 가지 있어요. 바로 속에 진주를 가득 채운 오이 요리랍니다. 이것을 첫 번째 코스 때, 다른 모든 음식들보다 먼저 내놓아야 합니다.」

「진주를 가득 채운 오이라고?」 파리자드 공주가 놀라 외쳤습니다. 「새야, 대체 너 정신이 있는 거냐, 없는 거냐? 그런 듣도 보도 못한 요리를 준비해야 한다니! 물론 술탄께서는 대단하다고 감탄하시겠지. 하지만 그분이 식탁에 앉는 것은 먹기 위해서이지 진주를 감상하기 위해서가 아니잖아? 더욱이 내가 가진 진주를 몽땅 동원한다 해도 그런 요리를 만들 만큼 많지 않단 말이야.」

「주인님, 뒷일은 걱정하지 마시고 그냥 제가 시키는 대로만 하세요. 반드시 좋은 일이 있을 테니까요. 또 진주에 대해서도 걱정할 것 없어요. 내일 아침, 장원으로 나가 오른쪽 첫 번째 나무 아래를 파보세요. 필요한 만큼 진주를 얻을 수 있을 겁니다.」

그날 저녁, 공주는 정원사 한 사람을 준비시켜 놓았습니다. 그리고 다음 날 꼭두새벽부터 일어나 정원사를 데리고 새가 말한 나무를 찾아가, 나무 아래를 파보라고 분부했죠. 어느 정도 깊이까지 파들어 가니 삽 끝에 뭔가 부딪히는 소리가 들렸고, 곧이어 한 면이 약 한 자쯤 되는 황금 궤짝이 나타났습니다. 그녀는 정원사에게 말했습니다.

「이 때문에 자네를 데려온 거야. 자, 계속하게. 그리고 삽질에 궤짝이 상하지 않도록 조심하게.」

정원사는 마침내 궤짝을 꺼내어 공주의 손에 건네주었습니다. 궤짝은 아주 예쁜 몇 개의 걸쇠로 닫혀 있을 뿐이어서 쉽게 열 수 있었죠. 그 안은 진주들로 가득 차 있었습니다. 그다지 크지는 않았지만 흠이 없고 크기가 균일하여 공주가 사용할 용도에는 딱 알맞은 것이었습니다. 공주는 흐뭇한 마음으로 궤짝을 팔에 끼고 집으로 향했고, 정원사는 구덩이를 흙으로 메워 원래의 상태로 되돌려 놓았습니다.

바아만 왕자와 페르비즈 왕자는 일어나 옷을 입다가, 창문을 통해 평소보다 이른 시간에 바깥에 나와 있는 공주의 모습을 보았습니다. 옷을 입자마자 밖으로 나와 정원 중간에서 그녀를 만난 그들은 팔에 황금 궤짝 하나를 끼고 있는 모습에 크게 놀랐죠. 바아만 왕자는 그녀에게 다가가며 물었습니다.

「누이! 아까 정원사하고 나갈 때는 아무것도 안 들고 있더니만, 지금 보니 황금 궤짝을 들고 돌아왔네? 정원사가 발견하여 누이에게 가져다주었나?」

「정반대예요. 내가 정원사를 황금 궤짝이 있는 곳으로 데려가 장소를 가르쳐 주고 파내라고 했어요. 여기에 무엇이 들었는지 보면 더 놀랄걸요?」

공주는 궤짝을 열어 보였습니다. 그 안을 가득 채운 반짝이는 진주알을 본 두 왕자의 눈은 휘둥그레졌습니다. 그리 크지 않았지만 하나하나의 모양이 완벽했고, 무엇보다도 숫자가 많아 궤짝 전체로 따지면 엄청난 가치가 있는 보물이었죠. 왕자들은 대체 어떻게 해서 이런 보물을 얻게 되었는지 물었습니다.

「두 오라버니! 혹시 다른 급한 일이 없으면 나랑 같이 가요. 내가 다 얘기해 줄게요.」

「그렇게 궁금한 것을 아는 것보다 더 급한 일이 어디 있겠니?」 페르비즈 왕자의 대답이었습니다.

파리자드 공주는 집으로 돌아가는 작은 길을 따라 걸으며 양옆에서 따라오는 오빠들에게 자초지종을 들려주었습니다. 그들이 합의한 대로 새에게 자문을 구한 일, 녀석이 한 대답, 이에 대해 진주가 든 오이를 어떻게 음식으로 대접할 수 있으며 또 진주는 어디서 구하느냐고 물은 일, 새가 궤짝이 있는 곳을 가르쳐 준 일 등 자초지종을 상세히 들려주었죠. 왕자들과 공주로서는 대체 왜 그런 요리를 준비해야 하는지 아무리 생각해도 이해할 수 없었습니다. 결국 그들이 내린 결론은, 아무것도 이해할 수 없을지라도 새의 충고를 정확히 지켜야 한다는 것이었습니다.

집에 돌아온 공주는 즉시 주방장을 불렀습니다. 그녀는 우선 술탄 일행을 대접할 음식을 준비하라고 분부하고는 이렇게 덧붙였습니다.

「지금 말한 것들 말고도 술탄만을 위한 특별 요리를 준비해야 하네. 바로 오이 요리인데, 속은 이 진주들을 채워 넣도록 하게.」 그녀는 궤짝을 열어 진주들을 보여 주었습니다.

지금껏 그런 속을 넣은 요리는 본 적도 들은 적도 없는 주방장은 입을 멍하니 벌리고 한 걸음 뒤로 물러섰습니다. 공주는 그가 무슨 생각을 하는지 짐작하고는 이렇게 말했습니다.

「그래, 지금 내가 미쳤다고 생각하겠지. 그런 요리는 들어 본 적도 없고, 이 세상에 존재하지도 않았을 테니까. 그래, 나도 잘 알고 있네. 하지만 나는 미치지 않았고, 지금 말짱한 정신으로 분부하고 있는 거야. 자, 이 궤짝을 가져가서 오이와 진주를 이용한 멋진 요리를 만들어 보게. 진주가 남거들랑 내게 가져다주고.」

주방장은 군소리 없이 궤짝을 받아 들고 방을 나갔습니다. 그날 공주는 술탄을 맞이하기 위해 하인들을 모두 동원하여 집 안과 정원을 청소하고 정리하고 단장했습니다.

다음 날 아침 두 왕자는 약속한 장소에 나갔고, 잠시 후에는 술탄도 도착했습니다. 사냥을 시작한 술탄은 해가 중천에 이르러 더 이상 계속할 수 없을 정도로 날이 뜨거워져서야 중단했죠. 그러자 바아만 왕자는 술탄 옆에, 페르비즈 왕자가 행렬의 선두에 서서 집으로 가는 길을 인도했습니다. 집이 보이는 곳에 이르자 페르비즈 왕자는 미리 달려가 술탄의 도착 소식을 알리기 위해 말에 박차를 가했습니다. 하지만 공주는 망을 보고 있던 하인들을 통해 이를 알고서, 이미 술탄 일행을 맞을 준비를 하고 있었지요.

드디어 술탄이 도착했습니다. 말을 탄 채 내정에 들어선 그가 현관 앞에서 내리자, 파리자드 공주가 나타나 발밑에 무릎을 꿇었습니다. 두 왕자는 술탄에게, 이는 그들의 누이이니 그녀가 드리는 경의를 받아 달라고 간청했습니다.

술탄은 친히 몸을 굽혀 공주를 일으켜 세워 주고는 한동안 그녀의 모습을 홀린 듯 바라보았습니다. 아름다운 용모, 우아한 자태, 품위 있는 거동······. 그녀에게서는 이런 궁벽한 시골과는 전혀 어울리지 않는 무언가가 느껴졌던 것입니다. 왕은 말했습니다.

「과연 그 오라비들에 그 누이로다! 그대의 겉과 속을 보고 판단하건대, 오라비들이 누이의 허락 없이는 아무것도 하지 않으려 한 까닭을 이제야 이해하겠다. 그대가 살고 있는 집을 보면 그대를 더 정확하게 이해할 수 있겠지.」

그러자 공주가 입을 열어 말했습니다.

「폐하! 이곳은 큰 세상과 떨어져 사는 저희 같은 평범한 사람들에게나 어울리는 누추한 시골집에 불과합니다. 대도시에 있는 집들에 비하면 보잘것없을 것이고, 특히나 술탄께서 거하시는 고루거각에는 도저히 비할 바가 못 됩니다.」

「그대 의견에는 동의할 수 없네.」 술탄은 상냥하게 대꾸했습니다. 「지금 내 눈에 보이는 것만 하더라도 너무 훌륭하단 말일세. 그러니 이 집을 다 구경하고 난 다음에 판단하기로 하겠네. 자, 이제 앞장서서 안내해 주게나.」

공주는 응접실을 제외한 집 안의 모든 방을 술탄에게 보여 주었습니다. 각 방을 주의 깊게 살펴본 술탄은 그 다채로움에 감탄하며 공주에게 말했습니다.

「아니, 그대는 이것을 시골집이라고 부른단 말인가? 이 세상 시골집들이 다 이와 같다면 가장 아름다운 대도시들이 금방 텅텅 비어 버리겠네! 그대가 이 집에서 유유자적하며 도시를 경멸하는 이유를 이해할 것 같아. 자, 이제는 정원도 보여 주게. 집만큼이나 아름답겠지?」

공주는 정원으로 통하는 문을 열었습니다. 술탄의 시선을 가장 먼저 사로잡은 것은 황금빛 물이 솟구쳐 오르는 분수였습니다. 이 신기한 광경에 술탄은 한동안 넋을 잃고 바라보다가 물었습니다.

「정말 기막히게 멋있는 분수로군! 그런데 도대체 물은 어디서 나오는 것이며, 대체 어떤 기술을 사용하여 이처럼 물을 솟구쳐 오르게 하는 것인가? 이 세상에 이처럼 신기한 것은 다시없겠구먼! 어디 가까이 가서 한번 볼까?」

그는 분수 쪽으로 다가갔습니다. 공주는 계속 그를 인도하면서 노래하는 나무가 심겨져 있는 장소 쪽으로 데려갔지요. 나무 근처에 이른 술탄은 지금껏 들어 본 적 없는 기이한 음악 소리가 들리는 것을 느끼고 걸음을 멈춘 후 악사들이 어디에 있는지 눈으로 찾아보았습니다. 하지만 아무도 보이지 않는데 매혹적인 음악 소리가 계속 들려오니, 다시 공주에게 묻지 않을 수 없었죠.

「음악 소리는 들려오는데 악사들은 어디 있는가? 땅속에 숨어 있나? 아니면 투명하게 되어 공기 속에 있는 것인가? 그처럼 탁월하고도 매력적인 목소리를 지니고 있다면 모습을 보여도 괜찮을 듯싶은데? 분명 매우 아름다운 사람들일 것이야!」

「폐하!」 공주는 미소를 지으며 대답했습니다. 「지금 폐하께서 들으시는 음악을 연주하는 것은 악사들이 아니옵니다. 폐하 앞에 서 있는 나무가 이 음악을 노래하고 있는 것이지요. 앞으로 네 발자국만 더 나아가 보시면, 노래하는 목소리들이 더욱 분명하게 들릴 것입니다.」

술탄은 앞으로 나아갔고, 아무리 들어도 질리지 않을 감미로운 음악에 매혹되었습니다. 한참이나 그러고 있던 술탄은 자신이 여기 온 까닭이 황금빛 물을 보기 위함이라는 사실을 상기하고서 다시 물었습니다.

「이 놀라운 나무는 원래 이 정원에 있었던 것인가, 아니면 누군가가 선물한 것인가? 그것도 아니라면 그대가 어디 먼 나라에서 가져온 것인가? 음…… 내가 볼 때는 아주 먼 곳에서 온 것임이 분명해. 그렇지 않다면야 자연의 신기한 것들을 좋아하는 내가 지금껏 이런 걸 들어 보지 못했을 까닭이 있나? 그런데 이 나무의 이름은 대체 뭔가?」

「그냥 노래하는 나무라고 하며, 말씀하신 대로 이 나라에서는 자라지 않습니다. 이 나무가 여기로 오게 된 사연은 너무 길어서 지금 얘기해 드리기는 어렵사옵니다. 그것은 황금빛 물과 말하는 새와 연관된 이야기지요. 말하는 새 역시 이 집에 있으며, 폐하께서도 보실 기회가 있을 것이옵니다. 폐하께서 원하신다면 그것들을 얻게 된 사연을 들려 드리겠습니다. 하지만 뙤약볕 아래에서 사냥을 하시느라 몹시 피곤하실 터이니, 우선은 잠시 휴식을 취하시는 게 어떠신지요?」

「여보게! 그대의 안내로 놀라운 것들을 구경하고 났더니만 피로가 싹 가셔 버렸다네! 오히려 나를 안내하느라 그대가 피곤하지 않을까 걱정일 따름이지. 자, 그러니 우리 빨리 황금빛 물이나 보러 가세. 그리고 그 말하는 새도 빨리 보고 싶어 죽을 지경이네!」

분수에 이른 술탄은 공중에 솟구쳤다가 다시 떨어지기를 반복하며 경이로운 효과를 빚어내는 황금빛 물기둥에서 한동안 눈을 떼지 못했습니다. 그는 다시금 공주에게 물었습니다.

「그대의 말에 의하면 이 분수에는 수원이 없다고? 또 지하수로를 통해서 물이 공급되는 것도 아니고……. 그렇다면 이 물은 말하는 새나 노래하는 나무와 마찬가지로 외국에서 온 것이겠군?」

「폐하의 말씀대로입니다. 이 수반은 하나의 바위를 깎아 만든 것이라, 옆으로나 밑으로나 물이 들어올 수 없지요. 그리고 이 분수에는 또 한 가지 놀라운 점이 있습니다. 이 수반에 부은 물이라곤 사실 조그만 병 하나에 든 것이 전부랍니

다. 그 특이한 속성에 의하여 이처럼 불어난 것이지요.」

마침내 술탄은 분수에서 발길을 돌리며 말했습니다.

「그래, 오늘은 처음이니 이 정도만 보기로 하지. 앞으로도 자주 와서 감상해야겠네. 자, 이제는 말하는 새를 좀 보여 주게나.」

응접실 가까이에 이른 술탄은 근처의 나무들에 무수한 새들이 앉아 있는 것을 보았습니다. 술탄은 녀석들이 노래하고 지저귀는 소리가 주위의 공기를 가득 채우는 것을 황홀하게 감상하면서 공주에게 물었습니다. 정원 다른 곳에는 새들이 보이지 않던데, 왜 유독 이곳에 다 모여 노래하고 있는지 말입니다.

「폐하, 이 녀석들은 말하는 새의 노래에 맞추어 지저귀기 위해 모여들었답니다. 말하는 새는 지금 들어갈 응접실의 창문 위에 걸린 조롱에 있지요. 폐하께서 주의 깊게 들어 보시면 녀석의 노래가 이 세상 그 어떤 새의 노래보다도 청아하다는 사실을 발견하실 거예요. 심지어는 꾀꼬리조차 녀석에 비하면 한참 못 미치지요.」

술탄은 응접실에 들어갔습니다. 녀석이 계속 노래하고 있자 공주가 목소리를 높여 말했습니다.

「나의 종, 새야! 술탄께서 오셨으니 인사드리도록 해라!」

이에 새는 즉시 노래를 멈추었고, 동시에 다른 새들도 잠잠해졌습니다. 새는 술탄에게 인사했습니다.

「술탄님, 진심으로 환영합니다! 하느님의 은혜로 무한한 번영과 장수를 누리시기를!」

술타우 새가 있는 창문 옆 좌단에 차린 음식상 앞에 자리 잡고 앉으면서 새에게 말했습니다.

「그래, 새야. 네 인사말이 고맙고도 기특하구나! 또 새 중의 술탄이요, 새 중의 왕인 너를 만나니 너무도 반갑구나!」

술탄은 자기 앞에 놓인 오이 요리를 보고 무심코 집어 들었습니다. 하지만 이윽고 오이 속에 진주가 가득한 것을 발견하고는 크게 놀랐죠.

「아니, 참 이상하기도 하군! 무엇 때문에 오이 속에 진주를 넣었지? 진주는 먹는 것이 아니지 않은가?」

그는 이것이 무엇을 의미하는지 눈으로 물으며 공주와 두 왕자를 쳐다보았습니다. 그러자 새가 냉큼 나서며 대답했습니다.

「폐하께서는 진주를 넣은 오이를 보고 이렇듯 놀라시나요? 그것도 폐하의 두 눈으로 직접 확인하시면서도 그리 경악하시나요? 그런데 왜 폐하의 아내 왕비께서 개와 고양이와 나뭇조각을 낳았다는 사실은, 보지 않고 말만 듣고도 그처럼 쉽사리 믿으셨나요?」

「산파들이 그렇게 고했기에 믿었지.」

「폐하! 그 산파들은 왕비의 언니들이었사옵니다. 하지만 폐하의 사랑을 받는 동생의 행복을 시샘한 언니들이었지요. 그녀들은 맹렬한 질투에 사로잡혀 계략을 꾸미고 남의 말을 쉽사리 믿는 폐하를 속인 것입니다. 심문하면 죄를 토설할 것이옵니다. 그리고 여기 있는 두 형제와 이들의 누이가 바로 그 못된 언니들이 내다 버린 폐하의 자녀들입니다. 폐하의 정원 감독관이 주워다 정성스럽게 키워 주었지요.」

새의 말에 모든 진실을 깨닫게 된 술탄은 외쳤습니다.

「새야! 방금 네가 밝힌 진실은 너무도 쉽게 믿기는구나! 내 마음이 벌써 이 아이들에게 이끌리고 따스한 사랑마저 느끼고 있었으니, 우리가 바로 한 핏줄이라는 증거가 아니겠느냐? 자, 내 아들들아, 그리고 내 딸아, 어디 한번 안아 보게 이리 오려무나! 너희들에게 이 아비의 사랑을 처음으로 표현해 볼 수 있게끔 말이다.」

그는 자리에서 일어나 두 왕자와 공주를 차례로 껴안으면서 그들의 눈물에 자신의 눈물을 섞었습니다.

「이제는 너희들끼리 안아 보려무나! 더 이상 정원 감독관의 — 물론 난 너희들의 생명을 보전해 준 그에게 영원히 감사할 터이지만 — 자녀들로서가 아니라 페르시아 왕가의 혈통을 이어받은, 그리고 그 영광을 굳건히 이어 나갈 내 소중한 자녀들로서 말이다.」

술탄이 바라는 대로 두 왕자와 공주가 전혀 새로운 기쁨을 느끼며 서로를 포옹하고 나자, 술탄은 다시 그들과 함께 식탁에 앉아 서둘러 식사를 마쳤습니다. 그러고 나서 다시 그들에게 말했죠.

「얘들아, 이젠 아버지를 찾았으니 어머니도 찾아야겠지? 내일 너희 어머니 왕비를 데려올 테니 맞을 준비를 하거라.」

술탄은 말에 올라 급히 도성으로 돌아갔습니다. 그는 말에서 내려 왕궁으로 들어가자마자 대재상을 불러 즉시 왕비의 두 언니에 대한 재판을 시작하라고 명했습니다. 두 언니는 그녀들의 집에서 끌려 나와 따로따로 심문되었고, 유죄가 입증되었고, 능지처참 형이 선고되었고, 그대로 집행되었습니다. 이 모든 과정은 불과 한 시간 안에 이루어졌죠.

한편 코스루샤 술탄은 모든 신하들을 이끌고 대(大)모스크의 문까지 걸어갔습니다. 오래전부터 그곳의 좁은 감옥에 갇혀 고통받고 있던 왕비를 몸소 해방해 주기 위함이었죠. 왕비의 처참한 몰골을 본 술탄은 눈물이 그렁그렁하여 그녀를 안고서 말했습니다.

「부인! 오늘 내가 온 것은 내가 부인에게 범한 부당한 행위에 대해 용서를 빌고, 모든 것을 원래대로 회복시켜 주기 위함이오. 이를 위해, 우선 나를 속였던 부인의 가증스러운 두 언니들에게는 준엄한 벌을 내렸소. 그리고 당신의 모든 슬픔을 위로해 줄 만한 소식이 있소! 당신의 아이들이기도 하고 나의 아이들이기도 한 완벽한 두 왕자와 사랑스럽고 귀여운 공주가 살아 있다오! 자, 갑시다! 이제 당신의 지위를 회복하셔야지! 당신이 누려 마땅한 모든 영예와 함께 말이오!」

왕비의 복권은 무수한 백성들이 보는 앞에서 행해졌습니다. 왕궁에서 일어난 일이 삽시간에 온 도성에 퍼져 사방에서 백성들이 몰려들었던 것입니다.

다음 날 아침, 굴욕과 고통의 옷을 호화로운 황후의 의복으로 갈아입은 왕비는 술탄과 함께 온 조정을 거느리고 두 왕자와 공주가 사는 집으로 향했습니다. 술탄은 말에서 내리자마자 왕비에게 바아만 왕자와 페르비즈 왕자, 그리고 파리자드 공주를 소개하면서 말했습니다.

「부인! 이 청년들이 부인의 두 아들 왕자들이요, 이 아가씨가 바로 부인의 딸이라오. 내가 그러했듯 당신도 이 아이들을 따뜻하게 안아 주시오. 이들은 나나 당신에게 조금도 부끄럽지 않은 훌륭한 청년들이라오.」

재회한 가족은 감동적인 포옹을 나누며 눈물을 주룩주룩 흘렸습니다. 특히 왕비가 느끼는 위로와 기쁨의 감정은 말로 표현할 수 없을 정도였죠. 그토록 오랫동안 헤어져야 했던 사랑하는 아들딸을 다시 찾았기 때문입니다.

두 왕자와 공주는 술탄과 왕비 그리고 모든 신하들에게 성대한 연회를 열어 주었고, 식사가 끝나자 술탄은 왕비를 정원으로 데리고 갔습니다. 노래하는 나무와 황금빛 물이 솟는 분수를 보여 주기 위함이었죠. 말하는 새는 따로 구경할 필요가 없었습니다 왕비는 새장 속의 녀석을 이미 보았고, 연회가 진행되는 내내 술탄이 녀석에 대한 칭찬을 늘어놓았으니까요.

더 이상 그 집에 머무를 필요가 없어진 술탄은 말에 올랐습니다. 바아만 왕자는 그의 우편에, 페르비즈 왕자는 좌편에 섰고, 공주를 대동한 왕비는 술탄의 뒤에 섰습니다. 술탄의 가족 앞뒤로는 각자의 서열에 따라 정렬한 신하들이 걸었고, 그렇게 이 엄숙한 행렬은 도성을 향한 귀로에 올랐습니다. 그들이 도성 가까이에 이르자, 구름처럼 몰려나온 백성들이 성문 밖까지 나와 그들을 맞았습니다. 백성들은 늠름한 두 왕자와 아름다운 공주, 그리고 오랜 고통 끝에 행복을 되찾은 왕비에게 환호를 보냈습니다. 또 백성들이 눈을 떼지 못하는 것이 한 가지 더 있었으니, 그것은 바로 파리자드 공주가 들고 있는 조롱 속의 새였습니다. 녀석이 청아한 목소리로 노래를 부르기 시작하자 사방에서 온갖 새들이 모여들어, 성 밖 전원의 나뭇가지나 도성 거리의 건물 지붕들 위에 앉기도 하고 날기도 하면서 녀석을 따라오는 것이었습니다.

이처럼 성대한 의식 속에 바아만 왕자와 페르비즈 왕자, 그리고 파리자드 공주는 마침내 왕궁으로 돌아왔습니다. 그리고 그날 밤, 왕궁뿐 아니라 온 도성에서는 큰 잔치가 벌어졌고 그 잔치는 여러 날 동안 계속되었다고 합니다……

인도의 술탄은 그의 아내 왕비의 놀라운 기억력에 감탄을 금할 수 없었다. 그녀의 마르지 않는 기억의 샘에서는 끊임없이 새로운 이야기가 솟아나와 매일 밤 그로 하여금 새로운 즐거움을 맛보게 해주었던 것이다.

이러한 천진한 오락을 즐기는 가운데 어느덧 천하루의 밤이 흘러갔다. 이 오락은 여인들의 정절에 대한 술탄의 고약한 편견을 누그러뜨리는 데 상당한 도움을 주었으며, 이를 통해 그의 정신은 몹시 온화해졌다. 이제 그는 셰에라자드가 얼마나 훌륭하고 지혜로운 여인인지 분명히 알게 되었다. 또한 그는 그녀가 보여 준 용기도 잊지 않고 있었다. 자신과 하룻밤을 보낸 다음 날 죽음이 기다리고 있다는 사실을 뻔히 알면서도 자신의 아내가 되겠노라고 자청해 오지 않았던가!

이런 생각들, 그리고 그가 알고 있는 그녀의 다른 장점들은 마침내 그로 하여금 그녀의 처형을 포기하게 만들었다. 술탄은 말했다.

「사랑스러운 셰에라자드여! 정말이지 그대의 재미있는 이야기들은 끝없이 흘러나오는구려! 그대는 참으로 오랫동안 나를 즐겁게 해주었고, 나의 분노를 누그러뜨려 주었소. 나는 그대를 봐서라도 내가 정한 그 잔혹한 법을 기꺼이 포기하겠소. 이제 나는 그대를 정식 황후로서 영원히 사랑할 것이며, 앞으로 그대가 여인들의 구원자로 기억되기를 바라오. 그대가 아니었다면 내 원한으로 인해 숱한 여인이 희생될 터였기 때문이오.」

황후는 그의 발밑에 무릎을 꿇었다. 그러고는 그의 발등에 다정하게 입을 맞추면서 마음 깊은 곳에서 우러나온 감사의 뜻을 표했다.

술탄의 입을 통해 이 소식을 처음 전해 들은 사람은 다름 아닌 황후의 부친, 대재상이었다. 소식은 곧 도성과 방방곡곡으로 퍼져 나갔고, 술탄과 그의 아내인 사랑스러운 셰에라자드는 온 백성의 무한한 칭송과 축복의 대상이 되었다.

# 부록
# 천일일화

## 알려 드리는 말[91]

다음에 이어지는 두 이야기인 〈제인 알라스남 왕자 이야기〉와 〈코다다드 이야기〉는 원래 총 열두 권으로 이루어진 앙투안 갈랑의 『천일야화』 번역본 제8권의 끝부분, 즉 〈사랑의 노예 가넴 이야기〉와 〈눈 뜬 채 꿈꾼 남자〉의 사이에 있었던 것이다.

하지만 이 두 텍스트를 번역한 사람은 갈랑이 아니라 동시대의 동양학자 프랑수아 페티스 들라 크루아 François Pétis de la Croix였다. 당시 페티스 들라 크루아는 갈랑의 『천일야화』와 경쟁하기 위해, 역시 아랍의 이야기들을 — 이 이야기들은 『천일야화』에 속한 것이 아니다 — 매우 자유롭게 각색, 번역하여 『천일일화 Les mille et une jours』(1710~1712)를 출간했다. 다음의 두 이야기는 『천일일화』에 추가하기 위해

---

[91] 앙투안 갈랑의 『천일야화』 마지막 이야기에 이어지는 〈일러두기〉는 이후 프랑스어판 편집자가 작성한 것으로, 이 책의 대본에 수록되어 있다.

페티스 들라 크루아가 출판사 측에 맡긴 것인데, 당시 갈랑의 작품 역시 출간하고 있던 이 출판사의 편집자가 이 이야기들을 갈랑의 작품에 넣는 것이 낫겠다고 판단하고는 갈랑과 페티스 들라 크루아, 누구에게도 알리지 않은 채 갈랑의 책 제8권 말미에 삽입했던 것이다. 갈랑 자신은 책이 출판되고 나서야 이러한 사실을 발견했으며, 이 부분이 『천일야화』에 속하지 않는다는 사실과 제2판부터는 이 부분을 삭제하겠다는 사실을 분명히 밝혔다.[92]

하지만 이후, 이 두 이야기는 갈랑판 『천일야화』의 다른 판본들과 리처드 버턴판 등 다른 번역본들에도 포함되어, 결국 일반적으로 『천일야화』에 속하는 이야기들로 받아들여지기에 이르렀다.

---

92 이 내용은 『천일야화』 제4권(열린책들, 2010) 1274~1275면에 수록되어 있다.

# 제인 알라스남 왕자 이야기

막대한 부를 소유한 한 발소라 왕이 있었습니다. 그는 신하들과 온 백성의 사랑을 받는 훌륭한 왕이기도 했습니다. 하지만 불행히도 그에게는 자녀가 없었고, 이 때문에 몹시 괴로워했습니다. 그는 나라의 모든 성직자들에게 큰 선물을 내리면서, 자신이 자식을 가질 수 있게끔 하늘에 기도해 달라고 부탁했습니다. 그리고 그들의 기도는 헛되지 않아, 얼마 후 왕비가 임신을 하여 아들을 낳았습니다. 왕은 아기에게 제인 알라스남, 즉 〈조각상들의 장식〉이라는 뜻의 이름을 붙여 주었죠.

왕은 왕국의 점성술사들을 모두 불러 아이의 점괘를 뽑아 보라고 분부했습니다. 점성술사들은 별들을 관측하여 왕자가 장수할 것이며, 또 용감하기도 하겠지만 그를 위협할 불행을 꿋꿋이 견뎌 내기 위해서는 특별한 용기가 필요할 것이라는 사실을 알아냈습니다. 이 예언을 들은 왕은 조금도 두려워하지 않았습니다.

「왕자들은 불운을 겪어 보는 것이 좋네. 역경이 그들로 하여금 힘을 바르게 쓰는 방법을 알려 주기 때문이지. 즉 왕자들은 역경을 통해 더욱 훌륭한 군주로 자라난다는 말일세.」

왕은 점성술사들에게 상을 내리고 돌려보냈습니다. 그는 지극한 정성으로 제인을 키웠고, 그가 배우고 공부할 나이가 되자마자 선생들을 붙여 주었습니다. 그렇게 완벽한 군주로 키우리라 마음먹고 차근차근 교육을 계속하던 어느 날, 갑자기 이 선한 왕은 그 어떤 의사도 고칠 수 없는 병에 걸려 버렸습니다. 살날이 얼마 남지 않았음을 느낀 왕은 아들을 불렀습니다. 그는 무엇보다도 백성의 두려움의 대상이 되기보다는, 그들의 사랑을 받는 군주가 되기 위해 힘쓰라고 당부했습니다. 또 간신의 말에 귀를 기울이지 말 것이며, 벌하거나 상 주는 데 있어서 성급하지 말 것인바, 군주들이란 거짓된 외양에 속아 사악한 자들에게 상을 주고 무고한 이들은 탄압하는 일이 종종 있기 때문이라고 설명했습니다.

왕이 죽자 제인 왕자는 이레 동안 상복을 입고 지냈습니다. 그리고 여드레째 되는 날, 그는 왕국의 보고에서 선왕의 옥새를 치우고 대신 자신의 것을 들여놓은 다음, 옥좌에 올라 군림하는 즐거움을 맛보기 시작했습니다. 그것은 신하들이 자신 앞에서 깊이 허리를 숙이고 충성심과 복종심만을 보여 주려고 애쓰는 꼴들을 내려다보는 데서 느끼는 즐거움이었습니다. 요컨대 군주의 권력이 너무도 황홀하게 느껴졌던 것입니다. 그는 신하들에 대한 자신의 의무는 생각하지 않고, 오직 자신에 대한 그들의 의무만을 생각했습니다. 신하들을 잘 다스리는 일에는 조금도 관심이 없었죠. 그는 방탕한 젊은이들을 모아 높은 직위를 맡긴 후, 그들과 함께 온갖 향락에 빠져들었습니다. 더 이상 법도도 한계도 없었습니다. 천성이 헤픈 성격이었던 그는 재물을 물 쓰듯 뿌리고 다녔으며, 여인들과 간신들은 조금씩 조금씩 그의 재산을 좀먹어 들어갔습니다.

그의 어머니는 아직 생존해 있었는데, 아주 현명하고 신중한 여인이었습니다. 그녀는 여러 차례에 걸쳐 아들의 낭비벽과 방탕함을 막아 보려 애썼으나 허사였습니다. 아들을 간곡히 타일러 보기도 했습니다. 빨리 행실을 바꾸지 않는다면 재산을 날려 버리게 됨은 물론 민심이 이반하여 혁명이 일어나게 될지도 모르며, 그리되면 왕위는커녕 생명도 부지하기 힘들 것이라고 말입니다. 실제로 모후가 예고한 일들은 현실이 될 뻔했습니다. 과연 백성들은 왕의 실정에 불만을 품고 수군거리기 시작했고, 이 불만이 전국적인 반란으로 폭발하려 했던 것입니다. 하지만 이러한 상황을 탐지한 모후는 이를 왕에게 알렸고, 결국 왕도 정신을 차리게 되었죠. 그가 현명한 노신들에게 국정을 맡기자 신민들을 다시 각자의 자리로 돌아갔습니다.

제인은 자신의 전 재산이 사라져 버린 것을 확인하고는, 이를 보다 현명하게 관리하지 못했음을 후회했습니다. 그는 극도의 우울 속으로 빠져들었으며, 그런 그를 위로해 줄 수 있는 것은 아무것도 없었죠.

그런데 어느 날 밤, 꿈속에서 점잖게 생긴 노인네 하나가 웃는 낯으로 그에게 다가와 이렇게 말하는 것이었습니다.

「제인! 슬픔 뒤에는 기쁨이 따르고, 불행 끝에 행복이 오는 법이니라. 너의 고통을 끝내고 싶으냐? 그러면 일어나 이집트로 가거라! 카이로에 가면 큰 행운이 너를 기다리고 있을 것이다.」

잠에서 깨어난 왕은 이 이상한 꿈 때문에 마음이 몹시 뒤숭숭했습니다. 그가 모후에게 신각하게 꿈 얘기를 하자, 그녀는 다만 웃을 뿐이었습니다.

「제인! 정말로 꿈 때문에 이집트에 갈 생각은 아니겠지?」
「어머니, 안 될 이유라도 있사옵니까? 꿈이란 모두 허망한 것이라 생각하십니까? 아니지요, 아니지요! 신비스러운 꿈도 있습니다. 저는 과거 저를 가르치신 스승들로부터 꿈의 신비함에 관한 이야기를 수도 없이 들었습니다. 설사 그렇지 않다 하더라도, 제가 꾼 꿈에는 분명 뭔가가 있었습니다. 그 노인에게 무언가 신비스러운 것이 느껴졌단 말입니다. 그분은 단지 연로한 나이 때문에 존경스럽게 보이는, 그런 노인네가 아니었습니다. 형언할 수 없는 신성한 기운이 그분 주위에 감돌고 있었습니다. 우리가 일반적으로 묘사하는 위대한 선지자 무함마드처럼 생기신 분이셨지요. 제 생각을 솔직히 말씀드릴까요? 전 그분이 고통을 겪고 있는 저의 모습에 아픔을 느끼시고, 그걸 덜어 주기 위해 온 것이라 생각합니다. 왠지 그분에게 신뢰감을 느꼈고, 그분의 약속을 들으니 희망이 생겼답니다. 전 그분의 음성을 좇기로 결심했어요.」

모후는 아들의 생각을 돌려 보려 애썼지만 허사였습니다. 왕자는 그녀에게 국정을 맡기고, 어느 날 밤 살그머니 왕궁을 빠져나왔습니다. 수행원도 없이 혼자서 카이로에 가기 위함이었죠.

몹시도 힘든 여행 끝에 그는 카이로에 도착했습니다. 그곳은 그 크기에 있어서나 아름다움에 있어서 이 세상에 비교의 대상이 거의 없는 유명한 도시였습니다. 한 모스크의 문 앞에 이른 그는 너무도 피곤하여 땅바닥에 드러누워 그대로 잠이 들고 말았습니다. 그런데 잠이 들자마자 이전의 그 노인네가 또다시 나타났습니다.

「아들아, 내 말을 믿어 주어 기쁘구나! 길이 몹시 길고 힘했음에도 불구하고 불평 없이 여기까지 와주다니. 내가 네게 이렇게 긴 여행을 시킨 까닭은 너를 시험해 보기 위함이었고, 이제 네가 용기와 결단력을 지닌 사람이란 걸 확인했다. 그래, 넌 내가 이 땅에서 가장 부유하고 행복한 왕으로 만들어 주어도 될 만한 사람이야. 자, 이젠 다시 발소라로 돌아가라. 넌 궁전에서 엄청난 재산을 찾게 될 거야. 지금껏 그 어떤 왕도 소유하지 못했던 엄청난 보물을 말이다.」

꿈에서 깨어난 그는 생각했습니다.

〈아뿔싸! 내가 큰 실수를 범했구나! 내가 우리의 선지자님이라고 믿었던 그 노인은 나의 망상이 빚어낸 순수한 가공의 존재에 지나지 않았어. 그리고 내 머리를 꽉 채우고 있는 그 가공의 존재가 다시 한 번 꿈에 나타난 거지. 그래, 발소라로 돌아가자. 여기 남아서 더 무얼 한단 말인가? 그나마 이 여행의 동기를 어머니한테만 밝힌 것이 천만다행이군. 백성들이 이를 알았다면 난 얼마나 웃음거리가 되었을까?〉

그는 발길을 돌려 다시 그의 왕국으로 향했습니다. 그가 도착하자마자 모후는 여행이 만족스러웠는지 물었습니다. 그는 모든 것을 얘기하며 너무도 순진했던 자신을 책망했습니다. 그렇게 그가 침울한 모습을 보이자 모후는 그를 책망하거나 비웃는 대신 따뜻하게 위로해 주었죠.

「제인, 너무 상심하지 말거라. 만일 하느님께서 네게 보물을 예정해 놓으신 것이라면, 어렵지 않게 얻게 될 거야. 그러니 마음을 편하게 가지렴. 내가 네게 당부하고 싶은 것은 오직 하나, 현덕한 군주가 되라는 것이다. 춤과 풍금과 보랏빛 포도주가 주는 쾌락을 멀리하렴. 그것들 때문에 파멸할 뻔한 경험이 있지 않니? 오직 너의 신민들의 행복을 위해 애쓰렴. 그들을 행복하게 해주면 너의 행복은 저절로 따라올 것이니.」

제인 왕자는 맹세했습니다. 앞으로는 그의 어머니와 현명한 재상들의 충고를 따르겠노라고 말입니다. 하지만 왕궁에 돌아온 바로 그날 밤, 그는 꿈속에서 노인을 세 번째로 만났습니다.

「오, 용감한 제인! 드디어 너의 번영의 시간이 왔다! 내일 아침 잠에서 깨자마자 곡괭이를 들고 가서 선왕의 방을 뒤져 보아라. 거기서 큰 보물을 발견할 것이니.」

왕자는 잠이 깨자마자 벌떡 일어났습니다. 그리고 모후의 방으로 달려가 그가 또다시 어떤 꿈을 꾸었는지 흥분한 목소리로 들려주었죠. 모후는 미소를 지으며 대답했습니다.

「애야, 그 노인네는 정말 끈질기기도 하구나! 너를 두 번이나 속이고도 성에 안 찬 모양이지? 그래, 너는 또다시 그를 믿어 보려는 거니?」

「아니오, 어머님. 저는 그의 말을 전혀 믿지 않습니다. 하지만 재미 삼아 아버님의 방을 한번 뒤져 보고 싶군요.」

「오, 내 그럴 줄 알았어!」 모후는 웃음을 터뜨리며 외쳤습니다. 「자, 그래, 가서 하고 싶은 대로 하렴. 그래도 이번 일이 이집트 여행에 비하면 너무도 쉽다는 점에서는 위안이 되는구나!」

「어머니, 그냥 제 본심을 고백해야겠군요. 사실은 이 세 번째 꿈을 꾸고 나니 다시 확신이 생겼어요. 무슨 말이냐고요? 자, 노인이 무슨 말씀을 하셨는지 잘 생각해 보세요. 처음에 그는 저더러 이집트에 가라고 명하셨지요. 거기 가니까, 그 여행을 하게 한 목적은 저를 시험하기 위함이라고 밝히셨어요. 그러고는 이렇게 말씀하셨죠.

〈다시 발소라로 돌아가라! 거기 가면 보물을 찾을 수 있을 것이야.〉

그리고 지난밤, 그분은 보물이 있는 장소를 정확히 지시해 주셨어요. 자, 보세요! 이 세 꿈에 일관성이 있잖아요? 모호한 점이라곤 조금도 없고, 뜻 모를 상황은 하나도 없어요. 물론 이 꿈들은 허망한 것일 수도 있어요. 하지만 공연히 미신을 비웃다가 큰 보물을 놓쳤다고 평생 자책하며 사느니, 결과가 어떻게 되든 한번 찾아보는 게 나을 것 같아요.」

그는 모후의 방을 나와, 곡괭이를 찾아 들고 혼자서 선왕의 방으로 들어갔습니다. 그러고는 곡괭이질을 시작하여 바닥 타일의 반 이상을 들어냈지만 보물 비슷한 것도 보이지 않았습니다. 그는 휴식을 취하기 위해 작업을 멈추고서 생각했습니다.

〈이런 나를 보고 웃으셨던 어머님이 역시 옳았던 것일까?〉 하지만 이내 그는 다시 힘을 내어 작업을 계속했습니다. 그것은 아주 잘한 일이었죠. 갑자기 땅속에서 흰 돌이 나타났는데, 그것을 들추자 밑으로 강철 자물쇠가 달려 있는 문이 나온 것입니다. 곡괭이로 자물쇠를 부수고 문을 열어 보았더니, 흰 대리석으로 된 계단이 보였습니다. 그는 곧 촛불을 밝혀 들고 계단으로 내려갔습니다. 바닥에는 중국산 자기 타일이 깔려 있었고, 천장과 벽의 장식 판은 수정으로 되어 있었습니다. 특히 그의 시선을 끈 것은 네 개의 단이었는데, 각각의 단 위에는 반암 항아리가 열 개씩 놓여 있었죠. 그는 그 안에 포도주가 들어 있으리라 상상했습니다.

〈흠, 아주 오래 묵은 포도주겠군. 그렇다면 품질은 훌륭하겠지.〉

그는 한 항아리에 다가가 뚜껑을 열어 보았습니다. 순간 그의 입에서는 놀람과 기쁨이 뒤섞인 탄성이 터져 나왔습니다. 항아리 속에는 금화가 가득 들어 있었던 것입니다. 다른 것들도 열어 보았더니 마찬가지로 금화들이 가득가득했습니다. 그는 한 줌을 집어 모후에게 가져다 보여 주었습니다. 왕이 모든 사실을 고하자, 그녀는 크게 놀라면서 소리쳤죠.

「오, 세인! 이 모든 재산을 이제는 전처럼 정신없이 낭비하지 말거라! 너의 정적들에게 기뻐할 빌미를 주고 싶지 않거들랑 말이다.」

「천만에요, 어머님! 이제부터는 올바르게 살아 어머님을 기쁘게 해드리겠습니다.」

그 놀라운 지하 공간은 선왕이 극히 은밀하게 지어 놓은 것으로, 심지어는 그의 아내인 모후조차 한 번도 들어 본 적이 없는 곳이었습니다. 그녀는 아들에게 그곳으로 데려가 달라고 청했습니다. 제인은 어머니를 선왕의 집무실로 데려가 대리석 계단을 통해 항아리들이 있는 방으로 내려가게 했습니다. 항아리들을 신기한 눈으로 훑어보던 그녀는 같은 재질로 만든 다른 조그만 항아리 하나가 구석에 놓여 있는 것을 발견했습니다. 아직 왕자의 눈에는 띄지 않았던 모양입니다. 열어 보니 그 안에는 황금 열쇠 하나가 들어 있었습니다.

「제인! 이 열쇠는 분명 어떤 새로운 보물 창고를 열기 위한 것일 거다. 자, 여기저기 뒤져 보자. 이것의 용도를 한번 찾아보자고.」

그들은 방을 샅샅이 살펴본 끝에 마침내 한 장식 판 중앙에서 열쇠 구멍 하나를 찾아냈습니다. 왕은 당장에 열쇠를 시험해 보았죠. 문은 즉시 열려 또 다른 방이 나타났는데, 한가운데 아홉 개의 황금 받침대가 서 있었고 그중 여덟 개는 커다란 다이아몬드를 깎아 만든 조각상들을 떠받치고 있었습니다. 조각상들이 발하는 광채는 너무도 찬란하여 방은 대낮같이 밝았죠.

「오, 맙소사!」 제인은 크게 놀라 외쳤습니다. 「대체 아버님은 어디서 이처럼 멋진 것들을 구해 오셨을까?」

아홉 번째 받침대 위에 올려져 있는 것은 그를 한층 놀라게 했습니다. 그 위에 놓인 흰 공단에 다음과 같은 글이 적혀 있었던 것입니다.

〈오, 내 아들아! 이 여덟 개의 조각상은 내가 아주 고생해서 얻은 것들이다. 하지만 이것들이 아무리 아름답다 해도, 이것들을 능가하는 아홉 번째 조각상이 이 세상에 존재하고

있다는 사실을 알아야 한다. 지금 네 눈앞에 있는 것들의 천 배의 가치가 있는 것이지. 그것을 갖고 싶거든 이집트의 카이로로 가거라. 거기에는 과거 내 종이었던 모바렉이라는 사람이 있다. 그를 찾는 일은 조금도 어렵지 않을 것인바, 가서 아무나 붙잡고 물어 보면 그의 거처를 알려 줄 것이기 때문이다. 가서 그를 찾아 네게 일어난 일을 얘기해라. 네가 내 아들이라는 사실을 알면 그는 그 놀라운 조각상이 있는 곳으로 널 데려가, 그것을 얻게 해줄 것이다.〉

이 글을 다 읽고 왕자는 모후에게 말했습니다.

「저는 이 아홉 번째 조각상을 절대 놓치고 싶지 않아요. 이 모든 조각상들을 합해도 그것 하나만 못하다니 아주 진귀한 것임이 틀림없어요. 저는 위대한 카이로를 향해 떠나겠어요. 어머님도 제 결심에 반대하지 않으시겠죠?」

「아니다, 제인! 결코 반대하지 않는다. 아마도 너는 우리 위대한 선지자의 보호 아래 있는 모양이다. 네가 여행 중에 죽는 것은 그분이 허락하지 않으실 거야. 자, 원하는 때에 출발하렴. 네가 없는 동안 나와 재상들이 나라를 다스리고 있겠다.」

왕자는 말과 행장을 준비시켰습니다. 수행원으로는 종 몇 사람만을 데려가기로 했죠. 여행 중에는 아무 사고도 일어나지 않았습니다. 마침내 카이로에 이른 그는 모바렉의 행방을 물었습니다. 사람들의 말에 의하면, 그는 이 도시에서 가장 부유한 시민 가운데 하나로 귀족처럼 살고 있으며, 그의 집은 특히 이방인들에게 활짝 열려 있다는 것이었습니다. 제인은 그 집을 찾아갔습니다. 대문을 두드리니 한 종이 문을 열었습니다.

「당신은 누구이며, 무얼 원하시오?」

「난 이방인이오. 모바렉 공이 너그러우시다는 소문을 듣고

하룻밤 유숙하러 왔소이다.」

종은 제인에게 잠시 기다리라고 말하고는 주인에게 가서 손님이 왔음을 알렸습니다. 주인은 그를 맞아들이라고 분부했고, 종은 대문에 돌아와 주인의 뜻을 전했죠. 이에 제인은 널찍한 내정을 지나 화려하게 장식된 홀 안으로 들어갔습니다. 모바렉은 그를 기다리고 있다가 정중히 맞으면서, 자신의 집을 숙소로 삼아 주어 큰 영광이라고 말했습니다. 제인은 이 인사에 대해 답례하고는 이렇게 말했습니다.

「저는 지금은 작고하신 발소라 왕의 아들이며, 이름은 제인 알라스남이라고 합니다.」

「아니, 정말이십니까? 그분은 과거 저의 상전이셨습니다. 하지만 상공! 그분께 아들이 있다는 사실은 몰랐습니다. 혹시 나이가 어떻게 되시는지요?」

「스무 살입니다. 제 선친의 궁정을 떠나신 지 몇 해나 되셨나요?」

「거의 스물 두 해가 되어 가지요. 하지만 상공이 그분의 자제라는 사실을 어떻게 증명하시렵니까?」

「아버님의 집무실 밑에 지하실이 있었고, 저는 거기에서 금화가 가득 든 반암 항아리 마흔 개를 찾았습니다.」

「거기에 다른 것은 없었나요?」

「금으로 된 받침대가 아홉 개 있었고, 그중 여덟 개의 받침대 위에는 다이아몬드 조각상이 있었습니다. 하지만 아홉 번째 받침대 위에는 흰 공단이 있었죠. 아버님은 그 천 위에 다른 모든 조각상들을 합친 것보다도 귀한 조각상을 얻기 위해 제가 해야 할 일을 적어 놓으셨습니다. 공단에 적힌 글에 의하면, 선생께서 그 조각상이 있는 장소를 아신다고 하던데요?」

그가 말을 마치자마자 모바렉은 그의 발밑에 무릎을 꿇었습니다. 그러고는 왕자의 손에 여러 차례 입을 맞추면서 외쳤습니다.

「오, 왕자님을 이곳까지 보내 주신 하느님께 감사합니다! 맞습니다. 상공은 틀림없이 발소라 왕의 아드님이십니다. 그 놀라운 조각상이 있는 곳으로 가고 싶으시다면 제가 인도해 드리겠습니다. 하지만 우선 며칠 휴식을 취하십시오. 사실 지금 저는 카이로의 유지들을 모아 연회를 벌이던 중이었습니다. 상에 앉아 있을 때 왕자님이 도착했다는 소식을 들었죠. 가서 저희와 함께 연회를 즐기자고 감히 청해도 되겠습니까?」

「물론입니다! 저도 연회에 참석할 수 있다면 아주 기쁘겠는걸요.」

모바렉은 즉시 제인 왕자를 돔형 천장이 있는 홀로 인도했습니다. 거기에는 그의 친구들이 모여 있었죠. 왕자를 상에 앉힌 모바렉은 무릎을 꿇은 채 음식 시중을 들었습니다. 그 모습에 카이로의 귀족들은 크게 놀라 목소리를 낮추어 수군댔습니다.

「아니, 대관절 저 이방인은 누구이기에 모바렉이 저렇듯 정중하게 대한단 말인가?」

식사가 끝나자 모바렉이 입을 열어 말했습니다.

「카이로의 귀족들이여! 내가 이 젊은 이방인에게 이처럼 정중히 음식 시중을 하여 무척 놀라셨을 것이오. 이분은 바로 나의 상전, 발소라 왕의 아드님이시라오. 그분은 나를 종으로 사셨고, 나를 해방해 주시지 못한 채 돌아가셨소. 따라서 내 모든 재산은 그분의 유일한 상속자이신 이분께 속한 것이오.」

여기서 제인은 그의 말을 끊었습니다.

「오, 모바렉! 지금 모든 분들이 보는 앞에서 선언하오! 나는 그대를 해방하며, 그대와 그대의 모든 재산을 포기하겠소. 그 외에 또 원하는 것이 있으면 말하시오.」

이 말에 모바렉은 땅에 입을 맞추며 왕자에게 깊은 감사를 표했습니다. 그리고 매우 기뻐하며 연회가 끝난 후에는 돌아가는 손님들에게 푸짐한 선물까지 안겨 주었죠.

다음날 제인은 모바렉에게 말했습니다.

「이젠 충분히 쉬었습니다. 제가 카이로에 온 것은 즐겁게 놀기 위함이 아니라, 아홉 번째 조각상을 얻으려 함이지요. 자, 이제 그것을 얻으러 떠납시다.」

「왕자님! 저는 언제든 왕자님의 뜻에 따를 준비가 되어 있습니다. 하지만 그 보물을 찾는 길에 얼마나 큰 위험이 도사리고 있는지 모르실 겁니다.」

「어떤 위험이 있다 해도 나는 그것을 얻기로 결심했습니다. 죽든지, 아니면 목적을 이룰 것입니다. 무슨 일이 일어날지 모르지만, 모든 걸 하느님의 뜻으로 받아들이겠습니다. 그저 저와 동행하기만 해주십시오. 그리고 선생도 저처럼 굳은 결의를 지녀 주시길 바랍니다.」

모바렉은 그의 결심이 확고함을 알고 하인들을 불러 여행 준비를 하라고 일렀습니다. 이어 왕자와 그는 목욕재계를 하고 〈파르즈〉 기도[93]를 올린 후, 여행길에 올랐습니다. 길을 가면서 희한하고 놀라운 것들을 무수히 구경했죠. 이렇게 여러 날을 걸은 끝에 어느 쾌적한 장소에 이르자, 모바렉은 말에서 내리며 하인들에게 일렀습니다.

「여기 남아서 우리가 돌아올 때까지 말들과 행장을 잘 지키고 있어라.」 이어 고개를 돌려 제인에게 말했습니다. 「왕자

---

93 실제로 〈파르즈〉라는 이름의 기도는 존재하지 않는다. 이슬람교도들은 기도, 시주, 금식 등 신과 그의 선지자에 대해 신실한 자가 되기 위해 절대적으로 필요한 각종 종교 의무들을 이 이름으로 통칭한다 — 원주.

님, 가십시다! 우리 둘만 가야 합니다. 아홉 번째 조각상이 있는 무서운 장소가 이곳에서 멀지 않습니다. 이제부터는 용기가 필요할 것입니다.」

이윽고 그들은 큰 호수 기슭에 이르렀습니다. 모바렉은 물가에 앉으며 말했습니다.

「이 호수를 건너야 합니다.」

「아니, 배도 없는데 어떻게 건넌단 말입니까?」

「잠시 후면 나타날 것입니다. 정령들의 왕이 보내는 마법의 배지요. 지금부터 제가 드리는 말씀을 잊지 마십시오. 입을 꼭 다물고 사공에게 한 마디도 하지 말아야 합니다. 그의 모습이 아무리 기이하게 보일지라도, 또 가다가 무슨 괴이한 일이 일어날지라도 아무 말 마십시오. 만일 우리가 배에 있을 때 단 한 마디라도 내뱉으면 그 순간 배는 침몰하고 말 겁니다.」

「알았습니다. 침묵을 지키고 있겠습니다. 그 외에 제가 해야 할 일을 말씀만 하시면 그대로 따르겠습니다.」

바로 그때 백단향으로 만들어진 배 한 척이 호수 위에 나타났습니다. 호박으로 된 돛대에는 푸른 깃발이 나부끼고 있었죠. 사공은 한 사람뿐이었는데, 머리는 코끼리 같고 몸은 호랑이의 형상을 하고 있었습니다. 배가 왕자와 모바렉 가까이에 이르자 사공은 자신의 코로 한 사람씩 들어 올려 배에 태웠습니다. 이어 순식간에 배가 호수 건너편에 이르자, 사공은 다시 코로 두 사람을 내려 주고는 즉시 배와 함께 사라져 버렸습니다.

「자, 이제는 말해도 됩니다.」 모바렉이 입을 열었습니다. 「우리가 있는 이 섬은 정령들의 왕의 섬이랍니다. 세상에 다시없는 기막힌 곳이지요. 자, 왕자님, 사방을 둘러보십시오. 정말 매력적이지 않습니까? 우리 종교의 율법을 충실하게 지키는 사람들에게 하느님이 예비해 놓으셨다는 그 황홀한 장소가 바로 이와 같지 않을까요? 저 꽃들과 향기로운 각종 풀들이 만발한 들판을 보십시오! 감미로운 과일들이 주렁주렁하여 가지가 땅에 닿을 듯 휘어져 있는 저 아름다운 나무들은 또 어떻습니까? 다른 곳에서는 볼 수 없는 수천 종의 새들이 부르는 이 아름다운 노랫소리를 음미해 보십시오!」

과연 주위에 있는 것들은 아무리 보아도 싫증이 나지 않을 정도로 기묘하고도 아름다운 것들뿐이었습니다. 그리고 두 사람이 섬 안으로 들어감에 따라 새로운 볼거리들이 끊임없이 나타났습니다.

마침내 그들은 어느 성 앞에 이르렀습니다. 에메랄드로 지어진 그 성은 넓은 연못으로 둘러싸여 있었고 연못 가장자리에는 일정한 거리를 두고 나무들이 심겨 있었는데, 그것들이 얼마나 높은지 성 전체가 나무 그늘 속에 잠겨 있을 정도였습니다. 황금으로 된 성문 앞에 있는 도개교는 길이가 최소 십이 미터에 폭이 육 미터는 되어 보이는 거대한 것으로, 전체가 하나의 생선 비늘로 만들어져 있었습니다. 다리 위에는 키가 장승만 한 정령들이 떡 버티고 서서, 손에 커다란 중국식 쇠몽치를 들고 입구를 지키고 있는 것이 보였습니다. 여기서 모바렉이 말했습니다.

「더 이상 가면 저 정령들이 우릴 쳐 죽일 것입니다. 먼저 그들이 우리 쪽으로 오는 것을 막기 위한 마법의 의식을 행해야 합니다.」

그는 통옷 안쪽에 묶어 놓은 주머니에서 노란색 띠 네 개를 꺼냈습니다. 그중 하나를 자신의 허리에 매고 또 하나는 등에 걸친 다음, 다른 두 개는 왕자에게 주어 자신처럼 하게 했습니다. 그러고는 땅에 커다란 보자기를 두 장 깔고, 그 가장자리에 사향과 용연향을 섞은 보석 조각 같은 것들을 흩뿌려 놓았습니다. 이어 보자기 위에 앉은 그는 왕자도 다른 보자기 위에 앉게 하고 이렇게 말했습니다.

「왕자님, 이제 저기 보이는 궁에 살고 있는 정령들의 왕을 부르려 합니다. 제발 나올 때 화가 나 있지 않기만을 바랄 뿐입니다! 사실 그가 우리를 어떻게 맞아 줄지 몰라 전 몹시 불안합니다. 만일 우리가 이 섬에 들어온 것을 불쾌하게 여긴다면, 그는 무시무시한 괴물의 모습으로 나타날 것입니다. 우리를 받아들여 준다면 잘생긴 남자의 모습으로 나타날 거고요. 그가 나오면 우리는 일어나서 그에게 인사를 드려야 합니다. 하지만 이 보자기 밖으로 나가면 즉시 죽게 되니 절대 나가지 마십시오. 그런 다음 왕자님은 그에게 이렇게 말하십시오.

〈정령들의 최고 군주시여! 당신을 섬겼던 제 부친께서는 죽음의 사자에게 붙잡혀 갔습니다. 항상 제 선친을 보호해 주신 폐하, 부디 저 역시 보호해 주십시오!〉

그러면 정령들의 왕은 어떤 은혜를 베풀어 주기를 원하는지 물을 것입니다. 그러면 이렇게 대답하십시오.

〈폐하! 무릎 꿇고 간구하건대, 제게 아홉 번째 조각상을 주시옵소서!〉」

모바렉은 제인 왕자에게 이렇게 일러 주고, 주문을 외우기 시작했습니다. 곧 번쩍이는 긴 섬광이 나타났고, 천둥소리가 그 뒤를 이었습니다. 홀연 섬 전체가 짙은 어둠에 쌓이고 맹렬한 바람이 일었습니다. 땅에서는 최후의 심판일에 아스라펠[94]이 일으킨다는 것과 같은 진동이 느껴졌습니다. 제인은 가슴이 떨려 왔습니다. 이 소리가 불길한 징조 같았던 것입

---

94 아스라펠 혹은 아스라필. 죽은 자들이 최후의 심판을 받기 위해 부활하기 직전 나팔을 부는 천사 — 원주.

니다. 하지만 사정을 잘 아는 모바렉이 빙그레 미소를 지으며 말했습니다.

「왕자님, 걱정 마십시오. 일이 잘 되어 가고 있습니다.」

과연 곧바로 정령들의 왕이 미남의 모습으로 그들 앞에 나타났습니다. 하지만 그 모습 가운데에는 무언가 사나운 기운도 없지 않았죠. 그의 모습을 본 제인은 모바렉이 가르쳐 준 대로 인사를 올렸습니다. 이에 정령 왕은 미소를 지으며 대답했습니다.

「오, 여보게! 나는 자네 부친을 사랑했다네. 그리고 그가 내게 인사를 하러 올 때마다 선물로 조각상을 하나씩 주었지. 그리고 난 자네 역시 좋아하네. 자네 선친이 작고하기 며칠 전, 난 그로 하여금 유서를 써놓게 했다네. 그게 바로 흰 공단 위에 써진 그 글이야. 난 그에게 약속했어. 자네를 보호해 줄 것이며, 자네가 본 모든 조각상들보다 훨씬 아름다운 아홉 번째 조각상을 주겠다고 말이야. 사실, 자네가 꿈에서 본 그 노인네가 바로 나였다네. 즉 항아리들과 조각상들이 있는 지하실을 발견하게 한 게 바로 나라는 얘기야. 나는 자네에게 일어난 모든 일에 크게 기여했네. 아니 그 모든 일의 원인이라 할 수 있지. 난 자네가 왜 여기 왔는지 알고 있네. 그래, 자네가 원하는 것을 얻게 해주지. 설사 자네 부친과의 약속이 없었다 하더라도 자네가 원하는 것을 기꺼이 주었을 거야. 하지만 그에 앞서 자네는 한 가지 맹세를 해야 하네. 절대 깨뜨릴 수 없도록, 모든 것을 걸고 엄숙히 맹세해야 하네. 자네는 다시 이 섬에 돌아와야 하는데, 그때는 나이가 열다섯에 시금껏 남자를 알지 못했으며 또 알기를 원치도 않는 한 소녀를 데려와야 하네. 그녀는 완벽하게 아름다워야 하며 자네는 스스로를 철저히 제어하여, 그녀를 여기까지 데려오는 동안 그녀를 소유하겠다는 마음은 추호도 품지 말아야 할 것이네.」

제인은 정령들의 왕이 요구하는 대로 맹세를 하고는 이렇게 말했습니다.

「하지만, 폐하! 제가 운이 좋아서 폐하께서 원하시는 그런 소녀를 만난다 하더라도, 그녀가 모든 조건에 부합하는 소녀인지 어떻게 확인할 수 있겠습니까?」

이 말에 정령들의 왕은 빙그레 미소 지으며 대답했습니다.

「그렇네, 겉모습만 보면 속을 수 있지. 그걸 알아내는 것은 사실 우리 남자들로서는 불가능한 일이니까. 그 일을 자네에게 맡길 생각은 없네. 자, 이 거울을 자네에게 주겠네. 자네의 추측보다는 훨씬 확실할 거야. 완벽하게 아름다운 열다섯 살 소녀를 만나게 되면 이 거울을 통해 그녀를 보게. 소녀의 영상이 보이겠지. 만일 거울이 맑고 선명한 상태로 남아 있으면 그 소녀는 순결하다는 뜻이네. 반대로 거울이 흐려지면 그녀가 현명하게 처신하지 못했든지, 아니면 최소한 딴생각을 품기 시작하고 있다는 확실한 표시일세. 자, 무엇보다도 자네가 내게 한 맹세를 잊지 말게. 남자의 명예를 걸고 그걸 지키란 말이야. 안 그러면 내가 아무리 자네를 좋아한다 해도 자네의 목숨을 빼앗지 않을 수 없으니까.」 정령들의 왕은 제인에게 거울을 건네주며 말을 마쳤습니다. 「자네가 사용해야 할 거울이 여기 있네. 이젠 돌아가도 좋아!」

제인과 모바렉은 정령들의 왕에게 작별을 고한 다음, 호수 쪽으로 걸어갔습니다. 코끼리 머리를 한 사공이 배를 저어 나타나, 왔을 때와 마찬가지의 방식으로 건너편에 데려다 주었죠. 그들은 기다리고 있던 하인들을 만나 함께 카이로로 돌아갔습니다.

제인 알라스남 왕자는 모바렉과 함께 며칠을 지낸 후 말했습니다.

「이제 바그다드로 갑시다! 가서 정령들의 왕이 말한 소녀를 찾아야죠.」

「허허, 우리가 있는 곳이 그 어느 도시보다도 큰 카이로가 아닙니까? 예쁜 소녀들을 찾으려면 여기서 찾아야 하지 않겠습니까?」

「맞는 말씀이네요! 하지만 어딜 가야 그런 소녀들이 있을까요?」

「그런 일로 고민할 필요는 없습니다. 그런 방면에 아주 수완이 좋은 노파를 한 명 알고 있거든요. 그녀에게 맡기면 잘 해낼 것입니다.」

과연 노파는 능란한 수완을 발휘하여 왕자로 하여금 수많은 열다섯 살 소녀들을 볼 수 있게 해주었습니다. 하지만 그녀들의 모습을 직접 보고 나서 거울을 통해 다시 들여다보면, 그녀들의 덕성을 알려주는 이 운명의 거울은 매번 흐려지곤 했습니다. 궁정과 도성의 모든 열다섯 살 소녀를 검사해 보았지만 거울이 맑고 선명한 상태로 남아 있는 경우는 한 번도 없었죠.

카이로에서는 순결한 처녀를 찾을 수 없다는 사실을 알게 된 두 사람은 바그다드로 갔습니다. 그들은 이 도시의 가장 멋진 구역에 있는 호화로운 궁 하나를 세내고 매일 풍성한 연회를 열어 손님들을 맞이하기 시작했습니다. 식탁은 누구에게나 열려 있었으며 제공된 음식은 너무 많아, 먹고 남은 것을 탁발승들에게 가져다주면 그걸로 그들은 음식 걱정 없이 지낼 수 있을 정도였죠.

그런데 그들과 같은 구역에는 부베키르 무에진이라는 이맘이 살고 있었습니다. 허영과 교만, 그리고 질투로 똘똘 뭉친 인물이었죠. 그는 부유한 사람들을 증오했는데, 그건 단지 그 자신이 가난했기 때문이었습니다. 궁색한 삶을 살다

보니 잘사는 이웃만 보면 분통이 터졌던 것입니다. 이런 그도 제인 알라스남과 풍족함이 넘치는 그의 집에 대한 소문을 듣게 되었습니다. 소문만 듣고도 대번에 이 왕자를 지독히 미워하게 되었죠. 그는 미움을 품는 것으로 만족하지 않고, 어느 날 모스크의 저녁 기도 시간이 끝난 후에 백성들에게 이렇게 말했습니다.

「형제들이여! 듣자 하니 우리 동네에 한 외인이 들어와 매일같이 돈을 물 쓰듯 쓰고 있다고 하오. 그런데 누가 알겠소? 이 듣도 보도 못한 자가 사실은 자기 나라에서 큰 재산을 훔쳐 가지고서, 그걸 흥청망청 쓰기 위해 이곳에 숨어 들어온 자일지? 형제들, 조심합시다! 만일 칼리프께서 이런 자가 우리 동네에 살고 있다는 소문을 들으신다면 빨리 그 사실을 알려 주지 않았다고 우리를 벌하실지도 모르오. 하지만 나는 여러분에게 경고한 것으로 내 책임을 다했소! 앞으로 무슨 일이 일어난대도 내 잘못이 아니란 말이오.」

이런 말에 쉽게 현혹되곤 하는 우매한 백성들은 일제히 외쳤습니다.

「선생님! 이건 선생님께서 처리해 주셔야 합니다! 술탄에게 이 사실을 알리십시오!」

만족한 이맘은 집에 돌아가 보고서를 작성했습니다. 다음 날 칼리프에게 제출할 작정이었던 것입니다. 하지만 기도회에 참석했다가 이맘이 하는 소리를 들은 모바렉은 금화 오백 세켕을 손수건에 싼 다음 비단 여러 장을 둘둘 말아 꾸러미로 만들어 부베키르에게 가져갔습니다. 이맘은 퉁명스러운 어조로 뭘 원하느냐고 물었습니다.

「오, 선생님!」 모바렉은 그의 손에 금화와 비단 꾸러미를 쥐여 주면서 부드러운 음성으로 대답했습니다. 「저는 당신의 이웃이자 충직한 봉사자입니다. 이 동네에 살고 계신 제인 왕자님의 명을 받고 왔죠. 왕자님은 선생님께서 훌륭하신 분이라는 소문을 듣고, 언제 한번 찾아뵙고 싶다는 말씀을 전하라고 하셨습니다. 그리고 그때까지 약소하나마 이 선물을 받아 주십사 하고…….」

부베키르는 대번에 얼굴이 환해져서 모바렉에게 대답했습니다.

「오, 선생! 왕자님께 가서 내 사과의 말씀을 전해 주시오! 아직까지 찾아뵙지 못해 심히 송구스럽다고 말이오. 하지만 내일 당장 그 잘못을 시정하겠소이다!」

과연 다음 날 아침 기도가 끝난 후에, 그는 다시 백성들에게 말했습니다.

「형제들! 알고 보니 세상에는 적이 없는 사람이 없습디다. 큰 재산을 지닌 사람들이 주로 시샘의 대상이 되더군요. 어제저녁 내가 여러분에게 말했던 그 외지인 말이오, 알고 보니 전혀 나쁜 사람이 아니었소. 그를 음해하고자 하는 몇몇 사람이 내게 그렇게 말한 것뿐이었다오. 그는 온갖 덕성을 갖추신 젊은 왕자분이었소. 칼리프에게 그분을 나쁘게 말하는 사람이 우리 중에는 없었으면 좋겠소.」

이렇게 부베키르는 전날 저녁 자신이 백성들의 머릿속에 불어넣었던 제인에 대한 오해를 지워 버린 후 자기 집으로 돌아갔습니다. 그러고는 옷을 점잖게 차려입고 젊은 왕자를 찾아갔습니다. 왕자는 그를 반갑게 맞아 주었죠. 정중한 인사가 오간 다음, 부베키르가 입을 열었습니다.

「상공! 바그다드에는 오래 머무실 생각이십니까?」

「소녀를 하나 찾을 때까지 머물 예정입니다. 나이는 열다섯에 완벽한 미인이어야 하고, 남자와 접촉하지 않았을 뿐 아니라 그럴 마음조차 품지 않은 그런 순결한 소녀 말입니다.」

「몹시 희귀한 것을 찾고 계시는군요. 그런 소녀가 어디 있는지 마침 제가 알고 있었기에 망정이지, 그렇지 않았더라면 그 모든 노력이 헛수고가 될 뻔했습니다그려. 자, 그녀의 부친은 과거에 재상을 지내던 분으로, 오래전에 은퇴하여 지금은 한적한 집에서 오직 따님의 교육에만 전념하고 계시지요. 만일 상공께서 원하신다면 제가 중매를 설 수도 있습니다만. 그분께서도 상공처럼 지체 높은 분을 사위로 얻게 되어 기뻐하실 것입니다.」

「너무 서두르지는 맙시다. 그녀가 진정 나와 맞는 여자인지 알기 전에는 결혼하지 않을 것입니다. 미모에 대해서야 선생님 말씀을 신뢰할 수 있습니다만, 그녀가 정말로 순결한지는 어떻게 보장해 주겠습니까?」

「아니, 무슨 보장을 원하시는 거요?」

「그냥 그녀를 한번 마주 보기만 하면 됩니다. 그렇게만 하면 판단을 내릴 수 있어요.」

「허허, 관상에 능한 모양이시구려?」 이맘은 미소를 지으며 말했습니다. 「좋습니다! 자, 그럼 저와 함께 그녀의 부친 집으로 함께 갑시다. 내가 상공을 잠시 그녀와 단둘이 있게 해달라고 부탁할 테니까.」

부베키르가 왕자를 재상의 집으로 데리고 가자, 재상은 제인의 신분과 찾아온 목적을 듣고는 딸을 불러 너울을 벗으라고 분부했습니다. 소녀의 얼굴을 본 발소라의 젊은 왕은 자신도 모르게 탄성을 발했습니다. 그토록 완벽하고도 매력적인 미녀는 본 적이 없었던 까닭입니다. 그녀와 둘만 남게 되자 왕자는 거울을 꺼내어 비춰 보았습니다. 맑고 선명한 거울은 조금도 변하지 않은 채 그대로였죠.

마침내 원하는 소녀를 찾았음을 알게 된 왕자는 재상에게 그녀를 아내로 달라고 간청했습니다. 재상은 허락하고 즉시 카디를 불렀습니다. 카디는 결혼 계약서를 작성하고 기도를 올렸죠. 이 의식이 끝난 후, 왕자는 재상을 불러 푸짐한 음식을 대접하고 큰 선물을 안겼습니다. 그런 다음 모바렉을 시켜 신부에게 셀 수도 없는 보석을 선사하고 자신의 거처로 데려오게 했습니다.

마침내 제인 왕자의 신분에 걸맞은 성대한 혼인 잔치가 열렸습니다. 잔치가 끝나고 모든 이들이 돌아가자 모바렉이 그의 주인에게 말했습니다.

「상공, 갑시다! 이제 더 이상 바그다드에 머물 필요가 없습니다. 카이로로 돌아갑시다. 정령들의 왕과 한 약속을 기억하시겠죠?」

「그래요, 출발합시다! 맹세를 했으니 반드시 지켜야죠. 하지만 친애하는 모바렉…… 솔직히 말하자면 정령들의 왕의 명에 따르는 내 마음이 그렇게 달갑지만은 않습니다. 신부가 너무도 사랑스러워서 그냥 발소라로 데려가 왕비로 삼고 둘이서 행복하게 살고 싶은 마음이 불쑥불쑥 치솟는답니다.」

「아, 상공! 욕심에 굴복하지 마십시오! 부디 상공의 정염을 제어하시란 말입니다. 무슨 일이 있더라도 정령들의 왕과의 약속은 반드시 지켜야 해요.」

「그렇다면……. 모바렉! 이 사랑스러운 여인을 내 눈에 띄지 않게끔 어디다 좀 숨겨 놓으세요. 내가 그녀를 너무 많이 쳐다보는 건 아닌지 모르겠군요.」

모바렉은 하인들에게 여행 준비를 시켜 곧 바그다드를 떠났습니다. 며칠 후엔 카이로로 돌아왔고, 또 거기에서 정령들의 왕의 섬으로 향했죠. 섬에 도착했을 때, 결혼식 이후로 한 번도 왕자를 보지 못한 소녀가 모바렉에게 물었습니다.

「여기가 어디에요? 제 낭군 왕자님의 나라에는 곧 도착하게 되나요?」

「아가씨!」 모바렉이 대답했습니다. 「이제 사실을 밝혀 드릴 때가 왔군요. 제인 왕자님이 아가씨와 결혼한 까닭은, 단지 아가씨를 아가씨의 부친 집에서 데리고 나오기 위함이었답니다. 아가씨에게 결혼 서약을 한 것은 아가씨를 발소라의 왕비로 만들기 위함이 아니었어요. 다만 아가씨 같은 신부를 원했던 정령들의 왕에게 데려다 주기 위함이었지요.」

이 말을 들은 소녀는 서럽게 울기 시작했습니다. 왕자와 모바렉으로서는 정녕 가슴 아픈 광경이 아닐 수 없었죠. 그녀는 애원했습니다.

「제발 저를 불쌍히 여겨 주세요! 저는 이제 사고무친의 이방인 신세예요. 두 분께서 이렇게 저를 속이고 잔인하게 내버리신다면 나중에 하느님께 벌받을 거예요.」

그녀의 눈물과 하소연은 아무 소용이 없었고, 두 사람은 그녀를 정령들의 왕에게 데려다 주었습니다. 정령들의 왕은 그녀를 면밀히 살펴본 후 제인에게 말했습니다.

「왕자, 그대에게 만족했소! 그대가 데려온 이 소녀는 사랑스럽고도 순결하며, 약속을 지키기 위해 그대가 행한 노력은 참으로 가상한 것이었소. 자, 이제 그대의 나라로 돌아가시오. 여덟 조각상이 있는 지하 방으로 들어가면, 거기 내가 약속한 아홉 번째 조각상이 있을 것이오. 그건 내 부하 정령들을 시켜 그곳에다 날라다 놓도록 하겠소.」

제인은 정령들의 왕에게 감사를 표한 후 곧장 모바렉과 함께 카이로로 돌아왔습니다. 그리고 이 도시에서도 오래 머무르지는 않았으니, 아홉 번째 조각상을 보고 싶어 마음이 급했던 것입니다. 하지만 그의 마음 한편으로는 그와 결혼한 소녀의 모습이 자꾸만 밟혔습니다. 그는 죄 없는 그녀를 속인 자신을 책망했습니다. 그녀의 불행의 원인이 된 자신이 너무도 원망스러웠죠.

〈아아! 내가 아버지의 사랑 속에서 행복하게 살고 있던 그녀를 납치하여 정령에게 희생시켰구나! 오, 너무나도 아름다운 당신이여! 내가 아니었더라면 훨씬 행복한 삶을 살았을 텐데!〉

제인 왕자는 이런 괴로운 생각에 사로잡힌 채 마침내 발소라에 도착했고, 백성들은 왕의 귀환에 기뻐하며 큰 잔치를 벌였습니다. 그는 우선 모후를 찾아가 자신의 여행이 어떠했는지 이야기해 주었습니다. 모후는 아들이 아홉 번째 조각상을 얻었다는 소식에 크게 기뻐하며 말했습니다.

「자, 제인, 한번 가서 보자! 정령들의 왕이 그리 약속했다니, 아홉 번째 조각상이 지하실에 있겠지.」

그 놀라운 조각상을 보고 싶어 마음이 급해진 젊은 왕과 어머니는 지하실로 내려가 조각상들이 있는 방으로 들어갔습니다. 한데 이게 웬일입니까! 아홉 번째 받침대 위에는 다이아몬드로 된 석상이 아니라, 완벽하게 아름다운 한 소녀가 서 있는 게 아니겠습니까? 왕자가 정령들의 왕의 섬에 두고 온 바로 그 소녀였습니다. 소녀가 말했습니다.

「왕자님! 제가 여기 있어서 많이 놀라셨죠? 분명히 저보다도 훨씬 더 귀중한 무언가를 찾으리라 기대하셨겠죠. 아니면 나 같은 것 때문에 그 많은 고생을 하신 것을 후회하고 계실지도 모르겠네요. 훨씬 더 멋진 보상을 바라셨을 테니까요.」

「아니오, 아가씨! 하느님이 내 증인이 되어 주실 거요! 차라리 정령들의 왕과의 약속을 깨고 당신을 얻을까 하는 생각을 한 게 한두 번이 아니라오! 다이아몬드 조각상이 아무리 값진 것이라 할지라도, 어찌 당신을 소유하는 기쁨과 비교할 수 있겠소? 나는 이 세상의 모든 다이아몬드와 모든 부를 합친 것보다도 당신을 더 사랑하오!」

그의 말이 끝났을 때 홀연 어디선가 천둥 같은 소리가 들려오며 온 지하실을 진동시켰습니다. 제인의 어머니는 크게 두려워하며 몸을 떨었죠. 하지만 곧이어 나타난 정령들의 왕이 그녀를 안심시켜 주었습니다.

「부인! 나는 그대의 아들을 보호하며, 또 사랑하오! 나는 혈기 왕성한 그가 자신의 욕정을 제어할 수 있는지 알고 싶었소. 사실 나는 알고 있었다오. 왕자가 이 젊은 처녀의 매력에 마음이 흔들려, 그녀를 소유하고자 하는 생각을 절대 품지 않겠다는 맹세를 깨뜨렸음을 말이오. 하지만 인간 본성의 연약함을 잘 알고 있기에 나는 조금도 화가 나지 않소. 오히려 유혹을 느끼고도 스스로를 억제한 그가 기특할 따름이오. 자, 내가 약속한 아홉 번째 조각상은 바로 이 여인이오. 그녀는 다른 모든 조각상들보다 훨씬 더 희귀하고도 귀중하다오.」 그는 제인 왕자에게 고개를 돌리며 말을 이었습니다. 「제인, 이 젊은 아가씨와 행복하게 살게! 바로 자네의 아내일세. 그녀에게 순수하고도 한결같은 정절을 원하는가? 그렇다면 그녀를 영원히 사랑하게! 오직 그녀만을 사랑하게! 그녀에게 다른 경쟁자를 만들어 주지 말라고. 그리하면 그녀의 정절은 내가 보장해 주겠네.」

말을 마친 정령들의 왕은 연기처럼 사라져 버렸습니다. 사랑스러운 아가씨에게 마음을 빼앗긴 왕자는 그날로 신방에 들었고, 그녀를 발소라의 여왕으로 선포했습니다. 그렇게 하여 이 두 부부는 한결같은 정절과 사랑을 나누며 오래오래 행복하게 살았다고 합니다.

# 코다다드와 그의 형들 이야기

 디아르베키르[95] 왕국의 역사를 쓴 사람들이 전하는 이야기입니다. 옛날 이 왕국의 도성인 하란에는 위대하고도 강력한 왕이 있었습니다. 그는 자기 백성들을 사랑했으며, 백성들 역시 그를 사랑했죠. 그러나 모든 미덕을 지닌 그에게도 온전한 행복을 이루기 위해 필요한 딱 한 가지가 없었으니, 바로 후사를 보지 못했다는 것이었습니다. 그의 하렘[96]은 세상에서 가장 아름다운 여인들로 바글댔지만 도무지 아이가 생기지 않았죠. 그는 아들을 달라고 끊임없이 하늘에 기도를 드렸는데, 결국 하늘이 그의 간절한 기도를 들은 것일까요? 어느 날 밤 그가 달콤한 잠에 빠져 있는데 풍채 좋은 한 남자가 꿈속에 나타났습니다. 선지자처럼 보이는 그 사람은 왕에게 이렇게 말했습니다.

「그대의 기도는 하늘을 감동시켰다. 그대는 마침내 갈망하

---

95 현재의 터키 아르메니아 지방. 티그리스 강 유역에 있던 고대의 도시이다.
96 *harem*. 이슬람 국가에서 부인들이 거처하는 방.

던 것을 얻게 될 것이다. 잠에서 깨면 즉시 일어나 두 번 절하며 기도를 하라. 그런 다음 궁전 정원으로 나가 정원사에게 석류 열매를 한 개 가져오라고 분부하라. 가져온 석류 알을 원하는 만큼 먹으면 그대의 소원이 이뤄질 것이다.」

잠에서 깬 왕은 이 꿈을 기억하고 하늘에 감사를 드렸습니다. 곧장 일어나 두 차례 절하면서 기도를 드렸죠. 그런 다음 정원으로 나가 석류 알 쉰 개를 먹었는데, 숫자를 하나하나 세어 가며 삼켰습니다. 그러자 놀랍게도 그날 이후 그와 잠자리를 같이한 부인 쉰 명 모두가 아이를 가졌습니다. 한데 유독 피루제라고 하는 부인에게만 임신의 기미가 보이지 않았습니다. 왕은 그녀를 몹시 혐오하게 되었고, 심지어는 죽일 생각까지 품게 되었습니다.

〈저렇게 임신하지 못하는 것은 필시 하늘의 뜻인 게야. 그녀에게 한 왕자의 어미가 될 자격이 없는 거지. 즉 주님의 눈에는 가증스러운 존재인지도 몰라. 저런 존재는 이 땅에서 없애 버리는 게 마땅하지 않을까?〉

왕이 이렇게 잔인한 결심을 하고 있는데, 이를 눈치챈 재상이 그를 진정시켰습니다. 여인들이란 각기 체질이 다르며, 아직은 피루제 왕비에게 임신의 기미가 보이지 않지만 언젠가는 가능할 수도 있다는 것이 재상의 주장이었죠. 그러자 왕은 이렇게 대꾸했습니다.

「좋소! 그녀를 살려 주도록 하겠소. 하지만 더 이상 그녀를 보고 싶지 않으니 이 궁에서 나가게 하시오!」

「폐하의 사촌인 사메르 왕의 궁정에 보내심이 어떠하는지요?」

왕은 재상의 의견을 받아들여 피루제를 사촌이 다스리는 사마리아로 보냈습니다. 더불어 서신도 한 장 보냈는데, 거기에는 그녀를 잘 돌봐 줄 것이며 임신할 경우 소식을 전해 달라고 당부하는 내용이 적혀 있었습니다.

피루제는 사마리아에 도착하자마자 자신이 임신한 것을 알았고, 얼마 후에는 어여쁜 왕자를 낳았습니다. 사마리아 왕 사메르는 즉시 하란 왕에게 서신을 보내어, 그의 아들이 탄생했다는 기쁜 소식을 알리면서 축하의 말을 전했습니다. 하란 왕은 몹시 기뻐하며 다음과 같은 내용의 답신을 보냈습니다.

〈사촌, 나의 다른 아내들 역시 모두 왕자를 하나씩 출산했소. 그래서 지금 여기에는 수많은 아이들이 있다오. 그대에게 부탁이 있소. 피루제의 아이를 잘 길러 주시고, 그에게 코다다드[97]라는 이름을 붙여 주시오. 그리고 내가 요청할 때 그 아이를 이리 보내 주시오.〉

사메르 왕은 조카의 교육을 위하여 그 무엇도 아끼지 않았습니다. 그는 아이에게 말타기와 활쏘기를 비롯하여 왕의 아들에게 필요한 모든 것을 배우게 했습니다. 그 결과 코다다드는 열여덟 살이 되었을 때 천재라는 말까지 듣게 되었죠. 이 젊은 왕자는 그의 고귀한 혈통에 걸맞은 재주와 용기가 넘쳐 나는 청년이었습니다. 그는 들끓는 힘을 주체하지 못하여 어느 날 어머니에게 말했습니다.

「어머니! 소자는 이제 사마리아가 몹시 지루하게 느껴집니다. 소자의 몸에는 영광을 사랑하는 피가 흐르고 있거든요. 어머니! 전쟁의 위험 속에서 영광을 차지하는 기회를 얻고 싶으니, 떠나는 걸 허락해 주세요. 아버님인 하란 왕께는 적들이 있습니다. 그중 어떤 왕들은 그분의 안녕을 위협하고 있고요. 그런데 왜 아버님은 저를 부르시지 않는 겁니까? 왜 저를 이렇게 긴 유년 한가운데 놓아두시는 거죠? 전 벌써 그

---

97 〈하느님이 주신 아이〉라는 뜻.

분의 궁정에 있어야 할 몸이 아닙니까? 제 형들은 아버님 옆에서 싸우는 행복을 누리고 있는데, 왜 저는 무위도식하며 시간을 보내야 하는 건가요?」

「아들아, 나 또한 하루빨리 네 이름이 유명해지는 걸 보고 싶단다. 나 역시 네가 네 부친의 적들과 싸워 이름을 드날리기를 간절히 바란단 말이다. 하지만 아버님이 부를 때까지는 기다려야 해.」

「아닙니다, 어머니! 전 너무 오래 기다렸어요. 아버지를 뵙고 싶어 죽을 지경입니다. 차라리 무명용사의 신분으로 아버님을 위해 싸우고 싶다는 생각마저 들어요. 수많은 무훈을 쌓은 다음에 제 정체를 밝히면 되니까요. 그러면 아버님은 저를 받아 주시겠죠. 그래요! 인정을 받기 전에 먼저 자격을 갖추겠습니다.」

피루제는 아들의 용기 있는 결심을 받아들였습니다. 코다다드는 삼촌 사메르 왕이 자신의 뜻에 반대할까 두려워, 어느 날 마치 사냥을 떠나듯 슬그머니 사마리아를 벗어났습니다. 그가 탄 말은 백마로, 고삐와 편자는 모두 황금이었고 안장 아래 드리운 마의는 진주가 잔뜩 박혀 있는 푸른 공단이었습니다. 검의 손잡이는 전체가 하나의 다이아몬드로 이루어져 있었고, 칼집은 수많은 에메랄드와 루비로 장식된 백단향으로 된 것이었죠. 어깨에는 활과 화살 통을 메고 있었습니다.

이처럼 멋진 무장으로 한층 늠름해진 코다다드는 드디어 하란에 도착했습니다. 곧 왕을 알현할 기회를 얻게 되었고, 왕은 그의 준수한 용모와 훤칠한 체격에 대번에 반해 버렸습니다. 아니, 어쩌면 신비로운 피의 힘에 이끌린 것인지도 모르지요. 그는 낯선 청년 무사를 반갑게 맞으며 그의 이름과 신분을 물었습니다.

「폐하! 저는 카이로에 사는 한 에미르의 아들로서, 세상을 여행하고픈 욕구에 이끌려 고향을 떠나게 되었사옵니다. 한데 폐하의 나라를 지나던 중, 폐하께서 몇몇 이웃 국가들과 전쟁을 하고 계시다는 말을 듣고는 미력하나마 폐하께 봉사하고자 이렇게 달려왔사옵니다.」

왕은 그의 가상한 뜻을 크게 치하하고 무관 직위를 하사했습니다. 이 젊은 왕자가 용맹함을 발휘하여 모든 이의 주목을 받기까지는 그다지 오랜 시간이 걸리지 않았습니다. 그는 장교들에게는 인기가 있었으며, 병사들에게는 경탄의 대상이었습니다. 용맹할 뿐 아니라 재치도 뛰어나 국왕의 신망을 얻고, 곧 그의 총신이 되었죠. 대신들을 비롯한 궁정 신하들은 매일 코다다드를 찾아갔습니다.

이렇듯 모두가 앞다투어 그와 친해지려 애쓰다 보니 자연히 다른 왕자들은 소외될 수밖에 없었습니다. 젊은 왕자들로서는 불쾌한 일이었죠. 그들은 이를 이방인의 탓으로 돌리며 그를 극도로 증오하게 되었습니다. 반면 왕은 날이 갈수록 그를 좋아하게 되었고, 끊임없이 그에 대한 애정을 표현했습니다. 요컨대 한시도 그와 떨어져 있으려 하지 않았던 것입니다. 그는 젊은 코다다드의 입에서 총기와 지혜가 넘치는 말들이 나오는 것을 보고 감탄을 금치 못했습니다. 급기야 왕은 그를 다른 왕자들의 훈육 교사로 삼기에 이르렀습니다. 그가 왕자들과 같은 나이라는 사실은 왕에게는 크게 중요하지 않은 일이었던 것입니다. 이에 왕자들은 더욱 분통이 터졌습니다.

「뭐야! 듣도 보도 못한 이방인 녀석을 우리보다 더 총애하는 것도 보자라, 이제는 우리의 훈육 교사로 삼다니! 녀석의 허락 없이는 아무것도 할 수 없다는 말 아닌가? 안 돼! 절대 용납할 수 없는 일이야! 녀석을 없애 버리자고!」

「우리 함께 몰려가서, 힘을 합쳐 죽여 버리면 어떨까?」

「그건 안 돼! 우리가 직접 죽이지는 말자고. 그리하면 폐하께선 우리를 고약한 놈들이라 여겨 나라를 다스릴 자격이 없다고 생각하실지도 모르잖아. 그러니 녀석을 교묘하게 제거해 버리는 게 좋겠어. 자, 이렇게 하자고! 우리끼리 사냥 가는 것을 허락해 달라고 녀석에게 청하는 거야. 허락을 받아 궁을 나오면 모두 다른 도시로 가서 얼마간 머무르는 거지. 그렇게 우리 모두 사라져 버리면 폐하께서는 진노하셔서 녀석을 처형해 버리지 않겠어? 마음대로 우릴 궁에서 나가게 했으니 최소한 추방이라도 해버리실 거야.」

왕자들은 모두 이 계책에 찬성했습니다. 그들은 코다다드를 찾아가, 당일로 돌아올 터이니 사냥을 즐기러 나가는 것을 허락해 달라고 간청했습니다. 피루제의 아들은 함정에 빠졌습니다. 왕자들이 떠나가 돌아오지 않았던 것입니다. 그렇게 사흘이 지나도 여전히 그들이 보이지 않자 왕은 코다다드에게 물었습니다.

「왕자들은 어디 있는가? 그들을 못 본 지 꽤 오래된 것 같은데?」

「폐하!」 코다다드는 깊이 허리를 굽혀 절한 후 대답했습니다. 「왕자님들은 사흘 전에 사냥을 떠나셨습니다. 금방 돌아오신다고 약속하셨는데 아직 소식이 없군요.」

왕은 불안해졌습니다. 그리고 이튿날에도 왕자들이 보이지 않자 그 불안은 한층 커졌습니다. 그는 더 이상 화를 참지 못하고 소리쳤습니다.

「경솔한 이방인 같으니라고! 그래, 내 아들들이 어딜 가든 동행해야 할 게 아닌가? 그따위로 일을 하라고 그 중요한 직책을 맡긴 줄 아는가? 당장 가서 그 애들을 찾아와! 만약 혼자 돌아올 경우, 목숨을 부지하지 못할 줄 알아!」

이 말에 피루제의 불쌍한 아들은 몸이 바싹 얼어붙었습니다. 그는 즉시 무장을 하고 말에 올라 도성을 나갔습니다. 그러고는 양떼를 잃은 목동처럼 사방을 돌아다니며 형들을 찾아 헤맸죠. 산과 들을 샅샅이 뒤지고, 마을마다 돌아다니며 그들을 보지 못했느냐고 묻기도 했습니다. 하지만 아무런 소식도 들을 수 없자 깊은 고통에 사로잡혀 절규했습니다.

「아, 형들! 대체 모두들 어떻게 된 것일까? 적들에게 잡혀 버렸단 말인가? 내가 하란의 궁정에 찾아온 목적이 고작 폐하께 근심을 안겨 드리기 위함이었던가?」

그는 왕자들에게 사냥을 허락해 주고 동행하지 않은 자신의 경솔함을 통탄하며 가슴을 두드렸습니다.

이처럼 며칠 동안 형들을 찾아 헤매던 그는 끝없이 펼쳐진 어떤 들판에 이르게 되었고, 그곳에서 검은 대리석으로 지은 궁전 하나를 발견했습니다. 가까이 다가가 창을 통해 들여다보니 완벽한 미모의 한 아가씨가 있었습니다. 그런데 산발한 머리에 옷은 갈기갈기 찢겨 있었으며, 무슨 깊은 근심이 있는지 얼굴에는 수심이 가득했죠. 그녀는 창밖에 웬 남자가 있다는 것을 알아채고는 이렇게 소리쳤습니다.

「오, 젊은 분! 어서 이 불길한 궁전에서 멀리 떠나세요! 안 그러면 금방 돌아올 괴물에게 붙잡히게 된답니다. 그 괴물은 이곳에 사는 검둥이로 사람들의 피를 먹고 살지요. 놈은 이 평원을 지나는 모든 사람을 잡아서 어두운 뇌옥에 가두어 놓고, 한 사람씩 꺼내어 잡아먹는답니다.」

「아가씨! 제 걱정은 마시고, 다만 아가씨가 누구신지 말해 주세요!」

「저는 카이로의 지체 높은 여인이랍니다. 어제 바그다드에 가려고 이 성 근처를 지나다가 검둥이를 만난 거지요. 놈은 제 하인들을 모두 죽이고 저를 여기로 끌고 왔답니다. 아아, 제가 두려워해야 할 것이 오직 죽음뿐이라면 얼마나 좋을까

요? 하지만 불행히도 그 괴물 놈은 저의 사랑을 바라고 있답니다. 녀석의 구애에 순순히 응하지 않으면 내일 전 놈의 손에 죽고 말 거예요. 다시 한 번 말씀드리는데, 검둥이가 곧 돌아올 터이니 어서 달아나세요. 놈은 멀리서 나그네들이 지나가는 것을 보고는 잡으러 갔답니다. 더 이상 꾸물거리시면 안 돼요. 지금 당장 도망친다 해도 놈을 피할 수 있다는 보장이 없는데……」

과연 그녀가 말을 끝맺기도 전에 검둥이가 나타났습니다. 덩치는 산만 하고 얼굴은 짐승같이 흉악한 사내였습니다. 커다란 말을 타고, 손에는 그만이 다룰 수 있는 크고 묵직한 언월도를 들고 있었죠. 놈을 본 왕자는 그 거대한 몸집에 놀라지 않을 수 없었습니다. 그는 우선 하늘의 가호를 빈 다음, 검을 뽑아 들고 아랫배에 힘을 모으며 검둥이가 다가오기를 기다렸습니다. 검둥이는 자기보다 훨씬 약해 보이는 적을 우습게 여기고, 싸울 생각 말고 당장 항복하라고 엄포를 놓았습니다. 하지만 코다다드는 당당한 자세를 잃지 않으며 끝까지 싸우려는 뜻을 분명히 보여 준 다음, 놈에게 달려들어 검으로 무릎을 거세게 내리쳤습니다. 상처를 입은 검둥이는 비명을 질렀는데, 그 소리가 얼마나 끔찍하던지 온 들판이 진동할 정도였죠. 화가 머리끝까지 치민 놈은 입에 거품을 문 채 등자에 발을 딛고는 몸을 벌떡 일으키더니, 단칼에 죽여 버리겠다는 듯 그 무시무시한 언월도를 휘두르며 코다다드를 향해 왔습니다. 그 일격이 얼마나 매서웠던지 왕자가 잽싸게 말을 틀어 피하지 않았더라면 그 자리에서 절명해 버렸을 것입니다. 언월도는 섬뜩한 소리를 내며 공기를 갈랐습니다. 코다다드는 검둥이가 언월도를 다시 휘두르기 전에, 있는 힘을 다해 놈의 오른팔에 검을 내리쳤습니다. 그 일격에 팔은 싹둑 잘려 언월도와 함께 땅에 떨어졌죠. 검둥이 역시 충격을 이겨 내지 못하고 엄청난 소리를 내며 땅바닥에 굴러 떨어졌습니다. 그와 동시에 말에서 뛰어내린 왕자는 적에게 달려들어 머리를 잘라 버렸습니다. 그러자 모든 것을 지켜보며 이 감탄스러운 젊은 영웅이 승리하기만을 하늘에 빌고 있던 아가씨는 환성을 지르며 말했습니다.

「왕자님! — 당신의 고귀한 풍채, 그리고 무엇보다도 치열한 싸움 끝에 승리를 쟁취해 내신 그 기백으로 보건대 결코 평범한 분은 아니시리라 생각하고 이렇게 부릅니다 — 이제 당신의 위업을 완성해 주세요! 검둥이의 몸 어딘가에 이 성의 열쇠가 있을 터, 그것으로 저를 감옥에서 꺼내 주세요!」

왕자는 흙먼지 속에 뻗어 있는 놈의 호주머니들을 뒤져 열쇠 꾸러미를 찾아냈습니다. 첫 번째 문을 열고 내정으로 들어가 보았더니, 아가씨가 그를 향해 달려 나오고 있었습니다. 그녀가 감사를 표하려 그의 발밑에 무릎을 꿇으려 했지만, 그는 만류했습니다. 그녀는 왕자의 용맹함이 세상 어떤 영웅의 그것보다 뛰어나다고 칭송했죠. 왕자가 답례를 하면서 가까이서 살펴보니, 멀리서 보았을 때보다 훨씬 더 사랑스러운 여인이었습니다. 이렇게 여인은 그 끔찍한 위험에서 구출되었음을, 그리고 왕자는 이토록 아름다운 아가씨에게 중요한 봉사를 할 수 있었음을 피차 기뻐하며 이런저런 이야기를 나누었습니다.

그때 어디선가 들려오는 비명과 신음 소리에 그들의 대화가 중단되었습니다.

「이게 무슨 소리죠?」 코다다드가 외쳤습니다. 「귀를 찢을 듯한 이 애절한 소리는 대체 어디서 들려오는 겁니까?」

「저기예요!」 그녀는 내정 한구석에 난 나지막한 문을 가리키며 대답했습니다. 「이 소리들은 저기에서 나오는 거예요. 저 안에는 헤아릴 수 없이 많은 불행한 사람들이 갇혀 있답니다. 전부 불운하게 검둥이에게 사로잡힌 사람들이지요. 모두가 쇠사슬에 묶여 있는데, 매일 밤 검둥이가 와서 한 사람씩 끌어내어 잡아먹곤 했어요.」

「내 승리로 이 불행한 사람들의 목숨을 구할 수 있다니, 나로서는 더욱 기쁜 일이오! 자, 아가씨, 갑시다! 가서 나와 함께 저들을 해방해 주는 기쁨을 나누자고요. 그들의 기뻐하는 얼굴을 직접 보고 싶지 않으세요?」

두 사람은 뇌옥 문을 향해 나아갔습니다. 뇌옥에 가까워질수록 수인들이 발하는 신음 소리는 한층 또렷하게 들려왔습니다. 코다다드는 가슴이 아팠습니다. 일 초라도 빨리 그들의 고통을 끝내 주고 싶은 마음에 급히 열쇠 하나를 자물쇠 안에 집어넣었습니다. 하지만 그게 맞지 않아 다른 열쇠를 넣어 다시 시도해 보았습니다. 이처럼 코다다드가 자물쇠를 따려고 철커덕 소리를 내자, 안에 갇힌 불행한 수인들은 한층 높은 소리로 비명을 지르며 울어 대기 시작했습니다. 지금 문 앞에 있는 자가 매일 음식을 가져다주고, 대신 한 사람씩 잡아가는 검둥이인 줄로만 생각했던 것입니다. 그렇게 그들이 발하는 가련한 목소리들은 마치 지구의 중심부에서부터 흘러나오는 것인 양, 섬뜩하고 음산하기 짝이 없었죠.

마침내 문을 연 왕자는 경사가 급한 계단을 내려가, 땅속 깊은 곳에 위치한 커다란 지하실에 이르렀습니다. 조그만 천창을 통해 희미한 빛이 새어 들어오는 그곳에는 백여 명에 달하는 사람들이 각기 양손을 묶인 채 말뚝에 단단히 매어져 있었습니다. 왕자는 그들에게 소리쳤습니다.

「불운한 나그네들이여! 산인한 죽음의 순간만을 기다리고 있는 불쌍한 희생자들이여! 하늘에 감사하시오! 신께서 오늘 이 몸을 통해 여러분을 구출하셨다오! 나는 그 흉측한 검둥이를 죽인 다음, 여러분의 사슬을 끊어 주러 여기 왔다오!」

그가 말을 마치자마자 수인들은 일제히 놀라움과 기쁨이 뒤섞인 환성을 터뜨렸습니다. 코다다드와 아가씨는 그들을 풀어 주기 시작했습니다. 그러는 동안 먼저 풀려난 사람들도 다른 사람들을 풀어 주기를 계속하였고, 이런 식으로 얼마 안 가서 모두가 자유의 몸이 되었습니다.

이제 모든 사람이 코다다드 앞에 무릎을 꿇고 감사한 후, 지하실을 나왔습니다. 그런데 내정에 나온 코다다드에게 더욱 놀라운 일이 기다리고 있었습니다. 구출된 수인들 가운데 그가 찾고 있었던, 그러나 결코 찾을 수 없으리라 생각했던 형들이 섞여 있었던 것입니다! 그들을 발견한 코다다드는 외쳤습니다.

「아니, 이게 누구시죠? 왕자님들 아니십니까? 제가 지금 착각하고 있는 건 아니겠지요? 분명히 왕자님들이 맞습니까? 지금 너무나도 상심하고 계시는 폐하께 왕자님들을 데려갈 수 있게 된 것이 분명하겠죠? 하지만 이중에 변을 당하신 분은 안 계시겠죠? 만일 한 분이라도 돌아가셨다면, 왕자님들을 구한 이 기쁨도 산산이 부서져 버릴 것입니다.」

다행히 마흔아홉 왕자는 모두 무사했습니다. 코다다드는 그들을 한 사람씩 안아 주면서, 그들이 없어져서 지금 국왕께서 얼마나 걱정하고 계신지 모른다고 말했습니다. 왕자들은 그들의 구원자를 소리 높여 칭송하고, 다른 수인들은 깊은 감사의 마음을 어떻게 표현해야 할지 몰라 다만 그의 손을 잡으며 눈물만 흘릴 뿐이었지요.

이어 코다다드는 그들과 함께 검둥이의 성을 둘러보았습니다. 거기에는 각종 명주, 황금 수단, 페르시아 양탄자, 중국 공단 등 엄청난 재산이 쟁여져 있었습니다. 모두 검둥이가 대상들로부터 약탈한 것으로, 대부분이 코다다드가 구출한 수인들에게 속한 것들이었죠. 각자 자신의 물건을 확인하고 이를 요구했습니다. 코다다드는 모두에게 재산을 돌려주었고, 심지어 남는 상품은 나누어 주기까지 했습니다. 그리고 이렇게 말했습니다.

「그런데 여러분들은 이것들을 어떻게 가져가렵니까? 여기는 허허벌판 사막이며, 주위에 말 같은 것은 전혀 보이지 않는데 말입니다.」

그러자 한 수인이 대답했습니다.

「상공! 검둥이는 우리에게서 물건과 더불어 낙타도 빼앗았답니다. 그러니 가축들이 이 성 마구간에 있지 않겠습니까?」

「그럴 수 있겠군요! 자, 그럼 한번 찾아봅시다.」

그들은 즉시 마구간을 찾아 몰려가 보았습니다. 과연 그곳에는 상인들의 낙타들뿐 아니라, 왕자들의 말들까지 있었습니다. 모두가 기뻐했죠. 마구간에는 흑인 노예들이 몇 사람 있었지만, 수인들이 풀려 나온 것을 본 그들은 주인 검둥이가 살해된 것이라 판단하고 겁에 질려 비밀 통로로 도망쳐 버렸습니다. 하지만 추격할 생각은 아무에게도 없었죠. 낙타와 상품, 특히 자유를 되찾은 것만으로도 만족한 상인들은 한시 빨리 이곳을 뜰 생각밖에 없었던 것입니다. 그들은 출발하기에 앞서 그들의 해방자에게 다시 한 번 감사를 표하는 것을 잊지 않았습니다.

이렇게 모두가 떠난 후, 코다다드는 아가씨에게 고개를 돌려 말했습니다.

「자, 아가씨는 어디로 가길 원하시죠? 검둥이 놈에게 잡히셨을 때 어디로 가시던 중이었습니까? 아가씨께서 원하시는 곳까지 모셔다 드리겠습니다. 이 왕자님들 역시 저와 같은 생각일 것입니다.」

하란 왕의 아들들은 일제히 귀부인 앞에 무릎을 꿇으며, 그녀를 데려다 주기 전에는 결코 그녀 곁을 떠나지 않겠노라고 맹세했습니다. 그러자 아가씨가 말했습니다.

「왕자님들! 저는 이곳에서 아주 멀리 떨어진 나라에서 왔답니다. 하지만 거기까지 데려다 달라고 부탁하지는 않겠어요. 여러분을 그 먼 곳까지 가게 하는 것은 여러분의 관대함을 악용하는 소행일 뿐 아니라……. 사실 고백하자면 전 고국에 영원히 돌아갈 수 없는 몸이기 때문이지요.」 그녀는 이번에는 코다다드를 쳐다보며 덧붙였습니다. 「조금 전에 제가 카이로의 귀부인이라고 말씀드렸지요. 하지만 상공께 이렇게 큰 은혜를 입고 나니 더 이상 진실을 숨겨서는 안 된다는 생각이 들어요. 저는 왕의 딸이랍니다. 그런데 어떤 자가 아버님을 살해한 후 그분의 옥좌를 찬탈했고, 저는 목숨을 부지하기 위해 도망쳐 나올 수밖에 없었답니다.」

이 고백을 들은 코다다드와 왕자들은 그녀의 사연을 들려 달라고 간청했습니다. 그들 모두는 그녀의 불행이 마치 자신의 일처럼 느껴지고, 따라서 그녀를 행복하게 해주기 위해서라면 무슨 일이라도 할 각오가 되어 있다고 말했죠. 그녀로서는 이렇게 충직한 봉사를 맹세하는 고마운 왕자들의 부탁을 더 이상 거절하고 있을 수만은 없었습니다. 그리하여 다음과 같이 자신의 사연을 들려주기 시작했습니다.

### 데리야바르 공주의 이야기

어느 섬에 데리야바르라고 하는 큰 도시가 있었습니다. 오래전부터 한 강력하고도 위대하며 현덕한 왕이 다스리는 곳이었죠. 이 군주에게는 자녀가 없었는데, 그 점이 그분의 행복을 가리는 유일한 먹구름이었죠. 그분은 끊임없이 하늘에 기도를 드렸습니다. 하지만 하늘은 그분의 소원을 절반만 들어주었습니다. 그분의 아내 왕비가 오랜 기다림 끝에 드디어 아기를 낳았는데, 아들이 아닌 딸이었던 것입니다.

그 불행한 공주가 바로 저랍니다. 제 부친은 제가 태어나 기쁘다기보다는 오히려 우울한 심정이셨죠. 하지만 그분은 모든 것을 하느님의 뜻이라 생각하고 순종하기로 마음먹었습니다. 그분은 저로 하여금 당신의 옥좌를 잇게 하리라 결심하고는, 제게 나라를 통치하는 법을 가르치기 위해 온 정성을 쏟으셨습니다.

그러던 어느 날 부친은 사냥을 즐기시던 중에 야생 당나귀 한 마리를 발견했습니다. 그리고 녀석을 쫓다가 그만 일행과 떨어져 버리셨지요. 하지만 사냥감을 쫓는 흥분에 당신이 길을 잃고 있다는 것도 모른 채 밤이 될 때까지 계속 내달렸답니다. 결국 해가 지고 있다는 것을 깨닫고는 말에서 내려 당나귀가 뛰어 들어간 숲의 입구에 주저앉았죠. 이윽고 세상은 캄캄해졌는데, 숲의 나무들 사이로 불빛이 가물대는 것이 보였습니다. 부친은 안도의 한숨을 내쉬었습니다. 멀지 않은 곳에 마을이 있다고 생각했기 때문이죠. 그곳에 가면 그날 밤을 지낼 수 있을 것이고, 또 거기 있을 누군가를 보내어 부하들에게 자신이 있는 곳을 알릴 수 있을 터였습니다. 이런 희망에 그분은 벌떡 일어나 불빛을 표지등 삼아 그쪽으로 걸어갔습니다.

하지만 곧 부친은 자신의 생각이 잘못되었음을 깨달았습니다. 그 불빛은 한 외딴 오두막에서 흘러나오는 것에 불과했던 것입니다. 살금살금 다가가 안을 들여다본 그분은 두 눈이 휘둥그레졌습니다. 집에는 덩치가 산만 한 흑인, 아니 더 정확히 표현하자면 흉측한 거인 하나가 좌단에 앉아 있었습니다. 괴물 앞에는 큼직한 포도주 단지가 놓여 있었고, 시뻘건 숯불 위에는 방금 가죽을 벗긴 황소 한 마리가 구워지

고 있었습니다. 그는 단지의 술을 들이켜기도 하고, 황소를 조각내어 먹기도 했습니다. 하지만 무엇보다 부친의 시선을 끈 것은 역시 오두막 안에 있는 지극히 아름다운 한 여인의 모습이었습니다. 그녀는 깊은 슬픔에 잠겨 있는 듯 보였습니다. 양손은 묶여 있었고, 발밑에는 두세 살 정도로 보이는 어린아이가 이미 엄마의 불행을 예감이라도 한 양 찢어지는 듯한 소리로 울어 대고 있었습니다.

이 가련한 광경에 가슴이 뭉클해진 부친은 당장에 오두막에 뛰어 들어가 거인을 공격하고 싶은 마음이 들었습니다. 하지만 가만히 생각해 보니 정면으로 맞붙으면 도저히 승산이 없을 것 같았죠. 그래서 그분은 기다리고 있다가 적당한 때에 기습하기로 마음을 바꾸었습니다. 이때 술 단지를 깡그리 비우고 황소도 반이나 뜯어 먹은 거인이 여인을 향해 몸을 돌려 말했습니다.

「아름다운 공주여! 왜 그리 고집을 피워 나로 하여금 그대를 이렇듯 혹독하게 다루도록 만드는 것이오? 그대가 생각만 바꿔 먹으면 모든 게 행복해질 텐데 말이오. 그저 일편단심 나만 사랑해 주겠노라는 말 한마디만 하시오! 그럼 더없이 부드럽게 대해 줄 테니까.」

그러자 여인이 대답했습니다.

「끔찍한 색마 같으니라고! 그래, 시간이 지난다고 하여 널 볼 때마다 느끼는 이 역겨운 감정이 줄어들 것 같으냐? 내 눈에는 넌 영원히 괴물일 따름이야!」

이 말 뒤에는 무수한 욕설이 따랐고, 화가 머리끝까지 치민 거인은 격노한 음성으로 소리쳤습니다.

「이젠 더 이상 못 참겠군! 경멸당한 내 사랑은 이제 분노로 변했다고! 드디어 네년이 내 증오를 자극하기 시작하는구나. 내 증오가 욕망을 이기기 시작하고, 너를 소유하길 원했던 것만큼이나 맹렬하게 네 죽음을 원하고 있단 말이다.」

이렇게 말한 그는 그 불행한 여인의 머리채를 한 손으로 휘어잡아 올렸고, 다른 손으로는 칼을 뽑아 그녀의 목을 베어 버리려 했습니다. 바로 그 순간, 제 부친이 쏜 화살 한 대가 거인의 복부를 관통했고 놈은 비틀거리다가 곧 숨이 끊어져 바닥에 쓰러졌습니다.

부친은 오두막에 들어가 여인의 손에서 줄을 풀어 주고는, 그녀는 누구인지, 무슨 사연으로 이곳에 오게 되었는지 물었습니다.

「상공! 해안 쪽에는 사라센족 가문이 몇 있는데, 저의 남편이 그 우두머리인 사라센 왕입니다. 상공께서 죽인 이 거인은 남편의 신하 가운데 하나인데, 글쎄 이 한심한 자가 저에 대한 격렬한 정열에 사로잡혔답니다. 하지만 놈은 감정을 철저히 숨기고 저를 납치할 기회만을 노리고 있었죠. 아아, 운명이란 선한 결심들보다는 사악한 계획들을 더 자주 도와주는 모양입니다! 어느 날, 거인 놈은 으슥한 장소에서 저와 제 아이를 덮쳐 둘 다 납치해 왔습니다. 그러고는 남편의 추격을 따돌리기 위해 사라센 사람들이 사는 고향을 떠나 이 숲까지 와서 우릴 며칠 동안 붙잡고 있었지요. 이렇듯 제 운명은 통탄스러운 것이었지만, 그래도 한 가지 위안이 되는 점이 있었답니다. 즉 거인은 난폭한 자이긴 하지만, 지금껏 저를 강제로 범하지는 못했다는 사실이지요. 물론 제가 끝끝내 저항하면 가장 고약한 방법을 동원하겠노라고 수없이 위협하긴 했어요. 또 고백하거니와, 방금 전에는 저의 계속된 거부에 놈이 엄청나게 화를 냈고, 저로서는 목숨보다도 영예를 잃게 될까 봐 몹시 두려웠답니다.

자 상공, 이상이 저의 사연이었습니다. 이렇게 불쌍한 사람이니 상공께서도 그토록 너그러운 마음으로 저를 구원해 주신 것을 후회하진 않으시겠죠?」

「당연합니다, 부인! 부인의 불행한 사연을 들으니 가슴이 몹시 아프군요. 부인을 행복하게 해드리기 위해 최선을 다하겠습니다. 내일 날이 밝자마자 함께 이 숲을 빠져나가, 내가 다스리고 있는 데리야바르로 가는 길을 찾아봅시다. 괜찮으시다면 남편분께서 부인을 찾으러 오실 때까지 내 궁전에 머무셔도 됩니다.」

사라센 귀부인은 이 제의를 받아들였고, 다음 날 부친을 따라나섰습니다. 부친은 그녀와 함께 숲 입구에서 기다리고 있던 신하들에게 돌아갔죠. 밤새 그분을 찾으며 걱정하던 신하들은 그분이 다시 나타나자 기뻐하면서도, 놀라운 미모를 지닌 귀부인과 함께 계신 것을 보고는 크게 놀랐습니다. 부친은 그들에게 그간의 사정을 들려주었습니다. 어떻게 그녀를 만나게 되었는지, 오두막에 접근할 때 어떤 위험이 있었는지 말입니다. 또 만일 거인에게 발각되었다면 아마 목숨을 잃었을 거라고도 덧붙였죠. 말을 마친 왕이 출발을 명하자 신하 가운데 한 명이 귀부인을 자신의 말 궁둥이에 태웠고, 다른 신하는 아이를 안아 들였습니다.

이렇게 일행은 부친의 왕궁에 도착했습니다. 부친은 아름다운 사라센 귀부인에게 지낼 곳을 내주고 아이는 지극정성으로 키워 주었습니다. 귀부인은 부친의 따뜻한 행동에 감동했고, 그 감사한 마음을 충분히 표현했습니다. 처음에 그녀는 남편이 찾으러 오지 않자 불안하고 초조해하는 기색을 보였습니다. 하지만 이런 모습은 조금씩 사라져 갔습니다. 제 부친의 정중하고도 따뜻한 대접이 초조한 마음을 가라앉혀 주었던 것입니다. 그녀는 처음에는 운명이 자신을 일가친척들과 멀어지게 했음을 원망했지만, 종국에는 부친이 자신을 다시 그들에게로 돌려보낼까 봐 걱정하는 것 같았습니다.

그러는 사이에 이 귀부인의 아들은 잘 자라났습니다. 꽤나 잘생겼을 뿐 아니라 제법 재치도 있는 그는 제 부친의 마음을 사로잡는 법을 알고 있었고, 부친 역시 그를 몹시 귀여워했습니다. 신하들도 이 사실을 눈치챘고, 이 청년이 언젠가는 저의 남편이 되리라고 믿게 되었습니다. 그들은 그가 마치 부친의 후계자나 되는 듯이 아양을 떨어 댔고, 앞다투어 그의 신임을 얻으려 애썼습니다. 그들의 속셈을 간파한 그자는 우쭐해졌습니다. 우리 사이에 놓인 엄연한 신분의 차이에도 불구하고, 제 부친께서 이 세상 모든 왕자들을 제쳐 두고 자신을 사위로 삼으리라는 희망에 부풀어 있었죠. 그는 거기에서 멈추지 않았습니다. 부친이 자신을 저와 결혼시켜 주지 않자, 대담하게도 직접 나서서 요구한 것입니다. 벌받아 마땅한 무엄한 행동이었지만 제 부친은 단지 저에 대해서는 다른 계획이 있다고만 말씀하실 뿐, 더 이상의 불쾌한 얼굴을 보이지는 않으셨습니다. 그런데 방귀 뀐 놈이 성낸다고, 오히려 그자가 분통을 터뜨리는 것이 아닙니까? 이 하늘 높은 줄 모르는 자는 자신의 청이 거절당한 것을 큰 모욕으로 여겼던 것입니다. 마치 자기가 노리는 사람이 한갓 여염집 처자라도 되는 듯이, 혹은 자기 신분이 감히 저와 상대나 될 수 있다는 듯이 말입니다.

그는 그렇게 불만을 품는 것으로 만족하지 않고 복수를 결심했습니다. 유례없는 배은망덕함으로 역모를 꾸며, 마침내 비수로 찔러 그분을 살해한 것입니다. 그리고 그가 구슬린 불만분자들을 등에 업고 스스로를 데리야바르 왕으로 선포했습니다.

부친을 제거한 후 그가 처음 한 일은 역적들을 거느리고 직접 저의 처소로 찾아오는 것이었습니다. 저를 강제로 아내로 취하든지, 아니면 죽여 버리려는 심산이었죠. 하지만 다행히도 저는 가까스로 도망칠 수 있었습니다. 그자가 아버지를 살해하고 있을 때, 충성스러운 대재상이 저를 왕궁에서 빼내어 안전한 그의 친구 집에 숨겨 놓았다가, 역시 그가 비밀리에 준비한 배로 섬에서 탈출시켜 주었던 것입니다. 섬에서 나올 때 저의 곁에는 저의 여자 가정 교사, 그리고 폭군에게 복종하느니 차라리 불행을 함께하기를 택한 충직한 대재상밖에 없었습니다.

대재상의 계획은 저를 이웃 왕들의 궁정으로 데려가, 그들의 도움을 얻어 돌아가신 부친의 원수를 갚겠다는 것이었습니다. 하지만 하늘은 야속하게도 이 너무나도 정의로운 계획을 거부했습니다. 항해를 시작한 지 며칠 지나지 않아 맹렬한 폭풍우가 일었고, 선원들의 노련한 솜씨에도 불구하고 거

센 풍랑에 휩쓸린 배는 암초에 부딪혀 산산조각이 나고 만 것입니다. 우리가 겪은 난파에 대해서는 길게 묘사하지 않겠습니다. 또 바닷물이 제 가정 교사와 대재상, 그리고 선원들을 어떻게 삼켜 버렸는지도 자세히 말씀드릴 수 없습니다. 너무나도 큰 공포에 그 끔찍한 광경들을 제대로 살펴볼 여유조차 없었으니까요. 저는 그냥 의식을 잃고 말았습니다. 그런데 제가 해안 쪽으로 떠내려가는 배의 부서진 조각 위에 실렸던 것일까요? 아니면 또 다른 불행들을 예비해 놓은 하늘의 기적이 절 구했던 것일까요? 다시 정신을 차려 보니 저는 해변에 누워 있었습니다.

우리는 종종 불행을 겪고 나서 경우 없는 사람이 되곤 합니다. 제가 바로 그랬으니까요. 제게 특별한 은총을 베풀어 주신 하느님께 감사하기는커녕, 하늘을 올려다보며 왜 저를 살려 주셨느냐고 따졌습니다. 먼저 가신 대재상과 가정 교사가 불쌍했다기보다는 오히려 그들의 운명이 부러웠죠. 제 이성은 조금씩 끔찍한 환영들에 의해 흐려져 버렸고, 결국 저는 바다에 몸을 던져 버리기로 결심하기에 이르렀습니다.

그렇게 막 바다에 뛰어들려 하고 있는데 뒤쪽에서 인마가 몰려오는 소리가 크게 들려왔습니다. 즉시 고개를 돌려 보았더니, 수많은 무장한 기사들이 있었고 그 가운데 아랍 말을 타고 있는 한 분이 눈에 띄었습니다. 은실로 수놓은 통옷에 보석이 잔뜩 박힌 허리띠를 매었으며, 머리에는 황금관을 쓰고 있었습니다. 그분이 기사들의 주군임은, 그 화려한 옷이 아니더라도 온몸에서 느껴지는 위엄 있는 기운으로 충분히 짐작할 수 있는 사실이었습니다. 당당한 체격에 낮보다도 훤한 용모의 젊은 분이셨죠. 그분은 이런 장소에 젊은 처자가 혼자 있는 것이 놀라웠던지, 신하 몇 사람을 보내어 제가 누구인지 알아 오게 했습니다. 신하들의 질문 앞에서 저는 대답 대신 그저 울기만 했죠. 하지만 그들은 우리 배의 잔해들이 해변에 널려 있는 것을 보고는, 배 한 척이 연안에서 부서졌으며, 저는 그 난파 중에 살아남은 생존자이리라 추측했습니다. 이런 짐작과 너무나도 서럽게 우는 제 모습에 호기심이 동한 신하들은 제게 무수한 질문을 던지면서, 그들의 왕은 너그러운 군주시니 제가 그의 궁전에서 위안을 찾을 수 있을 것이라 설명하며 대답을 종용했습니다.

제가 누구인지 몹시도 궁금했던 왕은 신하들이 돌아올 때까지 기다리지 못하고, 마침내 직접 다가와 저를 유심히 살펴보았습니다. 그리고 제가 계속 울고 한탄하기만 할 뿐 제대로 답변하지 못하는 것을 보고는, 저를 피곤하게 하는 질문은 이제 멈추라고 명한 다음 말했습니다.

「아가씨! 너무 그렇게 슬퍼하지 마시오. 지금 아가씨가 어떤 혹독한 시련을 겪고 계신지는 모르겠소만, 그렇다고 하여 절망에 빠져서야 되겠소? 좀 더 마음을 굳게 다잡으시오. 지금 아가씨를 박해하고 있는 운명의 여신이란 변덕스러운 존재요. 아가씨의 운명은 언제든 변할 수 있단 말이오! 더 나아가 나는 감히 이렇게 단언할 수 있소. 만일 아가씨가 불행 가운데서 위안을 찾을 수 있다면, 그것은 바로 내 나라에서라고 말이오. 그대에게 내 왕궁을 제공하겠소. 가서 내 어머니와 함께 지내도록 하시오. 따뜻한 분이시니 아가씨의 고통을 달래 주실 거요. 비록 그대가 누구인지도 모르지만, 벌써부터 내 마음, 그대에게 끌림을 느끼오.」

저는 따뜻하게 대해 준 젊은 왕에게 감사를 표했습니다. 그의 친절한 제의를 받아들였고, 제가 그런 제의를 받을 만한 자격이 있는 사람임을 알려 주기 위해 신분을 밝혔죠. 이어 사라센족 젊은 놈의 천인공노할 만행도 들려주었는데, 단지 있었던 일을 담담히 얘기할 뿐이었는데도 왕과 모든 신하들은 저를 깊이 동정해 주었습니다. 제가 이야기를 마치자, 왕은 다시 입을 열어 저의 불행한 사연이 남의 일 같지 않다고 말했습니다. 그러고는 저를 자신의 궁으로 데려가 모후에게 소개했습니다. 저로서는 다시금 제 사연을 들려주고 또다시 눈물을 쏟을 수밖에 없었죠. 모후께서는 슬퍼하는 저를 몹시 가엾게 여기셨고, 마치 친딸처럼 아껴 주셨습니다. 그의 아들 왕 역시 저를 열렬하게 사랑하게 되었고, 얼마 안 있어 청혼을 해왔답니다. 하지만 저는 그렇게 기쁘지도 행복하지도 않았습니다. 물론 왕은 좋은 분이셨지만, 전 당시 한꺼번에 밀어닥친 불행들로 정신이 없었거든요. 여하튼 왕의 청혼은 너무나도 감사한 일, 거절할 이유가 없었지요. 우리는 성대한 결혼식을 거행했답니다.

그렇게 온 백성이 큰 잔치로서 군주의 결혼식을 축하하고 있을 때였습니다. 제 남편의 원수인 이웃 왕이 수많은 군사를 거느리고 밤을 틈타 섬에 쳐들어왔습니다. 장그바르라는 왕이 그 무서운 적이었지요. 그자는 갑자기 들이닥쳐 남편의 신민들을 모조리 도륙해 버렸답니다. 우리 부부 역시 그자에게 사로잡힐 뻔했죠. 적국의 왕은 어느새 부하의 일부를 거느리고 왕궁에 침입해 들어오고 있었던 것입니다. 하지만 우리는 간신히 궁을 빠져나가 바닷가에 이를 수 있었고, 또 다행히 거기서 발견한 고기잡이 나룻배 한 척에 몸을 실을 수 있었습니다. 그렇게 우리는 이틀 동안 물결치는 대로 바다 위를 표랑했습니다. 우리의 운명이 어디로 흘러갈지 전혀 알 수 없었죠.

사흘째 되던 날, 눈을 들어 보니 돛을 활짝 편 범선 한 척이 우리 쪽으로 다가오고 있었습니다. 우리는 마냥 좋아하기만 했죠. 그것이 우리를 구원할 상선이라 생각했으니까요. 하지만 잠시 후 기겁을 하고 말았습니다. 우리 코앞에 다가

온 배의 갑판 위에 버티고 서 있는 것은 여남은 명의 해적들이었던 것입니다! 그들은 범선을 우리 배 가까이 붙였고, 그중 대여섯 명이 우리 배에 뛰어내렸습니다. 이어 남편을 결박하고 우리 둘을 그들 배로 끌고 갔죠. 배에 오르자마자 놈들은 다짜고짜 제 너울부터 벗겼습니다. 제 젊음과 아리따운 용모에 반했던지, 이구동성으로 제가 너무도 예쁘다고 하더군요.

놈들은 서로 저를 차지하겠다고 다투기 시작했습니다. 결국 언성이 높아지더니 모두들 칼을 뽑아 들고 맹렬히 싸우기 시작했습니다. 갑판은 순식간에 시체들로 뒤덮였죠. 결국 모두 다 죽어 버리고 단 한 놈만 살아남았는데, 그는 나를 보고 이렇게 말했습니다.

「이제 당신은 내 것이오. 난 당신을 카이로로 데려가 내 친구에게 넘길 참이오. 내가 예쁜 노예를 잡아다 주겠다고 약속했었거든. 그런데……」 놈은 제 남편을 째려보며 덧붙였습니다. 「이자는 누구요? 당신과는 무슨 관계요? 혈연관계요, 남녀 관계요?」

「이이는 제 남편이랍니다!」

「오호, 그래? 그렇다면 내가 자비심을 발휘하여 없애 버려야겠군. 당신이 내 친구의 품에 안기는 꼴을 보면 얼마나 괴롭겠소?」

이렇게 말한 그는 묶여 있는 그 가엾은 군주를 끌어다가 바다에 던졌습니다. 제가 막아 보려 갖은 애를 써봤지만 아무 소용이 없었죠. 이 잔혹한 광경에 저는 끔찍한 비명을 질러 댔습니다. 해적 놈이 싹 붙잡지 않았더라면 분명 물속에 뛰어들어 버렸을 것입니다. 놈은 제게 죽고 싶다는 생각밖에 없다는 것을 알고는 밧줄로 제 몸을 돛대에 꽁꽁 묶어 놓았습니다. 그러고는 전속력으로 항해하여 뭍에 상륙했습니다.

　결박을 푼 저를 끌고 조그만 마을로 간 그는 카이로 여행을 위해 낙타며 천막이며 노예 등을 구입했습니다. 물론 거기 가서 친구에게 저를 넘기기 위함이었죠.
　그렇게 여행을 시작한 지 여러 날이 지났을 때였습니다. 바로 어제 이 들판을 지나고 있는데, 이 성에 사는 그 검둥이 놈이 우리를 발견한 것입니다. 처음에 우리는 멀리 있는 놈을 보고 탑이라고 착각했습니다. 바로 앞에 다가왔을 때조차도 도저히 사람이라고는 믿을 수 없었죠. 그는 커다란 언월도를 뽑아 들더니 해적에게 저와 노예들 모두를 데리고 항복하라고 호통쳤습니다. 하지만 해적도 배짱이 있는 자였죠. 놈은 충성을 서약한 노예들과 힘을 합쳐 검둥이를 공격했습니다. 싸움은 오랫동안 계속됐습니다. 결국 해적은 적의 칼에 맞아 쓰러졌고, 도망보다 죽음을 택한 다른 노예들과 함께 죽어 갔습니다.

그러고 나서 검둥이는 저를 이 성에 데려왔습니다. 해적의 시체는 떠메고 와서 저녁 식사로 먹어 버렸죠. 그 오싹한 식사를 마친 놈은 제가 계속 울기만 하는 것을 보고는 이렇게 말했습니다.

「아가씨! 그렇게 울지만 말고 날 기쁘게 해줄 생각이나 좀 해보시구려! 당신 팔자가 어차피 이런 것이라면, 차라리 기쁘게 받아들이는 게 낫지 않겠소? 자, 내일까지 시간을 줄 테니 잘 생각해 보구려. 내일은 방실방실 웃는 낯으로 내 침대에 올라오면 참 좋겠소.」

놈은 직접 저를 어떤 방으로 인도해 준 다음, 성의 문들을 모두 걸어 잠그고 자기 방에 들어가 잠들었습니다. 아침에는 밖으로 나가며 문을 자물쇠로 잠가 놓았습니다. 멀리에 보이는 나그네들을 잡으러 가기 위함이었는데, 모두들 도망갔는지 그놈은 빈손으로 돌아왔습니다. 그러고 나서 상공께서 습격하여 놈을 처치하셨던 것입니다.

공주가 이야기를 마치자, 코다다드는 그녀의 불행을 가슴 아파 하면서 이렇게 말했습니다.

「하지만 아가씨! 이제 아가씨께서는 마음만 먹으면 얼마든지 편안하게 사실 수 있습니다. 여기 계신 하란 왕의 왕자님들께서 부왕의 궁에 아가씨가 지내실 만한 곳을 제공해 드리겠다고 하시니, 부디 받아들여 주십시오. 하란 왕으로부터는 사랑을, 만인으로부터는 존경을 받으실 것입니다. 그리고 만일 당신의 해방자인 이 몸이 그리 싫지 않으시다면, 우리 이 왕자님들을 증인 삼아 결혼식을 올리는 게 어떻겠습니까?」

공주는 승낙했고, 그날 당장 성에서 결혼식이 거행되었습니다. 혼인 잔치를 위한 음식은 걱정할 필요가 없었습니다. 성에는 각종 음식이 잔뜩 쌓여 있었던 것입니다. 부엌마다 고기며 다른 음식들이 가득했는데, 검둥이가 사람 고기에 물릴 때마다 찾는 것들이었습니다. 또 최상품의 과일들도 많이 있었고, 음료며 감미로운 포도주들도 넘쳐 났습니다.

그들은 모두 식탁에 앉아 잘 먹고 마셨습니다. 그러고 나서는 남은 음식을 싸들고 성을 나섰죠. 하란 왕의 궁정을 향해 출발한 것입니다. 그들은 적당한 곳에서 야영을 해가며 여러 날을 걸었습니다. 마침내 하란에서 하루 거리 되는 곳에 이르렀을 때는 정지하여 남은 음식을 모두 먹고 마셔 버렸습니다. 고향이 가까웠으므로 더 이상 음식 걱정은 할 필요가 없었기 때문이죠. 그렇게 즐거운 시간을 보내고 있을 때, 코다다드가 벌떡 일어나 말했습니다.

「왕자들! 오랫동안 여러분에게 제 신분을 감춰 왔소. 여기 있는 이 사람은 바로 여러분의 동생 코다다드요. 피루제 공주가 내 모친이며, 사마리아 왕께서 날 길러 주셨다오. 그리고 부인!」 그는 이번에는 데리야바르 공주를 돌아보며 말했습니다. 「지금껏 내 신분의 비밀을 숨겨 온 것을 용서해 주시오. 그동안 한쪽이 기우는 이 결혼으로 인해 마음고생이 적지 않았으리라 생각하오. 미리 알려 주었더라면 쓸데없는 고민을 덜어 드릴 수 있었을 텐데 말이오.」

「아니에요, 상공! 당신을 처음 만났을 때 느꼈던 감정은 시간이 갈수록 커져만 갔답니다. 당신이 근본을 밝히시지 않아도 전 충분히 행복했을 거예요.」

왕자들은 신분을 밝힌 코다다드에게 축하를 해주고, 그와 함께 기쁨을 나누었습니다. 하지만 속마음은 편치 않았습니다. 오히려 이 사랑스러운 동생에 대한 증오심만 부글부글 끓어올랐죠. 마흔아홉 왕자들은 코다다드와 그의 아내 공주가 막사 안에서 달콤하게 잠들어 있는 한밤중에 바깥 외진 곳에 모였습니다. 이 배은망덕한 자들, 이 시샘 많은 형들은 용감한 코다다드가 아니었더라면 지금 모두가 검둥이의 배 속에 들어 있는 신세라는 사실을 잊어버리고 그의 암살을 결의했습니다. 이 사악한 무리 가운데 하나가 말했습니다.

「우리에게 다른 길은 없어. 그렇게도 사랑하는 이 이방인 놈이 바로 자신의 아들이라는 사실을 폐하께서 아신다면, 거기에다 우리 모두 힘을 합쳐도 이길 수 없었던 거인을 혼자서 쓰러뜨렸다는 사실을 아신다면 놈을 더욱 총애하시게 될 거야. 놈을 한없이 칭찬하신 후에 후계자로 삼으시겠지. 그럼 우리 모두는 놈 앞에 엎드려 절하고 복종해야 해.」

그는 이 질투심 많은 형제들을 자극할 수 있는 다른 말들도 덧붙였습니다. 이에 그들은 당장에 코다다드의 천막으로 쳐들어가, 자고 있던 그를 비수로 무수히 찔러 댔습니다. 코다다드가 의식을 잃고 공주의 품에 쓰러지자 그들은 즉시 하란의 도성으로 향했고, 다음 날 거기 도착했죠.

그들을 영영 잃은 줄 알고 절망해 있던 왕의 기쁨은 너무도 컸습니다. 왜 이리 늦게 돌아왔느냐고 물었지만, 왕자들은 진짜 이유를 밝히지 않았습니다. 검둥이에 대해서도, 코다다드에 대해서도 말하지 않고 단지 나라를 구경하고 싶은 호기심에 몇몇 이웃 고을들을 돌아다녔다고 둘러댔죠.

한편 온몸이 피에 젖어 죽은 사람이나 다름없게 된 코다다드는 여전히 그의 아내 공주와 함께 천막 안에 남아 있었습니다. 공주의 상태 역시 남편보다 낫다고 할 수 없었습니다. 그녀는 애절하게 울부짖고 머리를 쥐어뜯으며, 눈물로 남편의 몸을 적셨습니다. 그녀는 쉼 없이 절규했습니다.

「아, 코다다드! 사랑하는 나의 코다다드! 정말로 죽은 자들의 나라로 떠나려는 건가요? 그 어떤 잔인한 인간들이 당신을 이 꼴로 만들었나요? 당신이 용감하게 구해 준 당신 자신의 형제들 아닌가요! 당신의 형들이 당신을 이렇듯 무자비하게 갈기갈기 찢어 놓은 게 아닌가요! 아니에요, 그들은 형들이 아니라 마귀들이에요! 당신의 목숨을 빼앗으려 소중한 형제의 탈을 쓰고 나타난 악마들이라고요! 아, 잔혹한 놈들! 너희들이 누구든 간에 어찌 이럴 수가 있단 말이냐? 어떻게 은혜를 그처럼 시키면 배은망덕함으로 갚을 수 있단 말이냐? 오, 하지만 가련한 코다다드여, 왜 내가 그들을 원망하고 있는 걸까요? 사실 당신이 죽은 것은 모두 제 탓이 아니던가요! 아버님의 궁전을 나온 이후로 나를 따라다니는 액운이 이 박복한 나를 선택한 당신에게도 떨어진 거랍니다. 오, 하늘이여! 나로 하여금 온 세상을 유랑하게 만들었으면서, 내가 서방 갖는 걸 원하지 않았으면서, 왜 내게 이 사람을 보내 주었단 말이냐! 정들 만하면 앗아 가는 것이 벌써 두 번째이니, 이게 무슨 심술이란 말이냐!」

이렇게 가련한 데리야바르 공주는 그녀의 말을 듣지도 못하는 불행한 코다다드를 내려다보며 자신의 고통을 절절히 표현했습니다. 하지만 그는 아직 죽은 게 아니었습니다. 그에게 숨이 남아 있다는 것을 깨달은 그의 아내는 의사를 찾으러 들판 저쪽에 보이는 큰 마을로 달려갔습니다. 사람들은 그녀에게 의사가 있는 곳을 알려 주었고, 의사는 즉시 그녀와 함께 출발했죠. 그러나 두 사람이 천막 아래 당도해 보니 코다다드의 모습은 보이지 않았습니다. 그들로서는 들짐승이 그를 잡아먹기 위해 어디론가 끌고 갔다고 생각할 수밖에 없었습니다. 공주는 다시금 세상에서 가장 애절한 목소리로 한탄하고 애곡했습니다. 이를 본 의사는 가슴이 아팠죠. 도저히 이 처참한 상태로 그냥 두고 갈 수 없으므로, 자기 집에서 돌봐 주겠으니 함께 마을로 가자고 제의했습니다.

그녀는 승낙했습니다. 의사는 그녀를 자기 집에 데려갔고, 아직은 그녀의 정체를 몰랐지만 더없이 극진하고도 정중하게 보살펴 주었습니다. 그는 슬퍼하는 그녀를 위로하려 했습니다. 하지만 그러면 그럴수록 고통은 더욱 커져만 갔죠. 결국 어느 날, 의사는 그녀에게 말했습니다.

「부인! 제발 부인의 슬픈 사연을 모두 들려주세요. 어느 나라에서 왔는지, 신분은 무엇인지 얘기해 보시라고요. 모든 사정을 알고 나면 좋은 충고를 드릴 수도 있는 일 아니겠어요? 아무리 절망적인 병에도 약은 있는 법, 그렇게 슬퍼하고 계시지만 말라고요.」

의사의 간곡한 말에 결국 공주는 자신이 겪은 모든 일들을 들려주었습니다. 그녀가 이야기를 마치자 의사는 다시 말했습니다.

「부인, 사실이 그렇다면 이렇게 슬픔에만 빠져 계셔서야 되겠습니까? 오히려 마음을 단단히 먹고 아내로서의 의무를 다하셔야죠. 남편분의 복수를 하셔야 합니다. 원하시면 제가 부인의 시종 노릇을 해드리겠습니다. 함께 하란 왕의 궁으로 갑시다! 그분은 매우 선하고도 공의로우신 군주입니다. 그분께 코다다드 왕자님이 형제들에게 당한 그 절절한 사연을 말씀드리세요. 분명히 올바른 조치를 내려 주실 것입니다.」

「구구절절 맞는 말씀이네요. 맞아요! 저는 코다다드 님의 원수를 갚아야 해요. 그리고 고맙게도 의원님께서 저와 함께 가주신다니, 당장이라도 출발하겠어요.」

그녀가 이렇게 결정하자 의사는 즉시 낙타 두 마리를 준비시켜, 그녀와 함께 하란을 향해 출발했습니다. 하란에 당도하여 첫 번째로 만난 칸에서, 그들은 칸 주인에게 궁정 소식을 물어보았습니다. 칸 주인의 답변은 이러했습니다.

「지금 온 궁정이 큰 수심에 빠져 있답니다. 술탄께는 오랫동안 자기 신분을 감추고서 당신을 모신 아들 한 분이 계셨지요. 그런데 지금 이 젊은 왕자님이 어떻게 되었는지 아무도 모른단 말입니다. 술탄의 아내 가운데 피루제라는 분이 계신데, 바로 이 왕자님의 모친이시지요. 그분도 아들을 찾기 위해 백방으로 노력해 보았지만 허사였답니다. 지금 모든 사람이 슬퍼하는 이유는, 실종되신 분이 워낙 출중하셨기 때문이에요. 왕의 슬하에 배다른 형제가 마흔아홉이나 있지만, 코다다드의 죽음으로 상심한 왕을 위로해 줄 만한 인물은 하나도 없답니다. 지금 제가 죽음이라고 말한 까닭은, 지금 그분이 살아 계시다는 것은 불가능하기 때문입니다. 정말 모든 방법을 동원하여 찾아보았지만 찾을 수 없었거든요.」

칸 주인의 말을 들은 의사는 지금 데리야바르 공주가 취할 수 있는 최선의 방책은 피루제 왕비를 찾아가는 것이라고 판단했습니다. 하지만 이는 많은 주의를 요하는 일이었습니다. 하란 왕의 아들들이 그들의 제수가 왔다는 사실과 그녀가 품은 계획을 알게 될 경우, 코다다드의 어머니에게 사실을 밝히지 못하도록 그녀를 납치할 가능성이 있었던 까닭입니다. 그럴 경우 의사 자신마저 위험해질 수 있는 일이었습니다. 그는 신중하게 행동해야겠다고 생각하고는, 자기가 궁에 가서 피루제 왕비와 접촉할 방법을 모색해 볼 터이니 공주는 그동안 칸에서 기다려 달라고 당부했습니다.

도성에 들어온 그는 마치 왕궁 구경을 온 사람처럼 왕궁 쪽으로 종종걸음으로 걷고 있었습니다. 그런데 화려한 마구로 장식한 노새를 탄 귀부인 하나가 보였습니다. 그녀 뒤에는 역시 노새를 탄 시녀들과 수많은 호위병들이며 흑인 노예들이 따르고 있었지요. 그 행렬이 지나가는 길 양편에는 백성들이 울타리처럼 늘어서서 그녀를 쳐다보기도 하고, 깊이 머리 숙여 인사를 올리기도 했습니다. 의사도 그들처럼 인사를 올린 다음, 가까이에 있는 한 탁발승에게 저 여자분이 왕의 아내이시냐고 물었습니다.

「그렇소, 형제님. 왕비 중에서도 백성들이 가장 존경하고 사랑하는 분이라오. 시주님께서도 들은 적이 있겠지만, 저분이 그 유명한 코다다드 님의 모친이시라오.」

의사는 더 이상 알아보려 하지 않고 그녀를 따라갔습니다. 행렬은 곧 한 모스크에 당도했는데, 하느님께 코다다드의 생환을 빌기 위해 왕이 주최한 공중 기도회에 참석하기 위해서였죠. 이 젊은 왕자의 운명에 지대한 관심을 갖고 있던 백성들은 큰 무리를 지어 사제들이 올리는 기도에 동참했습니다. 의사는 이렇게 모여든 군중을 헤치고 나아가 피루제의 호위병들 앞에까지 이르렀습니다. 거기서 사제들의 기도를 들은 그는 기도회가 끝나고 왕비가 나올 때 노예 가운데 하나에게 다가가 귀엣말을 건넸습니다.

「형제님! 피루제 왕비님에게 전할 중요한 비밀이 하나 있소. 내가 그분 거처에 들어갈 수 있게끔 형제님이 좀 도와주실 수 있겠소?」

「만일 그 비밀이 코다다드 왕자님에 관한 거라면, 오늘 당장 왕비님을 알현할 수 있을 것이오. 하지만 왕자님과 상관없는 일이라면 왕비님을 뵐 생각은 않는 게 좋소. 지금 그분은 온통 아드님 생각뿐이어서 다른 일에는 관심이 없다오.」

「내가 말씀드리려는 게 바로 그 아드님 문제라오.」

「오, 그렇다면 우리를 따라 궁으로 오시오. 곧 왕비님을 뵙게 해드리겠소.」

피루제가 그녀의 거처에 돌아오자마자, 노예는 그녀에게 다가가, 낯모르는 어떤 사내가 뭔가 중요한 내용을 전하고 싶어 하는데 아마 코다다드 왕자에 관한 것 같다고 했습니다. 피루제는 한시 빨리 그 낯선 사내를 만나 보고 싶어 했죠.

노예는 즉시 의사를 왕비의 방으로 인도했고, 왕비는 두 시녀만 남기고 모두 나가게 했습니다. 그녀는 의사를 보자마자 코다다드에 대한 어떤 소식을 전하러 왔느냐고 물었습니다.

「부인! 이는 아주 긴 이야기이오며, 아마 들으시면 몹시 놀라실 것이옵니다.」

이어 그는 코다다드와 그의 형들 사이에서 일어난 모든 일을 상세히 들려주었고, 그녀는 한마디도 놓치지 않으려는 듯 진지한 표정으로 경청했습니다. 하지만 왕자가 살해되는 장면에 이르자, 이 다정한 어머니는 마치 그녀 자신이 칼에 맞은 듯 앉아 있던 좌단 위에서 기절해 버렸습니다. 그러자 두 시녀가 달려와 의식을 회복시켜 주었고, 의사는 다시 이야기를 이어 갔습니다. 이야기가 모두 끝나자 왕비는 말했습니다.

「가서 데리야바르 공주에게 내 말을 전하시오. 곧 폐하께서 그녀를 며느리로 인정해 줄 것이라고. 또 그대의 고마운 봉사에 대해서도 충분한 보상이 있을 것이오.」

의사가 방을 나간 후, 좌단에 앉아 있는 피루제의 마음은 말할 수 없이 비통했습니다. 그녀는 코다다드의 생각에 가슴이 미어지는 것을 느끼며 한탄했습니다.

「오, 내 아들아! 이제 다시는 널 볼 수 없게 되었구나! 네가 궁정에 가겠다고 사마리아를 떠나며 이 어미에게 작별 인사를 했을 때, 결국 머나먼 곳에서 외로이 죽어 가게 될 줄 누가 알았단 말이냐? 오, 불쌍한 코다다드! 왜 나를 떠났니? 내 곁에 있었더라면 물론 그 큰 영광은 얻지 못했겠지. 하지만 아직도 살아 있을 것이고, 이 어미가 이렇게 울지 않아도 되었을 것 아니냐?」

그녀는 서럽게 흐느꼈고, 그녀의 슬픔에 전염된 두 시녀도 함께 울었습니다. 이렇게 세 여인이 목 놓아 울고 있을 때 왕이 그녀의 방에 들어왔습니다. 그는 여인들의 그러한 상태를 보고는 혹시 코다다드에 대한 나쁜 소식이 있는 거냐고 물었습니다. 이에 피루제가 대답했습니다.

「아, 폐하! 이제 끝났습니다. 제 아들이 목숨을 잃었어요! 어디 그뿐입니까? 저는 그 애의 시신을 번듯한 묘당에 안장해 줄 수조차 없게 되었습니다. 모든 정황으로 추측해 보건대 들짐승들에 먹혀 버린 게 확실하니까요.」

이어 그녀는 의사에게서 들은 이야기를 그대로 전했습니다. 코다다드가 형들에게 어떻게 살해되었는지도 상세히 들려주었죠. 피루제의 이야기가 채 끝나기도 전에 왕은 불같은 노여움에 휩싸여 벌떡 일어났습니다.

「부인! 당신을 눈물짓게 했을 뿐 아니라, 아비인 나에게 견딜 수 없는 고통을 안겨 준 이 배은망덕한 놈들은 마땅한 벌을 받게 될 것이오!」

왕은 분노로 이글거리는 눈으로 어전을 향해 달려갔습니다. 신하들이며 청원하기 위해 모여든 백성들은 살기등등한 모습으로 나타난 왕을 보고 깜짝 놀랐습니다. 자신들 때문에 화가 난 것이라 생각하고는 간이 콩알만 해졌지요. 왕은 옥좌에 앉아 대재상을 옆으로 오게 하여, 이렇게 분부했습니다.

「대재상! 그대에게 내릴 명이 있소. 즉시 내 호위 무사 천 명을 시켜 왕자들을 체포한 다음 살인자들을 위한 성탑에 가두시오! 즉시 집행하도록!」

이 엄청난 왕명 앞에 거기 모여 있던 모든 사람들은 두려움에 몸을 떨었습니다. 대재상은 끽소리 못한 채 다만 분부대로 행하겠다는 표시로 손을 머리 위에 올렸습니다. 그러고는 이 뜻밖의 왕명을 집행하기 위해 서둘러 어전을 빠져나갔죠. 왕은 알현을 요청한 자들을 모두 돌려보내고, 앞으로 한 달 동안 어떤 사안도 처리하지 않겠노라고 선언했습니다. 그러고는 대재상이 돌아올 때까지 어전에 남아 기다렸습니다.

「그래, 재상! 내 아들놈들을 모두 성탑에 가뒀소?」
「네, 폐하! 분부대로 집행했사옵니다.」
「경이 할 일이 또 하나 있소. 자, 날 따라오시오!」

그는 대재상을 데리고 피루제의 궁실로 가서는 그녀에게 코다다드의 미망인이 어디 있는지 물었습니다. 피루제의 시녀들이 대신 대답해 주었습니다. 그녀들 역시 의사의 이야기를 들었으니까요. 그러자 왕은 대재상에게 몸을 돌리며 분부했습니다.

「자, 그 칸으로 가서 내 며느리를 데려오시오! 하지만 그녀의 신분에 걸맞은 정중한 예의를 갖추는 것을 잊지 말도록!」

대재상은 즉시 왕명을 집행했습니다. 말에 올라 모든 에미르들과 궁신들을 거느리고 칸을 찾아가 데리야바르 공주에게 왕명을 전한 다음, 왕이 하사한 노새를 전했습니다. 백색의 멋진 노새였는데, 황금으로 된 안장과 고삐에는 루비와 에메랄드가 잔뜩 박혀 있었습니다. 그녀는 노새에 올라 모든 대신들에 둘러싸여 왕궁으로 향했습니다. 의사 역시 재상이 준 멋진 타타르 말을 타고 그녀와 동행했죠. 몰려나온 백성들은 이 멋진 기마행렬을 구경하기 위해 거리와 창문을 가득 메웠고, 공주가 코다다드 왕자의 아내라는 소문이 퍼져 감에 따라 큰 환호성으로 그녀를 맞았습니다. 하지만 코다다드의 죽음까지 알려졌더라면 사방에 진동하는 이 환성은 분명 신음과 통곡으로 바뀌었을 것입니다. 이 젊은 왕자는 모든 이로부터 그토록 깊은 사랑을 받고 있었던 것입니다!

왕은 왕궁 앞에 나와 데리야바르 공주를 기다리고 있다가 그녀의 손을 잡아 피루제의 궁실로 인도했습니다. 거기서는 아주 가슴 뭉클한 장면이 벌어졌습니다. 코다다드의 아내는 남편의 아버지와 어머니를 보고 다시 한 번 슬픔에 사로잡혔고, 시아버지와 시어머니 역시 며느리의 모습에 가슴이 에이는 듯했죠. 데리야바르 공주는 왕의 발밑에 몸을 던졌습니다. 눈물로 시아버지의 두 발을 적신 그녀는 격심한 고통으로 한마디 말도 할 수 없었습니다. 피루제의 상태 역시 못지않게 가련했고, 이 가슴 아픈 모습들을 본 왕도 넋을 잃고 주저앉아 버렸죠. 이렇게 세 사람은 한숨만 내쉬고 눈물만 흘릴 뿐, 한동안 아무 말도 하지 못했습니다. 마침내 간신히 힘을 낸 데리야바르 공주가 성에서 무슨 일이 있었는지, 코다다드가 어떤 불행한 일을 당했는지 이야기해 주었습니다. 그러고는 배신한 왕자들을 처벌해 달라고 간청했습니다.

「그래그래! 그 배은망덕한 놈들은 모두 죽을 것이다. 하지만 그에 앞서 코다다드의 죽음을 만인에게 알려야겠다. 그래야 그의 형들을 벌주더라도 내 신민들이 납득할 테니까. 하지만 우리, 떠나는 코다다드에게 마지막 예의를 갖춰 주자. 비록 그의 시신은 여기 없지만 말이다.」

왕은 재상에게 분부하기를, 하란 도성이 위치하고 있는 아름다운 평원의 한 장소에 흰 대리석으로 돔형의 묘당을 지으라고 했습니다. 또 자신의 며느리로 인정한 데리야바르 공주에게는 왕궁 가운데 아주 훌륭한 거처를 내주어 살게 했습니다.

재상은 수많은 석공들을 동원하여 공사를 서둘렀고, 그 결과 얼마 되지 않아 돔 묘당이 완성되었습니다. 무덤 위에는 코다다드의 모습을 새긴 기념물을 세웠죠. 묘당이 완성되자 왕은 아들의 추복 기도를 올리게 했고, 장례식 일자를 정했습니다.

그날이 되자 도성외 모든 백성들은 장례식을 보러 성을 나와 평원의 묘당 주위에 몰려들었습니다. 왕도 대재상과 모든 궁신들을 거느리고 돔 묘당으로 향했습니다. 그들이 묘당에 이르러 금실로 꽃들을 수놓은 검은 공단 양탄자 위에 자리

잡고 앉자, 수많은 기마 호위병들이 나타났습니다. 고개를 숙인 채 눈을 반쯤 감고 묘당에 다가온 그들은 깊은 침묵 속에서 두 번씩 묘당 주위를 돌았고, 세 번째 돌 때는 문 앞에 차례로 멈춰 큰 소리로 외쳤습니다.

「오, 왕의 아들, 왕자시여! 만일 우리가 언월도의 예리한 날과 인간의 용맹함으로 당신의 아픔을 조금이라도 덜어 줄 수 있다면, 당신에게 광명을 되찾아 줄 수 있을 텐데요! 하지만 왕 중 왕께서 명하셨고, 죽음의 천사가 복종했나이다!」

이렇게 말하고 그들이 물러나자, 이번에는 허연 수염을 길게 늘어뜨리고 검은 노새를 탄 백 명의 노인이 나타났습니다. 그들은 평생을 동굴에 숨어 살며 수행하는 은자들이었죠. 오늘처럼 하란 왕족들의 장례식 때 말고는 결코 사람들에게 모습을 보이지 않는 이 존경스러운 인물들은 머리 위에 두툼한 책을 한 권씩 올려놓고 한 손으로 붙잡고 있었습니다. 묵묵히 묘당 주위를 세 번 돈 후 문 앞에 멈추자, 그들 중 하나가 외쳤습니다.

「오, 왕자여! 우리가 그대를 위해 무얼 해줄 수 있겠소? 우리의 기도와 학문으로 생명을 돌려줄 수만 있다면, 그대의 발에 우리의 허연 수염을 비비며 기도를 해드리리! 하지만 우주의 왕께서 그대를 영원히 데려가셨도다!」

노인들은 이렇게 말하고 나서 묘당에서 멀어졌습니다. 그러자 즉시 완벽한 미모의 처녀 쉰 명이 다가왔습니다. 각기 하얀 조랑말을 탄 그녀들은 얼굴을 너울로 가리지 않았으며 보석이 가득한 황금 바구니를 하나씩 들고 있었습니다. 일행이 역시 묘당을 세 번씩 돌고 다른 사람들이 멈췄던 지점에 멈추자, 그중에서도 가장 어린 아가씨가 입을 열어 말했습니다.

「오, 생전에 너무도 미남이셨던 왕자님! 우리가 어떻게 왕자님을 도와 드릴 수 있을까요? 만일 우리의 매력으로 왕자님을 소생시킬 수만 있다면 우리 모두 기꺼이 왕자님의 노예가 되겠어요. 하지만 왕자님은 더 이상 아름다움을 느끼실 수 없으니, 우리도 필요 없으시겠죠!」

처녀들이 물러가자 마지막으로 왕과 신하들이 일어나 무덤 주위를 세 번 돌았고, 왕이 외쳤습니다.

「오, 나의 소중한 아들아! 내 눈의 빛아! 내가 너를 영영 잃어버렸구나!」

이어 그는 수없이 한숨을 내쉬고 눈물로 아들의 무덤을 적셨습니다. 궁신들도 그를 따라 흐느꼈죠. 마침내 묘당 문이 닫혔고, 사람들은 모두 도성으로 돌아갔습니다. 다음 날 도성의 각 모스크에서는 공중 기도회가 열렸고, 그렇게 여드레 동안 기도가 계속되었죠.

아흐레째 되는 날, 왕은 아들 왕자들을 참수하기로 결심했습니다. 그들의 만행에 분개하고 있던 백성들도 그들이 빨리 처형되기만을 기다리고 있는 것 같았습니다. 마침내 처형대들이 세워지기 시작했죠. 그런데 처형을 차후로 미룰 수밖에 없는 일이 일어났습니다. 하란 왕과 이미 전쟁을 벌인 바 있는 이웃 나라 왕들이 지난번보다도 훨씬 더 많은 군사들을 거느리고 쳐들어오는데, 벌써 도성에서 멀지 않은 곳에까지 당도했다는 소식이 갑자기 전해졌기 때문입니다. 그들이 전쟁을 준비하고 있다는 사실은 이미 오래전부터 알고 있었지만, 아무도 이에 대해 크게 염려하지 않고 있던 터였습니다. 이 소식은 모든 사람을 놀라게 했으며, 다시금 용감한 코다다드를 그리워하게 했습니다. 과거 이 적들과 싸워 크게 용맹을 떨쳤던 이가 바로 그였기 때문입니다. 사람들은 한탄했습니다.

「아! 용감한 코다다드가 아직 살아 있다면, 적들이 우리를 기습해 온들 그 무엇이 두려우랴?」

하지만 왕은 왕이었습니다. 그는 두려워 떨고만 있는 대신들을 소집하고 무사들을 급히 징병하여 상당한 규모의 군대를 모았습니다. 또한 적이 성벽 앞까지 쳐들어올 때까지 기다리고 있기에는 너무도 용맹한 그였기에, 직접 그들을 맞으러 나갔습니다. 하란 왕이 그들과 싸우려 진격해 오고 있다는 척후병들의 보고를 들은 적장들은 한 평원에 전군을 멈추게 하고 전투 대형을 갖추게 했습니다. 하란 왕 역시 적군을 발견하고는 군사들로 하여금 전투 대형을 취하게 했죠. 그리고 곧 돌격 나팔 소리와 함께 맹렬한 기세로 공격했습니다. 적군 역시 맹렬하게 반격했지요. 쌍방이 많은 피를 흘렸고, 오랫동안 승패를 가늠할 수 없었습니다. 하지만 마침내 승부의 추는 적군 쪽으로 기울기 시작했습니다. 수효가 훨씬 많았던 그들이 서서히 아군을 압도하면서 포위해 온 것입니다.

그런데 이 절체절명의 순간, 평원 저쪽에서 무수한 기병들이 정연한 대오를 갖추어 전장으로 다가오는 것이 보였습니다. 갑작스러운 이들의 출현에 양측 모두 당황했습니다. 그들이 어느 쪽의 우방인지 전혀 알 수 없었기 때문입니다. 하지만 그들의 의혹은 오래가지 않았습니다. 기사들이 지체 없이 침략자들의 측면을 치기 시작한 것입니다. 그들의 공격이 너무도 맹렬하여 적군은 곧 붕괴되기 시작하더니 금세 궤멸되어 달아나기 시작했습니다. 그러나 기사들은 그것으로 만족하지 않았습니다. 달아나는 적들을 재빨리 추격하여 거의 모두를 도륙해 버렸던 것입니다.

이 모든 상황을 유심히 지켜본 하란 왕은 불쑥 나타나 그의 편에 승리를 가져다준 이 기사들의 대담함에 감탄을 금할 수 없었습니다. 특히 그는 기사들을 이끄는 장수에게서 눈을 떼지 못했습니다. 용맹하게 싸우는 이 뛰어난 영웅의 이름이 무엇인지 알고 싶었죠. 그는 어서 빨리 그 영웅을 만나 감사하고 싶은 마음에 몸소 그에게로 다가가려 했습니다. 그 역시 하란 왕의 수고를 덜어 주기 위해 직접 이곳으로 오고 있었죠. 그렇게 두 사람은 서로 다가갔고, 비로소 하란 왕은 자신을 구해 준 그 용감한 전사가 다름 아닌 코다다드라는 사실을 알게 되었습니다. 그는 놀라움과 기쁨에 몸을 움직일 수조차 없었습니다. 코다다드가 그에게 말했습니다.

「폐하! 분명 죽은 줄로만 알던 사람이 이렇게 갑자기 나타나서 무척 놀라셨을 것입니다. 그렇습니다! 사실 하늘의 가호가 아니었다면 이렇게 달려와 폐하를 도와서 적들과 싸울 수도 없었겠지요.」

「아, 내 아들아!」 왕은 외쳤습니다. 「네가 다시 돌아오다니, 이게 꿈이냐 생시냐! 아아, 난 널 다시는 못 볼 줄 알고 있었구나!」

그는 두 팔을 활짝 벌렸고, 젊은 왕자는 아버지의 따스한 품으로 뛰어들었습니다. 그렇게 한참 동안 아들을 안고 있던 왕이 마침내 다시 말했습니다.

「그래, 난 다 알고 있다. 네가 검둥이의 손에서 해방시켜 준 네 형이라는 놈들이 네게 어떤 식으로 보답했는지 잘 알고 있어. 하지만 그 원수는 내가 갚아 줄 것이니 걱정 말거라. 우선 궁에 돌아가자꾸나. 너 때문에 그 많은 눈물을 흘려야 했던 네 어머니가 승전을 축하하기 위해 날 기다리고 있을 거다. 이 승리가 결국 네 작품이라는 사실을 알게 되면 얼마나 기뻐하겠느냐?」

「폐하! 성에서 일어났던 일을 대체 어떻게 알게 되셨나요? 형들 가운데 하나가 양심의 가책에 못 이겨 모든 것을 고백하던가요?」

「아니다, 데리야바르 공주가 모든 사실을 알려 주었다. 그녀는 지금 왕궁에 있단다. 네 형들이 지은 죄를 처벌해 달라고 간청하러 날 찾아온 거지.」

아내 공주가 왕궁에 있다는 말을 들은 코다다드는 떨 듯이 기뻐했습니다. 그는 들뜬 목소리로 외쳤습니다.

「어서 가요, 폐하! 우리를 기다리고 계실 어머니에게로 어서 가요! 어서 빨리 그분의 눈물을 닦아 드리고 싶어요! 그리고 데리야바르 공주의 눈물도요.」

즉시 군대를 거느리고 도성으로 향한 왕은 뒤따라온 무수한 백성들의 환호와 갈채 속에서 개선장군이 되어 왕궁에 들어갔습니다. 백성들은 왕의 만수무강을 하늘에 기원했으며, 그들이 칭송하는 코다다드의 이름은 드높이 울려 퍼졌죠.

피루제와 그녀의 며느리는 하란 왕의 승리를 축하하기 위해 기다리고 있었습니다. 하지만 왕과 함께 나타난 젊은 청년이 다름 아닌 코다다드라는 사실을 알았을 때……. 그녀들이 느낀 기쁨은 어떤 말로도 표현할 수 없는 것이었습니다. 뜨거운 포옹이 있었고, 눈물이 있었습니다. 하지만 여인들이 흘리는 눈물은 지금까지는 전혀 다른 의미의 것이었죠. 이렇게 피와 사랑이 불러일으키는 모든 감정들을 마음껏 표현한 뒤, 그들 모두는 코다다드에게 어떤 기적에 의해 아직껏 살아 있을 수 있었는지 물었습니다.

코다다드가 밝힌 자초지종은 이러했습니다. 한 농부가 노새를 타고 지나가다가 코다다드가 의식을 잃고 누워 있는 천막 안에 우연히 들어오게 된 것입니다. 비수에 무수히 찔려 혼자 누워 있는 코다다드를 본 농부는 그를 노새에 태워 묶은 후 자기 집으로 데려갔습니다. 그리고 거기서 어떤 약초들을 빻아 상처에 발라 주었고, 며칠 되지 않아 코다다드는 기력을 회복하여 일어날 수 있었던 것이죠.

「몸이 완쾌된 것을 느낀 저는 농부에게 감사하고 몸에 지닌 다이아몬드를 모두 주었습니다. 그러고는 하란 성으로 향

했지요. 그런데 오는 길에 이웃 나라 왕들이 군사를 모아 하란 성을 향해 쳐들어오고 있다는 소식을 듣게 되었습니다. 저는 즉시 마을들을 돌아다니며 제 신분을 밝힌 다음, 싸워 나라를 지키자고 백성들에게 호소했습니다. 수많은 젊은이들이 나섰고 저는 그들을 무장시켰지요. 그리고 그들의 선봉에 서서, 폐하께서도 아시다시피 양군이 한창 교전 중일 때 도착할 수 있었던 것입니다.」

그의 말이 끝나자 왕이 모두를 향해 말했습니다.

「우리 코다다드를 지켜 주신 하느님께 감사드립시다! 하지만 그를 죽이려 했던 그 배신자들은 오늘 당장 죽어야 하오!」

「폐하!」 너그러운 피루제의 아들이 다시 말했습니다. 「그들이 아무리 배은망덕하고 못된 짓을 했다 해도, 결국은 폐하의 몸에서 나온 혈육이 아니겠습니까? 또 저의 형들이기도 합니다. 저는 그들의 죄를 용서하오니, 폐하께서도 자비를 베풀어 주시옵소서!」

이 한없이 고귀한 마음 앞에서 왕은 눈물을 흘리지 않을 수 없었습니다. 그는 백성들을 모아 코다다드를 자신의 후계자로 선포했습니다. 그러고 나서 감옥에 갇혀 있는 왕자들을 끌어오게 했습니다. 코다다드는 형들의 몸을 묶은 쇠사슬을 풀어 주고 한 명 한 명 따뜻하게 안아 주었습니다. 검둥이의 성에서 그리하였듯이 말입니다. 코다다드의 선한 성품에 감복한 백성들은 그를 한없이 칭송했습니다. 의사에게도 큰 상이 돌아갔으니, 이는 그가 곤경에 처한 데리야바르 공주에게 큰 도움을 준 까닭입니다.

**역자 해설**
# 〈프랑스〉 문학으로 완성된 아랍의 이야기, 『천일야화』

**누구나 알지만 아무도 모르는 작품**

『천일야화』에는 기묘한 역설이 존재한다.

『천일야화』를 모르는 사람이 있을까? 〈알라딘과 요술 램프〉, 〈알리바바와 사십 인의 도적〉, 〈신드바드의 모험〉……. 목숨을 구하기 위해 매일 밤 이어 가는 셰에라자드의 이야기를 모르는 사람이 과연 존재할까? 어렸을 때 동화책으로 읽어 보지 않았다면 연극, 영화, 만화, 회화, 음악 작품 등으로 각색된 형태로 만나 보았을 것이고, 그것도 아니라면 최소한 디즈니 만화 영화로라도 접했을 것이다. 아니, 『천일야화』의 이미지는 도처에 있다. 램프, 혹은 항아리에서 튀어나와 우리의 모든 욕망을 이루어 주는 정령들과 요정들, 하늘을 나는 양탄자, 천리경(千里鏡), 아무리 퍼다 써도 마르지 않는 보물로 가득한 동굴, 선녀 같은 미인들이 우글대는 하렘……. 『천일야화』의 이미지들은 광고물 안에, 아이들의 필통이나 가방에, 현대의 『천일야화』인 판타지와 SF 속에 그리고 매일의 상상 속에 깊이 자리 잡고 있다. 한마디로 『천일야화』는 현대 문명의 아이콘이 된 또 하나의 신화라고 해도 과언이 아니다.

하지만 우리는 『천일야화』를 읽어 본 적이 있을까? 제대로 된 『천일야화』, 하나의 완전한 문학 작품으로서의 『천일야화』 말이다. 무수한 작가와 예술가들에게, 근대 및 현대 세계 전체에 지대한 영향을 끼친 〈세계문학의 고전〉으로서의 『천일야화』 말이다. 그리고 그 내용을 속속들이 알고 있는 이는 그리 많지 않을 것이다. 아니, 매우 드물 것이다. 여자들에 대한 불신에 사로잡힌 폭군 샤리아의 병든 마음을 치료하고자 아름답고 슬기로운 소녀 셰에라자드가 이야기보따리를 풀어내는 장면에서 시작하여, 그 부드러운 목소리에 감싸여 한 물결이 되어 흘러가는 오색찬란한 보석들 같은 이야기들에 흠뻑 취한 후 마침내 마음이 녹은 샤리아에게서 귀여운 아기까지 얻게 된 그녀가 온 나라에 평화와 기쁨을 가져오게 된다는 아름다운 대미에 이르기까지, 작품 전체를 읽어 본 사람은 그리 흔치 않을 것이다.

이것이 바로 역설이다. 너무도 유명하지만 누구도 제대로 읽지 않는 책. 너무도 친숙하지만 사실은 어둠 속에 잠겨 있는 작품. 어떤 이는 대뜸 이렇게 대꾸하리라. 〈그것은 모든 고전의 공통적인 운명이다. 우리에게 너무도 잘 알려진 이야기들을 담고 있는 셰익스피어의 걸작들 또한 마찬가지 아닌가? 우리 가운데 그 희곡들을 실제로 읽어 본 사람이 과연 몇이나 되겠는가? 또 『일리아드』나 『오디세이』, 혹은 『신곡』, 『파우스트』, 『돈키호테』도 마찬가지 아니겠는가? 고전이란 그 보편성과 긴 생명력으로 시대와 장소를 뛰어넘는 작품이지, 반드시 대중적인 인기를 누리는 작품을 의미하는 것은 아니지 않은가?〉

맞는 말이다. 그럼에도 여기서 이 문제를 꺼내는 까닭은, 『천일야화』의 역설 아래는 — 적어도 우리나라에서는 — 무언가 보다 특수한 사정이 숨어 있다고 여겨지기 때문이다. 결론부터 말하자면, 그것은 번역본의 문제이다.

### 〈기서(奇書)〉가 되어 버린 불운한 고전

지금까지 우리나라에서는 『천일야화』가 이미 여러 차례 번역되었으나, 다른 관점에서 보면 한 번도 번역된 일이 없다고도 할 수 있다. 번역본의 대부분은 리처드 프랜시스 버턴 Richard Francis Burton의 영문판 『천하루 밤의 책 The Book of the Thousand Nights and a Night』(1885)을 〈천일야화〉혹은 〈아라비안나이트〉라는 제목으로 국역한 것이기 때문이다. 아랍권과 유럽에 존재하는 수많은 『천일야화』의 텍스트들 가운데 유독 리처드 버턴의 영문판이 한국 출판계의 관심을 독점한 데에는 여러 이유가 있겠지만 그중에서 가장 중요한 이유를 들자면, 이 버턴판이야말로 〈원전〉에 가장 충실한 〈정역(定譯)본〉이라는 생각이 은연중에 퍼져 있었기 때문일 것이다. 하지만 정말로 그럴까? 이 질문에 대해서는, 『천일야화』의 생성과 번역의 역사를 자세히 살펴보다 보면 저절로 대답할 수 있게 되리라.

어쨌거나 이러한 번역본의 편향된 선택이 가져온 결과는 반드시 좋은 것만은 아니었다. 왜냐하면 버턴의 『천일야화』에는 독자의 접근을 방해하는 요소들이 존재하기 때문이다. 바로 기가 질릴 정도로 방대한 분량과 지나치게 외설적인 내용이다. 물론 외설성은 독자에 따라서 매력적인 요소로 작용할 수도 있겠지만, 독자층을 크게 축소시킨다는 사실만큼은 부인할 수 없는 사실이다. 결국 세계의 고전 가운데서도 가장 쉽고 재미있게 읽힐 수 있는 이 책이 청소년들에게 금서가 되어 버리는 아이러니한 상황이 발생했다. 이런 사정으로 우리나라에서 『천일야화』는 소수의 마니아들이나 뒤적이는,

말 그대로 〈기서〉가 되어 버린 것이다.

사실 문학사적으로 가장 의미 있는 『천일야화』의 번역본은 버턴의 그것이 아니다. 또 가장 많은 사람에게 읽히고, 가장 큰 영향력을 행사해 온 『천일야화』 역시 버턴의 것이 아니다. 심지어는 원전에 가장 충실하다고 여겨지는 『천일야화』마저도 버턴의 것은 아니다. 문학사에서 가장 중요한 『천일야화』는 따로 있다. 프랑스의 동양학자인 앙투안 갈랑의 불역본 『천일야화』가 바로 그것이다. 그렇다, 1704년 출간되자마자 프랑스뿐 아니라 유럽 전역에서 선풍적인 인기를 얻고,[1] 근대 전체를 풍미한 오리엔탈리즘을 촉발한 것은 바로 갈랑의 『천일야화』였다. 괴테, 월터 스콧, 귀스타브 플로베르, 샤를 노디에, 스탕달, 알렉상드르 뒤마, 제라르 드 네르발, 조제프 고비노, 뿌쉬낀, 똘스또이, 호프만스탈, 코넌 도일, 스티븐슨, 허버트 웰스, 이탈로 칼비노, 호르헤 보르헤스…… 그 이름도 다 나열하기 힘들 만큼 무수히 많은 작가들을 매혹시키고, 각각 19세기와 20세기 소설의 최고봉인 오노레 드 발자크와 마르셀 프루스트로 하여금 〈이 시대의 『천일야화』를 쓰고 싶다〉라고 말하게 한 것도 바로 이 갈랑의 책이다.

### 『천일야화』의 완성자, 앙투안 갈랑

갈랑판의 중요성은 여기에서 그치지 않는다. 서구 문화 가운데 하나의 이정표가 된 이 걸작은 엄밀한 의미에서는 번역이라기보다는 창작물이라고 말할 수 있을 정도로 갈랑의 몫이 많이 들어가 있는 작품이다. 이 말은 물론 갈랑 자신이

---

[1] 1704년에 제1권과 제2권이, 마지막 권인 제12권은 그의 사후인 1717년에 출간되었다. 이미 1706년에 이 갈랑판에 대한 영역본이 나왔고, 독일(1712년), 이탈리아(1722년), 네덜란드(1732년), 러시아(1763년) 등지에서 각국어로 잇달아 번역되었다.

『천일야화』를 창조해 냈다는 뜻은 아니다. 그는 분명히 오래된 아랍어 텍스트를 기반으로 작업했다. 〈천일야화〉라는 제목은 물론 갈랑판에서 나타나는 기본 구조, 즉 〈샤리아에게 들려주는 셰에라자드의 이야기〉라는 전체의 골격을 이루는 이야기 속에 다양한 이야기들이 삽입되는, 이른바 〈액자 구조〉를 갖춘 작품들은 아랍 세계에서 이미 9세기부터 존재해 왔다. 그러나 갈랑이 이를 번역하고 엮어 하나의 완성된 형태로 이 세상에 내놓을 당시, 아랍 세계에서 『천일야화』는 정통 문단의 인정을 받는 고전도 아니었고 심지어 이렇다 할 정본이 존재하는 것도 아니었다. 이교적이고도 반체제적인 요소가 많은 이 서민적인 이야기 모음집은 근엄한 이슬람 사회의 음지에 숨어 다양하고도 단편적인 형태로 흘러 다니고 있었고, 갈랑이 번역의 기본 텍스트로 삼은 시리아의 필사본 역시 〈천일야화〉라는 이름으로 흘러 다니는 수많은 이본 가운데 하나일 뿐이었다.

이렇듯 동방에서조차 은폐되고 조각나 흐릿한 실체에 불과하던 『천일야화』에 갈랑은 명확하고도 결정적인 형태를 부여하여 전 세계 독자들 앞에 내놓는다. 그의 가공 작업은 고전주의 시대 유럽 독자의 입맛에 맞춘 내용과 문체의 변경에만 그치지 않는다. 그의 『천일야화』에는 시리아의 필사본에서 존재하지 않았던 이야기들도 꽤 포함되어 있다. 이것들은 모두 갈랑이 다른 경로로 얻은 동방의 이야기들을 보충해 넣은 것인데, 「바다 사나이 신드바드 이야기」, 「알라딘과 신기한 램프 이야기」, 「알리바바와 여종에게 몰살된 마흔 명의 도적 이야기」 등이 그러하다. 이 가운데 알라딘 이야기와 알리바바 이야기의 경우 갈랑판 이전에는 그 어느 곳에서도 출처를 찾아볼 수 없기 때문에 상당수의 학자들은 이를 갈랑의 창작품으로 인정하기도 한다.

전체적인 구조의 정비, 내용과 문체의 조정 그리고 새로운 이야기들의 첨가……. 이렇게 탄생한 갈랑의 『천일야화』는 유럽에서 폭발적인 베스트셀러가 되었고, 나아가 동방 세계로 역수출되어 그곳에서 다른 『천일야화』들을 재편찬하게 만드는 촉매제가 되었다. 사실 리처드 버턴의 영역판 역시 이와 같이 뒤늦게 나온 동방의 『천일야화』들을 작가 자신의 개인적 취향에 맞게 엮어 번역한 것에 지나지 않는다.[2] 그렇기 때문에 〈『천일야화』는 결국 앙투안 갈랑의 작품이며, 아랍 문학의 걸작이 아닌 프랑스 문학의 걸작이다〉라는 조르주 메 Georges May의 주장에 고개를 끄덕일 수 있는 것이다.

　이와 같이 『천일야화』는 무엇보다도 앙투안 갈랑의 작품이며, 여타의 번역본들은 이것의 아류, 혹은 근엄한 유럽 사회에서 금지된 내밀한 욕망들을 표현하기 위한 배출구에 지나지 않았다. 버턴판과 1889년에서 1904년까지 출판된 불역판인 마르드뤼스L. Mardrus판에 가득한 외설성에 호된 비판이 가해지는 이유도 바로 이 때문이다. 이런 비밀을 감추고 있는 버턴판이 우리나라에서는 마치 『천일야화』의 〈정역본〉인 양 받아들여지고 그토록 활발히 번역되어 온 데 반해, 정작 문학사적으로 엄청난 중요성이 지닌 갈랑판은 지금껏 소개되지 않았다는 사실은 기괴할 정도로 기형적인 현상으로 느껴진다. 한국의 출판계 역시 은밀한 성(性) 풍속과 신비로운 오리엔탈리즘에 영합하고 싶었던 것일까?

## 시공을 초월하는 건강한 웃음

　이러한 이유에서 뒤늦게나마 갈랑의 『천일야화』가 우리말

---

[2] 그가 주로 참조했다는 〈캘커타II 본〉은 1839에서 1842년까지 편찬된 것으로, 이집트판을 기본으로 했다는 주장이 있지만 그 이집트판의 존재 여부는 불확실하다.

로 번역된 것을 역자는 진정 다행스러운 일이라 여기며, 동시에 그 중요한 과업을 떠맡게 된 것에 큰 부끄러움과 두려움을 느낀다. 갈랑이 구사하는 고전주의 시대의 그 세련되고 고아한 언어를 제대로 옮겼는지 스스로도 자신할 수 없는 까닭이다. 때로는 독자의 가독성을 위해 과감한 의역도 서슴지 않았다. 하지만 단 하나의 분명한 지표는, 우리 독자들에게 『천일야화』의 그 비할 데 없는 재미와 감동을 느끼게 해주고 싶다는 바람이었다.

이 시대에 『천일야화』의 의미는 어떻게 살아 있을까? 포르노그래피와 판타지가 넘치게 공급되는 요즘, 과장되고 왜곡된 이국적 취미와 잔혹성과 외설성으로 둔중해진 버턴의 『천일야화』는 그 유효성을 상실한 지 오래이다. 그러나 앙투안 갈랑의 이 작품을 읽어 본다면, 온전한 『천일야화』의 정수는 다른 곳에 있음을 깨닫게 될 것이다. 그것은 자극적인 에로티시즘이 아닌 인간에 대한 깊은 이해와 따스한 연민, 황당무계한 판타지가 아닌 우리의 내면 깊숙한 욕구들에서 비롯된 경이로운 마법, 그리고 이해할 수 없는 웃음이 아닌 자유와 정의를 갈망하는 아랍 민중이 터뜨리는 건강한 해학과 분노……. 한마디로 표현하자면, 언제 어디서나 우리와 조금도 다를 바 없는 사람들의 가슴속에서 힘차게 뛰고 있는 마음의 진실인 셈이다.

역자의 개인적인 바람은 이 갈랑판의 출간이, 우리 청소년들이 지금껏 그들에게 금지되어 왔던 이 고전을 마음껏 즐길 수 있는 계기가 되었으면 하는 것이다. 외설적이고 잔혹한 부분이 최소화되었을 뿐 아니라, 분량도 적당하여 부담 없이 접근할 수 있을 것이다. 내용 또한 그렇다. 지금으로부터 300여 년 전에 써진 글임에도 불구하고, 어른들뿐 아니라 아이들도 쉽고 재미있게 읽을 수 있으리라 확신한다. 시대와 장소를 초월하는 고전인 앙투안 갈랑의 『천일야화』가 소개됨으로써, 이 나라의 정신이 더욱 깊고 아름다워지기를 바랄 뿐이다.

2010년 정초에
역자 임호경

## 앙투안 갈랑 연보

**1646년** 출생   4월 4일 프랑스 피카르디 지방 롤로의 한 부르주아 가정에서 태어남. 가족은 니용에 정착.

**1650년** 4세   아버지 사망. 생계에 어려움을 겪게 됨.

**1660년** 14세   콜레주 드 누아용Collège de Noyon에서 라틴어, 그리스어, 헤브라이어 등을 배움.

**1665년** 19세   콜레주 루아얄Collège Royale에서 학업을 계속함. 그리스어, 헤브라이어, 아랍어, 건축학 등의 수업을 들음.

**1670년** 24세   콘스탄티노플 대사로 임명된 누엥텔 후작이 갈랑을 비서로 채용. 8월 툴롱으로 출발. 10월 콘스탄티노플에 도착.

**1672년** 26세   1월 일기를 쓰기 시작함. 이 일기는 1673년까지 계속됨. 통역으로서 대사를 돕는 한편 학자들과 샤르뎅, 다르비외 등의 여행자들과 교우함.

**1673년** 27세   9월 키프로스, 예루살렘, 시리아, 아테네 등지로 여행을 시작. 여행은 17개월 동안 계속됨.

**1675년** 29세   1월 프랑스로 돌아옴. 주화, 고사본, 고대 문화 등을 애호하는 학자들과 두루 친분을 맺음.

**1677년** 31세   자금 지원을 받아 이탈리아의 메시나와 터키의 이즈미르에 다녀옴.

**1678년** 32세   『술탄 오스만의 죽음, 혹은 무스타파의 복위(復位)La Mort du sultan Osman ou Le Retablissement de Mustapha sur le trône』를 바르벵 인쇄소에서 출간함.

**1679년** 33세   9월 동인도회사로부터 주화와 고사본 입수의 임무를 부여받고 근동 지방으로 파견됨. 이때 서신 형태로 『근동 여행 Voyage fait dans le Levant』을 집필함.

**1680년** 34세   9월 콘스탄티노플에 도착하여 5년간 머물게 됨. 이때부터 1685년까지 『이슬람 연대기』 번역과 『아랍인들의 윤리적 사상』, 『동방 이슬람 역사의 지리 사전』 집필을 시작함.

**1682년** 36세   작은 지방에서 전해 내려오는 이야기 하나를 현대 그리스어로 번역함. 이는 그리스어를 쉽게 가르치기 위한 목적으로 번역된 것임.

**1683년** 37세   루부아 밑에서 고사본과 주화를 수집하는 일을 하기 시작함.

**1686년** 40세   3월 이즈미르와 이집트를 향해 다시 여행을 떠남. 이즈미르에서 큰 지진이 일어나지만 기적적으로 목숨을 구함. 이 지진으로 그곳의 많은 고사본들이 파괴됨.

**1689년** 43세   파리로 돌아와 동방의 문서들을 번역하고 편집하는 M. 테브노 밑에서 일하기 시작함. 갈랑은 『칭기즈 칸 이야기』 등 아랍어와 페르시아어를 프랑스어로 옮김.

**1692년** 46세   10월 테브노 사망. 중동을 유럽에 알리는 데 크게 공헌한 엘브로 드 몰랑빌의 『동양전서(東洋全書)Bibliothèque Orientale』 편집을 도움. 이후에는 상당한 분량의 서문을 쓰고 인쇄를 감독하기도 함.

**1693년** 47세   질 메나주의 어록(語錄) 『메나지아나 Menagiana』를 부

분적으로 집필하고 편집함.

**1694년** 48세 『동방인들의 명언, 잠언집 Les Paroles remarquables, les bons mots et les maximes des Orientaux』 출간. 11월 국가에 대한 비방문 작성에 참여했다는 혐의로 일주일간 투옥됨.

**1696년** 50세 국가 관리 티에리 비농 밑으로 들어가, 그의 책과 주화의 목록을 작성하기 시작함.

**1697년** 51세 1월 티에리 비농 사망. 『동양전서』 출간. 바스-노르망디 지방의 감독관인 N. J. 푸코에게 고용됨. 그의 수집품(서적, 주화, 골동품 등)을 관리하고 목록화하며 12년 동안 일함. 학자들과 학문적인 서신을 교환하며, 당시의 문예지 『학자 신문 Journal des Savants』과 일간지 「트레부 신문 Mémoires des Trévoux」 등에 무수히 기고함. 르노 드 스그레 Renault de Segrai가 주최하는 모임에 출입하기 시작. 드 스그레가 한 말을 모아 『스그레지아나 Segraisiana』를 집필하지만, 이 책은 그의 사후인 1721년에야 출간됨.

**1699년** 53세 『커피의 기원과 발전에 대하여 De L'origine et Du Progrès du Café』 출간. 9월 친구에게 보낸 한 편지에서 자기 자신을 다음과 같이 묘사함. 〈진리를 사랑하고 그것을 알 수 있을 때는 그것을 주장하지만, 그것이 명확하게 나타나지 않는 일들(종교 문제는 예외이다)에서는 회의주의자이다.〉

**1701년** 55세 르노 드 스그레 사망. 2월 친구 위에 Huet에게 보낸 편지에서 「바다 사나이 신드바드 이야기」를 언급함. 10월 『천일야화 Les mille et une nuits』의 원고가 파리에서 기다리고 있다는 사실을 위에에게 이야기함.

**1703년** 57세 12월 퐁트넬 출판사가 『천일야화』 제1권의 원고를 승인함.

**1704년** 58세 1월 『천일야화』 제1권 출간. 이어 제4권까지 같은 해에 출간됨. 10월 친구 퀴페르에게 보낸 편지에서 『천일야화』에 대해 〈궁정에서, 파리에서, 그리고 지방에서, 신사들뿐 아니라 숙녀들에게도 좋은 반응을 얻는다〉라고 언급함.

**1705년** [59세] 『천일야화』 제5, 6권 출간.

**1706년** [60세] 『천일야화』 제7권 출간. 티에리 비뇽의 조카이자, 『학자 신문』의 주간인 장-폴 비뇽이 갈랑을 후원함. 이에 갈랑은 아카데미의 준회원으로 활발하게 활동하기 시작하여, 죽을 때까지 파리의 수많은 서클을 드나들고, 파리 유력가들의 집에서 정기적으로 식사하며, 유럽 전역의 학자들과 꾸준히 서신을 교환함.

**1709년** [63세] 3월 폴 뤼카의 집에서 시리아인 한나를 만남. 한나는 그에게 〈아주 멋진 아랍 이야기 몇 개〉를 들려줌. 6월 한나에게서 들은 이야기들 중 열세 편을 요약해 기록함. 6월 국왕 전속 동방어 교수가 됨. 콜레주 드 프랑스의 아랍어 교수로 임명됨. 7월 콜레주 드 프랑스에서 라틴어로 첫 연설. 11월 콜레주 드 프랑스에서 학생이 한 명도 없는 가운데 첫 수업. 그는 수업을 세심하게 준비하며, 이를 위해 코란과 「바다 사나이 신드바드 이야기」 같은 이야기들을 이용함.

**1711년** [65세] 1월 〈한나가 제공한 아랍 텍스트에 의거한〉 『천일야화』 제10권의 번역을 마침. 8월 『천일야화』 제11권을 작업하기 시작함. 9월 『천일야화』 제9권의 최초 교정쇄가 나옴. 10월 『천일야화』 제11권 교정을 마침.

**1712년** [66세] 1월 베르사유에 있는 왕립 주화 보관소 소장 자리를 제안받았으나 거절함. 3월 『천일야화』 제11권 승인받음. 11월 『천일야화』 제12권 집필을 마침.

**1713년** [67세] 6월 『천일야화』 제12권 교정을 마침.

**1715년** [69세] 2월 17일 사망.

**1717년** 『천일야화』 제12권까지 모두 출간됨.

**1721년** 『스그레지아나』 출간.

**1724년** 『브라만이며 인도철학자인 비드파이의 인도의 정치적, 정신적 우화들 Les Fables indiennes, politiques et morales de Bidpaï* *bramin ou philosophe indien. Traduction de la langue turque par A. Galland*』이 전면 수정을 거쳐 출간됨.

**1881년** 셰페르Schefer 출판사에서『콘스탄티노플 체류 시절 앙투안 갈랑의 일기 *Journal d'Antoine Galland pendant son séjour à Constantinople*』출간.

**1919년** H.오몽Omont 출판사에서『파리 시절 앙투안 갈랑의 일기 *Journal parisien d'Antoine Galland*』출간.

**1964년** 압델-할림Abdel-Halim 출판사에서『앙투안 갈랑 서한집 *Correspondance*』출간.

**열린책들 세계문학 141  천일야화 6**

**옮긴이 임호경**  서울대학교 불어교육과를 졸업했다. 파리 제8대학에서 문학 박사학위를 취득했으며, 현재 전문 번역가로 활동하고 있다. 옮긴 책으로는 요나스 요나손의 『킬러 안데르스와 그의 친구 둘』, 『셈을 할 줄 아는 까막눈이 여자』, 『창문 넘어 도망친 100세 노인』, 피에르 르메트르의 『오르부아르』, 스티그 라르손의 〈밀레니엄 시리즈〉, 베르나르 베르베르의 『신』(공역), 『카산드라의 거울』, 아니 에르노의 『남자의 자리』, 조르주 심농의 『갈레 씨, 홀로 죽다』, 『누런 개』, 『센 강의 춤집에서』, 『리버티 바』, 로렌스 베누티의 『번역의 윤리』, 다니엘 살바토레 시페르의 『움베르토 에코 평전』, 파울로 코엘료의 『승자는 혼자다』, 기욤 뮈소의 『7년 후』 등이 있다.

**엮은이** 앙투안 갈랑  **옮긴이** 임호경  **발행인** 홍예빈 · 홍유진
**발행처** 주식회사 열린책들  **주소** 경기도 파주시 문발로 253 파주출판도시
**전화** 031-955-4000  **팩스** 031-955-4004  **홈페이지** www.openbooks.co.kr
Copyright (C) 주식회사 열린책들, 2010, *Printed in Korea*.
**ISBN** 978-89-329-1014-7 04860  **ISBN** 978-89-329-1499-2 (세트)
**발행일** 2010년 1월 25일 초판 1쇄 2010년 7월 25일 세계문학판 1쇄 2021년 11월 15일 세계문학판 12쇄

이 도서의 국립중앙도서관 출판예정도서목록(CIP)은 서지정보유통지원시스템 홈페이지(http://seoji.nl.go.kr)와 국가자료공동목록시스템(http://www.nl.go.kr/kolisnet)에서 이용하실 수 있습니다.(CIP제어번호 : CIP2010000071)

# 열린책들 세계문학
## Open Books World Literature

### 001 죄와 벌 전2권
표도르 도스또예프스끼 장편소설 | 홍대화 옮김 | 각 408, 512면
죄와 벌의 심리 과정을 따라가며 혁명 사상의 실제적 문제를 제시하는 명작
- 고려대학교 선정 〈교양 명저 60선〉
- 미국 대학 위원회 선정 SAT 추천 도서

### 003 최초의 인간
알베르 카뮈 장편소설 | 김화영 옮김 | 392면
20세기 문학의 정점을 이룬 알베르 카뮈 최후의 육성
- 1957년 노벨 문학상 수상 작가

### 004 소설 전2권
제임스 미치너 장편소설 | 윤희기 옮김 | 각 280, 368면
〈소설이란 무엇인가〉라는 주제를 작가, 편집자, 비평가, 독자의 입장에서 풀어 나간 작품
- 〈이달의 청소년도서〉 선정
- 한국 간행물 윤리 위원회 선정 〈청소년 권장 도서〉

### 006 개를 데리고 다니는 부인
안똔 체호프 소설선집 | 오종우 옮김 | 368면
삶의 진실과 인간의 참모습을 웃음과 울음으로 드러내는 위대한 작품
- 1993년 서울대학교 선정 〈동서 고전 200선〉
- 2002년 노벨 연구소가 선정한 〈세계문학 100선〉

### 007 우주 만화
이탈로 칼비노 단편집 | 김운찬 옮김 | 416면
25편 단편 속 신비로운 존재 〈크루프프크〉를 통해 환상적으로 창조된 우스꽝스러운 우주

### 008 댈러웨이 부인
버지니아 울프 장편소설 | 최애리 옮김 | 296면
난해한 〈의식의 흐름〉 기법과 〈내적 독백〉을 시도한 영국 모더니즘 고전
- 2005년 『타임』지 선정 〈100대 영문 소설〉, 〈20세기 100선〉
- 2009년 『뉴스위크』 선정 〈세계 100대 명저〉

### 009 어머니
막심 고리끼 장편소설 | 최윤락 옮김 | 544면
혁명의 교과서이자 인간다운 삶의 권리를 일깨우는 영원한 고전
- 1912년 그리보예도프상
- 2006년 이고르 수히흐 교수 〈러시아 문학 20세기의 책 20권〉
- 서울대학교 권장 도서 100선

### 010 변신
프란츠 카프카 중단편집 | 홍성광 옮김 | 464면
어디에도 안주하지 못하는 인간의 모습을 초현실적으로 그려 낸 카프카의 주옥같은 단편들
- 서울대학교 권장 도서 100선

### 011 전도서에 바치는 장미
로저 젤라즈니 중단편집 | 김상훈 옮김 | 432면
신화와 SF의 융합, 흥미롭고 지적인 중단편 소설집

### 012 대위의 딸
알렉산드르 뿌쉬낀 장편소설 | 석영중 옮김 | 240면
역사적 대사건을 가정 소설과 연애 소설의 형식에 녹여 내어 조망한 산문 예술의 정점
- 2000년 한국 백상 출판 문화상 번역상

### 013 바다의 침묵
베르코르 소설선집 | 이상해 옮김 | 256면
전쟁과 이데올로기에 가려진 인간성에 대하여 고찰한 레지스탕스 문학의 백미

### 014 원수들, 사랑 이야기
아이작 싱어 장편소설 | 김진준 옮김 | 320면
유대인 학살에서 살아남은 네 남녀의 사랑과 상처를 그린 소설
- 1978년 노벨 문학상 수상 작가

### 015 백치 전2권
표도르 도스또예프스끼 장편소설 | 김근식 옮김 | 각 504, 528면
백치 미쉬낀을 통해 구현하는 완전한 아름다움과 순수한 인간의 형상
- 피터 박스올 〈죽기 전에 읽어야 할 1001권의 책〉

### 017 1984년
조지 오웰 장편소설 | 박경서 옮김 | 392면
감시하고 통제하는 전체주의의 권력 앞에 무력해지는 인간의 삶
- 2009년 『뉴스위크』 선정 〈세계 100대 명저〉
- 『타임』지가 뽑은 〈20세기 100선〉

### 019 이상한 나라의 앨리스
루이스 캐럴 환상동화 | 머빈 피크 그림 | 최용준 옮김 | 336면
시공을 초월하며 상상력과 호기심의 한계를 허무는 루이스 캐럴의 환상 동화
- 2003년 BBC 〈영국인들이 가장 사랑하는 소설 100편〉
- 2004년 〈한국 문인이 선호하는 세계 명작 소설 100선〉

### 020 베네치아에서의 죽음
**토마스 만 중단편집** | 홍성광 옮김 | 432면

삶과 죽음, 예술과 일상이라는 양극의 주제를 다룬 걸작

- 1929년 노벨 문학상 수상 작가
- 피터 박스올 《죽기 전에 읽어야 할 1001권의 책》

### 021 그리스인 조르바
**니코스 카잔차키스 장편소설** | 이윤기 옮김 | 488면

카잔차키스가 그려 낸 자유인 조르바의 영혼의 투쟁

- 2002년 노벨 연구소가 선정한 《세계문학 100선》
- 2004년 《한국 문인이 선호하는 세계 명작 소설 100선》
- 2005년 동아일보 선정 《21세기 신간도서 50선》
- 피터 박스올 《죽기 전에 읽어야 할 1001권의 책》

### 022 벚꽃 동산
**안똔 체호프 희곡선집** | 오종우 옮김 | 336면

거창한 사상보다는 삶의 사소함을 객관적인 문체로 그린, 가장 완숙한 체호프의 작품

- 2006년 이고르 수히흐 교수 《러시아 문학 20세기의 책 20권》
- 미국 대학 위원회 선정 SAT 추천 도서
- 서울대학교 권장 도서 100선

### 023 연애 소설 읽는 노인
**루이스 세풀베다 장편소설** | 정창 옮김 | 192면

담백하고 섬세한 문체와 간결한 내용에 인간의 탐욕과 자연의 거대함을 담은 환경 소설

- 1989년 티그레 후안상
- 1998년 전 세계 베스트셀러 8위

### 024 젊은 사자들 전2권
**어윈 쇼 장편소설** | 정영문 옮김 | 각 416, 408면

인간의 어리석음, 광기, 우스꽝스러움을 탁월하게 포착한 전쟁 소설이자 심리 소설

- 1945년 오 헨리 문학상
- 1970년 플레이보이상

### 026 젊은 베르테르의 슬픔
**요한 볼프강 폰 괴테 장편소설** | 김인순 옮김 | 240면

사랑의 열병을 앓는 전 세계 젊은이들의 영혼을 울린 감성 문학의 고전

- 2003년 크리스티아네 취른트 《사람이 읽어야 할 모든 것, 책》
- 피터 박스올 《죽기 전에 읽어야 할 1001권의 책》

### 027 시라노
**에드몽 로스탕 희곡** | 이상해 옮김 | 256면

명랑한 영웅주의, 감미로운 연애 감정, 기발하고 화려한 시구들이 돋보이는 명작

- 미국 대학 위원회 선정 SAT 추천 도서

### 028 전망 좋은 방
**E. M. 포스터 장편소설** | 고정아 옮김 | 352면

영국 사회의 계층 간 갈등과 가치관의 충돌을 날카롭게 포착한 걸작

- 1998년 랜덤하우스 모던 라이브러리 선정 《최고의 영문 소설 100》
- 피터 박스올 《죽기 전에 읽어야 할 1001권의 책》

### 029 까라마조프 씨네 형제들 전3권
**표도르 도스또예프스끼 장편소설** | 이대우 옮김 | 각 496, 496, 460면

많은 인물군과 에피소드를 통해 심오한 사상과 예술적 깊이를 보여 주는 도스또예프스끼 40년 창작의 결산

- 국립중앙도서관 선정 청소년 권장 도서 50선
- 서울대학교 권장 도서 100선
- 서머싯 몸 선정 세계 10대 소설

### 032 프랑스 중위의 여자 전2권
**존 파울즈 장편소설** | 김석희 옮김 | 각 344면

자유에 대한 정열이 고갈된 20세기에 대한 탁월한 우화

- 1969년 실버펜상
- 2005년 《타임》지 선정 《100대 영문 소설》

### 034 소립자
**미셸 우엘벡 장편소설** | 이세욱 옮김 | 448면

성(性) 풍속의 변천 과정을 중심으로 전개되는 두 형제의 쓸쓸한 삶을 다룬 작품

- 1998년 《타임스 리터러리 서플러먼트》 선정 《올해의 책》
- 2002년 국제 IMPAC 더블린 문학상
- 1998년 《리르》 선정 《올해 최고의 책》

### 035 영혼의 자서전 전2권
**니코스 카잔차키스 자서전** | 안정효 옮김 | 각 352, 408면

카잔차키스 자신의 삶의 여정을 아름답게 묘사한 자전적 소설

### 037 우리들
**예브게니 자먀찐 장편소설** | 석영중 옮김 | 320면

인간이 인간일 수 있음을 방해하는 모든 제도를 거부하는, 디스토피아 소설의 효시

- 2006년 이고르 수히흐 교수 《러시아 문학 20세기의 책 20권》
- 피터 박스올 《죽기 전에 읽어야 할 1001권의 책》

### 038 뉴욕 3부작
**폴 오스터 장편소설** | 황보석 옮김 | 480면

추리 소설의 형식을 빌려 장르의 관습을 뒤엎어 버린, 가장 미국적인 소설

- 피터 박스올 《죽기 전에 읽어야 할 1001권의 책》

### 039 닥터 지바고 전2권
**보리스 빠스쩨르나끄 장편소설 | 박형규 옮김 | 각 400, 512면**

장엄한 시대의 증언으로 러시아 문학의 지평을 넓힌 해빙기 문학의 정수

- 1958년 노벨 문학상
- 미국 대학 위원회 선정 SAT 추천 도서
- 『타임』지가 뽑은 〈20세기 100선〉

### 041 고리오 영감
**오노레 드 발자크 장편소설 | 임희근 옮김 | 456면**

〈인간 희극〉 시리즈의 으뜸으로, 이후 방대한 소설 세계를 열어 주는 발자크의 대표작

- 2002년 노벨 연구소가 선정한 〈세계문학 100선〉
- 연세대학교 권장 도서 200권

### 042 뿌리 전2권
**알렉스 헤일리 장편소설 | 안정효 옮김 | 각 400, 448면**

10여 년간의 철저한 자료 조사로 재구성된 르포르타주 문학의 걸작

- 1977년 퓰리처상
- 1977년 전미 도서상
- 2004년 〈한국 문인이 선호하는 세계 명작 소설 100선〉
- 2005년 헨리 포드사 선정 〈75년간 미국을 뒤바꾼 75가지〉

### 044 백년보다 긴 하루
**친기즈 아이뜨마또프 장편소설 | 황보석 옮김 | 560면**

꿈꾸는 듯한 현실과 현실 같은 상상이 절묘하게 어우러진, 소비에트 문화권 최고의 스테디셀러

- 1983년 소비에트 문학상
- 1994년 오스트리아 유럽 문학상

### 045 최후의 세계
**크리스토프 란스마이어 장편소설 | 장희권 옮김 | 264면**

신화적 인물과 모티프를 현대적 관심사들과 결합시킨 지적 신화 소설

- 1988년 프랑크푸르트 도서전 선정 〈올해의 책〉
- 1988년 안톤 빌트간스상
- 1992년 독일 바이에른 주 학술원 대문학상
- 피터 박스올 〈죽기 전에 읽어야 할 1001권의 책〉

### 046 추운 나라에서 돌아온 스파이
**존 르카레 장편소설 | 김석희 옮김 | 368면**

20세기 냉전이 낳은 존 르카레 최고의 스릴러

- 1963년 서머싯 몸상
- 1963년 영국 추리작가 협회상
- 1963년 미국 추리작가 협회상
- 2005년 『타임』지 선정 〈100대 영문 소설〉

### 047 산도칸 ─ 몸프라쳄의 호랑이
**에밀리오 살가리 장편소설 | 유향란 옮김 | 428면**

말레이시아 해를 배경으로 펼쳐지는 해적 산도칸과 그의 친구 야네스의 활약상

- 피터 박스올 〈죽기 전에 읽어야 할 1001권의 책〉

### 048 기적의 시대
**보리슬라프 페키치 장편소설 | 이윤기 옮김 | 560면**

예수가 행한 기적의 이면을 인간의 입장에서 조명한 기막힌 패러디

- 1965년 유고슬라비아 문학상

### 049 그리고 죽음
**짐 크레이스 장편소설 | 김석희 옮김 | 224면**

성장과 소멸, 삶과 죽음이 자연과 인간에게 주는 의미를 성찰하게 하는 걸작

- 1999년 전미 비평가 협회상
- 1999년 『가디언』 선정 〈올해의 책〉

### 050 세설 전2권
**다니자키 준이치로 장편소설 | 송태욱 옮김 | 각 480면**

몰락한 오사카 상류층의 네 자매의 결혼 이야기를 통해 당시의 풍속을 잔잔하게 그린 작품

### 052 세상이 끝날 때까지 아직 10억 년
**스뜨루가츠끼 형제 장편소설 | 석영중 옮김 | 224면**

반유토피아 문학의 전통을 계승한 정치 풍자로 판금 조치를 당하기도 한 문제작

- 1988년 〈이달의 청소년 도서〉 선정

### 053 동물 농장
**조지 오웰 장편소설 | 박경서 옮김 | 208면**

스딸린 통치의 역사를 동물 우화에 빗댄 정치 알레고리 소설의 고전

- 2008년 영국 플레이닷컴 선정 〈역사상 가장 위대한 소설 10〉
- 2009년 『뉴스위크』 선정 〈세계 100대 명저〉

### 054 캉디드 혹은 낙관주의
**볼테르 장편소설 | 이봉지 옮김 | 232면**

해학과 풍자를 통해 작가 자신의 철학을 고스란히 담아 낸 철학적 콩트의 정수

- 1993년 서울대학교 선정 〈동서 고전 200선〉
- 미국 대학 위원회 선정 SAT 추천 도서

### 055 도적 떼
**프리드리히 폰 실러 희곡 | 김인순 옮김 | 264면**

〈형제의 반목〉이라는 모티프를 이용하여 자유와 반항을 설득력 있게 묘사한 비극

- 1993년 서울대학교 선정 〈동서 고전 200선〉
- 고려대학교 선정 〈교양 명저 60선〉

### 056 플로베르의 앵무새
**줄리언 반스 장편소설 | 신재실 옮김 | 320면**

예술 작품을 둘러싸고 벌어지는 인간 사회의 다양한 양상을 날카롭게 통찰한 작품

- 1986년 메디치상
- 1986년 E. M. 포스터상
- 1987년 구텐베르크상

### 057 악령 전3권
**표도르 도스또예프스끼 장편소설 | 박혜경 옮김 | 각 328, 408, 528면**

실제 사건에 심리적, 형이상학적 색채를 가미한 위대한 비극
- 1966년 동아일보 선정 〈한국 명사들의 추천 도서〉
- 피터 박스올 《죽기 전에 읽어야 할 1001권의 책》

### 060 의심스러운 싸움
**존 스타인벡 장편소설 | 윤희기 옮김 | 340면**

1930년대 대공황기 캘리포니아 농장 지대의 파업을 극적으로 그린 소설
- 1937년 캘리포니아 커먼웰스 클럽 금상
- 1962년 노벨 문학상 수상 작가

### 061 몽유병자들 전2권
**헤르만 브로흐 장편소설 | 김경연 옮김 | 각 568, 544면**

현대 문명의 병폐와 가치의 붕괴를 상징적, 비판적으로 해석한 박물 소설이자 모든 문학적 표현 수단의 총체

### 063 몰타의 매
**대실 해밋 장편소설 | 고정아 옮김 | 304면**

하드보일드 소설의 창시자 대실 해밋의 세계 최초 탐정 소설
- 2009년 「뉴스위크」 선정 〈세계 100대 명작〉
- 뉴욕 추리 전문 서점 블랙 오키드 선정 〈최고의 추리 소설 10〉

### 064 마야꼬프스끼 선집
**블라지미르 마야꼬프스끼 선집 | 석영중 옮김 | 320면**

20세기 러시아의 위대한 혁명 시인 마야꼬프스끼의 대표적인 시와 산문 모음집

### 065 드라큘라 전2권
**브램 스토커 장편소설 | 이세욱 옮김 | 각 340, 344면**

공포와 성(性)을 결합시킨 환상 문학의 고전
- 2003년 크리스티네 취른트 《사람이 읽어야 할 모든 것: 책》
- 피터 박스올 《죽기 전에 읽어야 할 1001권의 책》

### 067 서부 전선 이상 없다
**에리히 마리아 레마르크 장편소설 | 홍성광 옮김 | 336면**

지극히 평범한 한 인간을 통해 전쟁의 본질을 보여 주는, 가장 위대한 전쟁 소설
- 미국 대학 위원회 선정 SAT 추천 도서
- 「타임」지 뽑은 〈20세기 100선〉
- 피터 박스올 《죽기 전에 읽어야 할 1001권의 책》

### 068 적과 흑 전2권
**스탕달 장편소설 | 임미경 옮김 | 각 432, 368면**

〈출세〉를 향한 젊은이의 성공과 좌절을 통해 부조리한 사회 구조를 고발한 작품
- 2002년 노벨 연구소가 선정한 〈세계문학 100선〉
- 국립중앙도서관 선정 청소년 권장 도서 50선
- 서울대학교 권장 도서 100선

### 070 지상에서 영원으로 전3권
**제임스 존스 장편소설 | 이종인 옮김 | 각 396, 380, 496면**

제2차 세계 대전을 배경으로 두 쌍의 연인을 통해 하와이 주둔 미군 부대의 실상을 폭로한 자연주의 소설
- 1952년 전미 도서상
- 1998년 랜덤하우스 모던 라이브러리 선정 〈최고의 영문 소설 100〉

### 073 파우스트
**요한 볼프강 폰 괴테 희곡 | 김인순 옮김 | 568면**

진리를 찾는 파우스트를 통해 인간사의 모든 문제를 상징적으로 표현한 고전 중의 고전
- 2002년 노벨 연구가 선정한 〈세계문학 100선〉
- 2003년 국립중앙도서관 선정 〈고전 100선〉
- 미국 대학 위원회 선정 SAT 추천 도서
- 서울대학교 권장 도서 100선
- 「뉴스위크」 선정 〈세상을 움직인 100권의 책〉

### 074 쾌걸 조로
**존스턴 매컬리 장편소설 | 김훈 옮김 | 316면**

마스크 뒤에 정체를 감추고 폭압에 맞서 싸우는 쾌걸 조로의 가슴 시원한 활약

### 075 거장과 마르가리따 전2권
**미하일 불가꼬프 장편소설 | 홍대화 옮김 | 각 364, 328면**

스딸린 치하의 소비에트 사회를 풍자하는 서늘한 공포와 유쾌한 웃음의 묘미
- 2006년 이고르 수히흐 교수 〈러시아 문학 20세기의 책 20권〉
- 피터 박스올 《죽기 전에 읽어야 할 1001권의 책》

### 077 순수의 시대
**이디스 워튼 장편소설 | 고정아 옮김 | 448면**

사랑과 결혼의 의미를 찾는 세 남녀의 이야기를 세밀하게 그려 낸 연애 소설의 고전
- 1998년 랜덤하우스 모던 라이브러리 선정 〈최고의 영문 소설 100〉
- 2009년 「뉴스위크」 선정 〈세계 100대 명작〉

### 078 검의 대가
**아르투로 페레스 레베르테 장편소설 | 김수진 옮김 | 384면**

1868년 마드리드, 역사적인 음모와 계략 그리고 화려한 검술이 엮어 내는 지적 미스터리
- 1993년 「리르」지 선정 〈10대 외국 소설가〉
- 1997년 코레오 그룹상
- 2000년 「뉴욕 타임스」 선정 〈올해의 포켓북〉

### 079 예브게니 오네긴
**알렉산드르 뿌쉬낀 운문소설 | 석영중 옮김 | 328면**

패러디의 소설이자 소설의 패러디, 러시아가 낳은 위대한 시인 뿌쉬낀의 장편 운문 소설
- 고려대학교 선정 〈교양 명저 60선〉
- 연세대학교 권장 도서 200선

### 080 장미의 이름 전2권
움베르토 에코 장편소설 | 이윤기 옮김 | 각 440, 448면
에코의 해박한 인류학적 지식과 기호학 이론이 녹아 있는 중세 추리 소설
- 1981년 스트레가상
- 1982년 메디치상
- 『타임』지가 뽑은 〈20세기 100선〉

### 082 향수
파트리크 쥐스킨트 장편소설 | 강명순 옮김 | 384면
지상 최고의 향수를 만들려는 한 악마적 천재의 기상천외한 이야기
- 2003년 BBC 『빅리드』 조사 〈영국인들이 가장 사랑하는 소설 100편〉
- 2008년 서울대학교 대출 도서 순위 20

### 083 여자를 안다는 것
아모스 오즈 장편소설 | 최창모 옮김 | 280면
현대 히브리 문학의 대표적 작가이자 평화 운동가인 아모스 오즈의 대표작

### 084 나는 고양이로소이다
나쓰메 소세키 장편소설 | 김난주 옮김 | 544면
고양이의 눈에 비친 인간들의 우스꽝스럽고도 서글픈 초상

### 085 웃는 남자 전2권
빅토르 위고 장편소설 | 이형식 옮김 | 각 472, 496면
17세기 영국 사회에 대한 묘사와 역사에 대한 통찰력이 돋보이는 위고의 최고 걸작

### 087 아웃 오브 아프리카
카렌 블릭센 장편소설 | 민승남 옮김 | 480면
아프리카에 바치는, 아프리카인과 나눈 사랑과 교감 그리고 우정과 깨달음의 기록
- 피터 박스올 〈죽기 전에 읽어야 할 1001권의 책〉

### 088 무엇을 할 것인가 전2권
니꼴라이 체르니셰프스끼 장편소설 | 서정록 옮김 | 각 360, 404면
젊은 지식인들에게 〈혁명의 교과서〉로 추앙받은 사회주의 이상 소설

### 090 도나 플로르와 그녀의 두 남편 전2권
조르지 아마두 장편소설 | 오숙은 옮김 | 각 408, 308면
브라질의 국민 작가 아마두의 관능적이고도 익살이 넘치는 대표작

### 092 미사고의 숲
로버트 홀드스톡 장편소설 | 김상훈 옮김 | 424면
신화의 원형과 〈숲〉으로 상징되는 집단 무의식의 본질을 유려한 문체로 형상화한 걸작
- 1985년 세계 환상 문학상 대상
- 2003년 프랑스 환상 문학상 특별상

### 093 신곡 전3권
단테 알리기에리 장편서사시 | 김운찬 옮김 | 각 292, 296, 328면
총 1만 4233행으로 기록된, 단테의 일주일 동안의 저승 여행 이야기
- 2009년 『뉴스위크』 선정 〈세계 100대 명저〉
- 서울대학교 권장 도서 100선

### 096 교수
샬럿 브론테 장편소설 | 배미영 옮김 | 368면
권위와 위선을 거부하고 자립해 가는 인간들의 모순된 내면 심리에 대한 탁월한 묘사

### 097 노름꾼
표도르 도스또예프스끼 장편소설 | 이재필 옮김 | 320면
잡지의 실패, 형과 아내의 죽음, 빚…… 파국으로 치닫는 악몽 같은 이야기로 승화한 작가의 회상

### 098 하워즈 엔드
E. M. 포스터 장편소설 | 고정아 옮김 | 508면
정교한 플롯과 다채로운 인물 묘사가 돋보이는 E. M. 포스터의 역작
- 1998년 랜덤하우스 모던 라이브러리 선정 〈최고의 영문 소설 100〉
- 2004년 〈한국 문인이 선호하는 세계 명작 소설 100선〉

### 099 최후의 유혹 전2권
니코스 카잔차키스 장편소설 | 안정효 옮김 | 각 408면
예수뿐 아니라 그의 주변 인물들에게까지 생생한 살과 영혼을 부여한 소설
- 피터 박스올 〈죽기 전에 읽어야 할 1001권의 책〉

### 101 키리냐가
마이크 레스닉 장편소설 | 최용준 옮김 | 464면
모든 문제에 대한 해답이 존재했던, 잃어버린 유토피아에 관한 우화
- 1989년 휴고상

### 102 바스커빌가의 개
아서 코넌 도일 장편소설 | 조영학 옮김 | 264면
가장 매력적인 탐정 〈셜록 홈스〉를 창조해 낸 코넌 도일 최고의 장편소설
- 『히치콕 매거진』 선정 〈세계 10대 추리 소설〉
- 피터 박스올 〈죽기 전에 읽어야 할 1001권의 책〉

### 103 버마 시절
조지 오웰 장편소설 | 박경서 옮김 | 408면
〈인도 제국주의 경찰〉이라는 실제 경험을 바탕으로 완성한 조지 오웰의 첫 장편, 그 식민지의 기록

### 104 10 1/2장으로 쓴 세계 역사
줄리언 반스 장편소설 | 신재실 옮김 | 464면
패러디, 다큐멘터리, 에세이 등 다양한 형식을 통한 세계 역사의 포스트모더니즘적 전복

### 105 죽음의 집의 기록
표도르 도스또예프스끼 장편소설 | 이덕형 옮김 | 528면

도스또예프스끼의 실제 경험이 가장 많이 반영된 다큐멘터리적 소설

- 1955년 시카고 대학 그레이트 북스
- 피터 박스올 《죽기 전에 읽어야 할 1001권의 책》

### 106 소유 전2권
수전 바이어트 장편소설 | 윤희기 옮김 | 각 440, 488면

우연히 발견된 편지의 비밀을 좇으며 알아 가는 빅토리아 시대의 사랑, 그리고 현실의 사랑

- 1990년 부커상
- 1990년 영국 최고 영예 지도자상인 커맨더(CBE) 훈장
- 2005년 『타임』지 선정 〈100대 영문 소설〉

### 108 미성년 전2권
표도르 도스또예프스끼 장편소설 | 이상룡 옮김 | 각 512, 544면

불행한 운명을 타고난 한 청년이 이상과 현실 사이에서 방황하는 모습을 그린 성장 소설

### 110 성 앙투안느의 유혹
귀스타브 플로베르 희곡소설 | 김용은 옮김 | 584면

〈낭만주의적 구도자〉 귀스타브 플로베르가 스스로 밝힌 〈평생의 작품〉

### 111 밤으로의 긴 여로
유진 오닐 희곡 | 강유나 옮김 | 240면

치솟는 애증과 한없는 연민의 다른 이름, 〈가족〉에 대한 유진 오닐의 자전적 고백

- 1936년 노벨 문학상 수상 작가
- 1957년 퓰리처상
- 미국 대학 위원회 선정 SAT 추천 도서
- 『타임』지가 뽑은 〈20세기 100선〉

### 112 마법사 전2권
존 파울즈 장편소설 | 정영문 옮김 | 각 512, 552면

중층적 책략과 거미줄처럼 깔린 복선, 다양한 상징이 어우러진 거대한 환상의 숲

- 2003년 BBC 『빅리드』 조사 〈영국인들이 가장 사랑하는 소설 100편〉
- 『타임』지 선정 〈100대 영문 소설〉

### 114 스쩨빤치꼬보 마을 사람들
표도르 도스또예프스끼 장편소설 | 변현태 옮김 | 416면

작가의 시베리아 유형 직후에 발표된 작품. 유쾌한 희극적 기법과 언어의 기막힌 패러디

### 115 플랑드르 거장의 그림
아르투로 페레스 레베르테 장편소설 | 정창 옮김 | 512면

그림에 감추어진 문장으로 과거를 추적해 가는 미스터리이자 역사 추리 소설

- 1993년 프랑스 추리 소설 대상
- 1993년 『리르』지 선정 〈10대 외국인 소설가〉

### 116 분신
표도르 도스또예프스끼 장편소설 | 석영중 옮김 | 288면

〈의식의 분열〉이라는 도스또예프스끼 창작의 가장 중요한 테마를 예고한 작품

### 117 가난한 사람들
표도르 도스또예프스끼 장편소설 | 석영중 옮김 | 256면

보잘것없는 하급 관리와 욕심 많은 지주의 아내가 되는 가엾은 처녀가 주고받은 편지

### 118 인형의 집
헨리크 입센 희곡 | 김창화 옮김 | 272면

누군가의 아내 혹은 어머니가 아닌, 한 〈인간〉으로서의 여성의 깨달음을 그린 화제작

- 미국 대학 위원회 선정 SAT 추천 도서
- 『뉴스위크』 선정 〈세상을 움직인 100권의 책〉

### 119 영원한 남편
표도르 도스또예프스끼 장편소설 | 정명자 외 옮김 | 448면

도스또예프스끼의 심화된 예술 세계를 보여 주는 단편 모음집

### 120 알코올
기욤 아폴리네르 시집 | 황현산 옮김 | 352면

파격적인 시풍과 유려한 내재율을 자랑하는 기욤 아폴리네르의 첫 시집

### 121 지하로부터의 수기
표도르 도스또예프스끼 장편소설 | 계동준 옮김 | 256면

선악의 충돌, 환경과 윤리의 갈등, 인간의 번민과 그리스도를 통한 구원에 관한 이야기들

### 122 어느 작가의 오후
페터 한트케 중편소설 | 홍성광 옮김 | 160면

세계적 작가 페터 한트케가 소설의 형식으로 써 내려간 독특한 〈작가론〉, 한트케식 글쓰기의 표본

### 123 아저씨의 꿈
표도르 도스또예프스끼 장편소설 | 박종소 옮김 | 312면

과장의 기법과 희화적 색채를 드러낸 도스또예프스끼의 풍자 드라마 혹은 사회 비판적 소설

### 124 네또츠까 네즈바노바
표도르 도스또예프스끼 장편소설 | 박재만 옮김 | 316면

네또츠까 네즈바노바는 한 여성의 일대기를 다룬 도스또예프스끼 최초의 장편이자 미완성작

### 125 곤두박질
마이클 프레인 장편소설 | 최용준 옮김 | 528면

해박한 미술사적 지식을 토대로 한 예술 소설이자 역사적 배경 속에서 벌어지는 사회 심리 코미디

- 1999년 『타임스 리터러리 서플러먼트』 선정 〈올해의 책〉
- 1999년 횟브레드상

### 126 백야 외
표도르 도스또예프스끼 소설선집 | 석영중 외 옮김 | 408면

도스또예프스끼의 유토피아적 사회주의 사상이 나타난 단편 모음으로, 뻬뜨로빠블로프스끄 감옥에 수감된 동안의 삶의 환희 등이 엿보이는 작품

### 127 살라미나의 병사들
하비에르 세르카스 장편소설 | 김창민 옮김 | 304면

1939년 프랑스 국경 숲 집단 총살에서 살아남은 작가이자 팔랑헤당의 핵심 멤버였던 산체스 마사스를 추적하는, 탐정 소설 형식을 띤 이야기
- 2001년 스페인 살람보상, 「케 레에르」지 독자상, 바르셀로나 시의 상
- 2004년 영국 「인디펜던트」 외국 소설상

### 128 뻬쩨르부르그 연대기 외
표도르 도스또예프스끼 소설선집 | 이항재 옮김 | 296면

새로운 테마와 방법으로 고심한 흔적이 나타나는, 당대 사회에 대한 날카로운 관찰자적 시각을 가지고 간결하고 세련된 문체를 사용한 작품

### 129 상처받은 사람들 전2권
표도르 도스또예프스끼 장편소설 | 윤우섭 옮김 | 각 296, 392면

19세기 중엽 뻬쩨르부르그 상류 사회의 이중적 삶과 하층민의 고통, 그로 인한 비극적 갈등과 모순을 그린 작품

### 131 악어 외
표도르 도스또예프스끼 소설선집 | 박혜경 외 옮김 | 312면

도스또예프스끼의 중기 단편. 점차 완숙해져 가는 작가의 예술적·사상적 세계관이 돋보이는 작품

### 132 허클베리 핀의 모험
마크 트웨인 장편소설 | 윤교찬 옮김 | 416면

모험 소설의 대가, 미국의 셰익스피어라 불리는 마크 트웨인의 대표작
- 미국 대학 위원회 선정 SAT 추천 도서
- 서울대학교 권장 도서 100선

### 133 부활 전2권
레프 톨스토이 장편소설 | 이대우 옮김 | 각 308, 416면

톨스토이의 세계관이 담긴 거대한 사상서, 끝없는 용서와 사랑으로 부활하는 인간성에 대한 이야기
- 2003년 국립중앙도서관 선정 〈고전 100선〉
- 2004년 〈한국 문인이 선호하는 세계 명작 소설 100선〉

### 135 보물섬
로버트 루이스 스티븐슨 장편소설 | 최용준 옮김 | 360면

백 년이 넘게 전 세계 독자들의 사랑을 받아 온 해양 모험 소설의 고전
- 2003년 BBC「빅리드」조사 〈영국인들이 가장 사랑하는 소설 100선〉
- 미국 대학 위원회 선정 SAT 추천 도서

### 136 천일야화 전6권
앙투안 갈랑 | 임호경 옮김 | 각 336, 328, 372, 392, 344, 320면

마법과 흥미진진한 모험 속에서 아랍의 문화와 관습은 물론 아랍인들의 세계관과 기질을 재미있게 전하는 앙투안 갈랑의 〈천일야화〉 완역판
- 2003년 국립중앙도서관 선정 〈고전 100선〉

### 142 아버지와 아들
이반 뚜르게네프 장편소설 | 이상원 옮김 | 328면

격변기 러시아의 세대 갈등, 〈보수〉와 〈진보〉가 대립하는 시대상을 묘사하여 논쟁을 불러일으킨 작품
- 1993년 서울대학교 선정 〈동서 고전 200선〉
- 미국 대학 위원회 선정 SAT 추천 도서

### 143 오만과 편견
제인 오스틴 장편소설 | 원유경 옮김 | 480면

오만과 편견에서 비롯된 모든 갈등과 모순은 결혼으로 해결된다. 셰익스피어에 버금가는 작가 제인 오스틴의 대표작
- 1954년 서머싯 몸이 추천하는 세계 10대 소설
- 2002년 노벨 연구소가 선정한 〈세계 문학 100선〉
- 미국 대학 위원회 선정 SAT 추천 도서

### 144 천로 역정
존 버니언 우화소설 | 이동일 옮김 | 432면

좁은 문을 지나 천국에 이르는 순례자의 여정. 침례교 설교자 존 버니언의 대표작인 종교적 우화소설
- 1945년 호레이스 십 선정 〈세계를 움직인 책 10권〉
- 2003년 국립중앙도서관 선정 〈고전 100선〉
- 2004년 〈한국 문인이 선호하는 세계 명작 소설 100선〉

### 145 대주교에게 죽음이 오다
윌라 캐더 장편소설 | 윤명옥 옮김 | 352면

웅대한 자연환경과 함께 뉴멕시코 선교사들의 삶을 그린, 퓰리처상 수상 작가 윌라 캐더의 아름다운 신화적 소설
- 2005년 「타임」지 선정 〈100대 영문 소설〉
- 2009년 「뉴스위크」 선정 〈세계 100대 명저〉
- 미국 대학 위원회 선정 SAT 추천 도서

### 146 권력과 영광
그레이엄 그린 장편소설 | 김연수 옮김 | 384면

군사 혁명 시절의 멕시코, 범법자이자 도망자를 자처한 어느 사제의 이야기. 불굴이 된 세상이 신의 대리인에게 내리는 가혹한 형벌, 혹은 놀라운 축복!
- 2005년 「타임」지 선정 〈100대 영문 소설〉

### 147 80일간의 세계 일주
쥘 베른 장편소설 | 고정아 옮김 | 352면

공상 과학 소설의 고전! 지금까지 전 세계에 가장 많은 번역 작품을 남긴 쥘 베른. 그가 그려 낸 80일 동안의 세계 일주
- 미국 대학 위원회 선정 SAT 추천 도서

### 148 바람과 함께 사라지다 전3권
마거릿 미첼 장편소설 | 안정효 옮김 | 각 616, 640, 640면

미국 문학사상 최고의 이야기꾼 마거릿 미첼의 대표작. 전쟁의 폐허 속에서 살아가는 여성의 이야기
- 1937년 퓰리처상
- 2009년 『뉴스위크』 선정 〈세계 100대 명저〉

### 151 기탄잘리
라빈드라나트 타고르 시집 | 장경렬 옮김 | 224면

먼 곳을 가깝게 하고 낯선 이를 형제로 만드는 타고르 시의 힘! 나그네, 연인…… 〈님〉을 그리는 가난한 마음들이 바치는 노래의 화환
- 1913년 노벨 문학상
- 2003년 국립중앙도서관 선정 〈고전 100선〉

### 152 도리언 그레이의 초상
오스카 와일드 장편소설 | 윤희기 옮김 | 384면

예술과 삶의 관계를 해명한 오스카 와일드의 유일한 장편소설
- 1966년 동아일보 선정 〈한국 명사들의 추천 도서〉
- 미국 대학 위원회 선정 SAT 추천 도서

### 153 레우코와의 대화
체사레 파베세 희곡소설 | 김운찬 옮김 | 280면

이탈리아 신사실주의 문학을 대표하는 파베세의 급진적인 신화 해석

### 154 햄릿
윌리엄 셰익스피어 희곡 | 박우수 옮김 | 256면

삶과 죽음, 도덕과 양심, 의지와 운명 등 다양한 문제를 동반한 존재 탐구의 여정
- 2002년 노벨 연구소가 선정한 〈세계문학 100선〉
- 미국 대학 위원회 선정 SAT 추천 도서

### 155 맥베스
윌리엄 셰익스피어 희곡 | 권오숙 옮김 | 176면

모순과 역설을 통해 인간 내면의 온갖 가치 충돌을 그려 낸, 셰익스피어 4대 비극의 마지막 작품
- 2002년 노벨 연구소가 선정한 〈세계문학 100선〉
- 미국 대학 위원회 선정 SAT 추천 도서

### 156 아들과 연인 전2권
D. H. 로런스 장편소설 | 최희섭 옮김 | 각 464, 432면

19세기 말에서 20세기 초 영국 사회 하층 계급의 삶을 생생하게 묘사한 로런스의 자전적 소설
- 2002년 노벨 연구소가 신정한 〈세계문학 100선〉
- 2009년 『뉴스위크』 선정 〈세계 100대 명저〉

### 158 그리고 아무 말도 하지 않았다
하인리히 뵐 장편소설 | 홍성광 옮김 | 272면

〈전후 독일에서 쓰인 최고의 책〉이라고 극찬받은 작품. 섬세하게 묘사된 전후의 내면 풍경
- 1972년 노벨 문학상 수상 작가

### 159 미덕의 불운
싸드 장편소설 | 이형식 옮김 | 248면

신앙 깊고 정숙한 미덕의 화신 쥐스띤느에게 가해지는 잔혹한 운명. 〈싸디즘〉의 유래가 된 문제작

### 160 프랑켄슈타인
메리 W. 셸리 장편소설 | 오숙은 옮김 | 320면

공포 소설, 공상 과학 소설의 고전. 과학의 발전과 실험이 불러올지도 모를 끔찍한 재앙에 대한 경고
- 2009년 『뉴스위크』 선정 〈세계 100대 명저〉
- 미국 대학 위원회 선정 SAT 추천 도서

### 161 위대한 개츠비
프랜시스 스콧 피츠제럴드 장편소설 | 한애경 옮김 | 280면

개츠비, 닉, 톰이라는 세 캐릭터를 통해 시대적 불안을 뛰어나게 묘사한 고전
- 2005년 『타임』지 선정 〈100대 영문 소설〉
- 미국 대학 위원회 선정 SAT 추천 도서

### 162 아Q정전
루쉰 중단편집 | 김태성 옮김 | 320면

현대 중국의 문학과 인문 정신의 출발을 상징하는 루쉰의 소설집
- 1996년 『뉴욕 타임스』 선정 〈20세기에 가장 큰 영향을 끼친 그레이트 북스〉

### 163 로빈슨 크루소
대니얼 디포 장편소설 | 류경희 옮김 | 456면

최초의 본격 소설이자 근대 여행기 문학의 대표작. 국적과 시대와 세대를 불문한 여행기 문학의 대표작
- 2003년 국립중앙도서관 선정 〈고전 100선〉
- 미국 대학 위원회 선정 SAT 추천 도서

### 164 타임머신
허버트 조지 웰스 소설선집 | 김석희 옮김 | 304면

SF의 거인 허버트 조지 웰스가 그려 낸 인류의 미래 그 잔혹한 기적!
- 2003년 크리스티아네 취른트 〈사람이 읽어야 할 모든 것 책〉
- 피터 박스올 〈죽기 전에 읽어야 할 1001권의 책〉

### 165 제인 에어 전2권
샬럿 브론테 장편소설 | 이미선 옮김 | 각 392, 384면

가난한 고아 가정 교사 제인 에어와 부유하지만 불행한 로체스터의 사랑을 주제로 한 연애 소설
- 미국 대학 위원회 선정 SAT 추천 도서
- 피터 박스올 〈죽기 전에 읽어야 할 1001권의 책〉

### 167 풀잎
월트 휘트먼 시집 | 허현숙 옮김 | 280면

자유시의 선구자 월트 휘트먼. 40년간 수정과 증보를 거듭한 시집 『풀잎』의 초판 완역본
- 2002년 노벨 연구소가 선정한 〈세계문학 100선〉
- 2009년 『뉴스위크』 선정 〈세계 100대 명저〉

### 168 표류자들의 집

기예르모 로살레스 장편소설 | 최유정 옮김 | 216면

쿠바와 미국, 그 어느 땅에도 뿌리박기를 거부한 작가 기예르모 로살레스. 그가 생전에 남긴 단 한 권의 책

● 1987년 황금 문학상

### 169 배빗

싱클레어 루이스 장편소설 | 이종인 옮김 | 520면

일반 명사가 된 한 남자의 이야기. 미국의 중산 계급에 대한 풍자와 뛰어난 환경 묘사에 성공한 루이스의 최고 걸작

● 1930년 노벨 문학상

### 170 이토록 긴 편지

마리아마 바 장편소설 | 백선희 옮김 | 192면

50대 여성 라마툴라이가 친구 아이사투에게 쓴 편지. 일부다처제를 둘러싼 두 여인의 고통과 선택, 새로운 삶에서의 번민을 담아낸 작품

● 1980년 노마상

### 171 느릅나무 아래 욕망

유진 오닐 희곡 | 손동호 옮김 | 168면

욕정과 물욕, 근친상간과 유아 살해, 욕망에서 비롯된 인간사 갈등의 극단점. 그러나 그 속에서도 아직 꺾이지 않는 사랑에 대한 이야기

● 1936년 노벨 문학상 수상 작가

### 172 이방인

알베르 카뮈 장편소설 | 김예령 옮김 | 208면

인간의 부조리를 성찰한 작가 알베르 카뮈의 처녀작. 죽음, 자유, 반항, 진실의 심연을 들여다본다

● 1957년 노벨 문학상 수상 작가
● 2002년 노벨 연구가 선정 〈세계 문학 100대 작품〉

### 173 미라마르

나기브 마푸즈 장편소설 | 허진 옮김 | 288면

아랍 문학계의 큰 별, 나기브 마푸즈가 파고든 두 차례의 혁명, 그 이후

● 1988년 노벨 문학상 수상 작가
● 피터 박스올 〈죽기 전에 읽어야 할 1001권의 책〉

### 174 지킬 박사와 하이드 씨

로버트 루이스 스티븐슨 소설집 | 조영학 옮김 | 320면

인간 내면의 근원을 탐구한 탁월한 심리 묘사가 스티븐슨. 그가 선사하는 다섯 가지 기이한 이야기

● 2004년 〈한국 문인이 선호하는 세계 명작 소설 100선〉

### 175 루진

이반 뚜르게네프 장편소설 | 이항재 옮김 | 264면

한 〈잉여 인간〉의 삶과 죽음을 러시아 문단의 거인 뚜르게네프의 사실적 시선을 통해 엿본다

### 176 피그말리온

조지 버나드 쇼 희곡 | 김소임 옮김 | 256면

20세기 영국 사회의 허위와 모순에 대한 신랄한 풍자. 셰익스피어 이후 가장 위대한 극작가 조지 버나드 쇼의 대표작

● 1925년 노벨 문학상 수상 작가

### 177 목로주점 전2권

에밀 졸라 장편소설 | 유기환 옮김 | 각 336면

노동자의 언어로 쓰인 최초의 노동 소설. 19세기를 살아간 노동자의 고달픈 삶, 그 몰락의 연대기

● 피터 박스올 〈죽기 전에 읽어야 할 1001권의 책〉

### 179 엠마 전2권

제인 오스틴 장편소설 | 이미애 옮김 | 각 336, 360면

호기심과 오해가 빚어낸 사건들 속에서 완성되는 철부지 엠마의 좌충우돌 성장기

● 2007년 데보라 G. 펠터 〈여성의 삶을 바꾼 책 50권〉

### 181 비숍 살인 사건

S. S. 밴 다인 장편소설 | 최인자 옮김 | 464면

추리 소설의 황금시대를 장식한 S. S. 밴 다인의, 시와 문학을 접목시킨 연쇄 살인 사건

### 182 우신예찬

에라스무스 풍자문 | 김남우 옮김 | 296면

자유로운 세계주의자 에라스무스, 그의 눈에 비친 〈웃지 않을 수 없는〉 시대의 모습

### 183 하자르 사전

밀로라드 파비치 장편소설 | 신현철 옮김 | 488면

지중해에 실제로 존재했던 하자르 제국에 대한, 역사와 환상이 교묘하게 뒤섞인 역사 미스터리 사전(辭典) 소설

### 184 테스 전2권

토머스 하디 장편소설 | 김문숙 옮김 | 각 392, 336면

옹졸한 인습 속에서도 강인한 생명력과 자연의 회복력을 지닌 순수한 대지의 딸 테스의 삶과 죽음

● 미국 대학 위원회 선정 SAT 추천 도서

### 186 투명 인간

허버트 조지 웰스 장편소설 | 김석희 옮김 | 288면

SF의 거장 허버트 조지 웰스의 빛나는 상상력, 보이지 않는 인간이 보여 주는, 소외된 인간의 고독

● 미국 대학 위원회 선정 SAT 추천 도서

### 187 93년 전2권

빅토르 위고 장편소설 | 이형식 옮김 | 각 288, 360면

프랑스 대혁명 당시 가장 치열했던 방데 전투의 종말, 그리고 그곳에서, 사상과 인간성 간의 전쟁이 다시 시작된다

### 189 젊은 예술가의 초상
제임스 조이스 장편소설 | 성은애 옮김 | 384면

20세기 가장 혁명적인 문학가 제임스 조이스의 자전적 소설. 감수성을 억압하는 사회를 거부하고 예술의 길을 택한 한 소년의 성장기

### 190 소네트집
윌리엄 셰익스피어 연작시집 | 박우수 옮김 | 200면

아름다운 언어로 사랑과 고통을 그려 낸 소네트 문학의 최고 걸작

● 2009년 『뉴스위크』 선정 〈세계 100대 명작〉

### 191 메뚜기의 날
너새니얼 웨스트 장편소설 | 김진준 옮김 | 280면

할리우드 뒷골목의 하류 인생들! 그들의 적나라한 모습에서 헛된 꿈에 부푼 인간들의 모습을 본다

● 2009년 『뉴스위크』 선정 〈세계 100대 명작〉

### 192 나사의 회전
헨리 제임스 중편소설 | 이승은 옮김 | 256면

모호한 암시와 뒤에 숨겨진 반전. 현대 심리 소설의 아버지 헨리 제임스의 대표작

● 미국 대학 위원회 선정 SAT 추천 도서
● 1955년 시카고 대학 〈그레이트 북스〉

### 193 오셀로
윌리엄 셰익스피어 희곡 | 권오숙 옮김 | 216면

인간의 사랑과 질투, 그리고 의심이라는 감정이 빚어내는 비극

### 194 소송
프란츠 카프카 장편소설 | 김재혁 옮김 | 376면

난데없는 소송과 운명적 소용돌이에 희생당하는 한 인간을 통해 카프카의 문학적 천재성을 본다

● 2002년 노벨 연구소가 선정한 〈세계 문학 100선〉
● 2005년 『타임』지 선정 〈100대 영문 소설〉

### 195 나의 안토니아
윌라 캐더 장편소설 | 전경자 옮김 | 368면

유토피아를 꿈꾸며 고향을 떠나온 이민자들의 삶. 황량한 초원에서 펼쳐진 그들의 아름다운 순간들

● 2007년 데보라 G. 펠터 〈여성의 삶을 바꾼 책 50권〉

### 196 자성록
마르쿠스 아우렐리우스 명상록 | 박민수 옮김 | 240면

로마 황제라는 화려함 뒤에 권력보다는 철학과 인간을 사랑했던 고독한 영웅이 있었다. 그의 성찰의 시간들을 엿본다

### 197 오레스테이아
아이스킬로스 비극 | 두행숙 옮김 | 336면

오레스테스를 중심으로 벌어지는 잔혹한 복수극을 통해 정의란 무엇인지에 대한 질문을 던진다

### 198 노인과 바다
어니스트 헤밍웨이 소설선집 | 이종인 옮김 | 320면

한 노인과 거대한 물고기의 사투를 통해 삶과 죽음에 대한 고민과 패배하지 않는 인간의 굳건한 의지를 그려 낸다

● 1952년 퓰리처상 수상작
● 1952년 노벨 문학상 수상 작가

### 199 무기여 잘 있거라
어니스트 헤밍웨이 장편소설 | 이종인 옮김 | 464면

체험에 뿌리를 내린 크나큰 비극. 미국 문학의 거장 헤밍웨이가 〈잃어버린 세대〉의 모습을 담는다

● 『타임』지가 뽑은 〈20세기 100선〉
● 미국 대학 위원회 선정 SAT 추천 도서

### 200 서푼짜리 오페라
베르톨트 브레히트 희곡선집 | 이은희 옮김 | 320면

이데올로기 속에 갇힌 인간의 모습을 그려 낸 「서푼짜리 오페라」와 「억척어멈과 자식들」을 만난다

● 『뉴욕 타임스』 선정 〈20세기 최고의 책 100선〉

### 201 리어 왕
윌리엄 셰익스피어 희곡 | 박우수 옮김 | 224면

자신의 정체성을 아는 자 누구인가? 오이디푸스의 후예 리어, 눈 있으되 보지 못하는 자의 고통

● 미국 대학 위원회 선정 SAT 추천 도서
● 2002년 노벨 연구소가 선정한 〈세계문학 100선〉

### 202 주홍 글자
너새니얼 호손 장편소설 | 곽영미 옮김 | 360면

미국 문학의 시대를 연 호손의 대표작. 가장 통속적인 곳에서 피어난 가장 숭고한 이야기

● 미국 대학 위원회 선정 SAT 추천 도서
● 서울대학교 선정 〈동서 고전 200선〉

### 203 모히칸족의 최후
제임스 페니모어 쿠퍼 장편소설 | 이나경 옮김 | 512면

자연과 문명, 인디언과 백인, 신화와 역사의 경계를 넘나드는 모히칸 전사의 최후 전투 기록

● 미국 대학 위원회 선정 SAT 추천 도서

### 204 곤충 극장
카렐 차페크 희곡선집 | 김선형 옮김 | 360면

양차 대전 사이 유럽을 살아간 휴머니스트 카렐 차페크의 치열한 고민, 그러나 위트 넘치는 기록들

### 205 누구를 위하여 종은 울리나 전2권
어니스트 헤밍웨이 장편소설 | 이종인 옮김 | 각 416, 400면

허무주의에서 평화를 위한 필사의 투쟁으로, 연대를 통한 실천 의식을 역설한 헤밍웨이의 역작

● 1953년 노벨 문학상 수상 작가
● 뉴스위크 선정 세계 100대 명저
● 르몽드 선정 〈20세기 최고의 책〉

### 207 타르튀프
**몰리에르 희곡선집 | 신은영 옮김 | 416면**

최고의 희극 배우이자 가장 위대한 극작가 몰리에르. 조롱과 웃음기로 무장한 투쟁의 궤적

- 1955년 시카고 대학 〈그레이트 북스〉
- 서울대학교 선정 〈동서 고전 200선〉

### 208 유토피아
**토머스 모어 소설 | 전경자 옮김 | 288면**

르네상스 시대의 휴머니즘과 종교적 관용, 성 평등을 주장한 근대 소설의 효시이자 사회사상사적 명저

- 《뉴스위크》 선정 세상을 움직인 100권의 책
- 스탠포드 대학 선정 〈세계의 결정적 책 15권〉

### 209 인간과 초인
**조지 버나드 쇼 희곡 | 이후지 옮김 | 320면**

니체의 초인 사상에 큰 영향을 받은 버나드 쇼의 인생관과 예술론이 흥미로운 설정과 희극적인 요소와 함께 펼쳐진다

- 1925년 노벨 문학상 수상
- 시카고 대학 그레이트 북스

### 210 페드르와 이폴리트
**장 라신 희곡 | 신정아 옮김 | 200면**

프랑스 신고전주의 희곡의 대가 라신의 대표작이자 정념을 다룬 비극의 정수

- 서울대학교 선정 〈동서 고전 200선〉
- 시카고 대학 그레이트 북스

### 211 말테의 수기
**라이너 마리아 릴케 장편소설 | 안문영 옮김 | 320면**

고독과 고난에 대한 기록, 20세기 초 독일어로 발표된 최초의 현대 소설이자 릴케의 유일한 장편소설

- 국립중앙도서관 선정 청소년 권장도서 50선
- 서울대학교 선정 〈동서 고전 200선〉

### 212 등대로
**버지니아 울프 장편소설 | 최애리 옮김 | 328면**

삶과 죽음, 세월을 바라보는 깊은 눈. 무수한 인상의 단편들을 아름답게 이어 간 울프의 자전적 소설

- 2002년 노벨 연구소 선정 〈세계문학 100선〉
- 2005년 《타임》지 선정 〈100대 영문 소설〉

### 213 개의 심장
**미하일 불가꼬프 중편소설집 | 정연호 옮김 | 352면**

혁명의 모순과 과학의 맹점을 파고든 〈불가꼬프적〉 상상력의 정수

### 214 모비 딕 전2권
**허먼 멜빌 장편소설 | 강수정 옮김 | 각 464, 488면**

고래에 관한 모든 것, 전율적인 모험, 자연과 인간에 대한 심오한 통찰을 담은 멜빌의 독보적 걸작

- 1954년 서머싯 몸이 추천한 〈세계 10대 소설〉
- 2002년 노벨 연구소가 선정한 〈세계문학 100선〉

### 216 더블린 사람들
**제임스 조이스 단편소설 | 이강훈 옮김 | 336면**

마비된 도시 더블린에 갇힌 욕망과 환멸, 20세기 문학사를 새롭게 쓴 선구적 작가 제임스 조이스 문학의 출발점

- 2008년 〈하버드 서점이 뽑은 잘 팔리는 책 20〉
- 2004년 〈한국 문인이 선호하는 세계 명작 소설 100선〉

### 217 마의 산 전3권
**토마스 만 장편소설 | 윤순식 옮김 | 각 496, 488, 512면**

20세기 독일 문학의 거장 토마스 만 작품의 정수! 죽음이 지배하는 알프스의 호화 요양원 〈베르크호프〉에서 생(生)의 아름다움과 환희를 되묻다

### 220 비극의 탄생
**프리드리히 니체 | 김남우 옮김 | 320면**

아폴론과 디오뉘소스라는 두 가지 원리로 희랍 비극의 근원을 분석하고 서양 문화의 심층 구조를 드러낸다. 20세기 문학, 철학, 예술에 심대한 영향을 끼친 책

### 221 위대한 유산 전2권
**찰스 디킨스 장편소설 | 류경희 옮김 | 각 432, 448면**

세상만사를 꿰뚫어보는 깊은 통찰과 풍부한 서사. 유쾌한 해학이 담긴 19세기 대문호 찰스 디킨스의 작품

- 2002년 노벨 연구소가 선정한 〈세계문학 100선〉
- 2007년 영국 독자들이 뽑은 가장 귀중한 책

### 223 사람은 무엇으로 사는가
**레프 톨스또이 소설선집 | 윤새라 옮김 | 464면**

1852년부터 1907년까지 13편을 선정해 60년에 이르는 톨스또이 작품 세계의 궤적을 담아낸 단편선

### 224 자살 클럽
**로버트 루이스 스티븐슨 소설선집 | 임종기 옮김 | 272면**

인간 내면에 도사린 본질적 탐욕과 이중성, 죄의식과 두려움을 둘러싼 기묘하고도 환상적인 단편선

### 225 채털리 부인의 연인 전2권
**데이비드 허버트 로런스 장편소설 | 이미선 옮김 | 각 336, 328면**

20세기 문학계를 뒤흔든 D. H. 로런스의 문제작. 현대 산업 사회에 대한 비판과 인간성 회복에의 염원이 담긴 작품

- 르몽드 선정 〈20세기 최고의 책〉
- 피터 빅스룸 〈죽기 전에 읽어야 할 1001권의 책〉
- 2004년 〈한국 문인이 선호하는 세계 명작 소설 100선〉

### 227 데미안
**헤르만 헤세 장편소설 | 김인순 옮김 | 264면**

혼돈과 자아 상실의 시대를 살아가는 젊은이들에게 시대의 지성 헤르만 헤세가 바치는 작품

- 1946년 노벨 문학상 수상 작가
- 2004년 〈한국 문인이 선호하는 세계 명작 소설 100선〉

### 228 두이노의 비가
라이너 마리아 릴케 시 선집 | 손재준 옮김 | 504면

삶 속에서 죽음을 노래한 시인 릴케의 대표 시집 중 엄선한 1700여 편의 주요 작품을 소개한 시 선집

- 동아일보 선정 〈세계를 움직인 100권의 책〉
- 고려대학교 선정 〈교양 명저 60선〉

### 229 페스트
알베르 카뮈 장편소설 | 최윤주 옮김 | 432면

죽음 앞에 선 인간의 고뇌와 역할에 대한 진지한 성찰이 담긴 〈제2차 세계 대전 이후 최대의 걸작〉

- 1957년 노벨 문학상 수상 작가
- 서울대학교 선정 권장 도서 100선
- 국립중앙도서관 선정 청소년 권장 도서 50선

### 230 여인의 초상 전2권
헨리 제임스 장편소설 | 정상준 옮김 | 각 520, 544면

자유로운 이상을 가진 한 여인의 이야기, 헨리 제임스의 심리적 사실주의를 대표하는 걸작

- 2004년 〈한국 문인이 선호하는 세계 명작 소설 100선〉
- 미국 대학 위원회 선정 SAT 추천 도서
- 서울대학교 선정 〈동서 고전 200선〉

### 232 성
프란츠 카프카 장편소설 | 이재황 옮김 | 560면

독일인이 뽑은 20세기 최고의 작가 카프카의 3대 장편소설 중 하나

- 2002년 노벨 연구소가 선정한 〈세계 문학 100선〉
- 피터 박스올 〈죽기 전에 읽어야 할 1001권의 책〉

### 233 차라투스트라는 이렇게 말했다
프리드리히 니체 산문시 | 김인순 옮김 | 464면

니체 철학의 가장 중심적인 사상들을 생동하는 문학적 언어로 녹여 낸 작품

- 국립중앙도서관 선정 고전 100선
- 동아일보 선정 〈세계를 움직이는 100권의 책〉

### 234 노래의 책
하인리히 하이네 시집 | 이재영 옮김 | 384면

독일을 대표하는 서정 시인이자 혁명적 저널리스트인 하이네의 시집. 실패한 사랑의 슬픔과 인습의 굴레에서 벗어나고자 했던 고아한 시성(詩聖)의 노래

### 235 변신 이야기
오비디우스 서사시 | 이종인 옮김 | 632면

라틴 문학의 전성기를 대표하는 시인 오비디우스가 그리스 로마 신화를 응집한 역작

- 2002년 노벨 연구소가 선정한 〈세계문학 100선〉
- 서울대학교 권장 도서 100선
- 연세대학교 권장 도서 200선

### 236 안나 까레니나 전2권
레프 똘스또이 장편소설 | 이명현 옮김 | 각 800, 736면

사랑과 결혼, 가정 등 일상적인 소재를 통해 당대 러시아의 혼란한 사회상과 개인의 내면을 생생하게 묘사한, 똘스또이의 모든 고민을 집대성한 대표작

- 『가디언』 선정 역대 최고의 소설 100선
- 서울대학교 권장 도서 100선

### 238 이반 일리치의 죽음 · 광인의 수기
레프 똘스또이 중단편집 | 석영중 · 정지원 옮김 | 232면

죽음 앞에 선 인간 실존에 대한 똘스또이의 깊은 성찰이 담긴 걸작

- 시카고 대학 그레이트 북스
- 피터 박스올 〈죽기 전에 읽어야 할 1001권의 책〉

### 239 수레바퀴 아래서
헤르만 헤세 장편소설 | 강명순 옮김 | 272면

모순적인 교육 제도에 짓눌린 안타까운 청춘의 이야기. 헤세의 사춘기 시절 체험이 담긴 자전적 성장 소설

- 1946년 노벨 문학상 수상 작가
- 서울대학교 선정 동서 고전 200선

### 240 피터 팬
J. M 배리 장편소설 | 최용준 옮김 | 272면

영원히 어른이 되고 싶지 않은 소년 피터팬. 신비의 섬 네버랜드에서 펼쳐지는 짜릿한 대모험

- 『가디언』 선정 〈모두가 읽어야 할 소설 1000선〉

### 241 정글 북
러디어드 키플링 중단편집 | 오숙은 옮김 | 272면

늑대 품에서 자란 소년 모글리. 대지가 살아 숨 쉬는 일곱 개의 빛나는 중단편들

- 1907년 노벨 문학상 수상 작가
- BBC 선정 아동 고전 소설

### 242 한여름 밤의 꿈
윌리엄 셰익스피어 희곡 | 박우수 옮김 | 160면

셰익스피어의 대표 낭만 희극. 꿈과 현실을 넘나드는 한바탕의 마법 같은 이야기

- 미국 대학 위원회 선정 SAT 추천 도서

### 243 좁은 문
앙드레 지드 장편소설 | 김화영 옮김 | 264면

지상보다 천상의 행복을 사랑한 여인과, 그 여인을 사랑한 한 남자의 이야기. 현대 프랑스 문학의 거장 앙드레 지드 대표작

- 1947년 노벨 문학상 수상 작가
- 2003년 국립중앙도서관 선정 〈고전 100선〉

### 244 모리스
E. M. 포스터 장편소설 | 고정아 옮김 | 408면

영국 중산층의 한 젊은이가 자신의 성적 정체성을 찾아가는 과정을 그린 소설

### 245 브라운 신부의 순진
길버트 키스 체스터턴 단편집 | 이상원 옮김 | 336면

추리 문학계의 전설로 손꼽히는 매력적인 성직자 탐정 브라운 신부의 놀라운 활약상. 추리 문학의 거장 체스터턴의 대표 단편집

### 246 각성
케이트 쇼팽 장편소설 | 한애경 옮김 | 272면

오롯이 〈자기 자신〉으로 살기 원했던 한 여성의 이야기. 선구적 페미니즘 작가 케이트 쇼팽의 대표작

### 247 뷔히너 전집
게오르크 뷔히너 지음 | 박종대 옮김 | 400면

독일 현대극의 선구자가 된 천재 작가 게오르크 뷔히너. 『당통의 죽음』, 『보이체크』 등 그가 남긴 모든 문학 작품을 한 권에 수록한 전집

### 248 디미트리오스의 가면
에릭 앰블러 장편소설 | 최용준 옮김 | 424면

〈스파이 소설의 최고 걸작〉으로 평가받는, 현대 스파이 소설의 아버지 에릭 앰블러의 대표작

### 249 베르가모의 페스트 외
옌스 페테르 야콥센 중단편 전집 | 박종대 옮김 | 208면

페스트가 이탈리아 북부를 휩쓸자 절망에 빠진 시민들은 타락하기 시작한다. 덴마크 작가 야콥센의 걸작 중단편집

### 250 폭풍우
윌리엄 셰익스피어 희곡 | 박우수 옮김 | 176면

폭풍우로 외딴 섬에 난파한 기묘한 인연의 사람들. 사랑과 복수, 용서가 뒤섞인 환상적인 이야기

### 251 어센든, 영국 정보부 요원
서머싯 몸 연작 소설집 | 이민아 옮김 | 416면

서머싯 몸이 자신의 실제 스파이 경험을 토대로 쓴 연작 소설집. 현대 스파이 소설의 원조이자 고전이 된 걸작

### 252 기나긴 이별
레이먼드 챈들러 장편소설 | 김진준 옮김 | 600면

하드보일드 소설의 대표 고전. 레이먼드 챈들러가 창조한 전설적인 탐정 필립 말로의 활약을 담은 대표작

- 1955년 에드거상 수상작

### 253 인도로 가는 길
E. M. 포스터 장편소설 | 민승남 옮김 | 552면

인도 의사 아지즈는 영국 여성을 추행한 혐의로 체포된다. 결백을 호소하지만 빠져나올 길이 보이지 않는데…… 영국 식민 통치의 모순을 파헤친 E. M. 포스터의 대표작

- 『타임』 선정 〈현대 100대 영문 소설〉
- 모던 라이브러리 선정 〈20세기 영문 소설 100선〉
- 1924년 제임스 테이트 블랙 기념상 수상
- 1925년 페미나상 수상

### 254 올랜도
버지니아 울프 장편소설 | 이미애 옮김 | 376면

남성에서 여성이 되어 수백 년을 살아온 한 시인의 놀라운 일대기. 버지니아 울프의 걸작 환상 소설

- 피터 박스올 《죽기 전에 읽어야 할 1001권의 책》
- BBC 선정 〈우리 세계를 형성한 100권의 소설〉

### 255 시지프 신화
알베르 카뮈 지음 | 박언주 옮김 | 264면

카뮈의 부조리 사상의 정수를 담은 대표 철학 에세이. 철학적인 명징함과 문학적 감수성을 두루 갖춘 걸작

- 1967년 노벨 문학상 수상 작가
- 고려대학교 선정 교양 명저 60선

### 256 조지 오웰 산문선
조지 오웰 지음 | 허진 옮김 | 424면

조지 오웰의 명징한 통찰과 사유를 보여 주는 빼어난 에세이들을 엄선한 선집

### 257 로미오와 줄리엣
윌리엄 셰익스피어 희곡 | 도해자 옮김 | 200면

증오 속에서 태어나 죽음을 넘어서는 불멸의 사랑. 셰익스피어가 창조한 가장 유명한 사랑의 비극

### 258 수용소군도 전6권
알렉산드르 솔제니친 기록문학 | 김학수 옮김 | 각 460면 내외

20세기 최고의 고발 문학이자 세계적인 휴먼 다큐멘터리

- 1970년 노벨 문학상
- 『타임』지가 뽑은 〈20세기 100선〉

### 264 스웨덴 기사
레오 페루츠 장편소설 | 강명순 옮김 | 336면

운명처럼 얽혀 신분이 뒤바뀐 도둑과 귀족의 파란만장한 이야기. 독일어권 문학의 거장 레오 페루츠의 걸작 환상 소설

### 265 유리 열쇠
**대실 해밋 장편소설 | 홍성영 옮김 | 328면**

대실 해밋이 자신의 최고 걸작으로 꼽은 작품. 인간의 욕망과 비정한 정치의 이면을 드러내는 하드보일드 범죄 소설

### 266 로드 짐
**조지프 콘래드 장편소설 | 최용준 옮김 | 608면**

침몰하는 배와 승객을 버리고 도망친 한 선원의 파멸과 방황, 모험을 그린 걸작. 영국 문학의 거장 조지프 콘래드의 대표 장편소설

- 모던 라이브러리 선정 〈20세기 영문 소설 100선〉
- 르몽드 선정 〈20세기 최고의 책〉

### 267 푸코의 진자 전3권
**움베르토 에코 장편소설 | 이윤기 옮김 | 각 392, 384, 416면**

성전 기사단의 수수께끼를 컴퓨터로 풀어 보려던 편집자들에게 이상한 일들이 일어난다. 광신과 음모론의 극한을 보여 주는 에코의 대표작

### 270 공포로의 여행
**에릭 앰블러 장편소설 | 최용준 옮김 | 376면**

전쟁 중 한 엔지니어의 생사를 둘러싸고 벌어지는 각국의 숨 막히는 첩보전. 현대 스파이 소설의 아버지 에릭 앰블러의 걸작

### 271 심판의 날의 거장
**레오 페루츠 장편소설 | 신동화 옮김 | 264면**

유명 배우의 의문의 죽음, 그리고 수수께끼의 연쇄 자살 사건의 비밀. 독일어권 문학의 거장 레오 페루츠의 대표작

### 272 에드거 앨런 포 단편선
**에드거 앨런 포 지음 | 김석희 옮김 | 392면**

환상 문학과 미스터리 문학의 선구자 에드거 앨런 포의 대표 작품 12편을 엄선한 단편집

- 미국 대학 위원회 선정 SAT 추천 도서
- 2002년 노벨 연구소가 선정한 〈세계문학 100선〉
- 2004년 〈한국 문인이 선호하는 세계 명작 소설 100선〉

### 273 수전노 외
**몰리에르 희곡선집 | 신정아 옮김 | 424면**

천재 극작가이자 희극 배우 몰리에르, 고전 희극을 완성한 그의 대표적 문제작들

- 고려대학교 선정 〈교양 명저 60선〉
- 클리프턴 패디먼 〈일생의 독서 계획〉

**각 권 8,800~15,800원**